1º DE ABRIL

Escrituras Editora e Distribuidora de Livros Ltda.
Rua Maestro Callia, 123 - Vila Mariana - São Paulo, SP - 04012-100
Tel.: 11 5904.4499 / Fax: 11 5904.4495
www.escrituras.com.br
escrituras@escrituras.com.br

Diretor editorial Raimundo Gadelha
Coordenação editorial Mariana Cardoso
Assistente editorial Bélgica Medeiros
Capa, projeto gráfico e diagramação H. Arte&Design
Ilustrações Luís Dourado
Revisão Paulo Teixeira e Jonas Pinheiro
Impressão Arvato Bertelsmann

Dados Internacionais de Catalogação na Publicação (CIP)
(Câmara Brasileira do Livro, SP, Brasil)

Martos, Cloder Rivas
1° de Abril – Cloder Rivas Martos. – São Paulo:
Escrituras Editora, 2013.

ISBN 978-85-7531-458-6

1. Brasil – Política e governo 2. Diários
3. Ditadura – Brasil 4. Romance Brasileiro I. Título.

13-06863 CDD-869.9

Índices para catálogo sistemático:

1. Literatura brasileira 869.9

Impresso no Brasil
Printed in Brazil

CLODER RIVAS MARTOS

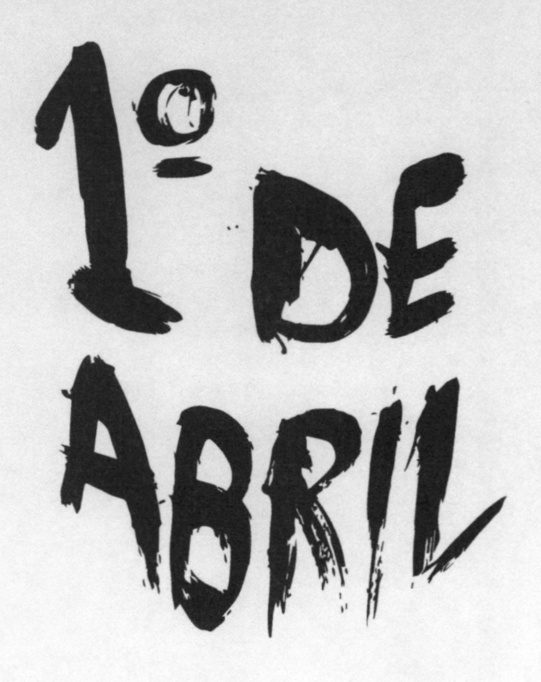

São Paulo, 2013

Para Sirlene, claro.

Agradecimentos

Ana Paula Ricci, Alexandre Faccioli, Eduardo A. Rivas, Erico Alves Rivas, Fernando Barbosa de Oliveira Azzi, Gregório Bacic, Joaquim Nogueira, Lirialdo Rivas Martos, Romeu Miguel, Salete Maria da Silva e Sheine Alves Rivas.

Sumário

...

Prefácio

...

Morte estúpida a do meu pai. Um bandido deu-lhe um tiro na cabeça em um farol de uma avenida na zona sul de São Paulo para roubar um relógio, cem reais e um cartão bancário, logo bloqueado.

Viúva, minha mãe mudou-se do belo apartamento onde viveram por 34 anos e onde passei a infância e a adolescência.

Amoroso como o de Brás Cubas, papai sustentou-me durante 22 anos, não se meteu nas principais decisões da minha vida e sempre me ofereceu um convívio amigo e inteligente. Poucos filhos escreveram o mesmo em verdade sobre os pais.

Nisso pensava eu, num cinzento domingo paulista de junho quando fui ao apartamento fazer um inventário sentimental. Comovido, percorri a casa, tomei um uísque do velho e terminei no escritório em busca de uns dólares guardados entre as páginas dos livros. Encontrei 453 em dois volumes de Machado de Assis. Na parte de trás da estante, várias pastas de cartão cheias de folhas de sulfite e um embrulho em papel com várias agendas dos anos 1960 e 1970.

Uma rápida leitura me informou que as agendas continham um diário manuscrito abrangendo mais de trinta anos. Nas pastas, havia muitas folhas datilografadas iniciadas pelo título "A fantástica história de Stalin", capitão de infantaria.

Curioso, levei o material para casa, perguntando-me porque meu pai nunca me falara da existência daqueles textos. O romance me pareceu de excelente qualidade e, sobretudo, um retrato fiel de um período dramático da nossa história recente.

O diário do velho também inventariava outros aspectos da mesma época.

Meu pai publicara em parceria com minha mãe vários livros didáticos sobre gramática e literatura, porém nenhum de ficção.

Hesitei muito antes de revelar esses textos à minha mãe.

Ela os leu com lágrimas nos olhos e também riu muito em alguns trechos "Teu pai ficaria muito feliz se este livro fosse publicado. Eu não sabia desse trabalho dele".

Sou dos números, não das letras. A tarefa de montar o livro de papai me pareceu a princípio fácil e depois quase impossível.

Reli o original várias vezes. Descobri outro sujeito, atrás da imagem oficial conhecida. O diário guardava fatos e experiências dele, inimagináveis, para mim. Ele me parecia mais simples.

Já no romance, apareciam cenas de violência e sexo que certamente ele não presenciara. E sem dúvida o narrador do romance não é meu pai, mas um sujeito inventado por ele com algumas características pessoais, mas é outro sujeito.

Mandei a secretária digitar os textos. Trabalhei na tela, mas terminei no papel. Basicamente cortei algumas passagens comprometedoras do diário, coisas muito íntimas. No romance, omiti poucas páginas.

Tinha eu o direito de alterar o trabalho do escritor?

Enfim, aqui está o livro do pai. Recordo que na literatura, como na política, a honestidade é quase impossível.

Álvaro Machado

...

Capítulo 1

...

Diário

15.02.1964

Passei no vestibular, entrei na Faculdade de Letras.

Modéstia às favas, sou o bom. Saí do colegial, prestei o vestibular e passei. Estou feliz, muito feliz e meus pais também.

Será dureza. A Faculdade é paga e tem a condução, a roupa, além do que as aulas são no período da tarde e será difícil trabalhar.

Meu pai falou que estudarei de qualquer jeito, mesmo que passemos a pão e água.

Por enquanto, livrei-me do trote. Vi o resultado no quadro, no final da tarde, e ninguém me incomodou. Desci a Monte Alegre e na Turiaçu tomei o ônibus Penha-Lapa. Em uma hora, cruzei a cidade e cheguei em casa. Será minha rotina nos próximos quatro anos.

...

18.02.1964

Estou feliz.

Arrumei um emprego de professor de Português, minha nova profissão.

Meu amigo Martinho deixou umas aulas em uma escola de comércio na rua da Mooca e me apresentou ao diretor. Começo em março.

Dá para pagar a Faculdade e a condução.

Meu pai ficou tão contente que comprou duas Brahmas para a comemoração. Minha mãe fez bife à milanesa. Foi bom. Vitórias fazem bem à alma. Livrei-me das preocupações com as mensalidades da Faculdade. A vida é bela.

...

02.03.1964

Ontem foi um dia muito especial porque começaram as aulas na Faculdade e na Escola Comercial Piratininga onde trabalho.

Na Faculdade, fui de terno, o azul da formatura, fiquei por fora. Os três rapazes da classe, comigo quatro, foram de camisa. Somos apenas dezoito alunos.

Muitas meninas, algumas até bem bonitinhas.

Não teve trote. Entrou um sujeito e deu uma aula de grego. Escreveu na lousa e mandou comprar livros. O palhaço era aluno do quarto ano.

Dei também a primeira aula de minha vida. Estava apavorado. Já apresentara trabalhos no colegial, mas era diferente.

Entrei na sala, os alunos se levantaram. Mandei-os sentar e esqueci-me do boa noite. Escrevi meu nome na lousa e avisei que era professor de Português.

Quando me voltei para eles, me senti num terreno familiar. Expliquei que precisariam de um caderno e que eu não olharia porque não eram crianças e que, não adotaria livro didático, por enquanto. Expliquei que queria a amizade deles e que também achava o Português difícil, mas que me esforçaria para ensiná-los.

Antes que a bagunça começasse, usei a carta escondida na manga. Distribuí cópias mimeografadas de uma crônica do Rubem Braga: "Conversa de compra de passarinho".

Os alunos se surpreenderam porque no primeiro dia nenhum professor ensinava nada e ficava matando o tempo. Foi uma boa tirada.

Observando-os, notei que alguns liam com dificuldade, inclusive movendo os lábios. Surpreendi-me, ler sempre me pareceu fácil, quase natural.

Depois pedi um voluntário para a leitura em voz alta. Nenhum apareceu. Chamei uma menina que me olhava de olhos arregalados. Eu, professor? O senhor não vai ler primeiro?

Raios me partam. Esquecera algo tão simples.

Depois de mim, todos leram, alguns com problemas de ortoepia. O primeiro menino levantou-se para a leitura. Mandei-o sentar. Acho mais legal. O sinal me surpreendeu.

As outras aulas foram semelhantes a esta primeira.

Acho que nasci para ser professor. Adoro a sala de aula. Ensinarei aqueles meninos e meninas a ler, a escrever e, sobretudo a pensar. Não vejo uma tarefa mais nobre do que ensinar as pessoas a pensar pela própria cabeça.

A grande causa da miséria brasileira é a ignorância que torna nosso povo presa fácil de políticos espertos que o engana com um discurso doce, cheio de esperança e depois usam o poder em proveito deles e dos chegados.

Mas virá o dia em que a maioria do povo será pensante, bem pensante e o Brasil dará ao seu povo, a maioria dos brasileiros, uma vida decente. Quero trabalhar para isso. Uma sociedade fraterna e justa na qual ninguém explore ninguém. Eis a minha missão na vida.

...

Minha mulher ideal

Ainda bem que ninguém lê essas mal traçadas linhas escondidas bem no fundo do armário, pois o assunto tende ao ridículo e a pergunta pertence ao universo dos cadernos de recordações que as minhas gentis alunas carregam junto aos peitos, alguns magníficos como os da Rosa, mas enfim, como registro íntimo, para esconder no fundo do armário.

Loura de pele muito clara, entre 1,65 e 1,70, nunca magra, mas docemente coberta de músculos macios, nunca duros como as domésticas. Nada de barriga, busto farto com bicos grandes e salientes, coxas grossas e uma bela bunda.

Gostaria que fosse virgem ao conhecer-me e capaz de ficar calada, que não combatesse o silêncio com palavreado tolo e depois de ficar meia hora silenciosa dissesse frases admiráveis.

Sincera, muito sincera. Detesto essas meninas falsamente boazinhas que acham tudo maravilhoso e depois do casamento transformam-se em megeras vociferantes, monumentos acabados da insatisfação humana a espera do marido, da fama e da fortuna.

Educada sim, mas sem frescura. Minha amada não sujaria a boca com palavrões como tantas moças fazem agora, nem bocejaria sem cobrir os lábios como minhas alunas, que exibem toda a profundidade da garganta gerando pensamentos inconfessáveis.

E finalmente, minha impossível amada possuiria uma fina inteligência revelada numa linguagem clara, rica, luminosa para que gozássemos juntos também os prazeres do espírito.

Releio minhas mal traçadas linhas. Fisicamente, sem percebê-lo, descrevi minha aluna Rosa, da oitava série B. Faltou-me descrever o rosto harmonioso, as maçãs do rosto bem femininas, os grandes olhos azuis cobertos por cílios louros, o nariz pequeno. Ah Rosa, Rosa porque Deus foi tão generoso com a tua beleza e tão avaro com tua inteligência.

Já Eliete, a professora de Matemática, é um gênio.

Certamente, logo trocará a escola pela Universidade de São Paulo (USP), onde cursa doutorado, ou melhor, ainda será importada pelos EUA sempre prontos a roubarem nossos melhores cérebros. Baixinha, feinha, magrinha, com um cabelo de bruxa.

O ideal seria transplantar o cérebro da Eliete no corpo da Rosa e então teríamos uma supermulher. O problema estaria no inverso: O cérebro da Rosa no corpo da Eliete.

Brincadeiras à parte, sou um sujeito solitário e com sérias dificuldades para amar – como nos boleros "solamente una vez amei na vida, solamente una vez y nada mas".

Amar fisicamente não requer prática nem habilidade.

Louras, morenas, negras, japonesas, jovens ou maduras, não tenho preconceito de credo, cor, raça, na hora da necessidade todas me servem, mas para amores profundos não encontro minha dama. Como escreveu o solteirão Manuel Bandeira: "Os corpos se entendem, as almas, não".

...

14.03.1964

Será que haverá uma guerra civil no Brasil?

Não se fala em outra coisa. A imprensa grita que a democracia está em perigo e que o presidente Jango fechará o Congresso e instalará a República Sindicalista. O que será a tal República Sindicalista?

Todos os jornais, menos o Última Hora, atacam o presidente e as reformas de base que levarão o Brasil ao comunismo.

Existe, portanto, uma clara divisão na sociedade brasileira. De um lado os ricos, os coronéis, os plutocratas apoiados pelo imperialismo norte-americano e do lado oposto, os pobres, os camponeses, os operários, os pequenos industriais, o capitalismo nacional.

Sou a favor do presidente contra essa cambada de privilegiados que domina o nosso país e explora cruelmente o nosso povo.

Papai chegou arrasado. Há dias não tira um pedido e seu Gustavo atrasou a ajuda de custo e fala em fechar a firma e voltar para a Alemanha.

Seu Gustavo culpa a política do presidente Jango que, ao invés de governar, agita as massas com a história das Reformas. Sem a estabilidade política ninguém investe, então não há pedidos, salários, ajuda de custo. O capital foge de países agitados.

Meu pai deu-lhe razão, mas acho seu Gustavo, ex-combatente alemão, um tremendo nazista e sabe-se lá por que veio para o Brasil.

Expliquei ao papai que Jango quer apenas integrar milhões de brasileiros desfavorecidos à sociedade brasileira, promovendo o desenvolvimento e aumentando o consumo e a renda.

"Deus te ouça, meu filho, Deus te ouça porque a situação está feia. Para mim, João Goulart não passa de um demagogo, filhote de Getúlio Vargas. Este mês não vendi nada, como vamos viver?".

Papai detesta Getúlio.

Há dias alguns jornais de direita, o rádio e, sobretudo, a televisão convocavam o povo para a tal Marcha da Família com Deus pela Liberdade. Aqui em casa vemos na TV Tupi o noticiário da hora do almoço no qual Maurício Loureiro Gama e José Carlos de Morais, essa dupla nefasta, chamaram o povo para comparecer a tal passeata.

Esse pessoal não tem ética. A tal marcha dever-se-ia chamar Marcha dos Ricos com o Dinheiro pela Propriedade, mas os publicitários que bolaram a coisa exploraram características bem brasileiras. O brasileiro é um povo familiar. No Brasil, até as putas gostam da família. Deus, meu Deus, quem pode ser contra, ele num país em que os ateus usam medalhinha de Nossa Senhora. E a Liberdade, quem não aspira à Liberdade, estrela azul e solitária no céu da Pátria.

Assim, usando essas palavras mágicas, os reacionários encheram as ruas da cidade de São Paulo de trêmulas senhoras ingênuas.

Duvido que essas senhoras soubessem das sacanagens existentes atrás dessa tal marcha.

Além disso, muitos industriais e comerciantes dispensaram seus funcionários obrigando-os a comparecerem a tal passeata. O colégio onde o colega Norbertinho leciona dispensou os alunos e mandou os professores a tal marcha. Norbertinho foi e diz que tinha velha chorando e um dos oradores comparou Jango com Stalin, Hitler e Mussolini e outro queria jogar água benta no presidente da República porque ele tinha parte com Satanás. Vá de Retro Reação!

A partir dessa passeata infame, a direita falará em apoio popular e justificará um golpe militar.

O imperialismo norte-americano apoiará a quartelada. Qual é o movimento de direita que os gringos não apoiam?

Quem segura no poder Franco e Salazar?

Para os americanos, democracia é para uso interno. E levam para eles as melhores coisas brasileiras. Até quando seremos o quintal dos Estados Unidos?

Ontem houve um grande comício no Rio, na Central do Brasil. Não vi nada, estava dando aula, mas o Última Hora falava em um milhão de pessoas.

Quem segurará a força dessa massa? Acredito que o povo vencerá. "O povo unido jamais será vencido", simplesmente porque é mais numeroso e a força do número pesa. É a lógica.

Virá uma grande revolução popular levando de roldão toda oligarquia e finalmente os pobres, os pretos, os mulatos serão felizes. E nós também, brancos pobres, filhos de imigrantes. Abaixo a burguesia. Viva a liberdade!

...

27.03.1964

Vivemos dias destinados a permanecer na História do nosso país, pois marcarão uma mudança profunda na nossa maneira de viver.

Hoje compareceu à nossa Universidade o deputado federal Pedro Paulo Mangabeira do Partido Democrata Cristão.

O homem apareceu sem paletó e a tradicional gravata dos políticos. Uma surpresa! Com pouco mais de 30 anos, alto, forte, com uma bela cabeleira ondulada, entusiasmou as meninas.

Apresentou-se no salão nobre da Faculdade. Convidado pelo Centro Acadêmico, o deputado quase não falou. Apareceram uns reacionários do Direito e não queriam o discurso do sujeito em nome da democracia. O padre Otávio, entretanto, os convenceu a participarem ordeiramente da cerimônia evitando o confronto.

O deputado Pedro Paulo disse mais ou menos o seguinte: "Graves perigos rondam o povo brasileiro. Os latifundiários, os industriais, o capital estrangeiro, os Estados Unidos e os ricos preparam um golpe militar contra o povo brasileiro. Como sempre, alegam o perigo comunista, a ameaça vermelha. Organizam a Marcha com Deus pela Propriedade para preparar a opinião pública e justificar o golpe militar".

Os jornais conservadores (que são a grande maioria) preparam o golpe militar em nome da democracia. Imaginem o paradoxo: Derrubar um presidente eleito pelo povo, fechar o Congresso Nacional em nome da Democracia e da Liberdade.

Nós, todos, estudantes, trabalhadores, intelectuais tínhamos a resistência como opção. Nossa tarefa principal seria a conscientização das massas. Devíamos formar grupos de pessoas para explicar a situação e assim enfrentar o trabalho sujo dos meios de comunicação pagos pelos capitalistas e pelas empresas americanas.

Se o povo brasileiro perder a batalha que se aproxima e as forças reacionárias dominarem nosso país, enfrentaremos uma nova Idade das Trevas, o nosso povo reduzido à mão de obra barata e cruelmente explorado através de muitas gerações, perderia o trem da História.

Ao fim do discurso, o salão explodiu em aplausos e gritos: Viva Jango. Viva o Povo Brasileiro. Viva o Comunismo. Os rapazes do Direito e da Direita também xingaram o deputado de comunista. Novamente, o padre interveio para acalmar os ânimos.

Saímos mais cedo e fui direto para a escola.

Jantei um sanduíche de mortadela e dei minhas aulas.

Pensei em falar um pouco de política, mas não encontrei uma boa maneira. Na sexta série, ensinei o sujeito e na sétima o período composto por subordinação.

...

30.03.1964

Não creio que o Brasil continue o mesmo depois da noite de hoje.

As forças que apoiam o governo, isto é, a maioria do povo brasileiro, realizaram no Rio de Janeiro, no Automóvel Clube, um comício e que comício!

Assisti pela televisão e mesmo assim senti todo o entusiasmo do pessoal. Milhares de pessoas lotavam o salão nobre e todos vibraram com ardor revolucionário. Reconheci o cabo Anselmo, líder dos marinheiros revolucionários, o almirante Aragão[1], o almirante do povo, ex-comandante dos fuzileiros navais, o ministro Almino Afonso e principalmente o general Jair Dantas Ribeiro, ministro de Exército, e senhor do maior poder de fogo da República, a Vila Militar.

O presidente Jango entrou mancando e foi recebido por aplausos delirantes. O povo gritava "Manda brasa, presidente". Ele ficava meio sem graça, mas quando tomou o microfone, abafou. Consegui anotar um trecho maravilhoso do discurso presidencial:

"A crise que se manifesta no país foi provocada pela minoria de privilegiados que vive de olhos voltados para o passado e teme enfrentar o luminoso futuro que se abrirá à democracia pela integração de milhões de patrícios nossos!".

Para variar meu pai foi contra.

"Baboseira, filho, baboseira, a inflação está alta, muito alta e a mercadoria sobe todo dia, não se esqueça de que trabalho com mercadoria importada. O dólar disparou. Faz uns três ou quatro anos que a situação está ruim. Desde que o Jânio Quadros assumiu o governo só se pensa em política neste país e

---

[1] Muitos anos mais tarde identificado como agente provocador a serviço da CIA (nota do editor).

pouco se governa. Filho, você acha que o Jango está com cabeça para tocar o país? Você imagina que amanhã cedo ele abrirá o gabinete às nove horas e despachará com os ministros?".

Agora, se esses milhões de patrícios nossos comprarem ferramentas vai ser muito bom para nós. E, olha, nós estamos precisando.

"Eu preciso de um carro, esta casa está caindo aos pedaços, tua mãe e eu precisamos de dentista. Há anos não tiro férias".

Não consegui responder, sei que estou com a razão, mas não consegui responder. Meu pai não sabe das coisas. Pensa pelas linhas do passado.

...

01.04.1964

Passei o dia ao pé do rádio. Não fui à Faculdade para não matar minha mãe do coração.

Os generais se levantaram contra o governo em Minas Gerais: Mourão e Guedes parecem que marcharam sobre o Rio de Janeiro.

Evidentemente, o Jango acionará o dispositivo militar comandado pelo general Jair e resolverá o caso em alguns dias. Acho que o Jango está fortíssimo, o povo pobre está todo com ele: operários e camponeses, a base do país. O ministro Jair Dantas montou um dispositivo militar invencível. Os gorilas perderão essa parada. Só se os mariners desembarcarem nas nossas praias, mas não acredito que eles se arrisquem a um novo Vietnã.

Como era de se esperar, as emissoras de rádio informam falsidades como a fuga de Jango, adesão das tropas do Vale do Paraíba a tal revolução democrática de 31 de março. Imagine só, nem revolução, nem democracia, mais uma quartelada latino-americana.

O governador de São Paulo também aderiu, ouvi agora. Será que haverá guerra civil como na Espanha?

São seis da tarde. Preciso me vestir para trabalhar. Não sei se haverá ou não aula, mas lá estarei. Não posso perder o emprego de jeito nenhum. Sem trabalho não há Faculdade e sem ela não há futuro.

Fui e voltei. As aulas correram normalmente. Na sala dos professores grandes debates. O professor de Técnicas Comerciais, um turco velho, afirmou que finalmente o Exército botou os comunistas pra correr. Falou olhando pra mim.

Respondi à altura e o pau comeu. O homem me agrediu:

“Vai pra Rússia, seu comuna. Vai ver como é bom”.

Por sorte, o sinal tocou e voltamos, eu para o Português, ele às Técnicas Comerciais.

Ouvindo a rádio Bandeirante, no noticioso da noite, fiquei muito preocupado. Anunciaram a fuga de Jango do Rio de Janeiro e a adesão do Exército em todo o território nacional. Não há focos de resistência.

Será verdade?

Preocupado, meu pai me esperou acordado e me contou que ouviu as ondas curtas do rádio e a BBC, de Londres, anunciou que um golpe militar derrubara o presidente João Goulart.

O velho acrescentou: "Agora, filho, é hora de tomar muito cuidado principalmente no trabalho e na Faculdade. Os militares eliminarão os inimigos possíveis e imaginários. Lembro bem da ditadura de 1937. Cuidado, filho. Haverá uma caça às bruxas. Aprenda a fechar a boca. No Brasil, preso político apanha muito. Lembro do Prestes em 1937. Cuidado, filho, você fala demais, isso é perigoso".

Senti-me sob o tacão nazista.

...

03.04.1964

Reapareci na Faculdade. No longo caminho percorrido pelo ônibus, percebi a vida da cidade normal. Fazia um sol muito claro, a temperatura agradável, um dia lindo, fiquei com vontade de cabular a aula e passear.

Desci na Turiaçu e subi a colina da rua Monte Alegre chegando depois do sinal da entrada. Na sala de aula, o professor de Teoria Literária conceituava Literatura: "É a arte que, usando a palavra, cria uma para-realidade". Não entendi muito bem a definição.

Só no intervalo me contaram as novidades.

O Constantino fora preso por conta da presença do deputado Pedro Paulo no salão nobre. Alunos do curso de Direito informaram ao Departamento de Ordem Política Social (Dops). O professor de Literatura Portuguesa também foi em cana porque era comunista e exilado da ditadura de Salazar. Há um aluno de Geografia do segundo ano que é da Polícia Militar e todo mundo desconfia que ele seja informante: "Cuidado com ele e com os amigos dele, são todos de direita. Eles provocam e depois delatam ao Dops".

Fomos tomar café na padaria do seu Cardoso. Lá uma das riquinhas falava alto na rodinha pra gente ouvir: "Onde foram os comunistas? Sumiram todos com o rabo entre as pernas".

Antes da tal revolução, discutíamos com a Maria Regina, mas agora afinamos e ficamos calados, afinal ela venceu, estava cheia de orgulho.

...

10.04.1964

Como no verso de Vinícius: "De repente, não mais que de repente". Acabou tudo, não houve resistência, tiros, batalhas. "Prevaleceu a índole pacífica do nosso povo" e a Direita se instalou no poder com armas e bagagens.

E ninguém fez nada. Não houve resistência em nenhum lugar nem no Rio Grande do Sul, terra do presidente, governada pelo cunhado.

Todos aqueles oradores de inflamados discursos enfiaram a viola no saco e deram no pé.

Correm boatos que os depostos saquearam os cofres do Tesouro Nacional, da Previdência, do Banco do Brasil. Não acredito. A Direita espalha o descrédito sobre os vencidos.

E nós, os brasileiros, ficamos aqui nas mãos deles.

Meu pai afirma que foi melhor assim, sem derramamento de sangue, sem guerra e diz que eu sou muito jovem, não sei o que é guerra civil.

Ele acredita que os militares farão uma limpeza e voltarão aos quartéis.

Tomara.

...

11.04.1964

O General Humberto de Alencar foi “eleito” pelo Congresso Nacional, presidente do país.

Que caras de pau! Como mentem descaradamente os poderosos! Eleito pelo Congresso. No dia nove, os militares cassaram quarenta políticos. Nessa altura quem tem coragem para enfrentar os militares?

Na verdade, esse General Castelo foi enfiado goela a baixo do país pela ponta das baionetas e a culatra dos fuzis.

E o cínico do locutor anunciava o presidente de todos os brasileiros: General Humberto de Alencar Castelo Branco.

É um sujeito baixinho, sem pescoço, cabeça chata, rígido, como um boneco de madeira. Esteve com a Força Expedicionária Brasileira (FEB) na Itália e certamente sofreu forte influência americana.

Com aquele tipo físico, nunca ganharia uma eleição direta.

Os jornalistas já pintaram o general como herói de guerra, estrategista genial porque esteve na Itália lutando com a FEB. Foi ele o planejador da tomada do Monte Castelo. Um estrategista genial...

...

15.04.1964

Meu quarto dá bem a ideia do meu modo de viver.

Sob a janela fica uma velha cama Patente herdada do meu pai. Passo nela oito horas por noite menos no domingo quando durmo até o meio-dia, recuperando as forças dos bailes de sábado.

Encostada, na parede, do lado dos pés da cama, há uma mesa também velha com uma gaveta embaixo da tampa. Sobre a tampa jazem maços de provas e redações que corrijo com uma caneta vermelha.

Também ficam sobre a mesa os livros, por exemplo, *Memórias do cárcere* de Graciliano Ramos, lido por prazer e O *Uraguai* de Basílio da Gama, lido por obrigação. Um velho rádio fornece música e informação.

Do outro lado da cama, está um guarda-roupa. Um terno azul da formatura, três ou quatro calças de tergal e uma blusa de lã para o inverno. Meia dúzia de camisas, mais meias, cuecas e um paletó de lã e naturalmente um avental branco, minha roupa de professor. Esqueci – há também um par de chuteiras número quarenta, duas meias de futebol e dois pares de sapato.

E, finalmente, do outro lado da janela, uma estante com porta de correr cheia de livros. Amo os livros e sempre que me sobra um dinheiro compro um, isso acontece raramente.

Ganho muito pouco com as vinte aulas e ainda pago a Faculdade, uma dificuldade.

Para que, obscuro leitor, descrevi meu quarto? Omiti dessa mecânica descrição alguns livros, umas revistas de mulher pelada e uma peixeira que fica sob o travesseiro. (Incluindo 10 anos depois).

...

16.04.1964

Falta um carro na minha vida. Se meu pai tivesse um já quebraria o galho, pois ele me emprestaria aos sábados e domingos e eu arranjaria mulher.

Namoradinha pra segurar na mão e dar beijinho consigo a pé. Não requer prática nem tampouco habilidade. Na escola, a professora de Geografia, a Janete, só falta me agarrar, aliás, acho horrível mulher que toma a iniciativa.

Mas relações mais profundas exigem carro e grana.

As dadivosas são poucas e muito disputadas. Há a mais-valia sexual masculina sobrando.

Há duas semanas o Edu e eu acertamos uma dupla de empregadas baianas e fomos pra Santos com elas. Saímos sábado à noite e voltamos no domingo. Foi demais. Dormimos no apartamento dos pais dele, pegamos uma praia de manhã etc., etc., etc. O melhor foi o etc.

O problema é que não posso sair com a Oberlândia a pé, ela simplesmente não topa porque sempre aparece um sujeito motorizado e carrega com ela.

E o Edu vive rodeado de puxa-sacos que querem o banco de trás do carro dele.

Sonho com um Fusca na minha vida!

...

17.04.1964

Torno-me adulto.

Já recebi meu segundo ordenado e embora ganhe muito pouco ensinando Português, pago a Faculdade e ainda sobra algum para os gastos pessoais. Já posso levar uma garota ao cinema sem chorar as mágoas para o pai.

A senhorita Ramos de Carvalho cheira bem. Usa um perfume discreto e exclusivo. Nunca cheirei nada igual.

Banho-me com Gessy e divido com meu pai uma loção de barba. Minha prima Miriam me presenteou com um frasco de Lancaster, um perfume argentino. Ouvi uma das riquinhas dizer que “Lancaster hoje dá até em ônibus”. À maneira de Machado de Assis concluo que o prazer de posse aumenta quando o outro não, porque gera um delicioso – imagino – sentimento de superioridade.

Qualquer garota boa observadora, vendo-me chegar à Faculdade a pé, atrasado, carregando uma pasta, perceberá pelas minhas roupas que não sou um bom partido e ofereço apenas amor e trabalho, ambos em grande quantidade.

Sinto-me profundamente humilhado diante da senhorita Sandra Regina Ramos de Carvalho, embora ela me trate com condescendência e até elogie minhas participações nos seminários.

O Diabo eletrônico, onipresente em nossos lares, apresenta tantas vezes romances bem-sucedidos entre uma moça pobre, geralmente, a Regina Duarte e um homem muito rico, geralmente o Cláudio Marzo.

Nesses romances, vencida a oposição dos pais, no último capítulo, selado com um beijo monumental, o casal se forma sem que as diferenças de cultura, educação, níveis de consumo atrapalhem o relacionamento amoroso.

O amor vence sempre todas as barreiras e as empregadas domésticas depois de lavarem a louça e servirem o café suspiram à espera de um príncipe encantado e eu, quando não consigo programa melhor, invado o Clube Azevedo em busca de sexo grátis; fato que destrói minhas críticas à ilustre e bela senhorita Sandra Regina Ramos de Carvalho porque também não uniria meu destino a uma moça mais pobre e mais burra que eu.

...

18.04.1964

Minha família é pobre. Meu pai trabalha como vendedor de ferramentas, minha mãe é prendas domésticas e minha irmã, casada, professora primária.

No ginásio estadual, onde estudei da 5ª série até o colegial éramos todos iguais, isto é, o dinheiro não contava. Um ou outro rapaz aparecia com o carro do pai e impressionava as garotas, mas destacavam-se os bons de bola, os muito inteligentes, os que cantavam e tocavam violão. Escolhíamos os amigos sem levar em conta a conta bancária familiar.

Na Faculdade, na classe, há dois grupos bem distintos: do lado da janela sentam as riquinhas, nove meninas, bem vestidas. Nenhum homem. Rico não estuda Letras. Chegam cedo de carro próprio ou motorista particular. São educadas, entretanto não revelam interesse particular em ninguém. No sábado, ao final da última aula desaparecem nos carrões dos namorados.

Depois da tal revolução, ficaram mais tranquilas e felizes.

Do lado da porta, sentam-se os pobres.

Chegam quando o professor já começou a aula e saem antes do final porque lecionam em bairros distantes, no período da noite, para pagar a Faculdade. São quatro rapazes e quatro moças, sendo um dos rapazes um religioso. Geralmente estão cansados.

Os dois grupos fazem seus trabalhos escolares separados. Os das ricas parecem melhores, elas dispõem de mais tempo.

Nenhuma delas revela o menor interesse em namorar um rapaz pobre que sonha em ser escritor, no caso eu.

Olho para baixo e não vejo mais ninguém. Pobres e pretos verdadeiros, nenhum. Somos pequenos burgueses.

A mais escura é a Cleide, uma apetitosa morena jambo, cujo cabelo e largos quadris mostram claramente a ascendência negra.

Cleide até que simpatiza comigo. O pai é oficial da Força Pública e a mãe, professora.

Porém, namorar colega de classe não está nos meus planos. Quero é navegar por mares dantes navegados, é cedo para ancorar em porto seguro.

A mais bonita das "riquinhas" é a Sandra Regina Ramos de Carvalho. Que chance eu teria de namorá-la?

Sandra Regina é uma menina da minha altura, loira tingida, com uma pele muito alva e um corpo com todas as curvas no lugar certo. Veste-se com uma elegância discreta de quem escolheu as roupas num vasto guarda-roupa. Saias e blusas, nunca repetidas, de tecido de qualidade, bem feitas, bem cortadas. Bem acabadas.

É quase minha mulher ideal, mas... Impossível.

...

Diário

A palavra Tatuapé provoca nos meus colegas de Faculdade certa estranheza. Eles não conhecem esse bairro da Zona Leste e sempre achei meu bairro o mundo e descubro pouco a pouco que habito a periferia da cidade de São Paulo. Que desilusão! Sou apenas um periférico.

Nos anos vinte e trinta, os terrenos eram baratos aqui e por isso se instalaram muitas fábricas, imensas fábricas ocupando quarteirões inteiros.

Pela manhã, apitam e engolem multidões de operários. Muitas famílias, inclusive a minha, mudaram para cá atraídas pela oferta de empregos.

Antes das indústrias, havia chácaras e muitas continuam até hoje e minha mãe compra couves e tomates nelas, dos portugueses. Até um tempo atrás um italiano vendia leite de cabra ordenhada na frente do freguês.

Uma linha da Central do Brasil rumando para o Rio de Janeiro passa por aqui e uma estação forneceu o nome para uma importante instituição da cidade, o Cemitério da Quarta Parada. Vejo agora que os paulistas de outrora enterravam os mortos longe deles, porém a cidade cresceu e ultrapassou o campo santo. Vivemos perto dos mortos.

Até pouco tempo as ruas eram de terra e a gente tirava o barro dos sapatos em uma lâmina de ferro na entrada das casas. O deputado Reinaldo Batista, dono da mais bela casa do bairro, calçou as ruas, segundo as línguas cruéis, para não sujar a faixa branca dos pneus do Cadilac dele.

Eis aqui uma característica dos habitantes da região: a língua de aço criticando o próximo quando este não está próximo. De perto todos agarram o saco do parlamentar.

Deve-se ao Reinaldo Batista a criação do ginásio estadual, instalado no antigo prédio do grupo escolar onde toda uma geração de tatuapeenses afastou-se ligeiramente da ignorância absoluta, inclusive eu, cujos pais não custeariam meus estudos por falta de verba.

Além da escola estadual, existem três colégios religiosos e quatro igrejas católicas fato que torna a Cúria a maior proprietária de terrenos do bairro.

Além de chácaras, indústrias e escolas, existem duas instituições culturais do maior respeito. A Biblioteca Municipal e o Cine Leste. Toda a turma da escola estuda nas tranquilas salas da Biblioteca sobre a Avenida Celso Garcia. Devo a ela todas as minhas leituras.

O cinema é um território mágico. Os filmes nos mostram outras formas de viver, lugares exóticos, gente bonita. Depois de estudar a semana inteira eu passava lá quatro horas feliz sem pensar em nada ou diante de um filme mais sério, saía pensando na vida me perguntando: Que será de mim neste mundo estranho?

Beijei minha primeira menina na matinê do Leste. Dia glorioso e inesquecível. O cinema certamente foi o aconchegante cenário de muitas cenas de amor mais intensas do que as da tela.

Li e reli estas mal traçadas linhas. Faltam os campos de várzea onde sob o Sol dos sábados e domingos, jogamos o melhor futebol do mundo, o mais aguerrido e técnico e que às vezes termina num conflito generalizado e criando-me um dilema: Correr ou apanhar.

Poucos carros cruzam a minha rua. Na maior parte do dia, está deserta. Uma mulher vai ao açougue ou à padaria, uma criança volta da escola. No fim da tarde, as mulheres se juntam para conversar um pouco sobre a vida alheia. Meu Deus, acontece tão pouca coisa aqui.

Saio bem menor desse reconhecimento do terreno. Sempre me julguei formidável, sou apenas um rapaz periférico.

Faltam meus vizinhos.

São na maioria brancos, imigrantes ou descendentes deles. Os nomes de família dos meus colegas de colégio formam o mapa do mundo: Ranucci, Meirelles, Munhoz, Papadolnos, Gotlab, Bacic, Franolovia, Keekman, Mori, Yamamoto, Abdala.

Contrariando o IBGE, pretos, poucos, alguns mulatos bem aceitos pelos estudantes e muitos Silvas, Santos, Alves, Ramos.

Habitam aqui algumas pessoas de posses morando em sobrados com vasto jardim e entrada lateral onde guardam um carro, porém, a maioria é pobre, ou melhor, classe média baixa vivendo em casas pequenas, muitas de porta abrindo direto na rua, comendo feijão e arroz durante a semana e macarrão com frango no domingo.

E toda essa gente luta para melhorar de vida e sou apenas mais um deles, sem nada de especial.

...

20.04.64

O trabalho me amadureceu. Um professor vive cheio de responsabilidade: ensinar, avaliar, entregar notas e sobretudo: desenvolver o espírito dos alunos.

Sou um exemplo para eles, principalmente dentro da escola.

Tentações não faltam. Na 7a. B, tem uma loirinha que me lança uns olhares de fogo, que me queimam.

Acabarei com fama de viado.

Outro dia, ditava um poema do Vinícius e perguntei: Onde parei? Ela me olhou e disse sorrindo: Vamos para o quarto... verso. Fiquei absolutamente sem graça. E a classe inteira riu de mim.

E há ainda a professora Nina. É uma mulher encorpada, dos seus quarenta anos, desquitada, fuma. Elogia-me muito: sabidinho, espertinho, bonitinho.

Ah, se eu tivesse um automóvel. Não posso convidar dona Nina para sair de ônibus. Além disso, onde levo? Simplesmente não tenho lugar. Amar é difícil para um rapaz pobre, pedestre e preocupado.

...

21.04.1964

A Nina me convidou para aparecer na casa dela no sábado, depois da Faculdade.

Ela mora num velho prédio de apartamentos sem elevador na rua da Mooca. Como ninguém me interpelou, subi direto:

"Nossa, você chegou cedo, ainda nem me arrumei".

Mentira dela, cheguei mais de meia hora atrasado e encontro-a de robe e como descobri depois, sem nada por baixo.

"Senta aí que vou me vestir".

"Não precisa, assim tá bom".

Ela sorriu e me abraçou. Cheirava a cigarro e a perfume e dava um beijo molhado e furioso com a língua me invadindo a boca:

"O que você vai pensar de mim?".

Respondi com mais um beijo e levei-a para o sofá onde minhas mãos descobriram rápido que ela estava completamente nua por debaixo do robe.

"Calma, calma, deixa pôr uma música na vitrola. Com música é mais gostoso".

Logo a voz de Richard Antony cantando *Aranjuez Mon Amour* nos fazia fundo musical.

Nina deitou no sofá: "Vem". "Fui".

Foi diferente das outras vezes com outras mulheres. Nina era barulhenta, dava instruções, "vai, vai, para, isso, agora vem". Arfava e ofegava. Acostumado com as silenciosas putas da zona, estranhei um pouco aquele barulho todo. Ao final, Nina me deu muitos beijos e me disse: "Fica aí mesmo".

"Foi bom pra você?".

Ela soltou uma gargalhada:

"Foi ótimo, você não percebeu?".

Senti-me ridículo e me levantei do sofá.

Nina, porém, pensava em tudo e já me estendia uma toalha enquanto ela, com outra entre as pernas, ia ao banheiro.

Sentado no sofá, acendi um cigarro. Nina era gordinha e muito branca, tinha a bunda grande e plana.

"Você não vai ao banheiro?".

Obedeci e vendo o chuveiro me veio a ideia de tomar banho. Um cheiro estranho, azedo me chegava ao nariz.

Nina apareceu com uma cerveja e dois copos, encheu um para mim e outro para ela, deu um gole e tirando a toalha entrou comigo sob o chuveiro para me esfregar as costas.

Em seguida, conheci a cama de casal do quarto.

Mulher prevenida aquela! Depois do quarto a cozinha, ela já deixara no jeito, um macarrão com almôndegas, meu prato predileto. Como ela sabia? Foi uma delícia, depois de tanto exercício estava morto de fome e aquele macarrão estava divino e a cerveja bem gelada.

Nina me contou a história da vida dela.

Casou-se moça, o marido não prestava e andava com outras, chegou até a bater nela.

Um dia ela se encheu e pediu o desquite.

– Filhos? Perguntei preocupado.

– Não posso ter, disse com voz triste.

Após o jantar, voltamos pro quarto. Saí de lá às 10 horas da noite rindo sozinho de tão feliz.

Tomei o elétrico e vim para casa. A mãe preocupada queria que eu jantasse, mas eu já comera, caí na cama e dormi como um menino. A vida é bela.

...

12.05.1964

A situação anda feia aqui em casa. O pai vende pouco e recebe menos comissão. A solução é apertar o cinto que não estava folgado.

Os preços sobem todos os dias e o governo militar mantém os salários baixos. Ora se as pessoas ganham menos, não compram as ferramentas da loja e esta não compra nada do meu pai, logo não há comissões.

Seu Gustavo, o patrão, fala que encontra dificuldades em descontar duplicatas no Banco e que muitos clientes só pagaram no cartório de protestos e outros nem lá. E seu Gustavo ameaça voltar para a Alemanha se a situação não melhorar. Logo ele que acusava o velho Jango de levar o país ao caos. Ironia do destino. E assim o meu pai está ameaçado de desemprego.

Meus pais andam tristes, não saem de casa, compram só o indispensável. Nunca comi tanto arroz com ovo e chuchu.

Na escola, muitos pais não pagam as mensalidades e seu Adalberto tem atrasado os pagamentos e eu também atraso a Faculdade.

Mamãe trocou a manteiga Aviação pela margarina Delícia.

...

17.05.1964

Quantas vezes o padre Otávio, o Norbertinho e eu discutimos política no ônibus Penha-Lapa.

A gente até caprichava no vocabulário porque sabia que parte do ônibus ouvia e pensávamos, ingênuos, convencer aos ouvintes da verdade das nossas ideias.

Pois é, depois da quartelada viajávamos calados ou falávamos de futebol.

A rádio Bandeirante tem um noticioso às 11h30 da noite que sempre ouço no banheiro antes de dormir. O programa sempre se encerra com um pensamento e o redator, um tal Gregório Bacic, repete muito este de Saint Exupéry: "É sempre nos porões da opressão que se preparam as novas verdades"[2].

Depois de um longo dia de trabalho, aquelas palavras me iluminavam a alma e enchiam meu coração de esperança e deitava-me feliz com a ilusão de que a vida um dia seria melhor, mais digna de ser vivida.

Agora durmo sem ilusões, está ruim e vai piorar. O tal pensamento sumiu, perdi a esperança.

Fica claro para mim que os militares foram até a rádio Bandeirante e conversaram com o redator Gregório Bacic e com os outros também e os ameaçaram com os tais porões da opressão onde se dá muita porrada.

...

---

2 "Carta a um refém".

19.05.1964

Ocorreu-me, porém, uma ideia. Um dia esta merda acabará pela simples razão de que nada é eterno e nesse dia glorioso quero ter um romance contando aos que vão nascer como vivemos nos porões da opressão.

Encanta-me escrever aos que vão nascer.

Na Faculdade, vejo uma calma aparente. Os professores não falam em política na aula, pelo menos oficialmente, mas como a neutralidade é impossível, através de um comentário ou outro, os alunos percebem que os mais jovens são de esquerda e os mais velhos de direita. A repressão assustou a todos. Por exemplo, o Constantino sumiu. Era presidente do Grêmio e estudante profissional. Não concluía o curso para conscientizar as novas gerações. Sumiu. Não sabemos se está preso ou na clandestinidade.

Enfim, estou de férias, estou de férias. Aproveitarei o tempo, as noites estão livres.

...

21.06.1964

Os culpados formam uma dupla sinistra. Roberto Campos, vulgo Bob Fieds e Otávio Gouveia de Bulhões, ambos discípulos de um certo Eugênio Gudin.

Esses caras são ministros da área econômica e implantaram uma política que favorece aos mais ricos – principalmente em detrimento das camadas mais pobres da população.

Campos e Bulhões aumentaram os juros e restringiram o crédito, mantendo os salários baixos a pretexto de combaterem a inflação. O que acontece? As empresas, principalmente as pequenas de capital nacional, vendem menos e mandam operários para a rua.

Os desempregados consomem menos ainda. Mais desemprego. Aí as multinacionais compram barato das firmas nacionais. Quem tem dinheiro deixa no banco e não faz negócio porque os juros estão altos.

Desta forma, meu pai não vende ferramentas, a escola perde alunos e os pobres vivem pior. Viva a Revolução Democrática de 31 de Março! Muita gente já está sentindo saudade do Jango. Como escreveu Stanislaw Ponte-Preta: "Cada vez sobra mais mês no fim do dinheiro".

...

29.12.1964

Estou completamente em férias. Já corrigi as provas finais, entreguei as notas e até recebi o décimo terceiro. Na Faculdade, fiz a prova no começo de dezembro. Passei de ano sem dependências.

Aproveitei para fazer um balanço deste ano importante da minha vida.

Avancei muito, entrei na Faculdade e tornei-me professor de uma escola vagabunda cujo diretor afirmou: "O aluno é a minha mercadoria".

Aprendi muito mais ensinando do que na Faculdade, cujas matérias e professores estão meio fora da realidade. Meus velhos mestres transmitem informações inúteis para as aulas que ministro logo mais à noite.

Passei na prática diária do trabalho e esta vitória me deu confiança no meu futuro.

Na vida pessoal, estendi meus limites. Agora estudo do outro lado da cidade e conheço outras pessoas, lugares e situações. Ampliei minha visão de mundo.

Disponho do meu próprio dinheiro. Como isso é importante. É muito pouquinho, mas ganho com o meu esforço e gasto por ideia própria. Comprei um rádio e um relógio com o décimo terceiro e passarei o final do ano na Praia Grande.

Já o país está muito mal, desde que os militares tomaram o poder em 1º de abril.

Primeiro, fiquei chateado, muito chateado com o Jango e o Brizola. Eles escaparam para o Uruguai e deixaram o povo para trás. Muita gente não fugiu e foi perseguida e presa. Há mortos pelos militares.

Os milicos chegaram com tudo. Saíram dos quartéis e ocuparam o país, puseram medo em todo mundo, principalmente entre os intelectuais. Eles prenderam e arrebentaram com o sujeito. De vez em quando morre um preso e eles mandam dizer que se suicidou. Quanta criatividade!

...

06.03.1968

Tenho medo, sinto muito medo. Os "homens" podem entrar na minha casa às 3 horas da manhã, matar-me a pontapés sem que lhes aconteça absolutamente nada.

A imprensa está sob censura e *O Estado de S.Paulo*, um jornal liberal e tradicional, publica todos os dias receitas culinárias e trechos de *Os Lusíadas*, substituindo as notícias censuradas. Assim, ninguém saberia da minha morte e das circunstâncias dela.

A polícia, se meus pais a procurassem, não abriria inquérito e o delegado daria conselhos aos meus pais: "Esqueçam o assunto, evitem problemas".

Todos têm medo de encarar os militares e os policiais especialmente ligados à repressão política.

Muitos idiotas, e os idiotas aumentaram muito nesta época, afirmam "que se você não se mete com eles, eles não se metem com você, eles não prendem inocentes e acima de tudo: Quem não deve não teme".

Nada mais falso do que atribuir ao sistema repressivo a perfeição. Por exemplo. Vários colegas da Faculdade ingressaram na clandestinidade.

E se um deles encontrar comigo por acaso, ou desesperado me procurar buscando auxílio?

Mas a questão não é essa: Com que direito essas pessoas prendem, torturam e matam outros brasileiros?

Como eles nos impõem um destino não escolhido por nós?

...

07.03.1968

Acho que a maioria do povo brasileiro não está com a extrema-esquerda, nem com esse governo imposto pela força das armas.

Penso que o povo brasileiro ocupa a arquibancada e assiste de longe à situação do país.

Enquanto durar o atual "milagre econômico" produzido por um civil, o Antônio Delfim Neto, os militares permanecerão no poder. A economia é a nova deusa da nossa época. Não a entendo bem no geral, porém sinto os reflexos na minha própria casa: Meus pais.

Detestavam Getúlio, pela tal legislação trabalhista e também votaram sempre no Jânio Quadros, o homem que varreria o Brasil acabando com a corrupção.

Quando tinha esse ídolo, meu pai trabalhava como vendedor pedestre, carregando uma pesada mala.

Hoje, meu pai dispõe de um Volksvagem pago em suaves prestações. O homem mudou da areia para a pedra. Tornou-se como diria Odorico Paraguaçu, um militarista militante e juramentado e elogia constantemente o regime. Cruz credo!

Chego então a uma tristonha conclusão: basta um carro seminovo para mudar as ideias de um homem e transformá-lo num fã do regime militar e aceitar a ditadura com tortura e tudo.

Um carro usado!

Pessoalmente, não gosto de regimes fortes. Sonho em escrever romances, contos, crônicas. Sem liberdade é impossível. Na época em que vivemos, escrever o que se pensa é muito perigoso; tanto é que escondo esse diário no fundo falso do armário.

Imagino escrever um romance sobre o meu vizinho, o capitão de infantaria Amauri Ramos.

Não será uma tarefa fácil. Meu personagem opera nas sombras, a face visível é quase anônima, oficialmente apresenta-se como outro e só longe dos meus olhos revela a verdadeira natureza dele.

Precisarei de muita imaginação e de empatia para criar um Amauri Ramos verossímil.

Dando de barato que consiga um texto de boa qualidade, a publicação do livro será impossível, enquanto os militares ocuparem o poder. Nenhum editor brasileiro se atreveria.

Mas o dia virá, inevitável como o nascer do sol ou da lua, o dia virá e meu livro estará pronto e o Brasil conhecerá o capitão Amauri Ramos e suas sinistras aventuras.

Ora, vivíamos um período de democracia, o presidente fora eleito pelo povo, o congresso funcionando normalmente, a imprensa livre e solta. Com que direito meia dúzia de velhos generais se apossaram do poder à revelia da grande maioria do povo brasileiro? Respondo. Com o direito do lobo sobre o carneiro. Com o puro direito da força.

Como não temos armas, combateremos com palavras, canções, livros e filmes. Venceremos. Somos a maioria.

...

Capítulo 2

■ ■ ■

Soldados do Brasil

"A pátria amada está em perigo. A inversão da ordem campeia livremente e já contamina até a estrutura militar".

(O General bebe um pouco d'água)

A presidência da República está ocupada por um político esquerdista e de ambições ditatoriais. Além disso, é gaúcho e herdeiro político e espiritual do nefasto Getúlio Vargas que tantos prejuízos trouxe à pátria brasileira com políticas populistas como a legislação do trabalho que não trouxeram prosperidade e afastaram o país dos seus aliados naturais, os paladinos da democracia e da liberdade ao lado dos quais lutamos contra o Nazifacismo nos campos gelados da Itália.

Assistimos estupefatos à promoção do caos, à destruição da ordem e da própria hierarquia – base estrutural das Forças Armadas – promovida e incentivada pelo mandatário supremo da República em busca, com seus acólitos da instauração em nosso país, de uma república sindicalista de modelo soviético.

Enganam-se, porém, enganam-se rotundamente os comunistas, os governistas, seus seguidores e simpatizantes ao pressuporem que as gloriosas Forças Armadas Brasileira permitirão o triunfo das hordas vermelhas e assistirão passivamente à destruição das nossas mais sagradas tradições e da ordem democrática.

Os oficiais superiores do Exército, da Marinha, da Aeronáutica saberão, no devido momento, resgatar a nossa bandeira que cobrimos de sangue e glória nos campos de batalha das mãos desses ímpios, desses ateus, desses agentes de Moscou, de Pequim e de Havana.

Tenham, soldados do Brasil, a certeza mais absoluta de que seus chefes estão em vigília, atentos, assíduos e zelosos das nobres e puras tradições da Nação.

E, quando esse momento chegar, os inimigos da ordem jurídica nacional, da democracia, da liberdade e, sobretudo, dessa Pátria inefável que carregamos nos nossos corações, enfrentarão o aço das nossas espadas e a ira da nossa razão.

Dispensados.

O coronel que ladeava o falante bateu palmas e o grupo de oficiais levantou-se e aplaudiu o general Lívio Matos.

Era pequeno e magro. Compensava o corpo pouco bélico com um gênio forte e muita energia. Era um dos poucos militares brasileiros que estivera duas vezes em combate. Enfrentara aos revolucionários paulistas em 1932 no vale do Parnaíba e em 1945 os alemães, na Itália, no vale do Pó.

Trouxera da Itália duas pistolas: uma Luger que lhe decorava o posto de comando e uma Walther que, nos últimos tempos, carregava na pasta para qualquer entrevero. "Se um comunista me desrespeitar...".

Os últimos tempos foram difíceis. O comício da Central do Brasil, a fala do presidente da República no Clube Militar – suprema afronta e acima de tudo, a revolta dos sargentos desesperaram o general.

Um dia pela manhã, recebeu a visita do seu velho amigo coronel Celso Pereira, oficial brilhante, um dos maiores intelectuais do Exército e com quem Lívio combatera na Itália.

"Mas que surpresa agradável. A que devo o prazer desta visita, você não telefonou... mandaria um carro ao aeroporto".

"Minha presença aqui é um segredo militar. Não confio em telefone, a situação está terrível, precisamos agir antes que seja tarde demais. Esse mequetrefe do presidente quer rachar as Forças Armadas entre cabos e sargentos e oficiais".

"Isso não permitiremos".

A conversa durou horas. O general pediu almoço na sala de comando. Celso Pereira falou a maior parte do tempo.

“Precisamos expulsar a corja e tomar o Poder Nacional através de um golpe militar, o nosso grupo está unido, a turma de sempre, contemos com apoio interno e principalmente externo. Eles garantiram apoio logístico. Se a coisa esquentar, eles garantem armas, munição e combustível. O seu papel será fundamental. Controlar São Paulo e se necessário, marchar sobre o Rio de Janeiro”.

O general Lívio ouviu preocupado o empolgado discurso do coronel da reserva. E o governador? De que lado estava? A Força Pública contava com cinquenta mil homens, profissionais bem treinados; recentemente o governador aumentara o soldo da tropa. Ele comandava conscritos, uns moleques que fugiriam ao primeiro tiro, contava com o corpo de oficiais, esse era indivisível, um monólito, mas cabos e sargentos preocupavam, maldito presidente, maldito, seria preciso vigiar cabos e sargentos, ele se lembrava bem da intentona, em 1935.

Sentiu-se indisposto, sem energia. A possibilidade de mais uma guerra não agradava. Diante dele, o coronel falava sem parar, não era “pau”, oficial de gabinete. Na Itália, trabalhara de ligação com os gringos porque falava Inglês. Na volta, servira no gabinete do ministro, depois adido militar nos Estados Unidos. Um vaselina.

Celso Pereira observava a carranca do general. O Chefe já advertira das hesitações de Lívio. Velhos soldados são cautelosos, mas ele acabaria aderindo, todos aderiam. Nenhum general brasileiro ficaria contra a maioria do Exército. Todos se conheciam desde meninos, na Escola Militar. Formavam a Instituição. Bastava a lista dos participantes e o homem se decidiria. Vendo a atenção do general reaparecer...

“Os preparativos, general Lívio, estão avançados. Banqueiros, industriais, editores, empresários estão conosco, já se reuniram para nos dar suporte. A nata da economia nos apoia e são gente que sabe atuar. Contratam várias agências para pesquisar a opinião pública. General, os vermelhos assustaram a classe média. A nossa imprensa explorará o perigo comunista, o ateísmo comunista, o trabalho já começou, o senhor deve ter visto...".

"E quando será a festa? Preciso preparar minhas tropas".

"Dependemos da movimentação do inimigo. Nossa atuação precisa aparecer como uma reação ante o caos, o perigo comunista, a instalação da república sindicalista. Evitamos um banho de sangue".

"Naturalmente, o presidente está sob observação?".

"Sabemos até quando visita o banheiro. O infeliz anda com um trinta e dois Colt cavalinho, coisa de gaúcho. Pobre inocente. Parece que os governistas preparam grandes manifestações populares nas cidades, invasões de terras no campo, também articulam a greve geral para deter nossas ações e vigiam os governadores democráticos, escutas telefônicas, encontros. Mas tudo de baixo nível, tudo malfeito... São amadores ingênuos".

"E as armas, eles receberam dos russos, de Cuba".

"Acho que não general. A fronteira é extensa, nem nós, nem os gringos detectamos nada. Alguns dos nossos governadores receberam carabinas M1 e metralhadoras. Aqui o governador distribuiu a Thompson, o piano de Chicago para os cupinchas. Arma de gângster".

"Eu trouxe uma dos Estados Unidos. Está novinha na caixa".

Ficou subentendida a adesão do general no próximo movimento militar e para isso ele contataria os grupos civis arrecadadores de fundos, alguns políticos da oposição de direita, alguns religiosos e oficiais da Força Pública e Mister Jones com quem o coronel trabalhara na Itália. As ordens para o início da festa chegariam pelos canais competentes.

Ao despedir-se o coronel da reserva: "Meu querido general, não creio nem por um segundo na nossa derrota, mas gostaria que o senhor soubesse que alguns empresários fizeram um importante aporte de capital no exterior para cuidar de nós em caso de necessidade. Teremos aviões à disposição e nos retiraremos temporariamente para o Paraguai onde prepararemos nossa 'Volta Triunfal'".

"Meu caro Pereira, Lívio Mattos nunca perdeu uma batalha em toda a vida. Não será João Belchior Goulart que me exilará no Paraguai".

E o general Lívio Matos reuniu-se com o grupo Beta: o diretor proprietário de um jornal conservador, o diretor proprietário de uma grande metalúrgica, o diretor proprietário de uma cervejaria, um padre, pároco na zona rica da cidade e alguns militares da reserva. Havia também um americano alto, magro e calado, Mr. Jones que o general conhecera na Itália. O grupo crescia sem cessar amedrontado pelos discursos do presidente Jango e pela situação do país. O melhor da sociedade paulista reuniu-se no grupo Alpha, diria um cronista social.

"Bem-vindo ao clube, general".

Encantado, Lívio Matos percebeu que os membros do "clube" pensavam como ele: Precisavam destruir o perigo comunista real e imediato. Remover o presidente, prender os principais esquerdistas, acabar com a subversão nas escolas, combater a corrupção.

"E depois", perguntou o general.

"Vamos passar este país a limpo", respondeu o diretor presidente do jornal. "Temos tudo planejado, meu caro general! Ponto por ponto, item por item. Não se preocupe, saberemos o que fazer". Mister Jones disse uma única frase: "O presidente Jango está fatiando o presunto. Quando vocês acordarem, nada restará dele".

Seguindo ordens do comando supremo do Movimento, o general foi ao Palácio encontrar-se com o governador.

Às vezes, os opostos se detestam, porém se unem contra um inimigo mútuo. Lívio Mattos preferiria entrar no Palácio para prender Sua Excelência e algemá-lo e depois no quartel submetê-lo a um regime de pão e água. Em vez disso, vestira terno e gravata e a bordo de um barulhento táxi DKW rumava para os Campos Elíseos.

Nordestino magro, ascético, usava o mesmo número da calça de quando aspirante. Fazia longas marchas, nadava, montava a cavalo, comia pouco e vivia do soldo.

O governador já nascera milionário no seio da família Curi. O pai, Wadi, trouxera algum dinheiro do Líbano e o multiplicara dez mil vezes com uma tecelagem e muitas lojas de tecido, fora em seu tempo o maior sonegador do país.

A mãe, dona Fátima, era ainda uma grande dama da sociedade paulista. Fazia parte de obras de caridade com o auxílio das quais se aproximara da então primeira–dama dona Darci e depois do presidente Getúlio Vargas que nomeou o jovem Paulo Wadi Curi para a diretoria da Caixa Econômica Federal, ainda antes do início da 2ª Guerra Mundial. No comando da Caixa, Paulo Wadi usou a instituição para criar um esquema de poder. Empregos, empréstimos, favores, criaram-lhe uma obediente clientela política.

O jovem, engenheiro pela Politécnica de São Paulo, agarrou-se ao saco do presidente com as duas mãos e só o largou em 1945 quando os militares depuseram Getúlio. Nesta altura, já voava alto em um Douglas C47 em campanha eleitoral para o governo do Estado de São Paulo.

Eleito, ganhou o apelido de o governador mais católico do país. Em cada obra pública, um terço.

Projetada a estrada, as terras eram compradas por uma bagatela e logo desapropriadas, conservava algumas áreas onde construía com dinheiro do Banco do Estado postos de abastecimento e restaurantes vendidos a bom preço.

Era voz corrente que nas últimas semanas do governo dele, em 1950, todos os dias voltava para casa com um saco cheio de dinheiro vivo, pois não aceitava cheque, mas fazia qualquer negócio.

Cumpria o segundo mandato durante o qual construíra um novo Palácio do governo em uma área remota da cidade de propriedade dele. Depois do Estado urbanizar a região, ruas, esgoto, água encanada, iluminação pública, afinal era o caminho do Palácio, os terrenos foram vendidos e a área se tornou a mais nobre da cidade, residência de artistas e milionários.

E Lívio Mattos tinha diante dele um homem de nariz grande e aquilino, olhos castanhos atrás de uns óculos pretos muito grandes e uma voz nasal estridente de marreco nervoso. "Como vai, meu general e dona Jesuína, e o major Walter continua em Forte Braggs? Estimo, sente-se, por favor, general. Aqui, estaremos mais confortáveis".

Um assessor certamente levantara uma pequena biografia de Lívio Mattos sobre qual o governador derramava elogios vasilinosos.

O general incorporou o homem cordial e perguntou pela primeira-dama do Estado, dona Leosil.

Rasgadas as sedas, trataram da batalha. Podia afirmar que a Força Pública garantiria a ordem na cidade de São Paulo e nos principais municípios do Estado. A Polícia Civil prenderia os comunistas notórios, "os suspeitos habituais" e os bravos rapazes do Comando de Caça aos Comunistas (CCC) empastelariam aquele pasquim governista, o *Última Hora*. Sim, era verdade, distribuiria algumas armas aos rapazes do CCC, mas não havia nenhum problema, eram todos gente finíssima, filhos das melhores famílias, a maioria ele conhecia pessoalmente, muitos amigos da colônia libanesa e todos agiam sob o comando de um homem da confiança dele, o delegado Laranjeira, veterano do Dops em luta contra o Comunismo. E concluiu a fala citando o filósofo alemão Oswald Speller – "Em última análise, sempre foi um pelotão de infantaria que salvou a civilização".

"E vocês sabem disso".

"Com a artilharia, o apoio de tanques, o domínio do espaço aéreo sobre o teatro de guerra, senhor governador, e com a graça de Deus, Deus nosso pai, nós temos tudo isso. Agradeço o oferecimento da Força Pública, mas temos forças suficientes para ocupar a capital e investir sobre o Vale do Paraíba. Conserve a Força Pública de prontidão nos quartéis, use a Civil nas prisões. No máximo, traga um batalhão para sua segurança pessoal e deixe o resto, todo o resto conosco".

O tom do general Lívio não admitia réplicas.

O que aquele ladrão pensava. Ele não precisava dos meganhas para nada. Que ficassem no quartel tomando café na canequinha. Ele e suas tropas resolveriam toda a situação e não dividiriam os louros da vitória, nem o poder conquistado.

"Governador, vamos estabelecer dois nomes para coordenar nossa ação. Indico meu chefe do Estado-Maior, o coronel Ribamar". "Antônio de Castro Barros, meu homem de confiança. Amanhã eles entrarão em contato. O senhor janta conosco, minha mulher gostaria muito. É uma pena, mas espera só um instante. Gostaria de lhe oferecer um mimo".

Lívio Mattos estremeceu. O governador era célebre pelos presentinhos. O deputado não votava. Um empréstimo do Banco do Estado, ao setorista que cobria o Palácio um relógio de presente de papai-noel. Agora, o homem tentava o suborno. Não aceitaria uma caixa de uísque.

"É para o senhor, espero que goste. Mais uma para a sua coleção".

Dentro da caixa de madeira, uma metralhadora Thompson M1 A1 em aço preto fosco com um carregador reto de vinte balas.

Comovido, o general levantou-se e abraçou longamente o governador:

"Obrigado, governador, muito obrigado. Sempre gostei de armas. Tenho uma pequena coleção".

"O senhor possui a pistola Mauser, aquela de cano longo e carregador sob o cano? A Força Pública possui um bom número delas. Será um prazer oferecer-lhe uma".

"O senhor aprecia armas?".

"Sim, e atiro bem, a política me obriga (risos), me exercito aqui mesmo nos fundos do Palácio. Depois da vitória atiraremos juntos no *stand* ".

Despediram-se cordialmente. Um serviçal carregou a arma até o táxi do general, conduzido por um sargento, também bom atirador. Numa deferência, o governador o acompanhou até o veículo.

No banco de trás do barulhento DKW, os pensamentos invadiram o velho general. O sujeito era até simpático, apesar daquela cara de mascate sabia que ele nascera no Angico, estudara no Realengo, revelava uma sedução astuciosa, mas o sujeitinho não valia nada. Sempre se aliara aos vencedores... E havia o Populismo, as promessas impossíveis, as intrigas contra os adversários como espalhar quem era viado e a corrupção, nesse campo o homem era insuperável, recebia do bicho, da prostituição, das empreiteiras, vendia promoções no funcionalismo, superfaturava todas as compras, era um gênio do mal, oportunista e criativo, como provava a construção do Palácio, enfim o político que transformava o bem público em privado e contra o qual ele, Lívio, e toda a geração dele haviam combatido.

O ladrão dos cofres públicos, enganador do povo que impedia o progresso do Brasil, agora era nosso aliado, nos abraçava. Coisas da vida. Churchil dissera em 1941: "Se Hitler invadisse o Inferno eu me aliaria ao Demônio". Verdade, a aliança com o governador, provisória, mas necessária, seria apenas uma primeira etapa do processo revolucionário. Exilado Jango, resolvida a crise, colocariam a Força Pública sob o comando de um bom general e botariam um sujeito mais decente no governo do Estado. O sujeitinho se exilaria em Paris, tinha um apartamento na Rive Gauche e milhões e milhões na Suíça. Não perdia por esperar. A metralhadora fora uma boa ideia, apenas isso.

Eram quase dez horas e dona Jesuína o esperava para jantar. Casados desde 1933, viviam em harmonia. Lívio mandava e ela fingia uma obediência instantânea e depois fazia do jeito dela. Vendo a fisionomia do marido, não puxou conversa, mandou servir o jantar: carne seca com jerimum e arroz branco. "Uma cervejinha, meu bem?". Aceitou, precisava refrescar a cabeça. O diretor da cervejaria mandara duas caixas de uma cerveja especial. O general comeu pouco e devagar. Dona Jesuína não lhe perguntou nada, pois já sabia a resposta. Antes de dormir foi às guaritas para verificar as sentinelas. Rezou um padre-nosso e duas ave-marias. Com os intestinos à vista, o alemão com gestos desesperados pedia que ele o matasse. Atirou-se num buraco. Três ou quatro balas explodiram na terra bem perto dele. Os alemães atiravam em rajadas curtas para poupar munições. Malditos nazistas, lutavam com a certeza da derrota. Os cadáveres queimados pela gasolina gelatinosa, o cheiro. Jesuína roncava como um caminhão velho. Sempre sonhava com os cadáveres queimados. Não os queimara, os aviadores lançavam as bombas e não viam os corpos torrados nem sentiam aquele cheiro nauseabundo de carne de porco torrada. Também não começara a guerra, nem queria ir. Mesmo agora, não começara nada, apenas reagira às provocações e às ameaças à Pátria. Adormeceu.

"General Frota, ajuste o planejamento da defesa da cidade contra a invasão vinda do litoral, do interior, e pela via Dutra. Quero isso na minha mesa, amanhã de manhã. Está dispensado".

"Coronel Jardim, ordeno uma completa revisão nos carros de combate, a lubrificação cuidadosa das lagartas, o aparelhamento com munição e combustível. Até sexta-feira tudo pronto".

"Capitão Amauri, observei que seus recrutas atiram vergonhosamente mal. Os exercícios de tiro se intensificarão, requisite munição junto a Intendência. Resultados imediatos. Farei uma inspeção sexta-feira pela manhã. Quero balas nos alvos".

Nervoso, Lívio Mattos vestiu o uniforme de campanha e foi ao parque dos tanques. Continências nervosas, soldados andando rápido, oficiais atentos. A notícia que a cobra fumaria já se espalhara.

Viu Jardim em ação. Soldados, em uniforme de faxina, engraxavam as lagartas dos tanques, os motores de 500 HP trepidavam, mas logo viu vários Sherman com avarias: o motor não funcionava ou a torre não girava, o canhão não se movia. Era preocupante, mas dificilmente disparariam.

"Estamos prontos. Suas ordens foram cumpridas, meu general".

"Reúna os oficiais amanhã às oito".

"Certo, meu general".

Era dessa reunião que saíam agora os capitães de infantaria Hélio e Amauri. Estavam satisfeitos, ambos entenderam as entrelinhas do discurso do velho: "Vamos pôr ordem no galinheiro. A cobra vai fumar. Botamos os paisanos pra correr e ficamos no poder".

Eram homens jovens de pouco mais de trinta anos. Tinham a vida pela frente. E outras ambições além de treinar recrutas, bater continência e ganhar uma miséria.

Uma semana mais tarde, numa manhã de março, uma dezena de caminhões, mais alguns jipes e dois transportadores de tanques trafegam a cinquenta quilômetros por hora pela principal estrada do nosso país.

Ao avistar a pequena cidade de Caçador, o general Lívio Matos, em uniforme completo de combate, inclusive capacete de aço, acionou o operador de rádio da viatura de comando. O general queria contato com o comando de Caçador, a guarnição próxima, para conhecer a posição deles.

O assustado operador não conseguiu o contato com a frequência do quartel próximo. O velho rádio não funcionou, limitando-se a emitir forte zumbido. Nervoso, o general Lívio ordenou alto e a coluna estacionou no acostamento. Novas e fracassadas tentativas de comunicação provocaram apenas a desistência do general, afinal o aparelho era um veterano da batalha da Itália onde também não funcionara muito bem.

Com seu poderoso binóculo alemão, o general Lívio Matos avistou a placa de um posto Esso:

"Tive uma ideia".

Afastando-se da coluna, foi com a viatura até o posto de gasolina. Um caminhão cheio de soldados o escoltou. No posto, o general foi até o telefone e discou o número do quartel de Caçador.

A presença dos soldados espantou os fregueses do posto, corriam boatos sobre golpe militar. O salão se esvaziou.

"Alô, aqui é o general Lívio Matos e quero falar com o coronel Peçanha".

"Às suas ordens, general, vou chamá-lo".

"Alô, Peçanha. Sou o general Lívio Matos. De que lado você está, coronel?".

"Às suas ordens, meu general. Estou do lado de meus irmãos de armas. General Lívio, tenho a honra de colocar-me sob o seu comando, com minha tropa; estamos preparados para o que der e vier".

"Não esperava outra atitude de um oficial digno como o senhor".

"Obrigado, general".

"Você tem notícias do front norte?".

"Tenho sim, meu general, até a escola militar. Todas as guarnições estão conosco. O comandante da escola bloqueou a estrada na serra e espera o ataque das tropas governamentais vindas do Rio de Janeiro".

"Peçanha, você está em comunicação com o general Dieckman?"

"Sim, meu general".

"Comunique que sigo com um regimento para reforçar a posição dele".

"Positivo, general, às suas ordens".

"Peçanha, reforce o rancho. Meus homens almoçarão em Caçador".

"Positivo, meu general".

"Certo, Peçanha. Desligo".

O general Lívio desligou o aparelho sentindo uma forte vontade de urinar. Até ao banheiro, recebeu olhares de espanto. Um homem baixo de calça e gândola verde e com uma enorme pistola no coldre. No rosto, uma expressão dura, rugas e lábios apertados. Era realmente de chamar a atenção.

Urinou com dificuldade. Lavou as mãos e ordenou ao ajudante de ordens. Pague o telefone e peça café.

Depois do café, o general voltou pisando duro até o jipão Dodge 1942 e ordenou ao motorista: De volta à tropa.

A estrada estava vazia. As notícias do levante militar em Minas sob o comando do general Esteio Filho esvaziaram a estrada e parara o país. Desta forma, a viatura de comando em cinco minutos reencontrou a coluna.

O coronel Jardim postara duas metralhadoras ponto trinta sobre a estrada e descera a tropa dos caminhões.

Grupos de soldados rodeavam os veículos, em um à vontade, nada à vontade:

"Muito bem, coronel, vamos continuar. Mande a tropa urinar e seguimos até Caçador. Como eu esperava o vaselina do Peçanha aderiu. Almoçaremos em Caçador. O general Dieckman com os cadetes defende a estrada na serra, defronte à escola. Vamos reforçá-lo".

"Positivo, general. Permita-me uma pergunta?".

"Sim".

"Qual é a situação na capital?".

"Coronel, não me preocupo com a situação na capital. Em qualquer caso, nós tomaremos a capital e tiraremos esse mequetrefe do Palácio; se preciso à tapa".

Neste momento, oitocentos homens urinavam no acostamento sob a vista de um grupo de camponeses que apoiados nas enxadas observam aquele espetáculo urinário militar.

Logo, a coluna seguiu pela principal rodovia do país sob um esplendoroso sol matinal.

Seria uma armadilha? Se o coronel estivesse com o governo e a atitude dele fosse um ardil, seria tão fácil armar uma emboscada em qualquer curva do caminho.

"Cheque o rádio, rápido".

O operador acionou o aparelho.

"Agora, funciona, general".

"Alô, capitão Amauri. Aqui fala o general Mattos. Abandone a coluna e siga adiante até Caçador. Informe a disposição das tropas que encontrar. Câmbio".

"Positivo, câmbio."

"Desligo".

O jipe abandonou a coluna pela esquerda. Ao cruzar com o general, bateu continência.

Bom soldado esse menino, pensou o general com a imagem do capitão na mente: um homem jovem e forte cheio de energia. Um dos melhores atiradores da tropa. Amauri ficara famoso quando partira a perna de um recruta, juvenil do Corinthians, num racha do quartel. Esse menino é uma fera, uma onça, ou melhor, um tigre.

Satisfeito, o capitão Amauri ordenou ao soldado motorista: "Pau na máquina, oitenta por hora". Finalmente, deixava aquela lenta marcha que lhe enchia o saco e procuraria um pouco de ação.

O velho jipe fabricado pela Ford para a Segunda Guerra encontrava dificuldades para ganhar velocidade. Além do motor fraco, a pouca instabilidade obrigava o motorista a diminuir muito a velocidade, mesmo assim o vento no rosto, as armas carregadas e a expectativa da batalha entusiasmavam o jovem militar. Adrenalina no sangue.

A beira da estrada passava depressa: muito verde do capim e muitas vacas – afinal cruzavam a principal bacia leiteira do país. À esquerda, Amauri viu um belo cafezal, verdinho, onde os homens e mulheres totalmente cobertos trabalhavam. Em poucos minutos, chegaram a uma placa. Caçador 1 km e Amauri comandou:

"Pare no acostamento".

De pé sobre o veículo, varreu com o binóculo o terreno. Terra, estrada, algumas vacas, um cavalo, um cavaleiro. Apanhou o microfone:

"Alô, Alfa 1 chamando Base. Câmbio".

"Base falando. Como está a posição?".

"General, tudo limpo até a placa 1 km Caçador. Prossigo até a entrada da estrada para a cidade, câmbio".

"Positivo. Fico no aguardo, desligo".

Ao aproximar-se da cidade Caçador, Amauri sacou a pistola Colt 45 do coldre e ordenou aos seus acompanhantes: "preparem as armas".

Os soldados empunharam os fuzis Mauser K98. Que tática adotar?

O capitão observou o terreno pelo binóculo. Era um pasto verdinho, verdinho e muito baixo. Ninguém entre o capim. A vegetação subia tranquila colina acima.

"Pare no acostamento, motorista". O capitão acionou o rádio. Depois de muita estática...

"Alô, Alfa 1 falando. Estou no começo da estrada de Caçador. Tudo Limpo, repito, tudo limpo. Câmbio".

"Entendido, tudo limpo. Você espera a coluna no ponto em que está, câmbio".

"Positivo, general, às suas ordens, câmbio".

"Desligo".

O capitão Amauri estacionou a viatura de modo a escondê-la de quem viesse de Caçador, embora à distância, a pequena cidade branca parecesse em paz, e olhou o relógio Omega, presente do pai pela formatura na Academia Militar. Faltava dez para as onze. Bebeu um longo gole do cantil. A água estava fria. Um silêncio estranho no ar. A calma que precede as tempestades? Era esquisito ver a estrada sem nenhum tráfego. Até onde o binóculo alcançava capim e vaca. Ao longe, a cidade quieta. Mesmo diante da paisagem campestre, o militar sentia o sangue correndo mais rápido nas veias e uma forte vontade de urinar.

Olhou os três soldados sentados no jipe. Três paspalhos idiotas. Fugiriam ao primeiro tiro. Devia ter trazido o sargento Ceará.

Só conhecia o motorista, o Luiz, um menino que o pai pusera no Exército para puni-lo. O velho esperava que a tropa transformasse o filho em um homem. Os outros dois pareciam estudantes. Se houvesse tiros, só contava com ele próprio. Conscritos de merda, viadinhos.

Dois monomotores T6 apareceram no céu:

"Desçam do jipe, pro mato".

Os apavorados soldados pularam do jipe e correram para o mato. Amauri os seguiu, porém os aviões os ignoraram e seguiram em direção norte. Sentindo-se meio ridículo, o capitão voltou à viatura com seus três soldados, pensando em avisar ao general. Não teve tempo, a coluna despontava na estrada e a viatura do general vinha na frente. O general apeou. O capitão e os três soldados bateram continência:

"Capitão Amauri, relatando missão de reconhecimento. Tudo limpo, não avistamos tropas inimigas. Há poucos instantes dois aviões T6 sobrevoaram nossa posição. Creio que não fomos percebidos".

"Muito bem, capitão, junte-se à coluna".

O coronel Peçanha está intranquilo. Uma corrente elétrica percorre-lhe o corpo sem encontrar o fio terra. Faz seis horas que trancou o quartel, distribuiu tiro real à tropa, postou sentinelas duplas nos muros, à espera. Ouviu pelo rádio que o general Esteio levantou-se contra o governo João Goulart em Juiz de Fora e à frente das tropas mineiras marcha para o Rio de Janeiro para depor o presidente Jango.

Serviu lá quando capitão. Muito conscrito e armamento velho. São incapazes de encarar as tropas da Vila Militar como a 1ª Divisão Blindada ou a Brigada Paraquedista. Quem vencerá? É a pergunta que alucina o coronel. Quem vencerá?

Principalmente a atitude da guarnição paulista será decisiva para a vitória de um dos bandos. Por isso, o coronel vestiu a roupa verde de combate, prendeu a Colt 45 à cintura, apanhou com o armeiro uma submetralhadora e muita munição e pôs-se à espera. Quem vencerá?

No quartel, a situação é explosiva. Os oficiais armados e municiados estão na sala deles, também em uniforme de combate dispostos a resistir à investida dos cabos e sargentos que dizem fazer parte do "Dispositivo" do governo. Entretanto até agora cabos e sargentos não deram sinais de rebeldia e ocupam os postos deles na defesa do quartel se bem que armados e municiados. Também eles esperam pela decisão paulista.

Pela janela, o coronel observa dois sargentos conversando no pátio. O que estarão tramando? É possível que em alguns momentos estejam trocando tiros e lançando granadas de mão? O toque do telefone provoca um sobressalto no coronel: "Coronel Peçanha? É o QG, o general Telles vai falar". "Peçanha? Telles falando. Como está a situação em Caçador?".

"Calma, meu general, absolutamente calma. Recolhi a tropa ao quartel pronto para a batalha e aguardo ordens do comando. Daqui, meu general, não arredarei pé. Às suas ordens, meu general".

Aparentemente, o general Telles estava com o Presidente, mas não ordenara nada. A operação mais óbvia seria controlar a estrada, enfim, melhor assim, o comando sabia das coisas.

"Perfeito, Peçanha, não esperava outra atitude de você. Aguarde novas ordens. Mantenha prontidão".

O coronel sabe que precisa dar uma palavra aos oficiais reunidos no cassino. É o diabo. Como falar sem definir a opção? Falar sem dizer, essa arte tão mineira... Súbito, tem uma ideia que lhe pareceu salvadora. Deixa a sala de comando e vai até o cassino. À sua entrada, o grupo todo de oficiais se ergue e bate uma continência impecável: "À vontade, senhores, nenhum dos senhores ignora que o nosso país, o Brasil que tanto amamos, vive uma crise que entrará para a nossa História, algo como a Independência ou a Proclamação e num momento como esse sempre o nosso glorioso Exército é chamado para proteger ou restaurar os mais sagrados princípios da nacionalidade e nunca se nega ou se negará em hipótese nenhuma a intervir. Por essas razões os senhores certamente se perguntarão: Qual será a opção do quartel de Caçador? Qual será a atuação da nossa tropa?". (Pausa dramática. O coronel serve-se de uma xícara de café, bebe um gole). "Senhores, não tenham em nenhum momento, nenhuma dúvida. A nossa decisão será a decisão do Exército, nós, os soldados de Caçador não nos afastaremos dos nossos irmãos de armas. Não seremos nós que instalaremos a cisão no Exército Brasileiro".

Dito isto, o coronel Peçanha saiu da sala, pisando duro, no passo mais marcial que a baixa estatura e a vasta barriga permitiam e voltou para a sala dele cheio de orgulho por ser tão esperto.

No cassino, um mesmo pensamento dominou a mente de todos os oficiais: "Esse filho da puta! Ele está esperando a definição da coisa para se decidir. Só apostará em cavalo ganhador. No fundo, o canalha está certo".

Os oficiais, em sua maioria, eram contra o presidente Goulart que consideravam melancia, verde por fora e vermelho por dentro. No grupo, dois segundos-tenentes da última provisão (Nascimento e Mancini) consideravam-se nacionalistas e apoiavam Jango Goulart, mas como eram novos no pedaço não ousavam manifestar suas opiniões, nem enfrentaria a maioria conservadora de arma na mão. Seria uma loucura.

Após uma breve troca de opinião, a maioria dos oficiais resolveu esperar até amanhã.

Em último caso, prenderiam Peçanha e se descolocariam até a Escola Militar onde se uniriam aos cadetes. Todos sabiam que o general Dieckman era um pilar do pensamento conservador no Exército.

Os oficiais estabeleceram uma guarda para evitar surpresa da parte dos sargentos e foram dormir com a certeza de que o dia seguinte seria decisivo.

O coronel Peçanha apanhou o carro e partiu rumo à via Dutra em busca de um telefone seguro para falar com o cunhado. Até a estrada, não cruzou com nenhum veículo – O país está parado. Também na Dutra trafegavam poucos carros e caminhões.

Precisou voltar um trecho para chegar ao posto. Demorou uma eternidade para conseguir uma linha. "Alô, cunhado? Como vai? E minha irmã, e os meus sobrinhos? Estimo. Você tem ideia da posição do general Lívio? Marcha contra o governo? Então almoçará em Caçador? Eu? Estou, meu querido cunhado, onde sempre estive com meus irmãos de armas. Fora de Caxias não há solução. Obrigado, um forte abraço. Um beijo na Iracema e nas crianças".

Encaixou o telefone absolutamente tranquilo.

Sentiu gana de tomar uma cerveja. Fardado, não. Pagou o telefonema e com a alma leve voltou para Caçador para dormir tranquilamente sem que a sombra de bombas e tiros o perturbasse.

No quartel, recebeu a continência da guarda, estacionou no pátio e meteu-se na sala do comando de onde telefonou para a esposa – este telefonema podia ser ouvido – Meu amor, como vai você? Bem, tudo bem, aqui a situação está tranquila. Não, não, nada disso, não recebemos a notícia, certo, tudo bem, creio que amanhã tudo se resolverá – sim – pacificamente como é da índole do nosso povo, isso mesmo, boa noite, amor.

Feliz, o coronel Peçanha foi ao banheiro anexo e depois tirou os sapatos, desabotoou a calça e a camisa e deitou-se no largo sofá de couro. Estava cansado, sentia uma dor muscular difusa por todo o corpo. Era a tensão nervosa apresentando a conta. Peçanha foi relaxando os músculos até que, aliviado adormeceu profundamente, um torpor, uma anestesia, uma fuga.

Só o toque urgente da corneta o despertou. Faminto, pediu o café na sala. Não sairia dali de jeito nenhum, ali ao lado do telefone ficava o posto de combate dele. Tudo dependeria de uma ligação, precisava conhecer a posição da escola Militar e acima de tudo a bendita posição de São Paulo. O general Dieckman naturalmente ficaria com os revolucionários, era nazista. Se São Paulo apoiasse o governo, Caçador ficaria entre dois fogos e ainda havia outra merda maior. Qual seria a posição da oficialidade do quartel?

Ele, novo no comando, não conhecia bem o corpo de oficiais. Se ele fizesse a opção errada, poderiam até matá-lo. Peçanha ficou parado um momento com a boca cheia pensando na morte até que a campainha metálica do telefone o fez saltar como uma mola: "Bom dia, general, às suas ordens, meu general, estou com meus irmãos de armas, sim meu general, imediatamente, general. Às suas ordens, meu general". Que alívio!

O general consultou o Rolex: 11 horas e 12 minutos. Inspecionou mais uma vez com o binóculo, o terreno à frente dele: Vacas, bois e bezerros e alguns camponeses e um ciclista. Com um gesto heroico, recomeçou a marcha de coluna rumo a Caçador. Numa atitude mais própria a um jovem tenente, liderou a tropa que se descolocava à velocidade de trinta quilômetros por hora.

Ao avistar o casario ao longe, novamente examinou o terreno. A cidade fora edificada numa planície e não havia como armar uma emboscada às margens da rodovia coberta de capim verde e a tranquilidade dos bovinos indicava claramente a ausência de perigo.

O general servira naquele regimento antes de embarcar para a Itália, conhecia bem a pequena cidade de Caçador. Assim conduziu a coluna até o quartel.

Mais uma vez, veio-lhe ao espírito a ideia de uma emboscada. Mas ouviu logo a corneta chamando os soldados do quartel ao pátio e percebeu que seria recebido com honras militares. Deteve a coluna com um gesto e entrou com sua viatura no espaço do quartel.

O corpo da guarda lhe apresentou armas e o coronel Peçanha perfilando-se fez uma continência irretocável. O general respondeu à cortesia militar.

"É um prazer tê-lo ao nosso lado, Peçanha".

"É uma honra, respondeu o coronel, emocionado".

No pátio, sob o sol de março, quinhentos soldados esperavam ordens. O coronel Peçanha ordenou:

"Apresentar armas".

Obedeceram a um só gesto e Lívio Matos percorreu as fileiras inspecionando a tropa.

Terminada a cerimônia, os soldados se dispersaram enquanto o coronel conduzia o general ao cassino dos oficiais onde tomaram café conversando sobre os acontecimentos.

Peçanha passara a manhã informando-se pelo rádio. Ouvira que todas as guarnições do país se levantaram contra o presidente que ainda estaria na capital, no Palácio cercado por alguns partidários fiéis. No sul, o governador Mazola, cunhado do presidente, resistia cercado no Palácio, atacado pelas forças revolucionárias.

Súbito, um sargento apresentou-se e disse:

"Coronel, recebemos pelo rádio do Exército a informação de que o presidente deixou a capital de avião num rumo desconhecido. As tropas revolucionárias ocuparam o Palácio presidencial".

Lívio Matos, então, sentiu a certeza de vitória.

"Vencemos, coronel".

"Acredito que sim, general, mas no Sul...".

"No sul, meu caro Peçanha, logo o tal cunhado estará no Uruguai, criando vacas. Mazola[3] é bom para fritar bolinhos".

Piada de superior é sempre boa e o coronel riu muito.

O sargento reapareceu alguns minutos depois:

"Um novo rádio, coronel, desta vez do chefe do Estado-Maior, o general Palácios anuncia completa vitória das forças revolucionárias em todo o território nacional".

Lívio Matos e Mário Peçanha se abraçam.

"Creio que um novo tempo se inicia para o nosso país".

"Certamente, general, certamente".

Como uma peça de teatro, outro soldado bate à porta, pede permissão, bate continência e anuncia:

"O almoço está pronto".

"O general aprecia bife à parmegiana?".

---

3 " Mazola: é marca de óleo de cozinha".

"Muito, aliás, estive em Parma com a FEB. Na verdade, nossa tropa ocupou também Régio, que é uma cidade que disputa com Parma a primazia do melhor queijo. Comi dos dois, excelentes!".

Os dois militares dirigiram-se ao refeitório dos oficiais onde se instalaram, depois de duma breve passagem pelo banheiro.

O quartel fora instalado havia mais de cinquenta anos no imenso prédio da primeira tecelagem do vale e localizava-se na possível rota de invasão da então Capital Federal. Como em nosso querido país os golpes militares são frequentes, os presidentes civis e militares nomeavam sempre oficiais de confiança para os comandos daquela região estratégica e o coronel Mário Peçanha era homem certo do presidente deposto até perceber que forças poderosas se dirigiam contra Caçador e que a Academia Militar estava com os revolucionários. Aderiu em boa hora ao movimento, evitando não só o derramamento de sangue como a destruição da carreira dele. Nunca se arrependeria dessa decisão moral e cristã tão comum ao homem brasileiro. Aderir ao vencedor.

Satisfeito, Peçanha correu os olhos pelo vasto salão.

Nas mesas, oficiais em trajes de combate comiam com gosto arroz, fritas e filé à parmegiana.

Bebiam cerveja comemorando a vitória das forças revolucionárias. Uma festa!

E pensar que aqueles mesmos homens estariam se matando uns aos outros com tiros e canhonaços: Tomara a atitude correta:

"Como está a comida, meu general?".

"Ótima, coronel. Parabéns".

"O nosso mestre-cuca é um conscrito e trabalhava desde menino em um restaurante da estrada. Na próxima visita sua, general, faremos um bacalhau à portuguesa. Espero em breve recebê-lo".

O general dominava a conversa. Falou mal do presidente deposto, "um mequetrefe, tentou me aliciar, imaginem", repetiu como escapara da morte em Monte Castelo, enfim um grande chefe rodeado de subalternos subservientes.

Lívio representava o papel de vitorioso sem demonstrar ressentimentos.

Sob a aparente afabilidade, escondia o desprezo pela traição de Peçanha, homem de confiança do ministro, o criador do dispositivo militar do presidente, bastara um simples telefonema para a adesão ao movimento que devia combater. Melhor assim.

Porém, Peçanha não perdia por esperar. Tabatinga, na selva amazônica, fronteira com a Colômbia, seria o próximo comando deste vaselina:

"General, mais filé".

O taifeiro inclinado com a bandeja esperava.

"Não".

Pouco depois serviram a sobremesa: um doce de banana bem apurado e em respeito aos produtos da terra um suave queijo fresco branco.

Ao café, Lívio Matos sentiu o estômago pesado, com tantas emoções acabaram comendo mais da conta.

O sargento das transmissões reapareceu com boas notícias: reinava a ordem em todo o território da república e grandes demonstrações populares comemoravam a vitória da revolução democrática de março.

O Comando Revolucionário já se instalara no Ministério do Exército, na capital e ordenara que todas as tropas expedicionárias voltassem aos seus quartéis de origem.

Antes de regressar a São Paulo, o general resolveu descansar um pouco. Deitou-se no tranquilo posto de comando de Peçanha e dormiu por uma hora.

Refeito, comandou a volta das vitoriosas forças revolucionárias a São Paulo. Tinha a consciência tranquila: cumprira seu dever de soldado e de patriota.

A Pátria estava salva sem derramamento de sangue dentro da nossa tradição de povo pacífico e ordeiro. O homem brasileiro é cordial.

O general Lívio tinha lá seus projetos. Passaria à reserva bem remunerada do Exército e trabalharia na Petrobras. Um homem com a experiência e capacidade dele aos 62 anos precisava de mais dinheiro.

Em São Paulo, depois da dispensa no quartel, os capitães Hélio e Amauri resolveram aproveitar a noite. Estavam livres.

Banharam-se no quartel, vestiram-se de paisanos e no velho centro da cidade mergulharam na noite paulista comemorando a vitória da causa deles e as amplas possibilidades abertas na carreira deles. A vida é bela.

No dia seguinte, o general reuniu-se com o grupo Beta em um hotel do centro. Estavam eufóricos. "O país é nosso", disse o diretor presidente da cervejaria. "Vamos acabar com a estabilidade no emprego que tanto prejudica patrões e empregados. Os salários serão contidos permitindo o aumento dos lucros e um legítimo desenvolvimento do Capitalismo e a acumulação de capital pela primeira vez neste país". "Saúde. Viveremos uma era de prosperidade".

O diretor da metalúrgica fumando um havana e saboreando um uísque dezoito anos afirmava: "Com a queda da lei da remessa de lucros, o Brasil receberá grandes investimentos estrangeiros, viveremos um período de grande prosperidade, os senhores verão. Os sérios problemas do Brasil serão resolvidos".

O general circulava entre brindes e vivas pelo salão do hotel ainda em uniforme de campanha, nada lhe parecia mais significativo do que a presença em uniforme de campanha. A única dose de uísque o deixava leve, solto, feliz. O trio tocou "Someone to Watch Over Me" e ele se lembrou de uma italiana que o amara por duas noites e três latas de carne e uma caixa de cigarros. O diretor do jornal o chamou para uma foto e o general de exército Lívio Matos pensou: Se estes paisanos borra-botas pensam que desta vez vão levar essa, estão muito enganados. Essa parada é nossa. Tomamos o poder na ponta das baionetas. "Saúde".

Ao fundo, Mr. Jones saboreava um Jack Daniels, sem gelo. Parecia taciturno assim calado, discreto, sentado em uma poltrona de couro, mas tinha a certeza do dever cumprido. Vencera mais uma vez. A liberdade e a democracia estavam salvas. Agora era a hora de *make money*.

Também produzira um excelente *Know how* para aproveitamento futuro. *Marvelou*s.

...

Capítulo 3

■ ■ ■

Diário sem data
Os primeiros golpes

Como posso pensar em bobagens quando o Brasil vive momentos tão dramáticos. O padre Otávio foi preso e torturado, o Paulo Sérgio, do quarto ano de Matemática desapareceu. Uns dizem que foi apagado, outros que fugiu para Cuba, via Uruguai. Será verdade?

Mas o pior foi o caso do professor Semprum. Trata-se de um velho professor do curso de História, espanhol, exilado no Brasil desde 1940 e que dava algumas aulas como terapia contra a solidão e a velhice, um tipo folclórico, o espanhol de piada, sempre contra "el governo" e veterano da Guerra Civil Espanhola. Penso que a escola o mantinha por piedade.

Pois não é que o velho Semprum deu uma entrevista ao Historiador, jornal mimeografado do Departamento de História e como bom espanhol exagerou. Traçou paralelos entre a Guerra Civil Espanhola e a situação brasileira atual. Comparou os generais brasileiros aos espanhóis fascistas Franco, Mola, Goded, sei lá. Os Estados Unidos com a Alemanha nazista. Uma festa! E terminou convocando o povo brasileiro a lutar contra a tirania fascista. "O povo unido jamais será vencido".

Um dos duzentos exemplares do Historiador chegou às patas das autoridades através de um informante que os militares mantêm na Faculdade. Um oficial da PM que cursa Geografia. Pois não é que prenderam o velho Semprum, um homem de quase setenta anos! Acusaram o pobre de incitação à subversão. Judiaram dele, deixaram-no de pé dias e dias. Sem remédios, a pressão do velho subiu e ele quase morreu. Continua lá no Dops; Deus sabe como. Dizem que o cardeal

Arcebispo intercedeu inutilmente junto ao governador: "isso não é comigo, nada posso fazer e Deus sabe disso".

É claro que mesmo o mais feroz dos "gorilas" sabe que o professor Semprum não representa nenhum perigo para o governo e os duzentos exemplares do jornal não serão lidos pela massa. Por que então tão severa punição? Para assustar. Está todo mundo andando de lado. Um clima esquisito nos corredores. Todos chegam em cima da hora e saem no final da última aula.

No quarto ano de Letras, nos anos anteriores, lia-se *Vidas secas*, de Graciliano Ramos. Este ano, dona Lucinha pediu *Gabriela cravo e canela*, de Jorge Amado. Todo mundo captou a mensagem.

Mas quem diria, o vizinho do sobrado é capitão do nosso glorioso Exército Nacional. Mudou para o bairro no início do ano.

Há razões para o meu espanto. Nunca vi o sujeito fardado e depois imaginei que um capitão de infantaria tivesse chifres, pés de bode e rabo. Pois o sujeito parece com os outros vizinhos. É casado com uma mulher bonita, professora de Português no ginásio do bairro, dirige um Fusca branco. Nem o cabelo curto usa, parece um homem comum, da classe média. A esposa diz que o marido é advogado.

Trata todos os vizinhos com educação e veste-se com calça e camisa, às vezes terno escuro. Tem fama de legal com a vizinhança porque já levou alguns meninos ao Parque São Jorge para assistir aos jogos do Corinthians, logo é corintiano como eu.

A mulher é muito simpática e fez amizade com mamãe.

Quem vê o vizinho Amauri não se assusta. É um homem de mais ou menos um metro e setenta de altura, nem gordo nem magro, nem forte, nem fraco. Enfim, um sujeito sem absolutamente nada de especial, exceção do olhar onde vi um componente assustador, esquisito. Será que ele só olha assim para jovens subversivos como eu? Mas é um olhar que mete medo; embora o homem cumprimente com educação e a esposa seja amiga da minha mãe que lhe pede livros emprestados para o filho. Ela empresta.

Quem identificou o sujeito foi meu amigo Gerson, ex-soldado em Quitaúna: reconheceu o capitão: "Esse filho da puta me quebrou o braço e depois me obrigava a apresentar-me todos os dias no quartel de braço quebrado e tudo".

O capitão Amauri obrigou o Gerson a escalar um obstáculo e ele caiu e nem assim o capitão o desobrigou de ir ao quartel todos os dias, fardado e de braço na tipoia e dizia: "Gerson, você devia repousar. No seu estado repouso é importante. O que você faz aqui? Vá embora e apresente-se amanhã".

Queria ser uma mosquinha e seguir o capitão quando ele sobe naquele Fusca e ganha o mundo. Irá ao quartel judiar de pobres recrutas ou torturar opositores nos porões da opressão?

Até que o Gerson me contasse a verdade sobre o tal capitão de infantaria, eu só conhecia militares golpistas do Brasil por fotografias.

Aqueles senhores austeros com suas fardas duras, abotoadas, e seus óculos de esconder conjuntivite, não me pareciam tridimensionais, humanos. Aqueles senhores não compareciam ao banheiro, nem beijariam uma mulher na boca. É verdade, nunca imaginei um general fazendo força na privada. Tirariam os óculos escuros para cagar? Os generais trocaram as fardas por ternos escuros para parecerem civis, civilizados, burgueses e disfarçar a ditadura militar.

Os ternos caem mal naqueles corpos envelhecidos, parecem emprestados de outros ou herdados de cadáveres.

Mas, para mim, Amauri deu corpo ao governo.

Conheço a fera apenas de vista e troquei com ele algumas palavras formais: Como vai? Tudo bem! E por que ele oculta sua profissão? Terá vergonha?

O casal mudou para a vizinhança da nossa casa no início do ano e a esposa – uma bela morena – assumiu aulas no ginásio.

Quem diria capitão de infantaria.

...

Outro Registro

(a partir deste trecho meu pai não datou seus textos)

Um mulherão S., um mulherão! Como escreveu Stanislaw Ponte-Preta, mulher para trezentos talheres. Olhos verdes, pele morena jambo, boca linda e um corpo balanceado, pouco busto e muita bunda.

S. veio buscar lã e eu saí ressabiado.

Chegou saudando minhas ideias políticas. Como ela tinha fama de pessoa de esquerda e eu buscava com ela a "conjunção carnal", radicalizei:

A burguesia desesperada e aliada ao imperialismo norte-americano pagara aos militares o domínio da Pátria.

Vivíamos sob ocupação militar enquanto as multinacionais carregavam as nossas riquezas para os Estados Unidos da América.

É claro que não foi numa conversa só, palavras após palavras. Muito conversamos nos intervalos e num baile em que ela me deixou louco.

Depois de algum tempo, S. perguntou se eu via alguma solução. Eu, muito macho, falei em revolução, em guerra popular revolucionária e etc.

S. me olhava com aqueles olhos verdes serenos como lagos em cujas águas eu queria mergulhar.

...

Outro Registro

E quando Che Guevara aqui pensou que abafara, S. veio com uma conversa cavilosa de participar da luta, de enfrentar os militares. Perguntou se eu fizera o serviço militar, se atirava bem.

Entendi então onde ela queria chegar e desconversei.

Decepcionada, S. se afastou e me evitou desde então.

Na verdade, S. me ofereceu um posto de combate, um fuzil.

Não sou louco de largar minha família, meu emprego, minha vida boa e sair pelo mundo dando e levando tiro, sujeito à tortura, mutilação e morte. Para quê?

Para instalar outra ditadura, talvez com outros ideais, mas ditadura, dura.

É claro que não gosto dos militares, da violência, da censura, do cala-boca geral, o oceano de mentiras produzido pela revolução democrática de 31 de março, na verdade uma quartelada bem latino-americana com supervisão da CIA, mas entrar na clandestinidade, não, tenho medo. Os militares caçam seus inimigos, sem trégua, até exterminá-los. Quero viver bem todo o tempo que Deus me conceder sobre essa terra.

Tenho a vida pela frente, uma carreira de professor e sonhos literários. Conhecer filhos, netos e bisnetos é um sonho meu e morrer velhinho, se possível dormindo.

O Brasil não é meu ideal de país.

Há miséria, fome, corrupção e ignorância.

Os camponeses vivem em condições quase animais, a oligarquia nordestina não aboliu a escravidão.

Nas cidades, as favelas proliferam, formando um cinturão de fome em volta dos núcleos da classe média.

O mais triste é que os vilões estão no poder e não lutam pelos interesses da maioria do povo brasileiro, mas pelos seus interesses e dos ricos. Como ficaram arrogantes os ricos depois do golpe militar! E os próprios militares como se acertaram! Há general trabalhando em banco como diretor de relações públicas.

Não creio, entretanto, que a luta armada resolva a situação do país. A hipótese da vitória da esquerda armada é remotíssima como a vida eterna. Não creio que o contingente esquerdista contenha dois mil homens. O governo conta com o Exército, a Marinha, a Aeronáutica e as Polícias Militares e se tudo isso fracassar restarão os Mariners, não é?

Prefiro ficar sem o amor de S.

Fui a uma festinha na casa da Doroti e lá conheci uma garota, Janete, e começamos a dançar bem agarradinhos, ela com a mão no meu pescoço e fui me entusiasmando assim, voluntariamente.

O bailinho era no quintal e ficamos quatro casais, um em cada canto de costas para os outros e enfiei a mão dentro da blusa dela e isto provocou um choque elétrico na garota e a gente já nem dançava e fiquei alucinado, muito louco mesmo e ela também e convidei-a para ir lá fora e ela respondeu: Só depois que você se acalmar. Não dá para os pais da Doroti te verem assim.

Lavei o rosto no tanque e saímos. Havia uma árvore hospitaleira e alcoviteira e encostamos lá e foi uma festa. Logo a saia dela estava enrolada na cintura, a blusa aberta etc. Só não chegamos às vias de fato por falta de condições, mas a Janete foi generosa.

Depois de toda aquela luta corporal, ela disse em bom português – "Vou satisfazê-lo". E cumpriu a promessa.

Sairemos hoje à noite. Onde abrigar nosso amor?

Parodiando Camões: Onde poderá abrigar-se um humano com sua amada e amar sem que alguém lhe encha o saco?

Janete topa, mas não é mulher de ir ao hotel, mesmo porque a verba do galã aqui só permite hotéis de curta permanência onde a dona Justa costuma aparecer para restaurar a moralidade e achacar os casais.

Eliminada a solução hotel, tentei um favor pessoal.

Trabalha comigo um professor de Matemática, o Wilson que vive me contando milhões de aventuras amorosas, costumo chamá-lo "El Comedor" e ele aceita e ri. Pedi ao amigo um empréstimo, pois aluga um apartamento em um prédio em frente ao

Mercado Municipal, o mais notório treme-treme da cidade. Negativo, o apartamento está alugado em sociedade e não se permitem empréstimos.

Fiquei desesperado. Começo a entender o amor presente em poemas e canções. Estou doente de Janete, penso nela dia e noite, na carne macia da bunda onde enterro minhas mãos sem dó, de uma luz breve que lhe ilumina o olhar, na fúria com que mete a língua na minha boca, na umidade que lhe lubrifica o sexo ao toque ansioso dos meus dedos.

Mas como gozar desses bens sem um lugar que nos abrigue? Toda a hipocrisia da sociedade burguesa me cerca e atrapalha. Na fúria da paixão, pensei até em trazê-la à minha casa e trancar-me no quarto e testar a resistência da cama.

Certamente, mataria a mãe e meu pai nos expulsaria diante do nosso comportamento imoral.

Meu Pai sempre me repete um velho ditado:

"Cachorro bem educado não mija dentro de casa". Ele diz isso porque a empregadinha é comível.

Na minha loucura, bolei um plano. Convenci a mana do peito a levar os velhos para Santos onde o cunhado tem um apartamento. Eu ficaria com a casa transformada em ninho de amor.

Minha mãe com dor nas costas não viaja.

Finalmente, achei uma solução.

Toda família tem o seu galã e na minha é o meu primo Paulo Eduardo, um sujeito alto, forte, de cabelos grisalhos, cuja principal preocupação na vida é caçar mulher. Recorri ao meu primo e ele me deu a solução. Primeiro, me ofereceu o escritório da firma dele. "Te empresto a chave".

Achei que a Janete merecia mais. Meu primo, então, me levou, era sábado à tarde, numa rua sossegada próxima à igreja do Pari.

Lá entramos num apartamento onde meu primo me apresentou dona Iracema, uma senhora de gordos braços, vastos seios e ralos cabelos tingidos de louro. Deu-me o preço e uma espécie de bronca: "Nada de chegar abraçados, ficar dentro do carro aos beijos e abraços. Não chamem a atenção para não me causar problemas. Aqui dentro, nada de gritos ou brigas. Isto é uma casa de família". Moralista, não?

Garanti discrição e silêncio, paguei adiantado. Recebi uma chave e uma ordem de chegar na hora. O quarto seria nosso até as oito, tempo suficiente para saciar minha paixão, pensei: "Nada de barulho", reafirmou dona Iracema.

Com uma festa na alma, desci as escadas atrás do primo. Agradeci e ele me respondeu: "Quero te ajudar a ser homem, a família já estava preocupada. Muito livro e pouca mulher. Seria o primeiro caso na família".

Não respondi a gozação. O primo tinha todo o crédito do mundo comigo.

Nessa noite, Janete e eu fomos ao cinema, ao Leste, aqui no bairro mesmo e assistimos ao filme de mãos dadas.

Na saída, trocamos beijos apaixonados, encostados em um muro de uma rua escura. Depois a deixei na porta da casa dela.

Janete é professora primária e dá aula para uma segunda série, em Sapopemba, e mora com os pais. O pai é contador e a mãe, prendas domésticas.

Escrevo estas considerações porque Janete me espanta e me assusta. A liberdade com que ela trata o sexo, a velocidade com que ela me liberou certas partes do corpo etc, etc, etc, me chocou.

É a primeira vez que encontro uma garota assim de boa família, culta, trabalhadora, de classe média com esse comportamento.

Namorei muitas que faziam concessões no sexo por conta de um futuro noivado, seguido de casamento, mas Janete pede apenas – como as empregadas do Clube Azevedo – agora entendo, prazer e companhia.

Mal aguento esperar. Janete me alucina, me obsessiona. Fui em busca do sexo grátis e acabei enamorado, apaixonado, abobado. Sempre acreditei ser um escritor dotado de grandes recursos de expressão, as coxas de Janete me emudeceram.

Bem, agora deitarei, espero sonhar com Janete. Amanhã será com certeza um dia inesquecível.

E foi. Às quatro da tarde, encontrei Janete na esquina da casa dela.

Tive, então, uma das maiores surpresas de toda minha vida. Uma simples frase com impacto de uma queda de cinco andares. Janete me olhou bem nos olhos e disse: "A gente vai sair e ficar sozinhos num lugar sossegado. Tudo bem, mas você precisa saber que sou virgem, quero continuar virgem e principalmente, quero casar virgem. Tá bom pra você?".

Eu tinha no bolso meia dúzia de camisinhas e nos culhões um tesão de assaltar conventos, mas entendi o tipo de relação proposto e aceitei porque, afinal, se ela queria se casar virgem, eu não queria era me casar agora ou no próximo ano. E paternidade não me atrai.

Na praça, tomamos um táxi – em direção à igreja do Pari – abençoado lugar – onde descemos depois de longos minutos. Depois foi só caminhar uma quadra, bater na porta, subir uma escada.

Havia uma cama, um banheiro e – previdente senhora – um rolo de papel higiênico que gastamos bem, além das quatro camisinhas. Janete continua virgem, eu fiquei meio esfolado, mas feliz. Entrei rindo em casa e tomei banho cantando "Se todos fossem iguais a você".

No dia seguinte, aproveitando as férias, levantei às dez. Estava exausto. Fora um dia inesquecível.

Quando a gente lê um texto, mesmo quando se faz uma análise apurada do texto como se faz na Faculdade de Letras, não se tem a ideia do trabalho que dá escrever um livro. Como disse Bilac: "Do claustros na paciência e no sossego / Trabalha e teima, e lima, e sofre e sua".

Fosse só isso. Resolvi fazer do meu vizinho Amauri, personagem principal do livro. O que sei dele? É um homem de mais ou menos um metro e setenta, magro, rijo, dono de um Fusca branco, sempre limpo, e casado com uma bela mulher, a Célia, professora de Português.

Tenho que inventar praticamente tudo do personagem e ainda há a Célia, uma linda mulher que infelizmente só conheço socialmente e me trata como um menino, um estudante pobre a quem empresta livros.

Os atos do marido, claro, terão consequências na cabeça e na vida de Célia.

Infelizmente, enquanto durar o regime militar, meu livro será impublicável. Torturar e matar pode, aliás, e deve. Já contar tortura e morte, não. Demorará muito tempo para que meu livro se candidate à publicação e um editor o julgue capaz de cobrir o investimento e gerar algum lucro.

...

Capítulo 4

■ ■ ■

Romance

"Capitão, à vontade. Sente-se, nossa conversa será longa".

"Obrigado, meu general".

"O senhor fez chegar a este comando uma denúncia da mais alta gravidade que como militar, revolucionário, brasileiro, nos não poderíamos ignorar e como não ignoramos...".

("Saco, o velho adora discurso, acho que ele discursa até no banheiro").

"O combate à corrupção é um dos escopos maiores do movimento revolucionário de 31 de março. Ninguém melhor do que o senhor, meu caro capitão, para esse combate, pois guarda ainda a Fé nos destinos deste país, essa Fé que o tempo desbasta nas almas mais fracas. Desta forma, capitão Amauri, o senhor está nomeado presidente do Inquérito Policial Militar que investigará até as últimas consequências a corrupção na Secretaria de Segurança do Estado. Uma investigação preliminar realizada pelo nosso Serviço de Informações revelou fortes indícios de que suas suspeitas apresentavam fundamentos. É inadmissível que ocorram fatos como os denunciados. A Secretaria comprou viaturas pelo dobro do preço de mercado. Onde estará o dinheiro?".

Enquanto a gente se fode todo com o soldo de capitão, depois de passar o diabo na Escola Militar e de aturar discurso de general – pensou Amauri sem pestanejar.

"Fosse apenas a cúpula, mas a corrupção parece contaminar toda a estrutura da secretaria. Constatamos, delegados e investigadores vivem muito acima das possibilidades do salário.

Relataram-me o caso de um chefe dos investigadores que tem três carros. Há delegados que andam de Mercedes".

(Que grande filho da puta, eu com tantas responsabilidades tenho um fusquinha. Essa gentalha me paga).

"Embora o governador aparentemente esteja do nosso lado e apoie a nossa revolução, ele tem antigas – eu diria – ligações históricas com a corrupção e não está livre da justiça revolucionária, da mão de ferro da Revolução. Aliás, da qual ninguém está livre em nosso país, seja civil ou militar, governador ou marechal. Veja o exemplo do traidor, o coronel Cardim".

"Desta forma, capitão Amauri, atue sem peias, aja livremente. Seu comandante dará respaldo. Apenas atue em silêncio e me informe com regularidade".

"Sim, senhor, general".

O general Lívio Matos levantou-se finalizando a conversa. O capitão prestou-lhe continência e o general apertou-lhe a mão com deferência.

Aquele menino era um tigre, um homem de ação, não era alto, nem forte, mas o general observara ao longo da carreira militar que homens valentes e bons de luta não são altos nem fortes. Os baixos gostam de afirmar a valentia deles. O capitão iria fundo. O atual governador era inaceitável. Um homem julgado corrupto pelos padrões de Getúlio Vargas, não podia governar São Paulo. As investigações revelariam um mar de lama e o governador se afogaria nele. Era um sujeito sem aceitação no movimento revolucionário.

As informações trazidas pelo capitão e repassadas aos jornais, destruiriam a popularidade do governador. Quem sabe se ele não sairia candidato. Lívio Matos daria um bom governador. "Bom, o expediente está encerrado, vou ao banheiro. Por hoje, chega".

Depois da Revolução, o general adotara algumas medidas de segurança: Trocara o motorista conscrito por um sargento gaúcho, um dos melhores atiradores do Exército e o equipara com uma carabina M1, ele próprio carregava uma Colt 45 e um segundo carro com três homens armados o acompanhavam.

Fazia algum tempo o Serviço de Informações avisava estar a esquerda preparando ações armadas. Como comandante do Exército e um dos líderes da Revolução era um alvo natural. Mas não seria Lívio Mattos que enfrenta os alemães com as "lurdinhas" infernais que teria medo de meia dúzia de comunistas idiotas, mesmo treinados em Cuba, mas precaução e caldo...

"Vá pela Rebouças, Manuel".

"Sim, meu general".

Enquanto isso, a caminho de casa no distante Tatuapé, Amauri pensava em como presidir um Inquérito Policial Militar. Os estudos dele na Escola Militar de nada serviriam. Não se tratava de uma barragem de morteiros, uma linha de defesa bem escalonada, ou um ataque pelos flancos. Aprendera, na prática, a tratar os subordinados pela forma que os superiores dele o tratavam. Precisava atacar e vencer caras poderosos entrincheirados no poder e encastelados na corrupção. Gente que incorpora os ganhos da corrupção ao soldo mensal. Talvez fosse positivo impressioná-los com poder de fogo de Caxias, mandar um pelotão à secretaria, armar um escarcéu, revistar arquivos, fazer prisioneiros, trazê-los ao quartel, interrogá-los no calabouço, dar-lhes um trato fino. Tal atuação impressionaria favoravelmente a opinião pública e bem estava a revolução precisando de popularidade. Mas o comando, o general Lívio ficaria impressionado?

O velho estava mudado. Já não via futuro no Exército. Frequentava altas rodas, perdia muito dinheiro nos cavalinhos, muito mais que o soldo, vivia rodeado de bajuladores, recebia empréstimos do governador, presentes e homenagens. Preparava uma reserva dourada. Se por acaso, ele, capitão Amauri, atrapalhasse essa reserva... Além disso, o governador era um dos pilares civis do movimento revolucionário e isso pesava, embora fosse um corrupto na afirmativa da oposição e do jornal que nem o nome do homem escrevia.

Lívio Mattos comandava, porém, outros generais que mandavam mais do que Lívio e o governador tinha acesso direto a esses homens, bastava telefonar. "Alô, como vai, meu querido.

Estimo. Tem um tal de Amauri, sim, oficial do Exército me incomodando, na verdade, me enchendo o saco. Certo, obrigado, recomendações à esposa, um abraço". E uma das leis básicas do Exército ele já aprendera: Quem se fode é sempre o de baixo. No caso, ele era de baixo. Nessa frase: "Eu lhe darei respaldo", cabia, às vezes, enquanto me interessar. Lívio andava de Aero Willis, ele de fusquinha e olha lá. Por isso, era melhor tomar cuidado. Era mais uma questão de estratégia.

Chegou em casa sem concluir os pensamentos.

Antes de descer para abrir o portão, olhou em torno com o Colt ao alcance da mão. Há dois meses, por sugestão do amigo Hélio, usava também uma Bereta na perna. A questão é que diante de arma automática ninguém é macho. Tinha medo. A rua parecia segura, alguns meninos jogavam futebol no terreno baldio aproveitando o horário de verão. Por um instante, ocorreu um pensamento louco: vestir um calção e jogar futebol com os meninos como fazia o estudante da casa em frente. Já homem feito, universitário, botava um calção e batia bola com os moleques, aliás, era o craque do time, o palhaço seria um viadinho esquerdista como a maioria dos estudantes de Letras – coisa de mulher.

Trancou o carro, o portão, passou o cadeado e entrou em casa. Trocou um beijo com Célia e pousou a pasta com o Colt sob a mesinha de centro e sentou no sofá para tirar a Bereta da perna direita. Célia detestava armas, tinha um coração pacifista. Diante das notícias da guerra do Vietnã, na televisão, fazia perguntas ingênuas. "Por que as pessoas se matam assim? Guerra pra quê?".

E afinal se casara de livre e espontânea vontade com um militar. Amauri sentiu um súbito desejo, ela estava ali diante dele com aquele corpo, moreno, cheiroso e gostoso. "Vem cá, meu bem. Sente-se aqui com seu marido, passo o dia naquele quartel cheio de animais. É hora de descansar".

Célia obedeceu e Amauri a beijou com desejo, paixão envolvendo-a pelos ombros e metendo a mão direita nas pernas dela.

"Espere um pouco, meu bem, tenho a panela no fogo". Na volta ainda fechou as cortinas. Amauri já tirara as calças e a esperava com a chama viva de uma ereção calibre quarenta e cinco.

Então o capitão esqueceu generais e CPM para mergulhar naquele corpo moreno, um pouco preso pela mãe, pelo pai, pelo padre, mas do qual ele queria arrancar um prazer tremendo. "Vem você por cima". "Não, vem você". "Vem você, afinal sou seu marido. Assim eu acariciarei sua bunda". "Você é um sem-vergonha". E havia nessas palavras uma verdade disfarçada pela brincadeira íntima.

Depois foi tudo ritmo e respiração e prazer, mútuo prazer. Foi bom? Foi bom, sempre é bom.

Tinham pela frente um longo serão. Capitães dormem até mais tarde, prerrogativas do posto.

Célia repetiu o banho e Amauri a acompanhou. Jantaram. Célia aprendera na escola materna que o marido também se prende pela boca. Filé mingnon – do mercado de Caxias, claro – frito na manteiga da fazenda de Taubaté com batata soutê. De sobremesa, pudim de leite condensado, afinal o homem passara o dia no quartel, rodeado de homens e comendo aquele rancho tenebroso, comida de quartel.

Depois do jantar, Célia lavou a louça. Não seria a filha da dona Amélia que a deixaria na pia a espera da empregada até a manhã seguinte. Amauri, na sala lia o jornal. Parecia-lhe uma obrigação profissional acompanhar a guerra do Vietnã, a guerra de guerrilhas.

O major não acreditava em um confronto nuclear entre EUA e URSS, mas em pequenas guerras localizadas entre países. Claro que essas guerrinhas teriam sempre o patrocínio, de um lado, dos Estados Unidos e do outro lado da União Soviética, os comunistas.

Sempre que os Estados Unidos apoiassem um governo em qualquer canto do mundo, os russos apoiariam outro, principalmente na América Latina e na África como acontecia em Angola onde os portugueses enfrentavam as guerrilhas apoiadas pelos comunas, sempre os comunas, malditos comunas, raça maldita, russos, ucranianos, argelinos, angolanos, húngaros, tchecos, búlgaros, chineses, romenos e cubanos, os barbudos eram os piores. Fidel e Guevara queriam incendiar a América Latina.

Célia trouxe um café. No Vietnã, segundo o jornal, na batalha de Den The Thi os vietcongues perderam 4.118 homens enquanto que as perdas aliadas foram consideradas leves. Quanta pretensão daqueles homenzinhos amarelos: enfrentar o Império Americano, aqueles asiáticos seriam vencidos assim como na década de 1940 o Japão não pagara placê diante de Tio Sam.

Célia ligou o televisor. O casal assistia sempre ao Jornal da TV. “Os recentes êxitos da política econômica da Revolução de 31 de março permitiram o aumento da produção de veículos e a contratação de milhares de operários”.

A imagem mostrava uma linha de montagem em pleno funcionamento. Os veículos sendo montados por homens de macacão. Máquinas, trabalho, progresso.

“Em São Paulo, o brigadeiro Faria Lima inaugura mais um trecho da Avenida Radial Leste que desafogará o tráfego dessa importante região da cidade”.

Na imagem, o sorridente brigadeiro em trajes civis, percorria as novas pistas, ao lado de autoridades civis e militares. Crianças uniformizadas aplaudiam.

“No Rio de Janeiro, o general presidente vistoriou as obras do hospital Santa Cruz que terá capacidade para mil e quinhentos leitos”.

Na imagem, o general Castelo Branco, de terno e gravata, empertigado, o presidente de todos os brasileiros, percorria um terreno esburacado. No fundo, o locutor: “O presidente Castelo afirmou que até o final do governo estará resolvida a questão da saúde no Brasil”.

...

Comerciais

"Na Irlanda do Norte, carro-bomba mata sete e fere vinte e três".

Na imagem, destroços metálicos, corpos, pessoas correndo, ambulâncias, carros de bombeiro.

"Greve de Transporte paralisa a França. As principais centrais sindicais do país decretaram a greve geral em busca de melhores salários. A paralisação afetou a vida de milhões de pessoas que não se descolocaram no país inteiro".

As imagens mostravam uma estação de trem vazia, em seguida um gigantesco congestionamento de tráfego, milhares de automóveis parados e, ao fundo, a torre Eiffel. Em primeiro plano um repórter falava: "Já falta pão em Paris".

Helicópteros voavam sobre arrozais.

"No Vietnã prossegue a ofensiva aliada".

"Tropas sul-vietnamitas desalojaram importantes contingentes de guerrilheiros vietcongues da província de Dal Po".

Os helicópteros pousaram e soldados asiáticos, fuzis nas mãos, deixavam os aparelhos curvados para evitar as hélices e desapareciam na selva.

Boa Noite, senhores telespectadores. Até a manhã no mesmo horário. Era nessas horas que a gente percebia ser o Brasil uma ilha de paz e prosperidade num mar bravo do mundo. E se achavam os militares, os construtores dessa ilha de paz.

Depois o casal assistiu, no canal 7, ao Corte Rayol Show. Célia achava Agnaldo lindo, embora jamais dissesse isso na frente do marido e Renato Corte Real engraçado. Amauri olhava sem assistir ao programa. Pensava no IPM que presidia e nos canalhas a justiçar.

Finalmente, decidiu chamar os canalhas ao quartel.

Eles tinham de abaixar a cabeça e comparecer ao terreiro onde ele, Amauri, cantava.

Quando o programa acabou, o capitão chegara a uma solução: Não trocara nenhuma palavra com a esposa: "Vamos deitar?". "Aí, não fique bravo comigo, estou sem sono". "Tudo bem, fique à vontade". "Você quer um copo de leite?". "Não obrigado". "Tô subindo".

Amauri beijou protocolarmente a esposa e subiu.

Em poucos minutos, dormia.

(Às vezes, o Amauri me preocupa, anda sério, preocupado, quase não fala. É o trabalho dele, agora então, capitão, tem mais responsabilidade).

Dentro das prerrogativas que me foram outorgadas para presidir o Inquérito Policial Militar instaurado por ordem do general de exército Lívio Barbosa Mattos para apurar a compra de viaturas pela Secretaria da Segurança do Estado de São Paulo, solicito o comparecimento do senhor Antônio Castro Barros a esta dependência militar no dia 12 do corrente mês, às 10 horas da manhã.

São Paulo, 02 de março de 1966.

Amauri Ramos
Capitão de Infantaria.

Dois motociclistas da Polícia Militar levaram o ofício, devidamente armados para evitar surpresa e o entregaram em mãos do destinatário que assinou o protocolo sem demonstrar a menor inquietação.

Inquieto estava o capitão Amauri no dia seguinte. O sangue corria mais rápido como da primeira vez que o levaram a um bordel, esperando o encarregado de compras da Secretaria de Segurança. Pouco antes das 10 horas, o soldado anunciava a presença do doutor Antônio Castro Barros.

O major não se levantou nem estendeu a mão para o visitante, deixou-o em pé no meio da sala. Era um homem alto, bonito, de cabelos pretos abundantes penteados para trás. Vestia um terno azul, brilhante, tecido Inglês, impecável, camisa branca e gravata vermelha com alfinete combinando com um lenço no bolso alto do paletó. Sapatos pretos de bico fino. Carregava uma pasta preta sem sinais de uso e ostentava um anel de bacharel em direito na mão esquerda e uma aliança.

Um aristocrata quatrocentão, filho da puta, classificou--o o militar. Depois de um silêncio para constranger o sujeito, Amauri atacou:

Quartel de infantaria de São Paulo.

Às dez horas e trinta minutos do dia doze de março do ano de mil novecentos e sessenta e seis, nesta cidade de São Paulo, Estado de São Paulo, no Quartel de Infantaria, onde se achava o Senhor Capitão Amauri Ramos, Presidente do Inquérito Policial Militar da Secretaria de Segurança Pública do Estado de São Paulo em diligência comigo, escrivão de seu cargo no final assinado o acusado, às perguntas da autoridade, respondeu como se segue:

"Qual é o seu nome?"
"Antônio Castro Barros".
"Onde nasceu?".
"São Manuel, Estado de São Paulo".
"Qual é o seu estado civil?".
"Casado".
"Qual a sua idade?".
"Quarenta e dois anos (7.1.1924)".
"Qual é sua filiação?".
"José Alberto Lobato Barros e Maria Amélia Almeida Castro".
"Qual é sua residência?".
"Avenida Higienópolis, 827, 4° andar, apto 42".
"Qual seu meio de vida ou profissão?".
"Funcionário Público".

"Sabe ler e escrever?".

"Sim, bacharel em Direito".

Depois de certificado da acusação que lhe é feita, passou o acusado a ser interrogado pela autoridade, respondendo o seguinte: que no legítimo exercício da função de encarregado de compras da Secretaria da Segurança do Estado de São Paulo e seguindo ordens do senhor doutor Olegário Correia Leite, Ilmo. senhor Secretário de Segurança do Estado de São Paulo, adquirira junto a Alves e Cia. Comércio de Veículos Especiais, cento e vinte viaturas da marca Chevrolet com as seguintes características técnicas: motor de mais de cem cavalos (124); Velocidade máxima de cento e sessenta quilômetros por hora; capacidade de frenagem a cem quilômetros por hora, trinta e dois metros e aparelhos de comunicação a serem descritos.

Ante a pergunta da autoridade, o acusado respondeu que a aquisição foi realizada em caráter emergencial diante de informações apresentadas ao senhor governador pelo Serviço de Informações da Polícia Civil afirmando estar em preparo ações de guerrilha urbana e rural por parte de facções provenientes de cisões do Partido Comunista contra o Regime legalmente constituído em nosso país. Estas ações visavam à destruição da democracia brasileira e ao estabelecimento em nosso país de um regime totalitário de esquerda à maneira da União Soviética, da China Continental e de Cuba onde notórios brasileiros comunistas recebem treinamento militar, segundo informações recebidas de fontes internacionais pelas nossas mais altas autoridades militares.

O acusado reiterou que a aquisição sem a efetivação da compra sem a respectiva concorrência pública é absolutamente legal, dentro da legislação estadual e será aprovada pelo egrégio Tribunal de Contas do Estado.

O acusado também declarou não cumprir decisões pessoais e sim seguir estritamente as ordens a ele transmitidas pelos supracitados secretário e governador do Estado de São Paulo, sendo apenas o executante fiel desses mandados superiores.

Instado pelo senhor presidente deste Inquérito Policial Militar a apresentar provas de suas afirmações, o acusado protocolou os documentos descritos no Anexo 1 e inseridos neste inquérito e eu, sargento de Infantaria, Virgílio Roberto Caminhos, lavrei esse termo do qual dou Fé.

O que fazer? Não podia deixar o sujeito plantado ali enquanto lia com atenção àquela montanha de papel, precisava pensar, avaliar as próprias forças, principalmente o general do qual diziam coisas. "O senhor está dispensado". "Obrigado, um bom dia, capitão". E Amauri sentiu-se derrotado naquela primeira escaramuça, perdera a iniciativa. O filho da puta se saíra bem.

O Omega marcava 10 horas e 30 minutos. O encontro durara apenas uma hora e o deixara com dores no corpo como se levasse uma surra. Pela janela, viu Castro Barros embarcar no carro oficial. O bandido estacionara dentro do quartel. Ele esquecera de ordenar ao corpo da guarda que não o deixassem entrar de carro.

O carro oficial era "da casa". Tinham-lhe aberto o portão.

O capitão foi ao banheiro do escritório e depois deitou-se na cama para pensar.

A mensagem do doutor Antônio Castro de Barros fora transmitida com perfeição: Eu sou apenas o encarregado de compras, cumpro ordens como o senhor, capitão. Lá em cima está o secretário da segurança, doutor Olegário Correia Leite e acima o governador, um dos líderes civis da Revolução e um homem que disca direto para o seu comandante, general de exército, Lívio Mattos e também disca direto para o ministro do Exército e até para o presidente da República e sei lá para o presidente Johnson.

E pela primeira vez desde a Revolução, o capitão Amauri se sentiu fraco, desprotegido, apeado do poder, ele que se julgava por cima. Mandava sim, no tenente, no sargento, no cabo e nos recrutas, principalmente nos recrutas, aquela massa de ignorantes que ele transformava em homens, os recrutas, os recrutas...

O toque de corneta chamando para o rancho dos oficiais. Nunca lhe acontecera adormecer assim, de repente, no quartel. Sentia um gosto podre na boca, o corpo dolorido, gripe. No banheiro, escovou os dentes, penteou os cabelos, ajeitou a roupa, passou uma flanela nos sapatos pretos, lavou as mãos e o rosto. Recomposto, como oficial do glorioso Exército Brasileiro, dirigiu-se ao refeitório ocupado já por dez ou doze homens com quem trocou continências. Enfim, o encontro com Castro Barros fora apenas um escaramuça.

Sentou-se entre o Martins e o Brás, o garçom serviu-o de bacalhau com batatas, umas batatas pequenas como nosso soldo. Era essa uma preocupação que rondava os quartéis, eram o respaldo vivo do poder e ganhavam uma miséria. Amauri concordava, tinha paisano faturando alto sem prestar os serviços deles à Revolução. Era preciso resolver a situação salarial rapidamente, pressionar os chefes. Afinal, o presidente da República era um militar e nada fazia pelos colegas. Despira a farda e virara paisano. Quando o sujeito chega lá em cima, esquece dos de baixo. É uma lei da vida. Pediriam o monte ao Castelo. Riram[4].

Concordaram todos os camaradas. Não era mais possível que o presidente os tratasse a pão e água. O coronel Almir: "Grande sujeito, o Castelo, nunca conheci ninguém mais honesto. Um dia visitou nossa guarnição, lá no sul e lhe oferecemos um pernil de um porco engordado no quartel. Acreditem, ele pagou o pernil. Um homem fantástico".

"Vamos ver se ele engorda o nosso porquinho", emendou Amauri e serviu-se da sobremesa predileta dele: pudim de leite condensado, café e voltou ao escritório para um repouso digestivo. O médico dele garantia que um descanso depois do almoço era um fator decisivo de longevidade. "Veja os espanhóis. Aí está o exemplo do general Franco".

Acordou por volta das duas horas e foi ver o Fusca.

---

[4] Trocadilho com o presidente Castelo e a batalha de Monte Castelo.

Mandara um recruta lavar o carro e encerá-lo "com duas mãos de cera, entendeu". O carrinho branco brilhava à sombra e o "recru" passava negro fumo nos pneus e "ainda falta a vaselina nas portas, capitão".

Depois foi ao fundo do quartel e, pé ante pé, flagrou o sentinela fumando. Deu-lhe um esporro e mandou-o apresentar-se ao oficial de dia para ficar preso "um dia, um dia, é pouco, três preso".

De volta, vestiu as roupas civis, calça preta de tergal e uma camisa branca pra fora da calça – roupa de estudante universitário seguindo a recomendação de não usar farda em público – fechou o escritório e embarcou no fusquinha. Realmente, o "recru" caprichara, o carro cheirava bem. Naquela hora o trânsito andava e às cinco horas abriu o portão do sobradinho, depois das habituais precauções de segurança.

Depois dos tradicionais beijinhos, Célia anunciou:

"Querido, trouxeram um presente para você...".

"Presente, que presente...".

"Uma caixa grande, está na sala, acho que é bebida. Foi um táxi que trouxe. Um senhor muito simpático".

Ressabiado, bem podia ser uma bomba, o capitão rasgou um pedacinho do papel e leu "Dewar's" e criando coragem rasgou o papel e teve diante dos olhos uma caixa de doze litros do uísque Dewar's, o favorito dele. Diante de tal surpresa, Amauri sentou-se no sofá.

"Você está bem?".

"Estou. Quem trouxe essa caixa aqui pra casa?".

"Olha, Amauri, tocaram a campanhia. Era um senhor de cabelos brancos e havia um táxi preto, antigo, parado na porta. O homem me disse que trazia uma encomenda para o capitão Amauri Ramos, foi ao táxi e trouxe a caixa. Educado, fez questão de deixar na sala".

"Você assinou algum recibo?".

"Não, nada, mas o homem me deu um envelope. Está aqui. Fiz alguma coisa errada?".

"Não, meu bem, você agiu bem".

"Caro major Amauri".

Oferecemos esta caixa de uísque para o amigo celebrar sua futura promoção a major e às outras que virão, pois o senhor tem um vasto futuro.

"Um amigo"

"Que filhos da puta", gritou Amauri para surpresa da esposa que nunca, nem nos momentos mais íntimos ouvira do marido palavras de baixo calão.

(Filhos da puta, descobriram minha marca favorita de uísque, o endereço da minha casa, o horário da minha ausência e me mandaram um recado e que recado).

A caixa era de madeira e o oficial com um martelo de bater carne a abriu. Uísque Dewar's, doze anos. Não trazia os selos da Receita Federal. Possível contrabando ou mala diplomática.

Sem entender nada, Célia a quem o marido mal olhava, resolveu fazer um café para acalmar.

(Mas são filhos da puta, como provar que foram eles. Querem me intimidar, hoje foi uma caixa de uísque, amanhã. Não brincamos, somos gente séria...). Bastava mandar dois loucos e espalhar que os comunistas...

Descobriram meu endereço, minha marca favorita de uísque – aliás, raríssima – o texto, puta que o pariu – o senhor tem futuro, o filho da puta era um grande escritor, o texto tinha mais entrelinhas do que linhas: Não faça inimigos poderosos, eles comprometerão o seu futuro, soldado. A palavra amigo propunha um pacto, uma aliança, uma sociedade comercial ratificada pelo uísque, a primeira fatia no botim.

"Meu amor, vamos jantar? Tá na mesa".

Como sempre, Célia caprichara no jantar do marido. Filé de pescada à milanesa, arroz à grega, uma salada de tomate e palmito, pão fresco. Tudo cheiroso e gostoso.

Amauri lavou as mãos e resolveu: vou tomar uma dose de Dewar's. Com um canivete que nunca abandonava, rompeu o lacre, colocou uma dose num copo baixo com três pedras de gelo. Que delícia!

Célia conhecia o suficiente da natureza do marido para ficar quieta nessas horas. Cheia de curiosidade, perguntou do uísque e o marido lhe ofereceu um gole do próprio copo. Parecia óleo de fígado de bacalhau. Amauri sorriu. Aquele amarguinho era inigualável, uma delícia.

"Esse uísque que nós ganhamos tem uma história curiosa. Na minha família, não se bebia uísque, aliás, meu pai e minha mãe raramente bebiam uma cerveja. Na minha formatura, o pai do Hélio levou no baile duas garrafas desse uísque. Dewar's (Puta que o pariu, o Hélio, puta que o pariu) e gostei do sabor. Mas é uma marca de uísque rara no Brasil. Fazia muito tempo que não via uma garrafa... Bom, teremos de fazer um sacrifício e tomar aos pouquinhos".

(Não era possível o Hélio mancomunado com aquela gentalha. Hélio, amigo, colega de Academia, quem mais sabia do gosto dele pelo Dewar's? Fez um esforço e lembrou, depois da Revolução, ouvira do general, que contava uma carraspana terrível tomada na Itália, quando a guerra acabou "bebi uma garrafa de Jack Daniels dos americanos. Nunca mais provei esse uísque. E o senhor capitão aprecia uísque?". Não, não, certamente não falara em Dewar's, não se fala de uísque com o general. Preciso disfarçar com a Célia).

"Meu amor, o que está passando no Leste?".

"Candelabro Italiano".

"Vamos?".

"Vamos".

Chegaram ao cinema, as luzes já apagadas.

Amauri logo percebeu que o filme era uma xaropada sentimental, filme para mulher. Mas na escuridão podia pensar. (Barros recebe a convocação, vive um momento de medo, depois segue a cadeia de comando, o secretário. Este vê mais longe. Quem é o merda desse capitão? Certamente o secretário (sic) possuía algum contato no quartel. Na preparação da Revolução, policiais civis e militares se reuniram com Caxias. Político é fogo. Logo descobriram o endereço dele, em último caso bastava segui-lo quando, despreocupado, saía do quartel. Não havia operação mais simples para um policial. Depois o plano. Vamos mostrar a esse capitãozinho que somos gente séria. Flores para a mulher? Parecia macabro, uma ameaça, coisa de Al Capone. Ah, já sei. Uma caixa de uísque, esse bostinha não viu nunca na vida dele. Um oficial fresco. Vamos convidá-lo para uma festa. A entrega era a coisa mais simples. Um motorista de táxi, um velho motorista de táxi. Tarefa de criança. E agora o que faço, além de saborear o Dewar's?).

Ataco pelos flancos, há o caso do chefe dos investigadores. Convocarei o canalha, pedirei explicações sob a prosperidade dele, será fácil provar que o sujeito vive muito acima do salário. Ele se assusta, procura o chefe e ouve a frase clássica: Você comeu a carne, agora roa os ossos. Levaria o corrupto ao general e observaria a reação. Na carreira militar dele, sempre fora um tático, agora aprenderia estratégia. Havia aqui uma oportunidade, uma operação de reconhecimento do terreno.

"O filme te fez bem. Você saiu do cinema aliviado".

Amauri concordou com a cabeça. Tudo planejado. "Meu bem, posso perguntar uma coisa?". "Claro, Célia, pergunta o que quiser. Sou um homem sem mistérios". "Por que você esconde sua condição de militar, uma carreira tão bonita?". "Por orientação dos superiores, meu amor, as pessoas pensam que a gente resolve as coisas e ficam pedindo favores. Capitão, livre meu filho do exército, coisas assim me incomodam". "Sei, e o uísque?". "Célia, realmente não sei, não sei mesmo, estou surpreso até agora. Uma caixa do meu uísque favorito, Dewar's. Não tenho ideia. Alguma brincadeira dos colegas... Qualquer hora a gente descobre".

"Meu bem, nem eu sabia que você gostava desse uísque".

Amauri calou-se. A mulher lhe passava um recado conhecido. "Você é muito fechado".

"Está uma noite agradável". "É verdade, foi tudo muito gostoso. O uísque é alguma brincadeira dos colegas".

Em casa, a velha toada: pijama, banheiro e cama.

No dia seguinte, Amauri quebrou a rotina. Dirigiu-se até a rua Madre de Deus, na Mooca.

Lá, no número 247 residia Jorge Cândido, o tal chefe dos investigadores. (Vamos ver a toca da fera), reconhecer o terreno. Um belo sobrado pintado de branco com entrada lateral e florido jardim. Logo uma mulher de meia-idade abria o portão e embarcava com uma menina vestida de azul e branco em uma Rural Willis (Colégio na certa). Uma moça morena apareceu para fechar o portão (empregada). Seu Jorge Cândido não perdia por esperar. Que belo padrão de vida, casa, carros, filha no colégio, empregada... Que filho da puta.

De acordo com as prerrogativas do Presidente do Inquérito Policial Militar instaurado por ordem do General de Exército, Lívio Barbosa Mattos, convoco a comparecer a esta dependência militar o funcionário público Jorge Cândido, no dia 15 de março de 1966, às 8 horas.

São Paulo, X de XXX de XXXX

Amauri Ramos
Capitão de Infantaria.

Os dois motociclistas entregaram o ofício no distrito policial e trouxeram o protocolo assinado com uma letra que pareceu ao militar um pouco trêmula.

Agora caminhando compassadamente pelo quartel, resolveu realizar uma diligência na empresa vendedora das viaturas. Ataque pelos flancos.

Iria com dez ou doze homens armados em uniforme de combate. Ridículo, correria esse risco. Ninguém fica esperto diante do cano sinistro de uma carabina M1. Talvez descobrisse a origem daquela caixa de uísque que lhe ocupava a mente.

"Soldados do Brasil, vamos sair em diligência para apurar graves crimes contra nossa Pátria. Ocuparemos uma empresa que realizou negócios nocivos ao erário público. É uma missão nova para nós, mas saberemos cumpri-la dentro do espírito de Caxias".

Os soldados, cabos e o sargento embarcaram nas viaturas sem entender a missão, mas preocupados, munição real.

Feliz com a quebra da rotina, ao lado do motorista, com o braço direito displicentemente sobre a janela, Amauri imaginava enquadrar aqueles canalhas quatrocentões que se achavam o sal do Brasil. Ele os faria pedir Sal de Frutas.

No trânsito tranquilo do meio da manhã, a caravana militar chamava atenção, duas peruas e um caminhão de três toneladas e meia cheios de homens armados.

Seria talvez uma nova Revolução? Prudentes, os motoristas cediam passagem, um guarda parou o fluxo para a passagem dos veículos. Essas deferências assustadas agradavam o militar. De óculos escuros, na alta viatura, via o mundo de cima.

Sem titubear, o velho abriu o portão. Com os *homes* não tinha "problema". "Sargento, ponha a tropa no pátio". "Sim, senhor capitão". Posta a tropa no pátio, o capitão invadiu o salão. A loura recepcionista deu-lhe um sorriso de cinquenta e dois dentes. "Pois não, senhor?". "Quero falar com o diretor presidente". "A quem devo anunciar?". "Ao capitão Amauri, do Exército Brasileiro". "Um momento, por favor, o senhor não que sentar?". Naquele momento, Amauri não era homem de sentar, o faria lá dentro na sala refrigerada do diretor presidente que o recebeu com um aperto de mão firme e um tom amável. "Vamos sentar capitão, em que posso servi-lo?".

Terno azul bem cortado e ao mesmo tempo displicente, camisa levemente azul, abotoaduras de ouro, gravata vermelha. Usava um perfume, o viado. Certamente, vestiu o paletó pra me receber. Minha vantagem está na farda verde oliva e no Colt na cinta.

O capitão sentou e se explicou. "Estou aqui atrás de informações sobre a compra de viaturas pela secretaria de segurança do Estado. Quero todos os documentos relativos ao negócio, inclusive e principalmente os depósitos bancários".

Na escrivaninha de mogno, um retrato do cara com o governador.

"Não há problema nenhum, capitão Amauri. Negócios com o Estado são públicos, interessam a toda sociedade. O senhor aceita uma água, um café, enquanto providencio seu pedido?". "Café e água".

(Onde este sujeito arranja essas mulheres, essa é um banquete, mulher para trezentos talheres. Como esses paisanos se tratam e a gente com um soldo de merda. Porra, não guardei o nome do cara. Ah, doutor Nogueira, na mesa, doutor em quê, Nogueira).

Em dez minutos, o Nogueira voltou com as mãos vazias. "Senhor capitão, para a sua comodidade dispus a documentação em uma sala com ar condicionado. Assim o senhor a examinará com tranquilidade. Fique à vontade, capitão. A casa é sua".

(Outro vaselina filho da puta, maçaneta do caralho, não enfrentavam nem mostravam medo, eram finos, finórios, pareciam até estar do mesmo lado).

"Antes de ver os documentos, eu gostaria de percorrer a empresa". "Com todo o prazer, capitão, eu próprio lhe mostrarei nossas instalações. Temos muito orgulho dela. Meu pai iniciou as atividades em 1917 em plena Guerra Mundial. Veja, capitão Amauri esta viatura pertence à polícia, está em revisão. Veja o senhor o equipamento de comunicação instalado. É igual ao do Exército Americano usado no Vietnã. O senhor naturalmente sabe que nos centros urbanos a comunicação por rádio é dificultada pelas instalações elétricas, pelos edifícios. Pois esse nosso aparelho funciona em qualquer terreno. Será muito útil no combate ao crime e à subversão, pois, capitão Amauri, a subversão em nosso país não está derrotada, sofreu uma derrota em 31 de março e se escondeu covardemente, mas tentará voltar. Renascerá das cinzas como a Fênix...

(Mas que filho da puta, a música é a mesma do Barros, devem ter ensaiado).

Com as mãos atrás das costas, o capitão e o empresário percorreram as instalações da concessionária: Funilaria, pintura, mecânica, pátio interno, depósito, um saco.

Quando folheou os papéis, o militar verificou serem os mesmos entregues pelo Barros. Amauri sentiu desejo de descarregar o Colt no pacote ou no empresário. "Que merda de revolução é esta que não fuzila ninguém?".

Os documentos bancários indicavam claramente. Os cheques do governo do Estado eram depositados regularmente na conta da concessionária e a trilha acabava aí. O capitão tinha absoluta certeza de que da conta da concessionária uma parte da grana se escoava para o governador, o secretário, o encarregado de compras etc. Saiu da sala e pediu ao primeiro que viu que chamasse o presidente. Pois o homem veio, contrariado, mas veio. "Preciso da movimentação bancária da sua empresa, do dia seguinte à transação das viaturas".

"Impossível, senhor capitão, impossível, infelizmente impossível. A transação das viaturas envolve o Estado, portanto sua documentação é pública, entretanto quando o dinheiro entra no nosso caixa torna-se privado, a empresa reserva-se o direito constitucional de manter em sigilo seus negócios".

"O senhor há de convir que o recebi com a maior cordialidade e respeito que uma autoridade militar merece, ainda mais no momento em que nossas bravas Forças Armadas nos salvaram do perigo vermelho, mas é impossível romper o sigilo da contabilidade de uma empresa privada. Foi, entre outras coisas, por que fizemos esta Revolução, sim, capitão, sou também um revolucionário de primeira hora, um dos organizadores da Marcha da Família com Deus pela Propriedade, digo Liberdade. Fizemos a Revolução para resguardar os direitos constitucionais, a cidadania, a liberdade, inclusive a econômica".

A primeira reação de Amauri foi ordenar que o filho da puta pagasse cinquenta flexões. Na imaginação, sacou da Colt e enquadrou o sujeito. Depois respondeu: "Então o senhor recusa documentos a um Inquérito Policial Militar? Isso é gravíssimo". "Meu caro capitão, eu não recuso. Esta empresa é uma sociedade anônima da qual sou o gestor. Respondo por meus atos administrativos perante o conselho dos acionistas. Um documento, como o senhor solicita, só pode ser fornecido diante de uma ordem judicial. Infelizmente. Seria um prazer atendê-lo. Pessoalmente, não vejo nenhum empecilho, mas...".

Uma granada explodira na cabeça do capitão. E o sujeito permanecia na frente dele, intocado – só à bala – sem causar nenhum dano.

O que fazer? O adversário, como nos filmes da infância, não desmanchara o cabelo. Os dois homens trocaram um olhar de puro ódio. "Capitão, fique à vontade, se precisar de alguma coisa é só pedir, infelizmente me retiro. Um importante compromisso me espera, a vida de um empresário é fogo... O senhor e seus homens almoçam conosco?".

Mais uma vez, o militar confraternizaria com o inimigo? Manter-se-ia no território ocupado?

Eram dez e meia. "Vou aceitar seu almoço". "Será um prazer para a empresa. Até logo, capitão Amauri".

Pensou em dar voz de prisão ao empresário, mas como prender um homem íntimo do governador, um homem que tomava uísque com os generais. "Dewar's, Dewar's, puta que o pariu". Dewar's era o uísque preferido do general. Dewar's. Sempre que havia uma recepção o intendente providenciava Dewar's para o general. Ato falho, esquecera esse detalhe. Ele e o general compartilhavam o mesmo gosto. Qual seria então o recado? Você e o general têm algo em comum?

Por um momento, o capitão desejou a caserna, a simplicidade da caserna. "Recruta, suba no poste". "Meu tenente, sofro um problema com altura, desde pequeno". "Recruta, suba no poste".

O rapaz subira uns dois metros e caíra como uma fruta podre e quebrara o braço.

Com o braço na tipoia, comparecera todos os dias ao quartel às seis e meia. Essa era a lógica. Mandar e obedecer. Aqui, o presidente do Inquérito Policial Militar acabava sozinho numa sala.

De nada adianta chamar a secretária e ordenar. Quero todas as saídas de dinheiro depois do recebimento das viaturas.

O militar deixou a papelada sobre a mesa e saiu da sala. A empresa funcionava normalmente.

Um sedan no elevador era inspecionado por dois mecânicos, outro deles mexia no motor de uma caminhonete, uma ponte rolante carregava um motor. No pátio, os soldados destoavam do conjunto: "Sargento, peça que a secretária lhe indique a sala, recolha os documentos. Vamos para o quartel". (O vaselina que enfie o almoço no cu).

O capitão subiu na viatura. "Pro quartel".

O soldado acionou a partida, porém a velha viatura respondeu com um vagido. Era uma velha perua Chevrolet com no mínimo quinze anos de uso. Certamente, a garantia da bateria vencera havia um bom tempo.

"É a bateria, meu capitão". (Puta que o pariu, merda de Exército). Para evitar a suprema humilhação de ser empurrado, o capitão aceitou o auxílio do chefe da oficina que aplicou uma chupeta na bateria e pôs a viatura em funcionamento.

Sem agradecer, o militar embarcou e pensando em punir o motorista rumou para o quartel onde, guardada a papelada, foi almoçar.

Sim, senhor coronel, dizia o capitão, sim senhor capitão, dizia o tenente, sim. Era impensável não cumprir uma ordem e voltar ao superior e explicar-se. Não se admitem explicações. (O professor de Português da Academia, o comunista que fora o primeiro punido pela Revolução, dizia que todo texto tinha linhas e entrelinhas).

Ele detestava o coronel professor – homem de sutilezas – linhas e entrelinhas. Por que ele lhe aparece agora na memória com aquela voz clara e de óculos?

Ordem é linha. Ocupe a concessionária, mas havia a entrelinha. Não fornecer o documento sem ordem judicial, tenho minhas responsabilidades. E ele não podia prender o fulano, ou podia?

Poder, poderia, mas e depois? Viriam novas ordens e ele poderia acabar em Santo Ângelo, na fronteira com a Argentina e ficar por lá muitos e muitos anos tomando carona nas promoções.

O coronel professor estudava um texto e descobria lá no fundo um sentido oculto. Inteligente o coronel. Qual seria o sentido oculto do IPM da secretaria da segurança? Havia tantas personagens... O general, qual seria a dele; o governador, o sujeito carregava a fama de corrupto e era um líder civil da Revolução e mandava na Força Pública. Sempre era uma tropa profissional com sessenta mil homens. No baralho do poder, no jogo com o governador ele era um dois de paus.

Digamos que travei com essa canalhada toda uma escaramuça, um incidente de fronteira antes da declaração formal de guerra. Ora amanhã, tem o tal chefe dos investigadores, esse filho da puta não é amigo do general, do governador, nesse posso botar o dedo na cara e enquadrar, esse é um recruta.

"Estafeta, mande o cabo da guarda apresentar-se a este comando". "Sim, capitão".

"Cabo, está para chegar um paisano chamado Jorge Cândido". Possivelmente estará armado. Dê-lhe um chá de cadeira. É investigador de polícia, quero que perca a pose na casa da guarda. Depois de tirar a arma, continue a revista com humilhação e depois da minha chamada, indique o caminho errado. Mande-o até o campo de futebol. E então, encontre-o, chame-o de burro e traga-o aqui. Diga-lhe que é incapaz de achar o caminho. Entendeu?".

"Sim, capitão".

A sala de comando ganhara uma pequena mesa onde o sargento Virgílio, melhor datilógrafo do quartel anotaria o depoimento do policial.

Amauri estava de excelente humor. Eram dez horas da manhã, o tira já estaria de pé na sala da guarda, rodeado de pés de couve, que o ignoravam, depois de revistá-lo. Lá pelas onzes horas o mandaria entrar e após algumas perguntas iria almoçar deixando-o de pé como um menino de castigo.

"Estafeta, mande o cabo de guarda dispensar a viatura que trouxe o tira. Se ele veio dirigindo mande estacionar longe, entendeu".

"Sim, capitão".

Amauri foi ao banheiro, sossegado, lendo as notícias do Corinthians, depois lavou as mãos com uma escovinha, penteou os cabelos, telefonou para a esposa e finalmente às onze e meia mandou entrar Jorge Cândido.

Apareceu, um homem troncudo, largo pescoço, pele avermelhada e grande barriga. Vestira o melhor terno para a ocasião, um cinza com risca branca e usava uma gravata listrada. Nos olhos, o capitão viu um ódio assassino. O cabo da guarda trabalhara bem.

"Bom dia".

"O senhor Jorge Cândido foi chamado a esta dependência militar dentro das atividades, do Inquérito Policial Militar, por mim presidido para apurar a corrupção nos quadros da Secretaria da Segurança".

Jorge Cândido tinha vinte anos de polícia onde era conhecido por seu gênio explosivo. Ninguém tinha coragem de chamá-lo de coice de mula, perdia a paciência dava "umas porradas no malaco". Recebia algum do bicho, mais algum de um puteiro – coisa fina – fazia cobranças de cheques sem fundos, levantava o devedor pelos colarinhos, "vai pagar ou não vai" e outros acertos. Dizia sempre: "É a vida, tenho um filho estudando pra médico". O menino cursava o ginásio.

Enfrentava uma situação nova. Nunca na vida dele alguém o revistara, o filho da puta tinha chutado o tornozelo como ele fizera milhares de vezes, e humilhação total, ficara de pé mais de uma hora, rodeado de palhaços de verde fingindo que não o viam, tinham lhe ensinado o caminho errado e o chamado de burro, merda e agora com as pernas doloridas via aquele magrinho sentado na escrivaninha olhando pra ele com cara de deboche. Vontade de matar. O cara era capitão vivo, morto virava cadáver. Qualquer noite dessa, seu filho da puta.

"O senhor está diante do presidente do Inquérito Policial Militar que apura a corrupção na secretaria da segurança. Suas declarações serão reduzidas a termo e registradas pelo sargento".

Quartel de Infantaria de São Paulo

Às 10 horas e 30 minutos do dia seis de março do ano de 1966, nesta cidade de São Paulo, Estado de São Paulo no Quartel de Infantaria, diante do capitão Amauri Ramos, Presidente do Inquérito Policial Militar da Secretaria de Segurança Pública do Estado de São Paulo em diligência comigo, escrivão de seu cargo no final assinado o acusado, o qual, às perguntas da autoridade, respondeu como se segue.

"Qual é o seu nome?".

"Jorge Cândido Puzzi".

"Onde nasceu?".

"Em São Paulo, Capital".

"Qual é o seu estado civil?".

"Casado".

"Qual é sua idade?".

"Quarenta e cinco anos (8.10.1921)".

"Qual é sua filiação?".

"Roque Scarza Puzzi e Ana Aparecida Tadeu".

"Qual é sua residência?".

"Rua Madre de Deus, 273, Mooca, São Paulo, Capital".
"Qual seu meio de vida ou profissão?".
"Funcionário Público lotado na Secretaria de Segurança".
"Sabe ler e escrever?".
"Sim, técnico em Contabilidade".

Depois de certificado da acusação que lhe é feita, passou o acusado a ser interrogado pela autoridade respondendo o seguinte que recebe um mil e quatrocentos cruzeiros de salário e vive em uma casa de quatrocentos e oitenta metros quadrados de legítima propriedade sem ônus ou hipoteca sendo também legítimo proprietário de um automóvel Simca Chambord, ano de fabricação 1965 e que verberado pela autoridade por tratá-la por capitão, o acusado desculpou-se alegando desconhecimento da cortesia militar e que a partir daquele instante seguiria estritamente as regras da instituição chamando-o por senhor capitão e que não é o único provedor da família porque a esposa dona Letícia, com quem é casado em comunhão total de bens, é legítima proprietária da Casa de modas Letícia, situada à rua da Mooca, 1942, em prédio próprio, advindo desse comércio boa parte da renda familiar. Outrossim, declarou, sob as penas da lei, ser o imóvel onde reside proveniente de herança familiar da esposa e que exerce a função policial há dezenove anos com correção e probidade, sendo sempre promovido por merecimento e não tendo jamais recebido advertência ou punição administrativa combatendo o crime e a contravenção em todos os momentos da carreira e que no governo passado fez parte da segurança pessoal do então governador Adhemar Pereira de Barros fato do qual muito se orgulha por ter elogios da citada autoridade em sua folha funcional.

Ante as perguntas do presidente do Inquérito sobre o "Jogo do Bicho" asseverou desconhecer completamente tal atividade no âmbito da sua delegacia e que se tivesse ciência de tal fato o coibiria.

Instado pelo senhor presidente deste Inquérito Policial Militar a apresentar provas de suas afirmações, o acusado prometeu-as no menor tempo possível e eu, sargento de infantaria, Virgílio Roberto Caminhas, lavrei este termo do qual dou Fé.

"Você pensa que o corpo de oficiais tem idiotas? Tenho cara de palhaço? Sargento, recolha este animal ao xadrez. Este crápula precisa aprender a respeitar Caxias".

(Sobre a mesa do filho da puta uma faca de cortar papel. Enfiada na garganta... O da máquina vai no braço).

Quando Jorge Cândido ergueu o pé direito do chão e olhou para o major, viu uma Colt apontada e um clique da mola.

"Algum problema, palhaço? Te estouro os cornos".

Os dois homens olharam cheios de ódio. Nenhum se moveu. O intestino do investigador lançou uma nuvem de gás.

"Que merda, Sargento, leve esse animal antes que suje o chão e tenha que limpar com a língua".

Jorge Cândido não deixou o sargento tomar-lhe o braço. (Aquele filho da puta não sabia com quem se metera. Tava morto. Mortinho da Silva. Era capitão uma ova, morto era cadáver).

Um pouco assustado, o sargento Virgílio chamou dois pés de couve para acompanhá-los e conduziu o prisioneiro até o xadrez atrás do campo de futebol, pensando ser verdadeira a fama de louco do capitão Amauri.

Se o tira se mexesse, ele atirava. Trancou o sujeito e voltou para terminar o termo. Ainda bem que só ocasionalmente trabalhava com aquele oficial.

Naquela hora, Jorge Cândido matou Amauri Ramos de várias maneiras. Com 78 facadas, inclusive nos olhos, ainda vivo cortou-lhe as bolas do saco, depois com um tiro de 22 na coluna e pulando sobre a barriga do cara paralítico, não, melhor era tacar fogo no carro, não, matar na porrada com uma barra de ferro, quebrar um braço, depois o outro, a perna, a coluna, arrancar os olhos, cortar as orelhas, esmagar o nariz, pisar o nariz. A repetição desses pensamentos acalmou o investigador – um tiro de doze na cara – e sentindo-se cansado até o fundo dos ossos, deitou no catre e apagou.

Sentindo o dia ganho, o militar trocou a farda pelo uniforme de futebol e entrou no campo confiante na vitória.

"Estafeta, chame o cabo da guarda". "Sim, senhor major".

"Cabo, está para chegar um paisano chamado Antônio Augusto Abdala. Possivelmente virá com motorista, reviste o motorista mesmo que seja policial e não o deixe estacionar nas proximidades do quartel, enxote-o. Reviste com humilhação. O Antônio Augusto é um contraventor, não merece respeito. Depois aos costumes, meia hora de pé, caminho errado, chame-o de burro" "Capitão". "Sim cabo". "Boto o homem esperando no banheiro?"

"Faça isso cabo, no banheiro. (Esse menino vai longe). Cada vez que alguém usar o banheiro, tire o sujeito e ponha de volta. Mande não puxar a descarga".

De terno branco, camisa rosa, gravata vermelha e sapato branco, Antônio Augusto Abdala, vulgo Turcão entrou com o chapéu panamá na mão: "Boa tarde, capitão".

"Boa tarde, é senhor capitão, sua besta. Respeite minha patente". (Quero ver agora o que me dizem esses dois).

"Seu Antônio Augusto, o senhor conhece esse indivíduo ao seu lado?".

"Pois conheço sim, o doutor Jorge Cândido frequenta a mesma igreja que eu. Damos uma mão nas obras sociais da paróquia com o padre Valmir".

(Puta que o pariu, pendurar esse filho da puta é indispensável, os dois, um ao lado do outro).

O homem estava de pé, era atarracado, gordo de grossa cintura e visivelmente as pernas reclamavam do peso. Passou a mão direita pelo bigode, hesitando. O rosto avermelhado guardava marcas de espinhas e uma cicatriz do lado esquerdo. Os olhos pequenos e avermelhados evitavam o olhar do militar. (Tá manso, mas é bom de briga).

"Nome?".

"Antônio Augusto Abdala".

"Local de Nascimento?".

"Santos – Estado de São Paulo".

"Idade?".
"Cinquenta e seis anos – 03.12.1910".
"Estado Civil?".
"Casado".
"Filiação?".
"Farid Abdala e Salma Abdala".
"Residência?".
"Avenida Paes de Barros, 1224, 12º andar, apto. 12".
"Atividade Profissional?".
"Comerciante".
"Sabe ler e escrever?".
"Sim".

Depois de certificado da acusação que lhe é feita, passou o acusado a ser interrogado pela autoridade respondendo o seguinte: que por motivos religiosos de foro íntimo sente grande ojeriza por jogos de azar, não frequentando nem aqueles de caráter beneficente organizados pela paróquia para arrecadar fundos para a caridade. (Esse vai dormir sem janta. Pensa que sou retardado) que talvez exista na Mooca um indivíduo de alcunha Turcão dedicado à organização e exploração do vulgarmente denominado *jogo de bicho*, mas que não se trata dele, Antônio Augusto Abdala, e diz desconhecer o paradeiro e a identidade do supracitado elemento o qual, na opinião dele, desmerece a operosa comunidade libanesa radicada em nossa urbe e que confirma ser legítimo proprietário dos 27 imóveis registrados em seu nome nos cartórios desta comarca adquirido com o legítimo fruto do trabalho dele ao longo de quase quarenta anos de diuturno labor, quer ser visto em companhia dos policiais do distrito de vila Zélia, não desmerece ninguém sendo apenas fregueses habituais do restaurante e que soube pelos jornais do bárbaro assassinato de "Netinho Candango" com o qual jamais negociou, sendo as fotografias em que aparecem juntos montagens da imprensa sensacionalista e que fora indagado no inquérito policial, mas dispensado por falta de provas.

(Agora esses dois palhaços conhecerão a hospitalidade de Caxias. E sem janta, estão muito gordos, os filhos da puta. A corrupção não tem lugar no Brasil que sonhamos construir.

Um tira boçal tem três carros e uma mansão e uma loja, um bicheiro assassino tem 27 imóveis e vive solto por aí às custas dos idiotas que jogam no bicho).

Nada mais havendo para registrar, eu, Virgílio Roberto Caminhos, lavrei esta ata que depois de lida foi assinada pela presidência deste Inquérito e pelo acusado.

Algum tempo depois, no salão de festas do Palácio do governo, no Morumbi, repleto de homens de terno e mulheres elegantes exibindo joias. Há também muitos oficiais do Exército em farda de gala, aviadores em farda azul e alguns marinheiros de branco. Conversas discretas, abraços efusivos, tapinhas nas costas. Célia está deslumbrante num vestido de tafetá azul atraindo olhares de autoridades civis, militares e eclesiásticas. Amauri sente inveja do 1,86 metro do Hélio, destaque naquela massa de ternos e uniformes. Veste farda de gala e conversa com o delegado Laranjeira. O governador pede a palavra.

"E ainda recentemente, ao sentir que esta Pátria, esta Pátria que trazemos todos enraizados no coração e pela qual trabalhamos diuturnamente, mais uma vez, tomou das armas e enxotou aqueles que – esquecidos das mais nobres tradições democráticas da nacionalidade brasileira – pretendiam trazer à nossa terra ideologias de extração exótica e implantar sob o Cruzeiro do Sul uma república sindicalista (aplausos), passando sobre os nossos cadáveres" (aplausos heroicos).

"Por isso, general Lívio Barbosa Mattos, receba o nosso preito de gratidão e a mais alta e honrosa comenda que o governo deste Estado pode outorgar" (aplausos prolongados).

O general recebe a comenda, aperta a mão do governador.

Outras autoridades rodeiam o militar, apertam-lhe a mão e o abraçam. O general faz um gesto autoritário com o braço direito e limpando a garganta, assume o microfone.

"Dispensarei as saudações protocolares. Aqui somos todos amigos, brasileiros amigos do país e meus amigos, portanto, meus amigos, sou filho de uma família nordestina cuja herança foram os sólidos valores morais transmitidos pelo exemplo. Vejo ainda meu pai trabalhar a terra árida sob um sol escaldante e minha mãe com um balde na cabeça e um filho em cada mão buscar água na cacimba. Esse é meu gênesis, a forja do meu caráter, onde aprendi o amor a Deus e a Pátria. Muito cedo deixei meu torrão natal, o Angico, para iniciar a trajetória que me traria aqui. Ingressei no colégio Militar ainda menino e lá sábios mestres forjaram meu corpo e minha mente. Posteriormente, fui selecionado por mérito para ingressar na Academia Militar do Realengo, fundada em 1810 por D. João VI e onde me honraram com a amizade Humberto de Alencar Castelo Branco (aplausos), Arthur da Costa e Silva (aplausos), Amauri Kruel (aplausos), Golbery do Couto e Silva (aplausos), Osvaldo Cordeiro de Farias (aplausos) e outros amigos queridos que o tempo me impede de citar".

"No final da década [1920], ainda segundo-tenente, exerci o cargo de delegado de polícia de Juazeiro do Norte, no Ceará onde combati com tenacidade uma endemia que felizmente já desapareceu do nosso país, o Coronelismo (aplausos) herança do Império e da República Velha".

(O homem está tomado, isso vai longe).

"A Revolução de Trinta me encontrou nas Alterosas onde saudamos a vitória entre a altiva gente montanhesa. Naquela altura, o movimento revolucionário parecia o florescer de uma esperança para a nossa Pátria amada, pois trazia em seu bojo uma geração de militares patriotas e idealistas dispostos a modernizarem o nosso país, da qual me orgulho ainda de fazer parte".

(Agora pegou no breu, isso vai longe e tô com fome).

"O ano de [1932] me propiciou um conflito fratricida divisor da nossa Pátria e sou daqueles que crê ser fatal a divisão de um país como ocorre agora com a outrora gloriosa Alemanha (aplausos). Com a alma em frangalhos, combati a assim chamada Revolução Paulista e pela primeira vez vivi nesta gloriosa cidade a qual aprendi a amar (aplausos). Cursei então a Escola de Comando e Estado-Maior no Rio de Janeiro, onde enfrentei mais uma vez uma situação absurda provocada pela infiltração de ideologias exóticas no seio das Forças Armadas, a Intentona Comunista de 1935. Estes maus brasileiros fuzilaram oficiais e praças que dormiam tranquilos nas casernas do 3º R. Contra esses monstros covardes, combati de arma nas mãos" (aplausos prolongados).

"Nesta altura da nossa História, o governo de então, presidido pelo senhor Getúlio Vargas, não resistiu à tentação autoritária que então rondava as nações e declarou a ditadura, o Estado Novo. Não contou com o meu apoio porque, senhoras e senhores, sempre fui um democrata" (fortes aplausos) O governador brada: "Muito bem, general".

Dizem os psicólogos ser a memória humana seletiva. O governador começara na política agarrado ao saco do ditador Getúlio Vargas. Agora esquecia esse fato.

"Poupá-los-eis [Poupá-los-ei] das agruras da formação da Força Expedicionária Brasileira. Nosso Exército seguia o modelo francês, implantado pela Missão Francesa comandada pelo General Gamelin. De afogadilho, contra a incompreensão de muitos – os eternos contestadores – adotamos o modelo de treinamento norte-americano que seguimos até hoje. Desconfiei que o governo de então – esse sim uma verdadeira ditadura onde os opositores eram torturados nos porões da opressão (aplausos vibrantes – Amauri exclama: "Apoiado") – escolheu os oficiais que o detestavam e tive a honra de ser escolhido para defender a democracia nos campos de batalha da Itália e para lá viajei sob a ameaça dos submarinos alemães. Na viagem, convivi com o cronista Rubem Braga, cuja amizade muito me honra, inclusive citando-me no livro *Com a FEB na Itália*".

"Meus caros amigos, são indescritíveis as dificuldades que enfrentamos para organizar a FEB. Desde o baixo nível de saúde dos recrutas, à falta de uma indústria de roupas para vestir a tropa com uniformes adequados ao inverno europeu e a adaptação a armas e táticas novas. O homem brasileiro venceu as agruras do clima, a aspereza do terreno, a vontade do inimigo. Vencemos todas as dificuldades e gravamos o nome do Brasil no panteão da luta contra o nazismo e o fascismo, enfrentamos os veteranos germânicos disciplinados e fanáticos, armados com as célebres Lurdinhas, a melhor metralhadora da guerra da qual não esqueço a gargalhada sinistra.

Depois de terminado o conflito, a volta da FEB precipitou a queda da ditadura do senhor Getúlio Vargas e voltamos à caserna engajados na tarefa de modernizar o Exército. Em 1949, estudamos em Fort Braggs e regressamos ao Brasil sem que o Exército nos desse oportunidade para colocarmos em prática o que aprendemos na América.

A volta do senhor Getúlio Vargas ao poder precipitou o país em nova crise da qual não me alienei; juntamente com outros oficiais assinei o Manifesto dos Coronéis. Solidificou-se então um grupo de oficiais irmanados pelos mesmos ideais de amor à pátria e insatisfeito com os rumos impostos pelo senhor Getúlio Vargas e seus acólitos à administração do nosso país (aplausos delirantes).

Participamos ativamente da agitação política durante o governo Juscelino e condenamos vivamente a construção de Brasília, investimento alto e sem retorno, provocador da inflação que ainda hoje assola o Brasil.

Tivesse o presidente Juscelino construído uma grande usina hidroelétrica em Sete Quedas, o Brasil estaria bem melhor do que hoje.

Brasília é uma ilha da fantasia afastada por milhares de quilômetros da realidade nacional.

Chegamos a uma época dramática da vida nacional, os anos 1960. Eleito por grande maioria de votos como uma grande esperança de renovação dos costumes políticos brasileiros, Jânio da Silva Quadros fez molecagem com seus seis milhões de eleitores e renunciou ao mandado em agosto de 1961 (aplausos delirantes do governador, inimigo histórico do Jânio).

O vice-presidente era inaceitável pelo passado demagógico, populista, getulista e, por que não dizer, comunista. A posse daquele homem nefasto na presidência da República seria uma catástrofe nacional como posteriormente os fatos se encarregaram de provar (aplausos medianos, o público aparenta impaciência e cansaço).

Eivados de compreensão e boa vontade dentro do espírito cristão do nosso povo, os mais altos chefes militares aceitaram a solução parlamentarista.

Quem não a aceitou foi o próprio Jango Goulart que desde o primeiro momento passou a trabalhar pelo retorno ao pleno poder, propondo um plebiscito obsceno. O que significava isto? A implantação do comunismo em nosso querido país. O próprio presidente em conluio com Luís Carlos Prestes, este notório traidor da pátria brasileira preparava a comunização do país. Então ao lado dos nossos irmãos expulsamos os vendilhões da Pátria para os Uruguais de onde não voltarão jamais (aplausos esperançosos).

A Revolução Democrática de 31 de março foi o mais destacado serviço prestado pelas Forças Armadas Brasileiras à nação e modestamente sinto orgulho da minha participação neste episódio glorioso.

Muito obrigado, senhoras e senhores".

O governador abraça o general com paixão. Depois o militar é cercado por um imenso cordão de puxa-sacos, todos a marcar presença. O capitão Amauri espera sua vez e também abraça o superior que agradece.

A uma ordem do chefe do cerimonial, os garçons sorrateiros penetram no salão. O capitão serve-se de um croquete e fica estarrecido diante de outro garçom que lhe oferece uísque Dewar's doze anos. Com um gesto, aceita a bebida. "Que uísque é esse?". "É a marca preferida do governador. No Palácio só servimos uísque bom. Vem pela mala diplomática. Esse é do legítimo".

O militar confere em um largo gole.

"Esse é legítimo mesmo!".

"Você viu os lustres, meu bem, puro cristal da Boêmia, um brilho sem igual, e o serviço? Pura prata e bem polida, eu não sou muito de beber, mas champanhe francês a gente não recusa, não pode, é bom demais. E os salgadinhos, Amauri do céu, valeu a pena esperar, cada camarão empanado e as coxinhas cremosas tão boas como as do Fasano, eu adoro croquete, hum, esses eram de carne de primeira e as rosas da decoração!".

O capitão Amauri é um desses homens a quem a extensa conversa feminina irrita, educara-se para formar frases curtas, facilmente entendíveis, claras, e aquele palavreado todo o enervava, sim a festa fora boa e pronto e ainda descobrira que daquela adega viera o uísque dele. Não queria, porém, estragar a noite interrompendo o discurso da mulher... "E as joias da mulherada, cada brilhante maior que o outro e as esmeraldas sensacionais da esposa do governador montadas em platina ou ouro branco sei lá" e tratou de guiar o Fusca pelas ruas do Morumbi. "Mercedes, Impalas, Chryslers, um Jaguar, vários Aero Willis oficiais passavam por ele com facilidade, faltava motor ao "Fusca" e o vestido dela era do Denner com certeza", por um instante pensou em contar à mulher a origem do uísque dele, mas achou a ideia idiota. "Então você gostou da festa?". "A-do--rei, acho que foi a melhor festa de toda a minha vida e ainda não acabou" – mão sobre a perna direita do marido que sente o membro crescer e endurecer. "É, acho que não acabou não. Daqui pra frente teremos grandes festas, frequentaremos a sociedade paulistana, eventos políticos e sociais".

A mulher atrapalhada pelo câmbio, aconchegou-se ao marido. Amauri tratou de arrancar do motorzinho mais potência para chegar logo e desfrutar de uma trepada monumental, precisava com urgência de um carro mais potente.

Lá foram eles no Fusca branco subindo e depois descendo a Rebouças quase deserta naquela hora da madrugada de volta ao lar onde a cama os esperava para uma foda inesquecível, inclusive porque Célia sempre se recusava a ficar por cima, perguntou-se por que não? Para surpresa do parceiro que, maravilhado, viu a mulher ofegar e gemer atirando a cabeça para trás como uma fera enquanto o homem murmurava: agora, vai, assim, mais depressa, ai, ai, ai que bom!

Muitos anos depois, quando Amauri já doente recordava os inumeráveis dias da vida dele, aquela noite surgia-lhe na mente,

Célia pelada em cima dele, os peitos pequeninos balançando, a boca aberta, o branco dos dentes, o nariz sugando o ar com desejo e mais do que tudo os golpes do ventre alucinado, enlouquecedores, enquanto ele a segurava pela bunda, molinha no início, mas, rija depois. Ufa, fora uma trepada imortal, a melhor de uma vida de muitas trepadas.

Já nada crescia sob o pijama e a mulher coberta por uma camada de gordura, casada com outro já não existia, não era mais a mesma.

"Célia, trago uma notícia boa, estou arranjando um comissionamento pra você na secretaria da educação, servicinho leve, assim você volta a estudar mais sossegada".

Célia gostava de ensinar, relacionava-se bem com os alunos, ao dar aula sentia que colocando "a pedra dela ajudava a construir o mundo"[5], mas ninguém recusa uma boa sinecura e dispor de tempo para estudar para impressionar os mestres e construir uma bela carreira universitária era um sonho bom. Ser mestra, doutora, conhecida pelo notável saber, escrever livros, ter fama. Não perguntou ao marido como conseguira "a boca". Ele era assim, pleno de mistérios, um poço com luz só na boca. "Mas que notícia boa". Deu-lhe um beijo e foi tratar do jantar, pensando na pós-graduação.

Durante muito tempo em Taubaté, a vida correra devagar. Longos anos no ginásio e colégio enamorada secretamente do professor de Inglês – bicha, bichona louca, garantia o Getúlio roxo de inveja – dos dias iguais se sucedendo sem nenhum acontecimento significativo até namorar o Amauri – um pão, diziam as amigas mortas de inveja – enquanto as mãos dele avançavam pelo corpo dela, o casamento, a lua de mel e em São Paulo uma nova rotina se instalara, os cuidados da casa, as aulas, o sexo três vezes por semana, uma sessão de cinema de vez em quando.

Agora, frequentavam festas no Palácio, na casa de empresários como o dono da pizzaria na Mooca e o sujeito dos

5 Antoine de Saint Exupéry – *Terra dos homens.*

automóveis, e de repente – como no poema – não mais que de repente ele anunciava a compra, financiada pelo Exército de um apartamento na Paes de Barros: prédio seminovo com elevador, hall bem decorado, garagem para dois carros e dois bons quartos, sala, cozinha, banheiro e espaço para a empregada. Será que vou me acostumar a morar em apartamento? Mas não falou nada, o marido estava feliz demais – parecia como diziam os apresentadores de televisão – realizado e nunca a procurara tanto, pareciam estar em lua de mel. Ele chegava do serviço e a agarrava, louco de desejo e quantas vezes não se contentava com uma só, repetia a dose, às vezes, triplicava. E isso começara depois da promoção. O major parecia outro homem, feliz, despreocupado, poderoso.

Como o Exército era bom com o pessoal dele. O governo jamais financiaria casas para os professores, ora, os professores.

E logo apareceu um caminhão verde com três soldados e começaram a desmontar os móveis e a levar os embrulhos que ela passara a semana arrumando.

Célia sentiu uma ponta de tristeza no fundo do coração, fora feliz ali, no sobradinho, bela noites de amor, a primeira casa dela, a vizinhança amável, a escola próxima, gostava daquela casinha, "Amauri, fomos felizes ali". "Como seremos no nosso apartamento".

Quando os soldadinhos se foram deixando os móveis montados, Amauri se animou: "Vamos inaugurar a casa?". O melhor é começar pela cama.

A mulher passou pelo banheiro, escovou os dentes, apanhou um rolo de papel higiênico. No quarto, nu e excitado estava pronto para a estreia da nova casa.

"Há um excelente restaurante perto daqui". Célia hesitou, mas concordou e foi tomar banho, havia no banheiro uma barata morta, que nojo. Antes de sair, o major tomou uma dose de uísque e a esposa pensou que ele bebia demais; como também a desagradava que para ir comer fora ele carregasse uma pistola na cintura, enfim era a esposa de um militar, devia acostumar-se com certas coisas próprias do mundo dele.

"Senhor major, que satisfação recebê-lo em minha humilde casa". "Como vai, seu Antônio Augusto?". "Muito bem, obrigado, capitão Amauri...".

Sentados, Célia pediu um contrafilé com batatas, o marido a acompanhou. Logo o conjunto começou a apresentação e Célia pediu ao vocalista "Como é grande o meu amor por você" de Roberto Carlos.

De sobremesa, Romeu e Julieta e café. Seu Antônio Augusto não aceitou o pagamento. Enfim uma noite perfeita, depois de uma tarde perfeita.

...

Capítulo 5

■ ■ ■

Diário

Mas quem diria que eu herdaria as aulas da esposa do capitão Amauri graças à amizade da minha mãe.

Conheço bem a velha e imagino que falou maravilhas do filhinho e das dificuldades dele para terminar a Faculdade de Letras e dona Célia deixará as aulas no ginásio e me indicará para o lugar dela. Parece-me que o militar arranjou uma sinecura para a patroa na secretaria da educação. Os homens do partido verde estão mandando pacas.

O colégio estadual paga melhor do que o particular e oferece melhores condições de trabalho. Além disso, conto tempo de serviço no Estado. Quando houver um concurso será uma vantagem.

Hoje conversei com dona Célia na escola. Ela foi muito gentil e me levou ao diretor, professor Hermes.

Fez grandes elogios ao filho de dona Josefina, antigo aluno da escola e estudante do último ano da PUC.

O professor Hermes concordou e me prometeu as aulas.

Penso que sabe quem é o marido da professora e treme.

Curiosamente, achei Célia mais velha, as primeiras rugas marcam-lhe o rosto bonito. Os olhos estão tristes, os gestos nervosos e a voz mais alta e fina, mesmo assim a mulher é um banquete para trezentos talheres.

Na volta, ela me trouxe de carona num Karman Ghia que ganhou do marido. O casal prospera. As comadres comentam a próxima mudança do casal para um apartamento em outro bairro mais fino. Dificilmente, a verei mais uma vez.

...

Diário

Para este aprendiz de escritor será uma pena o afastamento de um personagem tão rico, vejo pouco o Amauri. Pouco fico em casa e ele também. O militar passa longos períodos ausente e a Célia conta às comadres de plantão que o marido tem trabalhado no interior – oficialmente, ele é advogado.

É muito fácil perceber o notável avanço econômico do casal: um Opala zero de seis cilindros e um Karman Ghia substituíram o velho Fusca.

Sempre que possível olho o lixo do casal. Vejo garrafas de vinho estrangeiro e de uísque escocês. Vi também uma embalagem de televisão bem grande. Os militares estão ganhando bem, embora os jornais falem em queixas com o soldo baixo.

...

Diário

Uma garota do primeiro ano, a Maria Clara, me convidou para uma festinha na república onde ela mora, em Perdizes.

Pouco depois das oito lá estava eu, cheio de vontade de ser feliz, levando uma garrafa de rum. Uma festa numa república cheia de garotas sempre foi meu sonho de consumo.

Maria Clara é uma garota legal, mas muito magra e imaginei me acertar com alguma amiga dela, mas as meninas foram espertas e convidaram mais rapazes, homens sobravam.

Na vitrola, os Beatles cantavam "Here, There and Every Where" e pelos cantos casais agarradinhos fingiam dançar.

A bem dizer, a festa era no quintal lateral.

Maria Clara dançava de rosto colado com um cara muito alto e cabeludo e nem me viu.

Botei a garrafa de rum sobre uma mesa e encostei-me ao muro. Fazia calor e senti sede, mas fiquei com vergonha de me servir. A música parou e a Maria Clara saiu de dentro do cabeludo e me deu a mão: "Como vai? Achou fácil a casa?".

Ficamos conversando um pouco. Acho que Maria Clara estava fazendo sala porque eu não conhecia ninguém. Tocou uma música italiana e dançamos.

Ela colou o corpo no meu e o rosto macio também. Puxei-a docemente pela cintura e ela pôs a mão no meu peito e cobria a mão dela com a minha como quem toma posse. A coxa dela estava no lugar certo para me provocar uma reação espontânea. Quando infelizmente a música acabou nessas horas, mas senti que Maria Clara encarou o meu desejo com naturalidade. O dia está ganho, pensei. Então puseram na vitrola um Rock pauleira e a festa inteira saiu pulando, incluindo nós dois.

Quando cansamos daquela loucura toda, bebemos um Cuba Libre – o rum que eu trouxera era de lascar. Depois dançamos de rosto colado gostosamente e dei uns beijinhos no rosto e outros na boca.

Às onze horas, a festa acabou por causa da vizinhança que costuma chamar a polícia em função do barulho.

Fiquei todo frustrado. Maria Clara me deu um beijinho meigo e sumiu. O galã aqui esperava mais. Saí chupando o dedo.

Embarquei no velho Fusca do pai e desci a Turiaçu. Ao passar diante da Pontifícia Universidade Católica de São Paulo (PUC-SP) suspirei – se eu tivesse um carrinho para ir e voltar da Faculdade – e subi o Minhocão e num instante, no tráfego tranquilo do fim da noite cheguei até a Radial Leste onde o trânsito estava congestionado por culpa de uma batida policial.

Várias viaturas e muitos policiais armados ocupavam o alto do viaduto Alcântara Machado fazendo um corredor onde passava um carro por vez.

"Desça do carro" – comandou o policial, enquanto outros de arma em punho me cercavam: "Mãos nos carro, abra as pernas". Mãos fortes me apalparam o corpo de alto a baixo. "Documentos", bradou o meganha. Tirei da calça Lee, minha carteira e um hollerit do Estado, truque de rapaz esperto.

Enquanto isso, um meganha imenso se enfiava no Fusca do velho fuçando – belo verbo para ele – embaixo dos bancos, no porta-luvas e arrebentando a borracha que segura a tampa do bagageiro trouxe nas mãos sujas o livro: Modernismo – Presença da Literatura Portuguesa, do professor Massaud Moisés e o entregou ao chefe.

Apavorado, expliquei: "uso este livro nas minhas aulas, sou professor de Português", escondendo a condição de estudante. A autoridade me olhou com desconfiança e folheou o volume. Absolveu o livro e me devolveu:

"Pode ir, cidadão".

Sob as luzes da iluminação pública, eu não me sentia um cidadão, o meganha usara de uma ironia atroz.

Ali no meio da avenida Radial Leste, no glorioso ano de 1970, sob o governo de Emílio Médici eu não tinha direito nenhum, não era um cidadão. Se tivessem encontrado um panfleto, os poemas de Che Guevara, uma arma, um indício qualquer de resistência ao regime o que seria de mim?

Com o rabo entre as pernas, reembarquei no Fusca do pai, engatei uma primeira e saí bem devagar, menino obediente e covarde. Quase digo boa noite ao meganha. Cidadão, o caralho.

...

Diário

Até tu pai.

Meu pai era Janista. Bastava eleger o "doutor Jânio da Silva Quadros para presidente e ele varreria todos os problemas do Brasil, sendo o principal deles a roubalheira, a caixinha, a corrupção".

O velho era também fã de carteirinha do Carlos Lacerda – com perdão da palavra.

Já na Faculdade de Letras, ao estudar os mitos, percebi que meu pai encarnava em Jânio o mito do Salvador – aquele que surge do Nada e põe ordem no caos do universo sem que os outros sujeitos tomem alguma atitude, ou alguém perda renda ou privilégios.

Pura mágica. Para meu pai, a política era a terra da magia, e Jânio um bruxo.

Papai acreditou que as forças ocultas derrubaram o ídolo porque "ele poria o Brasil nos trilhos. As forças ocultas".

Um amigo lhe disse: "Quem derrubou Jânio foi o general Walker".

"Ah, um americano!".

"Não, escocês, o velho general Johnnie Walker, rótulo preto".

Papai se ofendeu muito e ficou um bom tempo sem visitar o amigo. Para seu Afonso, política era religião e o Jânio, Jesus; Ademar, o demônio.

Meu pai nunca gostou dos militares. Durante o serviço militar, comera o pão amassado pelo diabo numa madrugada de infernal tempestade. Quando o sargento descobriu que o velho sentia medo de cavalo, botou-o para lavá-los por meses seguidos.

Nos primeiros tempos de governo Castelo Branco, seu Afonso passou mal. As vendas de ferramentas que sustentavam a família caíram, perdeu muitos clientes. Muitas empresas pequenas dos bairros encerraram as atividades e vivemos uma séria crise financeira na família.

Mas agora, a situação se modificou. No governo Médici, novas empresas se estabelecerem. A construção civil anda a toda velocidade. Melhoramos de vida. Papai trocou os móveis, a televisão e a geladeira. Comprou um Fusca e uma rádio–vitrola. Até uísque de vez em quando ele toma.

Essa situação se refletiu nas ideias do seu Afonso. Levei um susto quando ouvi: "Os militares botaram ordem no Brasil, hoje não tem mais corrupção. O país nunca esteve melhor do que agora", etc.

Queria até botar um adesivo: "Brasil. Ame-o ou deixe-o", no Fusca.

Expliquei que pegava mal com os colegas professores:

"É, tem muito comuna nas escolas".

Discutimos muito agora sobre política. Ele defende o governo militar, com experiência de quem viveu cinquenta anos e viu muita coisa.

Ataco com a fúria de quem quer um mundo mais justo e mais humano. Não nos entendemos, mas sei que tenho a verdade. A história me dará razão e no futuro virá o dia da vitória da justiça e da liberdade:

"Mas e a tortura, pai, os assassinatos, a repressão?".

"Como é que você quer tratar os comunistas? Pior seria se eles vencessem. Seria a tal ditadura do proletariado, as igrejas seriam fechadas. Eu não quero nem pensar, aqueles cubanos barbudos, fumando charutos, incendiando empresas, invadindo templos, roubando joalherias, apossando-se dos bancos, entrando nas casas, violentando as mulheres, enforcando gente nos postes como aconteceu na Rússia".

E onde papai colhe essas pérolas do pensamento ocidental cristão. Nos jornais e revistas, no rádio, na televisão e no cinema.

Fico quieto e o debate termina. Pai é pai e empresta o carro.

...

Diário

Ontem, sábado, compareci a uma festa na casa da tia Miriam e duas cervejas depois me envolvi em uma discussão com R, o notório brucutu da família, alto, forte, gordo, um sujeito que nunca leu um só livro na vida dele.

Em minha defesa, afirmo que ele começou: "Comunista tem que tacar fogo mesmo". (Circulam pela cidade informações de que um capitão teria incendiado um preso com álcool). O sujeito reforçava as palavras, o gesto de apagar e acender um isqueiro Ronson.

Fiquei quieto, afinal estava em casa alheia.

"Os militares estão passando o país a limpo. (Frase que o jornalista Maurício Loureiro Gama repete todos os dias na televisão Tupi) e esses criminosos terroristas atrapalham o trabalho deles. Onde os militares se metem a coisa melhora".

"Por exemplo?".

"Por exemplo? Por exemplo, a seleção Brasileira de Futebol. Em 1966, ficou nas mãos dos civis. Deu no que deu. Agora em 1970 foram os militares. O capitão Cláudio Coutinho enquadrou os jogadores, implantou ordem e disciplina. O resto foi fácil". Futebol, eles sempre jogaram.

"Então, o governo militar ganhou a Copa do Mundo?".

"E não foi?".

Não consigo reproduzir o tom de voz autoritário de R. Falei e encerrei o assunto. É um tom de quem diz verdades universais gravadas em pedra.

Finalmente, aceitei a provocação dele:

"Então o capitão Coutinho ensinou Pelé, Tostão, Gerson, Rivelino, Clodoaldo, Jairzinho, Carlos Alberto a jogarem bola?".

"Claro que não. O capitão Coutinho fez todos eles treinarem, ganharem um preparo físico de militar. Jogar bola eles sempre souberam. Simplesmente, os militares acabaram com a irresponsabilidade. Brasileiro é irresponsável, precisa de rédea curta".

"Preto, por que preto não dá bom beque?", engasguei de espanto.

"Porque preto é irresponsável, dribla na área, larga a defesa, não volta pra marcar".

Pensei em Domingos da Guia, Djalma Santos, Zezinho, Jurandir, Djalma Dias, mas fiquei calado.

Senti que uma força estranha me dominava e me crispava os punhos.

"É só olhar para trás. Antes de 1964, o Brasil era uma bagunça: greves, inflação, revoltas militares, corrupção".

A palavra corrupção penetrou-me na consciência como uma bala de fuzil.

"A corrupção acabou?".

"Claro que sim. Veja os jornais. Não há uma só denúncia de corrupção na imprensa. Os militares são honestos. Castelo Branco... pagava o rancho do quartel do próprio bolso".

As palavras de R. me deram vontade de rir, rir às gargalhadas, deitado no chão. Bebi um gole de cerveja.

"Meu caro tio, a imprensa está sob a rigorosa censura. Todos os dias *O Estado de S.Paulo*, esse conhecido jornal comunista, a soldo de Moscou, publica trechos de '*Os Lusíadas*'...".

"Você está me gozando. Eu não sou bobo. Você se acha o tal?".

"Mas "*Os Lusíadas*" aparecem".

"Mas são apenas informações políticas".

"Prisões, torturas...".

"Mas o que você faria se um terrorista colocasse uma bomba num avião cheio de crianças, hein?".

"Pô, tio, não apela. Será que todos os torturados colocaram bombas em aviões cheios de criancinhas? Tem inclusive inocente preso. Um velho professor de espanhol da Faculdade... O sujeito chega ao Destacamento de Operações de Informações – Centro de Operações de Defesa Interna (DOI-Codi) levando porrada, chute no saco, choque elétrico, afogamento – eles chamam de submarino, torturam a mulher na frente do marido, ameaçam os filhos, um horror e tudo porque essas pessoas pensam diferente deles. Que direito têm eles de mandar em nós todos, de acabarem com nossa liberdade?".

"Isso é mentira (com fúria na voz) isso é uma tremenda mentira, porra. Que liberdade? Eu abro minha loja todos os dias e ninguém me enche o saco, porra. E nunca vendi tanto como agora, o povo tá com o dinheiro".

"Pessoal, vamos cortar o bolo e cantar os parabéns".

Percebi então que o nosso debate causava preocupação a toda à família. Meu tio R. tem fama de estourado e eu, imagine, de comunista porque quem não ama os militares é naturalmente um vermelho.

Depois do bolo despedi-me de todos. Tinha um programa melhor do que festinha de família.

Mas nessa noite meu tio R. me ofereceu a melhor aula de política da minha vida.

Para um pequeno burguês como meu tio, a liberdade que importa é aquela mesmo: abrir a loja todos os dias pela manhã e fechá-la à noite. As outras liberdades não o preocupam. Meu tio não quer assistir ao *Último tango em Paris* ou ler *Feliz ano novo* do Rubem Fonseca. Aliás, meu tio não lê livros e raramente comparece ao cinema. Lê apenas talões de cheques.

Lazer para titio está nas praias e nos restaurantes.

As dores dos torturados nos porões da repressão não sensibilizam os ouvidos dele. Nem viúva ou órfãos, meu tio prefere o ruído da máquina registradora.

Exagero ao afirmar que são sujeitos como meu tio que sustentam as ditaduras? Meu tio apoiaria Franco, Salazar, Mussolini, Hitler desde que pudesse abrir a lojinha todos os dias.

Pessoas como meu inefável tio me deixam extremamente solitário. Eu quero assistir ao *Último tango em Paris*, ler *Feliz ano novo*, enfim desejo viver em liberdade, receber informações das mais variadas tendências culturais, dar aulas sem medo, escrever livremente.

Também quero escolher o chefe de governo e quero um governo que busque a melhoria das condições de vida do povo brasileiro e não o lucro das multinacionais e dos seus sócios nacionais. Tudo o que "titio" quer é abrir a loja todas as manhãs e encher o rabo de dinheiro. Quero ser respeitado.

Estou convencido de que os militares venderam o Brasil para as empresas multinacionais, em outras palavras para o Imperialismo e a nós, brasileiros, só nos resta trabalhar por salário baixo para pagar a conta, enquanto os imperialistas levam silenciosamente as nossas riquezas a preço de banana sob aplausos de sujeitos como meu tio.

E, no fundo, eles governam para enriquecer os ricos e empobrecer os pobres.

...

Meu pai

Só agora obtive um esconderijo seguro para este diário e posso escrever sobre meu pai com mais liberdade.

Nasceu em 1920 em uma vasta família de imigrantes espanhóis. Meus avós eram muito pobres e meu pai, assim como meus tios e tias, começou a trabalhar aos doze ou treze anos em uma padaria da qual guarda significativas lembranças dos doces que comeu e dos pães levados para casa para matar a fome daquela grande família durante a crise de 1929.

Seu Cândido e dona Ágda não tinham filhos e matricularam meu pai em uma escola de comércio, uma espécie de ginásio profissionalizante onde aprendeu a escrever, fazer as quatro operações e os princípios da escrituração comercial.

Com a volta dos patrões a Portugal, meu pai que sonhara em herdar a padaria, foi trabalhar na zona cerealista conhecida então como Santa Rosa, como secretário de um cerealista já idoso e muito rico, o senhor Rocco Ricci.

Lá, escrevia cartas comerciais, cobrava aluguéis, pagava contas, fazia compras e servia como motorista e guarda-costas.

Foi na casa do seu Rocco que bebeu vinho pela primeira vez e ainda hoje comenta, com água na boca, os nacos de presunto italiano servidos pela empregada atendendo às ordens do patrão um sujeito muito bom.

Foi nesse emprego que amadureceu, ficou adulto, libertou-se da autoridade da família. Até hoje meu pai fala com carinho do patrão, seu Rocco "um homem que veio pobre da baixa Itália e fez fortuna".

Sinto nesta frase uma crítica velada ao meu avô que veio pobre da Espanha e morreu mais pobre ainda.

Escrevo crítica velada porque meu pai não critica o genitor dele, a família dele, a vida dele. Na verdade, meu pai fala de assuntos bastante limitados. Conta os causos do dia de trabalho, discute futebol e política, este tema abordado em torno de alguns líderes: Getúlio Vargas – o pai dos pobres – Jânio Quadros, Adhemar de Barros, o brigadeiro Eduardo Gomes, Luís Carlos Prestes. Não creio que tenha as noções da cultura política.

Também não fala palavrões mesmo quando nervoso.

Sexo em nossa casa é tema tabu. Nem aquela famosa conversa de homem pra homem tive com ele.

Nunca vi meus pais se beijarem ou se abraçarem e jamais registrei um sinal de paixão entre os dois. Será que nasci de chocadeira? Nunca perguntaria ao meu pai. O senhor é feliz? Qual é o sentido da sua vida? Vejo uma parede entre nós.

A vida dele é repetitiva. Levanta cedo, faz a barba, toma café com leite e pão com manteiga apanha a pasta e vai trabalhar, agora, às vezes, de carro. Oferece as ferramentas e tira alguns pedidos, atura alguns desaforos dos clientes contados para nós na hora do jantar. Em cada bairro conhece um restaurante bom e barato. Lá pelas sete horas, de volta ao lar, toma banho, veste um pijama de bolinha e janta. Minha mãe sempre capricha no jantar porque o pobre marido não almoça em casa. Depois do jantar, antes ouvia rádio, agora vê televisão. Recolhe-se antes das vinte e duas horas.

No fim de semana, às vezes, leva minha mãe ao cinema, aqui no bairro mesmo e depois comem pizza.

De vez em quando assistimos a um jogo do Corinthians no Parque São Jorge. Pai, esta é sua vida, a maior parte dela como a vejo há muitos anos e não sei dizer se o homem é feliz ou infeliz. Não quero viver como ele. Não consigo escrever claramente, mas não quero essa vida calma, a existência inteira na mesma atividade.

Meu pai não percorreu os extremos da vida, habitou uma zona intermediária sem tentar o sucesso para escapar do fracasso.

...

Minha mãe

Na fotografia da primeira comunhão, minha mãe parece a Virgem Maria. Ainda hoje, em plena meia-idade, emana um certo ar de santidade de religiosidade enquanto não a contrariam porque então grita e esperneia até ver o ponto de vista dela vitorioso.

Mamãe é pequena e, segundo atestam as velhas fotografias, foi muito bonita. Vaidosa, está sempre levemente perfumada e não sai de casa sem passar pelo espelho.

Cursou o grupo escolar aqui no bairro e nada mais. Aos quatorze anos ingressou em uma tecelagem próxima da casa dos pais onde trabalhou oito horas por dia até os 23 anos quando deixou o emprego para casar com meu pai, o qual domina amplamente.

Imagino que minha mãe encarou o casamento como um emprego porque ela está sempre trabalhando. Só depois de lavar a louça do jantar senta para assistir à novela das oito, nem o telejornal ela acompanha.

O mundo dela começa na porta de casa, exagero, na calçada, que ela lava e termina no muro do quintal. Um feijão queimado dói-lhe mais que um terremoto na Ásia.

A principal preocupação materna está no andamento da casa. Nisto revela-se radical. Limpeza e ordem absolutas! Para consegui-las, trabalha o dia inteiro.

Tenho, às vezes, a impressão de que na cabeça de mamãe há uma espécie de inspetor geral que a vigia dia e noite e a obriga a manter um elevado padrão de comportamento. Por exemplo: uso um avental branco para dar aula. Como minha mãe se preocupa com a limpeza do meu avental! Pergunta sempre se o tal avental está limpo e parece que a honra dela depende da brancura imaculada do meu avental.

Penso que a mãe dela preparou-a para ser exatamente como ela é. Mandaram-na ao grupo escolar, depois a trabalhar enquanto não arranjava um marido. Vigiaram para que ela fosse casta. Durante toda a vida dela com os pais, não creio que decidisse uma atitude importante na vida dela.

Desde o início da vida, mamãe foi treinada para lavar, passar, cozinhar, pensar primeiro no marido e nos filhos e renunciar aos prazeres.

Não me queixo dela. Cresci em uma turma na qual era o único não espancado e agradeço por isso. Embora não muito carinhosa foi uma boa mãe que deixava panelas e vassouras para me ajudar com a lição. Lembro-me ainda da mão dela na minha ao me levar à escola.

Gostaria que meus filhos tivessem uma mãe como ela? Não sei, mas certamente não desejo uma esposa como ela. Minha mãe é uma mulher limitadíssima.

Sonho com uma mulher com quem discutir os fatos do mundo, política, filosofia, literatura. E que quando nada tenha a dizer se cale presente na presença.

Quando me sento num bar para um bate-papo com garotas, não há sujeito mais liberal que eu.

Outro dia, defendi a personagem de Leila Diniz em "Todas as Mulheres do Mundo". Marli protestou e afirmou: "Você não está preparado para tal mulher".

Fiz uma cara feia, ela pediu desculpas, mas acho que Marli revelou-me uma verdade importante.

Não só eu, mas a rapaziada toda fala muito da mulher "pra frente" como se dizia na Jovem Guarda, porém para casamento preferem castas, futuras donas de casa que não lhe dispute o poder no lar, ou traiam o marido.

Mas por muito tempo nada de casamento ou compromisso sério. Por enquanto amar as mulheres como as borboletas amam as flores. Colher o mel e bater as asas. (Creio que li tal pensamento). Como disse o cantor franco-argentino Carlos Gardel: “Dar exclusividade a uma mulher é ofender e desprezar todas as outras”.

Aproveitando o tempo e o frio, escreverei sobre a minha mulher ideal.

“Morena dos olhos verdes, loura dos olhos azuis”.

“Alto, louro, olhos azuis; moreno dos olhos verdes com a voz do Roberto Carlos”.

Foram as palavras das minhas alunas da oitava série quando lhes propus o tema em uma redação.

Quero evitar o estereótipo, embora aprecie louras e morenas.

Vinícius de Moraes resolveu tudo: “As muito feias que me perdoem, mas beleza é fundamental”.

Embora todos cantem a beleza interior, da boca pra fora e para parecerem inteligentes, os feios recebem poucas propostas amorosas. Assim, busco uma mulher bonita, de corpo cheio, as muito magras que me perdoem.

A cor dos olhos ou dos cabelos pouco me importa.

Creio que no plano físico a atração é fácil. Como escreveu Manuel Bandeira: “Os corpos se entendem, as almas, não”. Verso carregado de verdade. Amo as mulheres sem dialogar com elas, mas para casar é diferente.

Há mulheres que falam demais, quase o tempo todo. Contam tudo o que aconteceu com elas em todos os detalhes, verdadeiros e imaginados. Enchem o nosso saco e ainda nos acusam de não prestar atenção na interessante história da bolsa que ela comprou na loja da esquina. Puro horror!

...

Dia seguinte

Como estou de férias e não tenho dinheiro para grandes venturas ou aventuras, fico em casa. Faz frio, cinzentas nuvens cobrem o céu. Sinto o corpo dolorido, acho que ficarei gripado.

Reli meus escritos de ontem e senti uma culpa do que escrevi. Julguei minha mãe com muita severidade. Que culpa tem ela de passar a adolescência e a juventude trabalhando num tear por um miserável prato de comida?

A ausência de leitura não a impedira de ser boa esposa e mãe e basta. Sou muito severo com aqueles que amo.

...

Capítulo 6

■ ■ ■

Outro capítulo

Como se faz um torturador? Repito para evitar dúvidas. Como se fabrica um sujeito capaz de arrancar as unhas de um semelhante ou aplicar-lhe choques elétricos no saco – com perdão da palavra – durante várias horas ou, enfim, um homem capaz de virar uma garrafa de álcool sobre um rapaz de 23 anos e atear-lhe fogo só porque o rapaz enlouquecido de dor o chamou – com perdão da palavra – de filho da puta.

Nesta época de psicologia de almanaque, buscaria talvez uma explicação na infância. Mas a infância da fera foi mansa. Filho de um casal de refugiados espanhóis da Guerra Civil (1936-1939) cujo primeiro filho vivera apenas três meses, crescera cercado de carinho entre pessoas equilibradas. Uma ou outra palmada e uma voz alta e ríspida produziram uma fera?

Aos oito anos, quando da escola voltava, o menino sofreu uma emboscada, um menino vizinho atirou-lhe uma pedra na cabeça produzindo um corte sangrento. A mãe do Amauri levou-o à farmácia e depois à polícia que nada fez. Que conclusão tirou o menino desse episódio?

Há também o Colégio Militar a considerar. Experiência importante na vida de um rapaz.

Quatro longos anos fechado entre homens obedecendo a ordens sem sentido, judiado em marchas e serviços com o objetivo de torná-lo um soldado obediente.

Obediência cega. Esperar por um toque de corneta para vestir um agasalho, perder um fim de semana no Rio de Janeiro por uma mancha na calça, ser despertado às três da madrugada para ficar em posição de sentido sob a chuva e depois, sem uma só palavra de explicação ser mandado de volta à cama emputecido e molhado e de manhã ouvir a sorridente pergunta do oficial: "Dormiu bem, cadete?". Todas essas coisas são capazes de enlouquecer um homem e muitos, muitos mesmos enlouquecem, basta contá-los nos hospitais psiquiátricos espalhados pelos cantos opacos deste Brasil.

E depois da escola militar, o quartel, mais ordens, mais disciplina, mais sacanagem.

O general ferrava o coronel que ferrava o tenente-coronel, que ferrava o major, o capitão, o tenente, o sargento, o cabo, o soldado que ferrava o outro soldado.

O fato é que numa tarde tediosa e calorenta, Amauri e o capitão Hélio conversavam sobre os últimos acontecimentos. No Rio de Janeiro, reinava o caos. Grandes passeatas agitavam a cidade. Milhares, sim, milhares de pessoas em passeata desafiavam o governo lideradas por intelectuais e artistas. Segundo Amauri, os piores eram os artistas de teatro e televisão porque tinham grande popularidade, liderança. "A gente não prende um Paulo Autran e eles ficam enchendo o nosso saco".

Houve uma pausa na conversa e o capitão continuou: "Mas a gente podia bem encher o saco deles também... nada mais indefeso que um artista no palco. A gente podia fazer uma visita a esses comunistas filhos da puta. Vamos ao teatro, eles pedem isso em campanha, então, vamos ao teatro foder com eles".

Como primeira providência, consultou o general Lívio por telefone. O general achou a ideia formidável. Apenas não usasse uniforme, no máximo os coturnos.

O sargento Cardoso transmitiu a ordem ao cabo Davi e este aos soldados Marcos e Almeida.

Ratazanas não faltavam no quartel. O prédio era velho e apesar da constante presença das equipes especializadas viam-se frequentemente grandes bicharocas a arrastarem as caudas gerando nojo e pavor nos soldados mais delicados.

Marcos e Almeida engoliram em seco. Missão difícil, faltava material. Depois de muito procurar, conseguiram algumas gaiolas que serviam como armadilhas. Espalhadas em pontos estratégicos ao anoitecer, mostraram no dia seguinte uma dúzia de animais. A notícia seguiu pela cadeia de comando até ao oficial que se declarou satisfeito com o número de animais capturados e num raro gesto generoso mandou o sargento adquirir uma gaiola onde coubessem todos os "bichinhos". Mandou também alimentá-los.

Enquanto os dois soldados caçavam ratos, o capitão Amauri juntava homens. A ideia de encher o saco dos comunistas do teatro foi muito bem recebida pelos colegas: "Conta comigo". Em pouco tempo, o capitão contava com um comando de quinze homens: onze oficiais e quatro sargentos. Estabeleceram o armamento: a pistola Colt 45 e um cacetete de borracha. Todos acharam a ideia das ratazanas muito inteligente. A escolha do primeiro teatro a receber a visita dele foi unânime. *Doce Liberdade* era uma provocação insuportável. Fora escrita especialmente para atacar a Revolução. Tratava-se de uma reunião dos mais variados autores: Platão, Shakespeare, Machado de Assis, Brecht, Frederico Garcia Lorca, Castro Alves, mas todos falavam mal dos militares: Não faltavam piadas sobre a burrice dos generais, as atrocidades das ditaduras, as consequências da disciplina e etc. Para enganar a censura, falava mal da União Soviética. Os autores eram espertos. Condenavam também a União Soviética, a China. Sobre a ditadura cubana nem uma palavra.

O plano de ação era simples: entrada em força depois do espetáculo começado e arma em punho, subir ao palco e mandar o elenco tirar a roupa, judiar um pouco deles, soltar os bichinhos e retirar.

"Vocês já avisaram a polícia? Era bom para evitar algum desencontro". Certo, avisariam a polícia. Combinaram então às oito e meia no quartel. "A peça começa às nove e em vinte minutos estaremos lá. Nessa hora, não há trânsito".

O capitão Amauri passou o dia em uma expectativa de noivo à antiga. Estava fisicamente excitado.

Entrar no teatro de arma em punho e intimidar todo mundo, ensinar aqueles comunistas de merda a respeitar Caxias, aquele bando de viados e putas.

Não jantou, deixou a refeição para depois da batalha. Depois de mil consultas ao relógio, o capitão viu chegar os rapazes. Mesmo à paisana, batiam continência e pareciam militares. Perguntou se eram todos voluntários. “Sim, major”. Como Meneses não aparecera, era ele a maior patente. Eram três tenentes: Macedo, Assis e Lobato; seis primeiros-sargentos: Tomé, Gustavo, Andrade, Ceará, Guedes e Pimentel; dois segundos-sargentos: Ruiz e Gerson e, surpresa, um delegado do Dops que se apresentara como voluntário ao saber da operação, o doutor Laranjeira.

“Agradeço a todos a presença. Nós vamos entrar e barbarizar. Macedo e eu subiremos ao palco, vocês se espalham de arma na mão para intimidar. Se alguém encarar – duvido – porrada, para isso temos cacetete. Outra coisa: nome de guerra. Cada um escolhe o seu. Serei Stalin pra encher mais o saco dos comunas. E, finalmente, não hesitem em atirar para o alto. Nós estamos em guerra, em plena guerra revolucionária. Vamos”.

As viaturas eram três: duas peruas Chevrolet grandes e um Opala quatro portas do delegado.

Em dezoito minutos, pararam em frente à iluminada porta do teatro. Gerson ficou na guarda dos carros. O capitão meteu o trabuco na cara do velho bilheteiro. “Passa a grana, filho da puta, passa a grana que eu te mato. Como se entra nessa porra?”.

O velho apontou a porta do teatro e a tropa entrou correndo no saguão e, como um aríete, o militar entrou na bilheteria e arrastou o velho para frente enquanto mandava o sargento Ruiz levar o pacote de dinheiro para o carro.

Enfurecido e de arma em punho seguido por Macedo, aliás, Zelão, e do delegado Laranjeira, aliás, Carvalho, o capitão correu pelo corredor central do teatro. Três centenas de olhos estupefatos o seguiam. Quem seria aquele maluco? Mais um truque do teatro moderno? Galgou o palco ocupado por três artistas.

O mais alto deles levou logo uma cacetada entre o ombro e o pescoço e desabou, o outro levantou os braços num gesto de rendição e mesmo assim levou uma cacetada no fígado. "Todo mundo sentado, porra". O tom e, sobretudo, a pistola colaram trezentas bundas nos assentos. Outros membros do comando subiram ao palco e penetraram nos bastidores do teatro. Ruídos de quebra-quebra chegaram ao palco. O capitão levou a atriz pelos cabelos e a peruca dela se soltou e então o militar a segurou pela orelha e a ergueu. "Tira a roupa, sua vaca". A moça chorava. "Tira a roupa, já, sua vaca". A atriz trajava uma blusa branca e uma calça de brim clara.

As mãos hesitantes tatearam os botões e o capitão a incentivou com uma borrachada na bunda e a moça tirou a blusa. Usava um porta-seio branco. Com grande esforço, desabotoou a calça. Patética, chorando, assim magrinha e apavorada, tinha a atração sexual de um joelho de porco cozido. "Tira o resto, sua vaca".

A atriz soltou o porta-seio e então ocorreu um gesto extraordinário. A maioria das pessoas da plateia virou o rosto. Enquanto despia a calcinha, a moça ouvia desesperada, o barulhão do quebra-quebra nos camarins. Tapou o sexo com as mãos. Grossas lágrimas corriam pelo rosto.

Amauri avançou para a frente do palco: "Nós vamos embora, se alguém vaiar, a gente volta e desce o braço pra valer". Fez um gesto para o sargento Tomé que estava no meio do corredor central do teatro e saltou do palco. Os outros comandos se encaminharam para a saída no fundo do teatro. Então Tomé ergueu o pano que cobria a gaiola e puxou a portinhola para cima.

Um berro arrepiante ecoou na bela acústica do teatro: – Uuuuuuui, uuuuuui. Ratos.

Senhoras distintas subiram nas poltronas, algumas caíram, outras treparam – com perdão da palavra – nos braços da cadeira. A turma da primeira fila subiu no palco abandonado pelos atores e pela atriz vestida com um penhoar atirado pelo contrarregra. Um espectador mais valente atacou uma ratazana a pontapés e foi mordido. Calma, calma, gritavam outros. Inutilmente. No corredor central e nos laterais, houve tombos e ferimentos, enquanto os animais enlouquecidos corriam entre centenas de pernas de pelos arrepiados. Várias pessoas urinaram nas calças e pelo menos uma dama menstruou.

Abertas pelo próprio Deus, creio, as portas de incêndio, a situação se estabilizou para os mais próximos delas. "Primeiro o ar fresco da noite paulista e depois a possibilidade de saída acalmaram alguns espectadores e os gritos de: Calma, gente, calma". O ator Otelo Goulart com sua poderosa voz bradou: "O que esse pessoal quer é nos assustar. Resistir com calma, dignidade".

Ouviram-se aplausos.

No camarim, a atriz Fernanda Montes chorava rodeada por fraterna solidariedade. "Que humilhação, que humilhação. Eu que não fiz *Hair* pra não fazer nu em cena. Que humilhação! Meu Deus!".

Cacá Matos explicou que não havia humilhação nenhuma. Ela fora a vítima, sim, a vítima inocente dos gorilas, da força brutal dos militares.

"O recado era claro. Quem eram aqueles homens? Não era preciso buscar muito. Aquelas bestas eram militares! Vocês perceberam que todos usavam botas? O recado era claríssimo: Calem a boca".

Enquanto isso, os rapazes saíam devagar, pisando duro e carregando no peito (na ausência da alma) a doce sensação do dever cumprido, embarcaram nas viaturas e saíram devagarzinho. "Foi muito legal. Uma lição para essa putada não esquecer. Esquelética aquela vaca".

Seguindo a hierarquia, só Amauri e o delegado Laranjeira falaram. Os outros estavam em serviço. "Vocês estão com fome? Eu não jantei. Vamos comer uma pizza e tomar uma cerveja. O dia está ganho. Os comunas pagarão a conta". Risos. Estavam, realizados.

A primeira providência do diretor Cacá foi avisar a imprensa. Telefonou para *O Estado de S.Paulo* e para a *Folha*, os principais jornais paulistas para comunicar o fato em tempo para a edição da manhã seguinte. Nos dois jornais disseram ser impossível mandar um repórter que perderiam o horário do fechamento, mas que passassem as informações por telefone.

Então:

> De dez a quinze homens, vestindo calça, camiseta e blusão, trajes civis, calçavam botas militares, levaram o dinheiro da bilheteria, invadiram o teatro de arma em punho, pistola e cacetete, subiram ao palco e obrigaram a atriz Fernanda Montes a se despir, disseram alguns palavrões e soltaram algumas ratazanas no teatro e foram embora calmamente. Apavorados, os espectadores debandaram, alguns levemente feridos.

Os jornalistas prometeram fazer o possível para publicar a notícia, entretanto a censura estava cada vez mais dura.

Cacá então telefonou para a *Rádio São Paulo* e ouviu que "se eu mandar a notícia para o ar, eles fecham a rádio e lacram o transmissor. Não sou louco".

Canto primeiro.

105 – O recado que trazem, é de amigos,
Mas debaixo o veneno vem coberto,
Que pensamentos erão de inimigos,
Segundo dói o engano descoberto,
Oh grandes e gravíssimos perigos!
O caminho da vida nunca certo,
Que aonde a gente põe sua esperança,
Tenha a vida tão pouca segurança!

106 – No mar tanta tormenta e tanto dano
Tantas vezes a morte apercebida!
Na terra tanta guerra, tanto engano,

Tantas necessidades avorrecida!
Onde pode acolher-se um fraco humano,
Onde terá segura a curta vida,
Que não se indigne o céu sereno
Contra um bicho da terra tão pequeno

(Luís Vaz de Camões, 1545-1580)

Para o elenco de *Doce Liberdade* o fragmento camoniano foi um gozo. Os versos foram lidos e relidos e destacados. Quase todos ganhavam para os artistas um sentido muito especial: "O recado que trazem". Realmente traziam um recado macabro os filhos da puta. Mas os versos de maior repercussão foram: "Ó grandes e gravíssimos perigos! / Oh caminho da vida nunca certo".

Nenhum dos profissionais de *Doce Liberdade* escolhera a violência como recurso de vida. Eram corajosos para enfrentar uma plateia, convencê-la, cativá-la, arrancar dela aplausos emocionados.

Os medos deles eram outros: esquecer o texto em cena, fracassar, ser vaiado e a estes somavam-se agora o pavor da invasão militar com gritos, ofensas, porradas, humilhações e ratos. Cacá começou pelos ratos chamando um serviço de desratização que só viria na segunda-feira. Era sábado, havia ingressos previamente vendidos, a peça lotava o teatro todas as noites. Por votação unânime, resolveram apresentá-la no sábado e no domingo – "Ó grande e gravíssimos perigos / Ó caminho desta vida nunca certo".

Resolveram também incluir os versos de Camões no espetáculo: "Senhoras e senhores, o grande poeta português Luís Vaz de Camões foi redescoberto em nosso país e faz grande sucesso". Por isso aqui vão alguns versos dele: o público entenderia pelo menos a alusão à censura.

Resistir era preciso.

Ao saber que haveria sessões no sábado e no domingo, o capitão Amauri comentou com o delegado Laranjeira: "Esse pessoal não tem bom senso, estão brincando com o fogo. Da próxima vez, a gente desratiza o teatro. É uma questão de higiene". Riram os dois encantados com a ideia, cheios de satisfação.

(Talvez a cena melhorasse se escrita do ponto de vista dos ratos).

As três sessões do fim de semana ocorreram sem nenhum lugar vago. Os artistas foram aplaudidos delirantemente e voltaram várias vezes ao palco.

Quem soube da invasão do teatro passou a informação para outro, para outro e para outro. Logo milhares de pessoas sabiam daquela violência.

A censura proibiu a imprensa de mencionar a peça *Doce Liberdade*, seus autores, os atores e o texto e o teatro onde era representado.

Foram também proibidos os anúncios pagos na seção teatral dos jornais.

...

Capítulo 7

■ ■ ■

“Cardoso, prepare a requisição de meia dúzia de bananas de dinamite, ou melhor, uma dúzia para hoje à tarde. Você mesmo as recebe no depósito e as traz para mim”.

“Sim, meu capitão, imediatamente”.

O plano era simples, mas funcional. Ir até o teatro, arrebentar a porta com um machado, espalhar as bananas de dinamite e tocar fogo. Pronto, adeus *Doce Liberdade*, adeus enchimento de saco. Na verdade, nem precisavam da dinamite, um galão de gasolina resolvia o problema, mas o explosivo serviria como assinatura do serviço.

Quando Cardoso voltou com o explosivo, mandou chamar o sargento Ceará.

“Às suas ordens, meu capitão”. “Descansar, hoje à noite temos uma operação. Vamos ao teatro. Prepare estopins para doze bananas de dinamite”. “Sim, capitão, às suas ordens”. “Sairemos às dez. Está dispensado”.

Na noite anterior, tomando um excelente uísque com o delegado Laranjeira, decidiram acabar com o teatro Esperança. A melhor maneira era incendiá-lo durante a madrugada, em um dia da semana para evitar baixas, o povo brasileiro era muito sentimental, se houvesse um vigia noturno, bastava segurá-lo um pouco e depois soltá-lo. Dessa vez não avisaria o general, ele pouco estava ligando.

Assim, às dez horas da noite o mesmo grupo da operação anterior embarcou nas mesmas viaturas e rumou para o teatro Esperança. Lá, estava ele na rua mal-iluminada com as luzes apagadas.

Os sargentos Gustavo e Ceará meteram os machados na porta. Em poucos minutos, a fechadura saltava e a porta se escancarava.

No saguão, o vigia, seu Sebastião, tremia apavorado. O sargento Ceará o apanhou pelo braço e o levou para fora onde o tenente Lobato dialogava com um policial militar: "Olhe, cabo, nós somos da casa, estamos aqui a serviço, somos do Exército combatendo os comunas, entendeu?. Em dúvida, consulte o comando". Apavorado, o cabo bateu continência: "Desculpa, tenente. A gente não sabia" , voltou para a viatura e partiu.

Lá dentro, os homens acenderam as luzes. Velha casa de espetáculo, o Esperança... Araci Cortes cantara na inauguração em 1931. Procópio Ferreira encenara lá *Deus lhe Pague*, Rodolfo Mayer se consagrara com *As Mãos de Eurídice* e pouco antes da morte Cacilda Becker apresentara no velho Esperança, *Esperando Godot*. E toda essa História o tornara um espaço sagrado da cultura nacional. Velhos fantasmas dormiam na coxia.

Em poucos minutos, os sargentos espalharam as bananas de dinamite pelos camarins e coxia, pelo palco e plateia. Serviço profissional. Acesos os estopins, saíram correndo, embarcaram nas viaturas e se afastaram.

Logo ouviram as explosões e o capitão comandou: "Volta, lá Guedes, quero ver essa fogueira". Todos riram, divertidos.

No dia seguinte, ao ligar o rádio na Bandeirantes, o diretor Cacá Matos estupefato ouviu: "Na madrugada de hoje, um incêndio destruiu completamente o teatro Esperança, no bairro paulistano do Bixiga". Atuava no teatro a Companhia Castro Alves com a peça *Doce Liberdade* que obtinha grande sucesso. As causas do incêndio são desconhecidas. A polícia abriu rigoroso inquérito. O delegado, doutor Laranjeira, trabalha com a hipótese de atentado terrorista.

Cacá deu um grande grito: "Filhos da Puta" e acendeu um baseado para acalmar-se. Telefonou para os colegas. "Foram eles, os filhos da puta. Acabaram com o Esperança. Onde iremos trabalhar?".

"Sente-se, capitão, a nossa conversa será longa".

"Obrigado".

O escritório do general Lívio se tornara mais luxuoso. A escrivaninha de jacarandá continuava, mas um jogo de poltronas e sofá em couro perfumado era novidade certamente gentil oferecimento de algum empresário democrático, um grande vaso chinês servia de cinzeiro. Dois retratos em moldura de prata exibiam crianças sorridentes. No canto esquerdo, um poderoso aparelho de rádio no qual o general ouvia de vez em quando Havana, Pequim e Moscou "para conhecer a intenção dos inimigos".

"O capitão não desconhece que a Conferência de Havana deliberou implantar o comunismo em toda a América Latina. Che e Fidel, sob as ordens de Moscou, criaram centros por toda ilha para treinarem guerrilheiros e implantarem focos de guerrilhas não só no campo como nas cidades. Um desses filósofos da esquerda criou uma teoria chamada foquismo, capitão, criam-se vários focos de guerrilha e o povo vai aderindo como se fosse desfile de escola de samba, a bateria passa e o povo vai atrás" (riso).

O general bebeu um gole d'água, ordenou que o capitão se servisse de um café e prosseguiu.

"Como estratégia não apresenta nenhuma possibilidade de vitória. Assim que o foco for localizado pelo setor de informações, descolocaremos para lá o nosso poder de fogo.

Esses malditos comunistas não pagarão placê, vamos arrebentá-los. Temos informações que, nos próximos meses, grupos de guerrilheiros começarão a atuar nas principais cidades brasileiras e também nas áreas rurais. O mesmo ocorrerá em outros países da América Latina. No Uruguai já começou. A Argentina, o Chile e a Bolívia são os próximos. O alto-comando decidiu que desses focos guerrilheiros serão combatidos por pequenas unidades formadas por oficiais e suboficiais do Exército, policiais militares, civis e oficiais da Marinha, os profissionais. O serviço secreto naval tem grande experiência em combater os comunistas nos portos. Trabalharemos juntos".

As palavras do general Lívio Matos produziam uma alegria feroz, no coração do capitão Amauri. Claro que o general o convidava para participar de um daqueles grupos, abrindo um belo caminho para o generalato.

"Então, meu caro capitão, o senhor aceita tomar parte desses grupos de combate?".

"É uma honra, meu general, é uma grande honra".

"Não esperava outra resposta. O senhor já combate aos comunistas informalmente. Apreciamos muito sua atuação no caso do teatro. Os senhores aplicaram uma bela lição nesses comunistas, esses do teatro, da televisão, do rádio, do cinema, das universidades são os piores, os infiltrados; trabalham na sombra como os micróbios e as bactérias, quando nos damos conta contaminaram todo o organismo social, levando-o à morte". "À peça *Doce Liberdade*, assisti enojado, mas assisti. Uma montagem inteligente, sutil, bem elaborada para dizer ao público brasileiro que nós, militares, imagine, capitão, somos nazistas, fascistas, nos comportamos com o general Franco na Espanha, como Salazar em Portugal. Imagine, o senhor como me senti sentado na plateia ouvindo e vendo essas barbaridades, eu que enfrentei aos alemães com suas metralhadoras "lurdinhas", a MG 42, seiscentos tiros por minuto, seiscentos tiros, cortavam um homem ao meio, eu que galguei o Monte Castelo sob fogo, que combati em Montese e arranquei uma Luger de um boche, pois bem, chamado de nazista, fascista, o diabo por um borra-botas de um homossexual, de um maconheiro. (Pausa para gole d'água). Onde estava ele, quando nós lutávamos sob a neve, nos Apeninos, pela Democracia e pela Liberdade. Aliás, meu caro capitão, desconfio que o sem-vergonha do Getúlio nos mandou para a Itália para se livrar de nós, oficiais democratas, eu, o Castelo, o Cordeiro, o Mascarenhas... Muito bem, capitão. O senhor será promovido a major e transferido para a guarnição de Tabatinga na fronteira com a Colômbia. Oficialmente, o senhor estará lá durante toda sua atividade de caçador de guerrilheiros. Na verdade, o senhor fará uma rápida viagem para tirar fotografias, comprar lembranças na Colômbia, adquirir uma ideia do cenário. Leve a esposa, uma viagem de turismo. Posto que o senhor mergulhará na luta antiguerrilheira até a vitória final e lembre-se de que o destino da civilização ocidental, do nosso modo de vida, estará em suas mãos. Como afirmou o filósofo alemão Oswald Spengler: "No final sempre foi um pelotão de infantaria o salvador da civilização". Mas, capitão, não lhe faltarão meios, o senhor se afastará da carência de meios que sempre atrapalham nossas ações. Temos amigos poderosos e verbas secretas. Uma beleza. Bom, hoje é segunda-feira, sua promoção será publicada na quarta. Prepare sua viagem para Tabatinga no próximo fim de semana. A verba está na tesouraria. Traga notas".

O general se levantou dando a entrevista por terminada.

O capitão pintou a melhor continência, o superior lhe estendeu a mão com deferência: "Parabéns, major Amauri" e logo ele estava no corredor só com a alegria dele. Puta que o pariu, quanta coisa boa, puta que o pariu, repetiu esmurrando a mão. Agora ninguém me segura, acabo general. Puta que o pariu, vai ser muito legal, porra. Não respondeu à continência do cabo e trancou-se logo na sala dele para saborear a vitória e planejar o futuro. A primeira ideia que lhe ocorreu foi mudar de casa, de bairro. Algumas pessoas, no Tatuapé, sabiam ser ele militar e isso agora seria perigoso. Naturalmente, ninguém mais o veria de farda ou botas. Pediria um carro, não uma viatura, um automóvel com bom acabamento, toca-fitas, frescura de civil, coisas assim. Não, naquela hora a mulher estava em sala de aula. Outra providência a ser tomada. A Célia não daria mais aula. Daria um jeitinho na secretaria e arranjaria uma sinecura segura para ela. Na escola, sabiam que ela era mulher de militar. Podiam segui-la. Começariam uma nova vida.

O capitão chegou em casa antes que a esposa. Burocrático beijinho na boca e "grandes novidades, querida, realmente grandes novidades. Na sexta-feira faremos uma viagem à Amazônia, Tabatinga, o general Lívio mandou-me inspecionar o quartel num fim de semana e você irá comigo. Fui promovido a major por merecimento. Obrigado! Obrigado! Depois a gente comemora. Terei um novo serviço na área de inteligência. Chega de treinar recrutas. Por causa do meu trabalho, mudaremos daqui para outro bairro. Caxias financiará. Há excelentes apartamentos na Mooca. E finalmente com a minha influência posso tirá-la da sala de aula. Falarei com o secretário da educação e ele a colocará em um lugar em que você trabalhe menos, assim você fará a pós-graduação com mais tranquilidade".

Célia era inteligente, mas não processou a massa de informações que as "grandes novidades" traziam e não percebeu que a partir daquela noite a vida dela tomaria um novo rumo como um rio que a barragem desvia o curso, apenas ela desconhecia o início das obras.

Amauri não gostava de avião, era da infantaria.

Célia também sentia medo e segurou a mão do marido enquanto o Electra II da Viação Aérea Riograndense (Varig) corria pela pista do aeroporto de Congonhas e levantava o nariz para o céu azul.

Nuvens brancas passavam pelas janelas; o aparelho vibrava um pouco "são as hélices", mas estava tudo calmo e logo as aeromoças ocupavam o corredor central com um carrinho cheio de garrafas. Nada melhor do que uma mulher bonita a distribuir simpatia para acalmar os ânimos e tornar normal voar a seis mil metros do solo. Célia aceitou vinho branco fresco e o marido um uísque e amendoim. O casal relaxou, o avião parecia rodar sobre uma estrada plana, a gente esquecia que voava.

"Amauri, não vão transferir você para Tabatinga? Onde você for, eu vou junto...".

"Não, Célia, não se preocupe, ficarei um bom tempo em São Paulo, tenho muito trabalho lá. Quem sabe quando for coronel comandarei a guarnição de lá. Agora é uma viagem de turismo. O Exército recebeu umas passagens por cortesia, a hospedagem é no quartel, mas não se preocupe, as instalações são confortáveis, existe até ar condicionado".

Amauri ajeitou-se na poltrona, pondo fim à conversa, a esposa sacou um livro da bolsa, o texto de uma peça teatral: *Doce Liberdade*. Como não assistira, o teatro pegara fogo antes que o marido estivesse disponível, comprara o livro. "Em todos os lugares a liberdade, a todo momento, esteve, está e estará ameaçada".

"O que você está lendo?".

"Doce Liberdade".

"É uma peça teatral?".

"É sim, o texto é bom, faz uma antologia de vários autores".

"Então na volta iremos assistir".

"Não dá mais, o teatro pegou fogo".

"É uma pena, quando você terminar lerei o livro. A liberdade é nosso maior bem".

Célia alegrou-se com o interesse do marido. A leitura seria mais um elo entre eles.

O aparelho já embicava para o Santos Dumont.

A mulher, deslumbrada com a vista do Rio de Janeiro, calou-se. Abriu bem os olhos para que aquela beleza toda lhe penetrasse na alma: o mar azul como o céu, o céu azul como o mar, as montanhas verdes como a esperança apontando para o céu, lembrando do "Samba do Avião"[6].

O avião tocou a pista e o coração de Célia disparou, o barulho dos motores se modificou, mas estavam no chão e isto a sossegou.

Uns desceram, outros subiram, as portas foram fechadas e Electra II correu pela pista em direção ao mar. Mais uma vez, Célia segurou a mão do marido que sorriu, valente. "Não tem perigo, o avião é mais seguro do que o automóvel". "Isto quando não cai". "Os americanos fazem direito; vou ao banheiro".

No percurso, reconheceu no homem alto, careca, de terno cinza, o deputado federal por São Paulo, Ulisses Guimarães. Aquele cretino certamente desceria em Brasília para incomodar os militares. Políticos sem-vergonha levaram o Brasil pro abismo e ainda sonhavam com a volta do poder. Por ele, o Governo fecharia o Congresso – Congresso pra quê? A Arena pra

---

[6] Tom Jobim.

quê? No Brasil havia apenas três partidos: o Exército, a Marinha e a Aeronáutica. Ele pertencia ao partido majoritário, o Exército e estava subindo. A guerra contra os comunistas o levaria a coronel e depois a general de brigada. Cursaria a Escola das Américas no Panamá. Seria uma experiência interessante, e ele ganharia status. Na guerra contra os comunistas, contaria com a assessoria dos gringos. E não seria um careca politiqueiro sem-vergonha que o venceria e olhou carrancudo para o velho deputado, mas o homem lia um livro e não o viu.

Uma bela mulher a Célia, um pouco infantil, ingênua, criada no interior, contudo isso era bom... Sorria ao ver o marido, sorria facilmente, era feliz, casara-se bem, gostava de ensinar, tinha paciência com a molecada, os alunos gostavam dela, teria filhos.

Amauri deu passagem para a esposa com destino ao banheiro. Agora o avião chacoalhava como uma batedeira e a mulher apavorada vencia o corredor com dificuldade. Apertem os cintos como se fosse preciso avisar. "Célia, é só uma turbulência. Balança, só isso". E cai, pensou a mulher aconchegando-se ao marido. "Senhores passageiros, fala o comandante Gonçalves". "Meu Deus do Céu é o fim, atravessamos uma zona de turbulência. Em poucos minutos o problema estará superado. "Ta vendo, isso não é nada".

E então para distraí-la dos balanços do avião, com um tom de voz de pai que fala a um filho machucado no joelho contou uma viagem entre Porto Alegre e Florianópolis num velho DC3 da FAB, "um avião da 2ª Guerra Mundial e pegamos uma tempestade, o avião voava baixo e se sacudia. Célia, chovia dentro do avião, o teto tinha furos, veja você furos, nós íamos presos nos duros bancos laterais sem estofo, a gente batia com a bunda no banco. Uma hora, o avião embicou e veio pra baixo, pensei na morte próxima, mas o piloto conseguiu voltar à horizontal. Todo mundo vomitou e uma garrafa de guaraná rolava de uma ponta à outra do avião. Com o combustível quase esgotado, o piloto pousou num pasto e ficamos lá dentro sob a chuva. Foi feio".

"Você nunca me contou isso, você já me conhecia?".

"Já, você não lembra de que viajei para o sul? Não contei para evitar preocupações, a vida militar tem seus perigos. Agora não andarei mais de DC3".

O Electra II perdia altura sobre a recente cidade de Brasília. Célia com olhos curiosos observava sem distinguir as construções da capital, as longas avenidas e assim de longe pensou que Brasília era uma cidade solitária, encravada longe do Brasil que ela conhecia: São Paulo, Rio de Janeiro, Salvador.

O deputado Ulisses Guimarães desembarcou junto com André Franco Montoro (dois palhaços) e outros passageiros. Os tripulantes também deixaram o aparelho substituídos por gente mais descansada. Um caminhão da Petrobras reabasteceu o aparelho.

Comida e bebida entraram pela porta traseira.

Cumpridas todas essas necessidades aborrecidas iniciou-se a mais longa jornada do casal, o voo até Manaus. Lá embaixo só o verde da floresta cortado, às vezes, por um rio, verde e mais verde, a floresta ainda virgem à espera dos seus destruidores (Deus meu, se o avião cair quem vai achar a gente lá embaixo). Com a refeição, Célia bebeu uma taça de vinho e o marido uma dose de uísque e uma cerveja. Veio um filé com arroz e batata. Comida de pouco gosto. Mais calma Célia cochilou; ele também.

Pousaram em Manaus ao anoitecer, no aeroporto Eduardo Gomes. Finalmente, deixaram o avião com o corpo dolorido e o forte calor amazônico os envolveu. Caminhando com as pernas entorpecidas chegaram ao saguão do aeroporto onde dois homens fardados e fortes prestaram continência ao major Amauri que lhes estendeu a mão.

"Por favor, major, os tíquetes das bagagens".

Em poucos minutos, embarcavam em uma viatura C14, rumo ao Hotel do Exército onde passariam a noite para na manhã seguir para Tabatinga.

No dia seguinte, sob um forte sol, num céu sem nuvens – "céu de Brigadeiro, querida – um velho Douglas DC3, também chamado de Dakota esperava por eles na pista do Aeroporto.

Célia estranhou a posição do avião no solo. O nariz empinado deixava a cabine muito alta e a superfície do aparelho coberta de poeira oleosa o que preocupou a mulher.

"Que avião é esse?".

"É do Correio Aéreo Nacional. Não há voos comerciais para Tabatinga".

"É seguro?".

"Muito, meu amor, o C47 é um dos aviões mais seguros do mundo".

"Ainda bem, Amauri, pensei num DC3".

O marido calou-se e subiram a bordo.

Eram no total sete passageiros, por sorte, outra mulher, visivelmente índia, baixa e gorda, de pernas curtas e tronco longo, bem pouco à vontade entre homens e brancos em um avião.

Sentada e presa aos bancos laterais, Célia viu os malotes e pacotes amarrados ao chão da cabine e sentiu uma vontade de sair correndo, de correr até o hotel e dali voltar de carro para São Paulo.

Tarde demais! Um rapaz de uniforme azul trancava a porta e os motores funcionavam num barulhão.

A mulher novamente segurou na mão do marido e lá foram eles para o céu, trepidando e chacoalhando, ouvindo o forte ruído dos motores. (E agora, meu Deus e agora, não tem saída, é rezar). Olhou pela janelinha. Floresta verde e rio até onde a vista alcançava.

"Célia, Deus sabe como detesto mentir, mas foi preciso. Este avião é um DC3 igual ao da minha história da tempestade, talvez o mesmo. C47 é a matrícula militar. É um grande avião, os americanos o chamam de Dakota, só se vai à Tabatinga nele, também nos traz de volta".

Muitas vezes, Célia recordou as palavras do major Amauri – era ele o falante, o major e as peculiares circunstâncias de tempo e lugar. Detesto mentir, mas foi preciso; este avião é um DC3 igual ao da minha história da tempestade. E Célia pensava – afinal era professora de literatura e ávida leitora – que se Amauri fosse o narrador onisciente diria talvez "fabricado em 1943 pela Douglas, participou na 2ª Guerra Mundial, levado para Inglaterra foi usado como avião de transporte de dignitários, comprado pela Força Aérea Brasileira (FAB) em 1946 e incorporado ao Correio Aéreo Nacional". Está em fim de carreira, logo será substituído, assim que houver verba.

Mas Célia, apesar do hábito de interpretar intenções, não identificou o objetivo daquelas palavras e segurou no marido que viajou tranquilo durante as seis horas do percurso.

Já na descida do avião sentiram o forte calor. O Sol aquecia a pista e esta passava o calor aos pés e pernas dos passageiros. Com os pés no chão, a mulher suspirou aliviada. Ao lado do marido, caminhou até um barracão ao lado do aeródromo.

"Boa tarde, major, minha senhora. Sou o tenente Castilho. Fizeram boa viagem? Estimo. O motorista se encarrega das malas".

Mais uma onipresente C14 os aguardava para levá-los por ruas de terra ao quartel onde um índio vestindo um uniforme de camuflagem levantou a grossa corrente que vedava a entrada do portão principal. Uma alameda arborizada os levou até um edifício pintado de branco: "Fiquem à vontade, descansem da viagem, o coronel Peçanha vai recebê-los às quatro horas. Com licença".

Era um quarto com duas camas de solteiro como nos velhos filmes americanos, piso de ladrilho e um grande guarda-roupa. Cheirava a desinfetante de pinho. Célia abriu a mala em busca de um vestidinho leve. Amauri fardou-se de calça e camisa do uniforme, calçou sapatos pretos.

"Apresentarei-me ao comando. Você espera aqui. Tome um banho, durma um pouco, descanse. Jantaremos no cassino dos oficiais". "Sim, meu major, às suas ordens, major Amauri". Bateu uma continência nada militar, deu um beijo no marido e desabotoando a blusa entrou no banheiro para gozar de um banho refrescante.

O major caminhou sob o sol por cinquenta metros até o edifício do comando respondendo automaticamente as continências. A sentinela do Comando bateu o tacão no estrado de madeira e apresentou armas. O tenente Castilho o esperava. "O coronel já vai recebê-lo. Vou fotografá-lo na porta do Comando. Tirei várias fotos suas e da sua esposa no aeroporto".

Amauri no íntimo achava aquilo uma farsa idiota, mas obedeceu. Depois voltara à antessala do coronel que, vaselina, o recebeu na porta. Continências recíprocas.

"Como vai, coronel?". "Como vai, major?". "Já nos conhecemos, coronel, estive no Caçador com as tropas do general Lívio Matos naquele dia inesquecível". "É verdade, inesquecível". (Mais inesquecível para você que ganhou duas promoções.

Eu já tomei duas caronas neste fim do mundo). "Vamos sentar, major, vamos sentar. Fez boa viagem?...".

Falaram sem dizer nada mais pessoal. Peçanha revelou que a tropa dele era composta de engajados, geralmente índios ou mestiços, os melhores soldados na mata, conheciam plantas, bichos, águas, caminhos, demonstrou preocupação com as Forças Armadas Revolucionárias da Colômbia (Farc) – ainda não chegaram aqui, mas estamos preparados para recebê-los – e perguntou das guerrilhas urbanas. "Ainda não chegaram, coronel, mas estamos preparando a recepção". "Aliás, sabemos da briga dos comunas. Para variar estão divididos. Uns querem a luta na cidade, outros no campo, outros ainda, ao mesmo tempo no campo e na cidade. Eles não se entendem" (Risos).

"Aqui tem contrabando? Drogas?". "Muita, quando o major for a Letícia, veja nas lojas um motor Yamada de 40HP. Os caboclos botam na canoa rasa e mandam brasa dia e noite, vão até Manaus. Levam bebidas, cigarros, armas, eletrônicos e claro maconha e cocaína".

Amauri observou o coronel. Baixo, gordo, um tipo nada militar. Aguentaria quantos quilômetros de marcha na selva? Parecia um gerente de banco aposentado. Tabatinga era o último comando, depois, reserva remunerada. Oficiais como Peçanha representavam o passado do Exército. "Seria necessária uma unidade da marinha para patrulhar o rio, ou melhor, ainda alguns helicópteros. Só assim combateríamos todos os contrabandos".

"Sempre a escassez de meios, desde a Guerra do Paraguai usamos material da guerra anterior". "E ganhando um soldo pequeno". "Muito pequeno, major, para a dedicação de uma vida inteira. Não fiz mais nada em toda minha vida do que servir à

Pátria. O major e esposa jantarão conosco. O senhor já provou costela de Tambaqui? Aposto que gostará".

No quarto, Célia dormia. Sem nada melhor para fazer, a mulher anunciara estar menstruada, o militar tirou a farda e estirou-se na cama.

A entrada de Célia no salão provocou a libido de muitos homens que viviam sem mulher naquele calor danado. Usava um vestido de seda verde, simples à primeira vista, mas que ressaltava os ombros, os seios, as pernas, os quadris. A esposa de Peçanha era também baixinha, gordinha e feinha. Enrolou um muito prazer e sentou cansada. Célia trocou beijinhos com seis ou sete esposas de oficiais e acomodou-se ao lado do marido.

Como entrada, serviram seviche – um prato peruano, peixe cru fortemente temperado – recusado por Célia. "Desculpe, senhora, na Amazônia não temos legumes, sinto saudades de uma salada de tomates". Mas o peixe frito com batatas e arroz deliciou a mulher que aceitou mais um pedaço.

"Que bom que a senhora gostou. A costela de Tambaqui é um dos nossos melhores pratos". Um sorvete de cupuaçu finalizou o ágape.

"Senhores oficiais da guarnição de Tabatinga. É com profundo prazer que recebo a visita do major Amauri Ramos cujos trabalhos em defesa da Revolução Democrática de 31 de março de 1964 (aplausos) merecem toda nossa consideração. Para marcar a presença de tão ilustre oficial das nossas gloriosas Forças Armadas entre nós, ofereço-lhe um mimo ainda mais valioso porque foi arrancado com coragem das mãos dos nossos inimigos".

Dois garçons entraram carregando uma orquídea e uma caixa de madeira de aproximadamente um metro de comprimento e quinze centímetros de altura e a entregaram ao coronel que a passou ao major Amauri. Dentro da caixa jazia uma submetralhadora Thompson M1928 A1. Amauri amava aquela arma desde quando a vira nas mãos dos gângsters do cinema americano, o ator baixinho, de terno listrado, chapéu, pernas abertas, disparando a metralhadora de carregador redondo. Emocionado exibiu a arma para o público murmurando: "Obrigado, muito obrigado".

"Esta arma, nós a tomamos em choque com uns traficantes colombianos. É uma prova do valor da guarnição de Tabatinga. A Thompson pertenceu ao Exército da Colômbia". "Obrigado."

Mais de um oficial presente pensou: Me fodo todo nessa selva do caralho e o major vem passar um fim de semana com a mulher e ganha um presente. Inveja pura.

A festa acabara. Amauri e Célia voltaram ao quarto. Ela se apavorou quando o militar tirou a arma da caixa e começou o desmonte.

"Pelo amor de Deus, guarde isso". Rindo o major levou a arma para o banheiro e continuou o trabalho. Célia só dormiu quando a arma voltou para a caixa e o marido pra cama.

No dia seguinte, depois de um bom café, a C14 verde os levou por uma rua de terra à fronteira da Colômbia. Era a primeira vez que cruzavam as fronteiras do país, uma viagem internacional. No posto fronteiriço, os guardas saudaram os brasileiros. Letícia parecia aquelas cidades latino-americanas retratadas por Hollywood. Ruas poeirentas, cruzadas por cães imundos, casas de madeira, gente baixa e morena, ondas de calor subindo do chão e uma atmosfera modorrenta cortada pelo espocar moderno das motos japonesas. Lojas com as vitrines cheias de muambas esperavam os raros turistas.

Gentil como sempre, o coronel Peçanha encarregara o sargento Leme de ciceronear o casal pela cidade colombiana de Letícia porque ele conhecia o comércio local.

Primeiro visitaram uma joalheria. Amauri trazia uns dólares recentes e sentindo-se rico e poderoso ofereceu uma joia à mulher. Ela escolheu uma medalha italiana, redonda com a imagem de Nossa Senhora de quem sempre fora devota.

Generoso, de dinheiro fácil, o marido pediu à balconista – quase uma índia – uma corrente para a medalha. Célia ensaiou um protesto. Esperta, a índia trouxe a mais grossa e cara do estoque.

Diante dos surpresos olhos da esposa, Amauri pagou em dólares e mandou embrulhar, enquanto o discreto sargento Leme esperava na porta.

Depois foram a uma loja de artesanato, disso sobrevivem muitos índios da região.

O olhar de Célia percorreu as prateleiras: arcos, flechas, bordunas, peixes esculpidos, copos e vasilhas cavados em madeira, bolas de látex maciças. Apanhou duas para os sobrinhos. Em uma prateleira, viu animais esculpidos em madeira nobre, onças, pumas. As esculturas guardavam a força e a beleza dos animais. Pesados, apresentavam detalhes como unhas, orelhas e os dentes em osso, incrustados perfeitamente na boca. Com as patas esquerdas adiantadas, o felino parecia deslizar pela mata em busca de uma presa. "Amauri, vou levar". Levaram meia dúzia como lembrança de viagem para a família.

O sargento Leme apossou-se dos pacotes. O major viu do outro lado da calçada uma relojoaria e para lá foi. Em plena selva amazônica, em um ambiente refrigerado, centenas de relógios das melhores marcas do mundo esperavam compradores. Direto para o balcão da Rolex onde o homem curvou-se murmurando palavras de amor, absolutamente concentrado nos objetos protegidos pelo vidro à prova de bala.

A balconista se aproximou sorrindo.

"¿Como le va, senhor?".

O senhor apontou um Rolex Submarino. A moça de pele alva abriu a vitrine e colocou a peça nas mãos do freguês. Encantado como um menino, só pesou o objeto e depois de tirar o Omega do pulso, substituiu-o pelo Rolex. Por um longo momento, fitou o objeto com os olhos apaixonados. Célia observava a cena com aqueles olhos condescendentes reservado às travessuras infantis. "Quanto custa?". "Mil e seiscentos dólares, senhor".

O olhar de Amauri procurou pelo sargento Leme.

De costas para a relojoaria, o militar observava os encantos de Letícia. O major sacou um maço de notas verdes, hesitou e guardou-o. Foi até outra vitrine. "Lembrei-me do papai. Ele me deu este Omega". Em outro mostruário escolheu um Mido Oceanstar automático. Setecentos e cinquenta dólares. Pagou, recebeu a sacolinha que enfiou na sacola do artesanato e saiu.

"Sargento, vamos voltar à base".

"Sim, senhor major, às suas ordens".

Ele sempre sonhou com um Rolex. Relógio de general, dizia. Acho que aqui, será mais barato... Desistiu Deus meu, vai levar os dois, de onde saiu tanto dinheiro assim, ele não fala nada. Eu não sabia que casara com um milionário... De repente ficou poderoso, até entendi, o partido dele chegou ao poder e que poder e facilitou os financiamentos para militares, mesmo meu emprego na secretaria dá pra entender, mas tanto dinheiro e em dólar, em dólar, em quartel não há dólar, por isso ele anda estranho, não tem mais horário, some por vários dias, puxa vida, não é bem o homem com quem me casei, aquele era duro, pobre mesmo, vivemos apertados os primeiros tempos, eu não sabia disso quando venci o campeonato de pesca ao cadete, depois melhorou e agora...

Na volta pararam no posto fronteiriço e o sargento Leme os fotografou abundantemente, novas poses na entrada do quartel. Enquanto Célia descansava no quarto, o major saiu pelo quartel, seguido pelo fiel Leme, para novas fotos, deixando a esposa deitada com o ar condicionado ligado e uma pergunta na mente: De onde vem tanto dinheiro?

Quando o marido voltou para o quarto todo animado: "Um avião do governo do Estado sai para Manaus no fim da tarde. "Vamos embora, meu amor". Célia não teve coragem de perguntar nada. "Vou arrumar as malas".

...

Capítulo 8

■ ■ ■

Outro capítulo

"É um assalto, todos para o chão". Eram três, dois homens e uma moça de lenço na cabeça e óculos escuros".

"Fiquei parado, a surpresa é terrível, doutor, um deles cruzou a portinha e entrou pra dentro do balcão gritando "Pro chão, porra, já pro chão", desculpe doutor, e eu e todo mundo deitamos no chão como no cinema e o cara gritava e apontava o revólver, "cabeça no chão" e aí eu não vi mais nada. Pensei que fosse me matar, lembrei dos meus filhos, doutor, nunca senti tanto medo, essa gente mata por nada. Só quando eles foram embora quando ficou muito quieto, levantei a cabeça e fui levantando devagar, tremendo".

"Brancos, ou melhor, só vi o que chegou perto de mim. Não sei bem, vi mais de cima para baixo, a calça escura, acho que preta, desculpe doutor, na hora a gente fica apavorado com o susto, a arma, aquele cano preto dá medo de morrer. Bigode? Não reparei. Óculos, acho que não. Como assim sinais particulares?".

"Desculpe, doutor, não vi, não notei. Obrigado, até logo, se eu lembrar de mais alguma coisa... sinto muito, gostaria de colaborar".

"Esses bandidos me arrasaram, até logo, doutor, desculpe queria ajudar mais. Nunca vivi isso em vinte anos de banco".

Amauri não externou seu descontentamento com o bancário, paisano cagão. O sujeito continuava tão apavorado como durante o assalto. Dispensou-o e chamou a próxima:

"Eu estava no caixa como todo o dia e pagava um cheque para seu Nicola da loja e assim bem de repente ouvi uma voz gritar "é um assalto", voz grossa, de homem, e eu pensei, aí meu Deus do Céu é um assalto, e o homem me mandou deitar no chão, mais não aqui, na plataforma, lá atrás do balcão e ele entrou no caixa com um saco para recolher o dinheiro, eu fiquei deitada com os olhos fechados morta de medo. O senhor acha que eram bandidos? Só vi um, mas guardei a fisionomia dele. Era moço, mocinho, uns vinte e poucos anos, sim, branco, nariz reto, sobrancelha grossa, depois não vi mais nada, foi terrível ficar deitada ali, o bandido só gritava, baixa os olhos. Ouvi sim, foi quase no fim".

"Fiquei um bom tempo quieta e como não ouvi mais nada, abri os olhos e levantei a cabeça. Não aconteceu nada e achei que o assalto terminara".

"Muito bem, a senhora falará com o desenhista da polícia que fará um retrato falado desse indivíduo visto pela senhora. Pode ir agora, obrigado".

Sentado na cadeira do gerente do banco, o major Amauri não parecia um militar, vestia terno e gravata e apresentava-se como o delegado Itajiba da Polícia civil, investigando um assalto à agência do Banco Auxiliar de São Paulo, na rua Piratininga, no antigo bairro do Brás.

Há algum tempo o pessoal lá da inteligência da Marinha avisara que os terroristas assaltariam bancos em busca de fundos para as práticas subversivas. Eles chamavam expropriações.

A polícia fizera algumas rondas preventivas, mas não se podia defender cada agência bancária da cidade.

O assalto ao Banco Auxiliar indicava sua origem pelo método empregado. Enquanto alguns terroristas invadiam o banco, do lado de fora, outros elementos davam cobertura à ação. Um policial militar que se encaminhava para a agência fora morto de forma desnecessária e covarde. O infeliz levou um tiro no peito disparado por um grande atirador, distante dele dez ou quinze metros.

Possivelmente, o cabo nem se apercebera do assalto, mas os terroristas não perdiam por esperar.

Correu os olhos pela agência, sentados nas cadeiras destinadas aos clientes, os funcionários esperavam o interrogatório, possivelmente um deles informara aos terroristas sobre a situação da agência. Muitos bancários eram esquerdistas, sindicalistas, porque ganhavam pouco e mexiam com muito dinheiro dos outros.

O militar correu os olhos sobre os funcionários em busca de um mais nervoso, mas todos pareciam igualmente assustados. Mais tarde trabalharia nessa linha investigativa. Com um gesto chamou o gerente que se apressou em atendê-lo:

"Olha, doutor delegado, eu estava examinando uns papéis e não percebi a chegada dos bandidos. Quando levantei os olhos, um sujeito me apontando um revólver".

"Descreva esse sujeito".

"Olha, doutor, assim na hora mal olhei pra ele, olhei mais para a arma. Branco, jovem, não vi bem".

"E como era a arma?".

"Preta, cano longo, revólver. Um trinta e oito cano longo".

"Certo, e depois. Ele estava nervoso e gritou: "Pega o tesoureiro e abre a merda do cofre, desculpe doutor, mas o cara falou assim mesmo".

"Certo, e você?".

"O Arnaldo estava perto e eu o chamei e juntos abrimos o cofre".

"Quanto demorou a abertura?".

"Menos de um minuto, doutor. Temos muita prática".

A mente do major anotou dois detalhes: a palavra do tesoureiro e a excessiva subserviência do gerente, velho, gordo, careca, como se o bancário se colocasse acima de qualquer suspeita, puxando o saco dele.

"E depois, o que o bandido fez?".

"Ele trazia um saco e mandou que o enchêssemos de dinheiro. Levou tudo, inclusive, doutor, um malote com cheques".

"Você chama?".

"Marcondes, José Antônio Marcondes".

"Quanto os bandidos levaram, Marcondes?".

"Só no cofre havia mais de duzentos mil cruzeiros, fora o dinheiro dos caixas que ainda vamos calcular".

"Marcondes, hoje era um dia especial?".

"Como assim, doutor?".

"Hoje havia mais dinheiro em caixa?".

"Sim, hoje é dia cinco. Muitos clientes pagam os salários no quinto dia útil. Fazemos caixa para esses pagamentos".

"Marcondes, faça um esforço. Você notou um detalhe diferente no bandido?".

"Olha, doutor, eu não olhei pra ele com medo de tomar um tiro, mas prestei atenção na voz dele. Não era voz de bandido. Outra coisa, ele falou "Ponham o dinheiro aqui". Concordância perfeita. Acho que era uma pessoa culta".

"Obrigado, Marcondes. Quero apanhar logo esses canalhas, assassinos. Eles mataram um cabo da Força Pública aqui, na porta da agência, a sangue frio. O coitado morreu com a conta de luz na mão. Por sorte não mataram você ou seus funcionários. Essa gente é louca, Marcondes. São comunistas, terroristas da pior espécie. Roubam para comprar armas e incendiar o país. Não hesitam em matar qualquer um que os atrapalhem. Chamam isso de justiça revolucionária. Vocês todos tiveram sorte, escaparam da justiça revolucionária".

"Graças a Deus, doutor, com a graça de Deus".

"Só mais uma pergunta, Marcondes".

"Havia fila nos caixas? O banco estava cheio?".

"Você percebeu se alguém da fila apoiou de alguma forma os bandidos?".

"Acho que não, doutor, quando eles saíram, foi uma confusão só: mulheres chorando, gritos, homens que não se erguiam do chão, enquanto outros saíam apavorados da agência e cercavam o morto na calçada. Houve pessoas que urinaram e sujaram as calças. O susto foi grande. Desculpe, sei que minhas informações não são de grande ajuda, mas fui pego de surpresa, nunca pensei que houvesse assalto, pra mim era coisa de cinema. Tenho vinte anos de banco, nunca vi coisa igual".

"Compreendo".

Amauri fora treinado para esconder sentimentos, no fundo sentia um certo desprezo pelo gerente, um apavorado puxa-saco profissional, um covarde. Dispensou-o mandando trazer o tesoureiro.

O tesoureiro era careca e usava óculos. Assim de calça cinza, camisa branca, gravata azul, ficava com jeito de tesoureiro. Há um bom tempo o bancário observava aquele homem de terno a quem os policiais se dirigiam com respeito e que interrogava os bancários com visível desprezo. Não era alto, mas a postura, tórax pra fora, ombros erguidos e a voz alta e ríspida e os poucos gestos rígidos indicavam um oficial transvestido de civil. E Arnaldo não gostava de militares e sentia até simpatia por aqueles sujeitos que de arma na mão lutavam pela justiça social, entretanto quando lhe apontaram o revólver instantaneamente, Arnaldo converte-se em adepto do regime militar e pediu em pensamento a pena de morte para aqueles canalhas.

Com um só gesto de mão, a autoridade o cumprimentou e mandou-o sentar.

"A porta da tesouraria deveria estar trancada. Como os bandidos entraram?".

"Eu abri a porta. Um dos bandidos apontava uma arma para a cabeça do gerente. Tive de abrir, doutor, se não ele matava o Marcondes. E aí eles entraram e me deram um saco."

"De que tipo?".

"Marrom, furadinho... e me fizeram abrir o cofre juntamente com o Marcondes. São duas chaves. Aí fui enchendo o saco com o dinheiro do cofre".

"Eles só levaram dinheiro?".

"Também guardamos cheques e títulos, mas os ladrões levaram o dinheiro vivo e cheques".

"E quando o saco ficou cheio?".

"Eles nos mandaram deitar no chão de barriga para baixo e sumiram fechando a porta da tesouraria, mas eu tinha outra chave".

"E depois?".

"Ficou tudo silencioso e alguém gritou: "Foram embora" e abri a porta. O salão estava um caos, havia gente chorando, gritando, deitada no chão".

"Você chama?".

"Arnaldo".

"Arnaldo, você é capaz de descrever os assaltantes?".

"Sou sim, prestei bastante atenção neles. Um era um pouco mais alto que o senhor e também mais largo de ombros, um cara forte. Cabelos pretos, nariz reto, moreno, queimado de sol. Vinte e poucos anos. Calça preta e uma camisa branca pra fora das calças. Calçava um sapato preto Vulcabrás que eu vi quando o danado me fez deitar no chão. O outro mal vi, mas pareceu velho, mais de cinquenta anos".

"Muito bem, seu Arnaldo, muito bem. O senhor me acompanha à delegacia para ver umas fotos."

Tô fodido, pensou Arnaldo, tô fodido, os bandidos ou subversivos terão alguém observando a cena e me verão saindo com os homens da cena do crime. Tô fodido.

"Seu delegado, eu não gostaria que me vissem saindo daqui com o senhor. Não é por nada não, tenho medo dessa gente. Pode haver algum subversivo aí fora misturado aos curiosos. Esses sujeitos não têm cara de bandido, parecem gente como nós, ficam no meio do povo".

"Arnaldo, nós não sairemos juntos, claro. Seria perigoso para sua pessoa. Os assaltantes podem sim estar ainda observando a cena do crime. A polícia sabe das coisas. Amanhã você irá à delegacia e olhará as fotos. Aqui no banco diremos que você não passou bem. Muita emoção. Por hoje, está dispensado".

Aliviado, Arnaldo foi até a sala do pessoal apanhar as coisas dele. Os funcionários reunidos falavam alto extravasando o nervosismo. "Pessoal, acho que a gente merece uma cerveja". A proposta acolhida com entusiasmo, até das duas solteiras abstêmias, levou todos ao bar da esquina aonde o policial chegou na segunda rodada de cerveja acompanhada de linguiça frita.

Os assaltantes deixaram no interior da agência bancária algumas dezenas de folhas de papel com um texto mimeografado. Assustados, os presentes ignoraram as folhas soltas sobre as mesas e o chão. O major Amauri pediu uma delas ao sargento Ceará:

Carta ao Povo Brasileiro

Nossa Organização representa a vontade de luta contra a ditadura, o capitalismo e o imperialismo norte-americano.

Nós somos operários, camponeses, intelectuais, pessoas da classe média, todos unidos em prol de um mundo mais justo e fraterno.

Não estamos sós. Por toda a América Latina arde a chama da luta contra as ditaduras, o capitalismo e o imperialismo norte-americano.

Venceremos porque somos a maioria. O povo unido jamais será vencido. Abaixo o governo militar.

Pátria ou Morte.

...

A vanguarda popular

O militar sorriu. Se os comunistas pretendiam a conquista dos corações e mentes do povo com aquele texto idiota, a vitória seria nossa. O povo se conquista com um discurso emocionante – muita emoção – desviando a atenção dele para outra coisa: futebol, religião, novela de televisão – a televisão, uma caixinha mágica em cada casa, convencendo as pessoas a viverem de um jeito conveniente para os donos do mundo.

Ditadura, capitalismo, imperialismo eram abstrações, substantivos abstratos facilmente vencidos por promessas de um aumento de salário ou um televisor em 24 meses.

Não conheço ninguém que morra pela Pátria.

Que opção mais idiota: Pátria ou Morte.

Uma casa. Viva o Banco Nacional de Habitação.

Esses caras da Vanguarda estão fodidos. Querem Pátria ou Morte. Daremos a eles. Morrerão pela Pátria.

O major viu o tesoureiro caminhar até a porta do banco. Correu os olhos pelo cenário do assalto. Mesas, com máquinas de escrever e de somar, cadeiras, cestos de lixo, janelas altas, com proteção na lateral. Duas caixas lá no fundo, fichário... o banco era apenas um salão com um cofre cheio de dinheiro. Os comunas passaram a mão na grana para fazerem a revolução deles, mas se eu achar logo essa nota preta, pode sobrar algum pra mim, também sou filho de Deus.

Com um estranho sorriso na face, foi até o bar e pediu para conversar com dono. Foi educado e amável.

Num pequeno depósito atulhado de mercadorias pediu a colaboração do seu Joaquim. Este realmente vira os carros da fuga: Dois Dodge Dart, um amarelo e o outro com a capota preta, coberta de couro. Depois do tiro, se escondera atrás do balcão e quando espiara, vira os dois carros arrancando. Não, não senhor, não vira, quantos, não vira o assalto, estava somando o caixa do almoço; ouvira o tiro e se escondera.

"Uma pergunta mais. Aparecera algum freguês novo nos últimos tempos, gente desconhecida, estranha? Um cara que voltou várias vezes?".

As faces coradas do português se iluminaram.

"Sim, dois homens, pareciam pai e filho. O mais velho, por volta dos cinquenta e poucos anos pagava a conta e bebia conhaque, ah, outra coisa, o fulano era meio surdo. O rapaz era um pouco mais alto que o senhor, moreno, cabelo preto, comia de óculos escuros. Nunca comiam o prato do dia, pediam bife com fritas ou filé a cavalo. O rapaz bebia cerveja".

Segóvia, o grande filho da puta, era o Segóvia e algum estudante comuna.

O portuga o identificara com clareza, nem precisava da fotografia. Então o velho comunista profissional organizara o assalto ao Banco Auxiliar e matara friamente o cabo da Força Pública. Não lhe bastava o ouro de Moscou, roubavam, como eles diziam, expropriavam os capitalistas e assassinavam os lacaios deles, o pobre cabo. Mas eles não perdiam por esperar.

De volta ao balcão, seu Joaquim ofereceu-lhe um sanduíche, uma cerveja. Agradeceu e aceitou água, sentia muita sede, principalmente de vingança. Os terroristas cometeram um erro gigantesco: matar o cabo. Agora eles tinham que explorar o cadáver. Consultaria o general sobre uma série de reportagens na televisão "terroristas assassinam policiais". Depois mostrar a família do morto: a viúva chorosa, os filhos órfãos, a velha mãe do cabo; aliás, um ótimo pai, filho dedicado, torcedor do Corinthians, pescador nas horas vagas, devoto de Nossa Senhora da Aparecida. Um mártir, sim um verdadeiro mártir da democracia e da liberdade, capaz de conquistar a opinião pública brasileira, barbaramente assassinado por terroristas, comunistas, treinados em Cuba para transformar nosso país em um novo Vietnã. O próximo pode ser você.

Eu preciso aproveitar a oportunidade e apavorar a classe média com o perigo comunista. Os burgueses tinham de sentir-se apavorados com a visão de cubanos barbudos queimando igrejas, assaltando bancos, violentando as virgens, invadindo residências em busca de joias de família, dinheiros, arrancando santas ceias das paredes.

E quem os livraria desse perigo tremendo?

Ainda sorridente Amauri se aproximou de um homem magro e rijo e:

“E então, detetive Ceará. O que você descobriu?”.

“Eram dois carros Dodge, já chequei com a Civil. Foram roubados esta semana na zona sul. Um seguiu para a Radial Leste e outro virou à direita talvez para alcançar a Celso Garcia. Segundo três testemunhas eram oito assaltantes”.

“Incluindo os motoristas?”.

“Não, major, foram oito a subir nos carros”.

“Então são dez os participantes diretos. Acredito em mais três ou quatro espalhados na fila do banco dando cobertura à ação, tomando cafezinho no bar. Não duvido que mesmo agora, algum terrorista nos observe, sargento, de uma janela ou do bar. Basta ler um manual de guerrilha urbana. O conhecimento do adversário é fundamental em qualquer batalha. Um deles misturado ao povo certamente observou o nosso tempo de resposta, os carros que chegaram. Você checou, Ceará, quanto tempo demorou a rádiopatrulha depois do alarme?”. “Major, o alarme não tocou, ninguém tocou. Alguém de fora telefonou pra meganha, acho que eles fizeram um pouco de hora”. “Cagões”.

O tráfego se intensificara, esperaram o farol fechar para cruzar a rua. Três oficiais da Força Pública conversavam na porta do banco, próximos da marca do cadáver em giz e da mancha de sangue.

"Fuzilaram o cabo. O coitado não teve chance; morreu sem perceber o assalto, um tiro certeiro. Grande atirador o filho da puta".

"O cabo estava em serviço burocrático, pagava contas no banco".

Concordaram que os terroristas estavam ousados e organizados: gente treinada em Cuba, na Argélia, na Alemanha Oriental, afirmou o coronel da Força Pública. Amauri e Ceará despediram-se com um gesto de cortesia e embarcaram na C14, tendo as armas ao alcance das mãos.

O major desconfiava da Força Pública. Recebera instruções superiores para vigiar essa gente, suspeitava-se da existência de cédulas comunistas, principalmente entre os suboficiais e Amauri já infiltrara um homem de confiança no quartel deles. Aparentemente, o caso do cabo fora puro azar: lugar errado, hora errada. O terrorista encarregado da cobertura exagerara e atirara. Grande atirador, metera duas balas no peito do cabo. Azar. O assassino seria um ex-militar, ou aquele velho comunista, o Segóvia que lutara na Guerra Civil Espanhola, puxa vida, o cara está vivo, preciso dar um jeito nele, ele anda por aqui, o cara foi visto na zona leste, antes do assalto.

Enquanto o major pensava, a C14 atravessava a cidade rumo à base. Sem chapa nem inscrição, era identificada como carro dos serviços de repressão e os outros motoristas abriam caminho, assustados. Para eles, o trânsito era sempre bom.

Na casa da guarda, Amauri ordenou ao oficial de dia:

"Houve um assalto e mataram um cabo da Força Pública distraído e desarmado. Os comunas estão felizes. Deem uma boa surra em cada um dos presos só para eles perderem a pose".

"Às suas ordens, meu major".

Como o general já saíra, a conversa sobre a televisão adiou-se. O major Amauri subiu no Opala e rumou para casa, agora mais próxima, pensando no cadáver na televisão. Quero a mãe e a mulher do cabo chorando e os filhos muito tristes. É guerra psicológica. Como disse o presidente Johnson, “conquistar corações e mentes” e encontrar a grana do assalto.

...

Capítulo 9

■ ■ ■

Outro capítulo

"Mãos pra cabeça, seu filho da puta".

Marcos sentiu mãos espertas apalpando o corpo dele que se encolhia, tremia, tremia, se recusava a estar e a ser ali.

A dor explodiu no tornozelo e curvou-se. Alguém lhe abaixou as mãos e o ruído o avisou que estava algemado. Um pano lhe desceu sobre o rosto.

"Sobe aí seu comuna, filho da puta".

Marcos, de codinome Almir Guimarães, imaginou a traseira de uma C14 e com esforço entrou naquele espaço que se fechou sobre ele com estrondo.

Ocorreu-lhe dizer ao policial – Minha mãe é uma mulher honesta. A viatura arrancou cantando pneus e o golpe o balançou: "Caí, me agarraram, os putos me agarraram". Doíam-lhe as costas, o tornozelo direito e a alma. Ruídos do trânsito, do carro, e vozes chegavam misturados. Onde o levariam? Certamente para a Oban. Lembrou-se então de um livro que lera num aparelho: *1984*, de George Orwell.

O personagem Winston é levado para uma sala onde havia "a pior coisa que existe".

Os algozes sabiam que Winston nutria pavor de ratos e lá, "a pior coisa que existe", era uma ratazana numa gaiola onde o preso enfiava o rosto.

Foi uma lembrança assustadora, pois Almir também temia os ratos. O que vão fazer comigo? Eles podem tudo.

A viatura diminuiu a marcha e virou à esquerda, num ângulo de quarenta e cinco graus e parou, depois andou e finalmente para o terror de Almir, parou. A porta abriu-se com estrondo: "Pula fora, comuna".

Alguém guiou as pernas do rapaz para fora e mal ficou de pé, sentiu que o enchiam de porrada.

Por baixo, por cima, da direita, da esquerda, vinham golpes fortes – corre. Porra, corre, comuna, corre. Um empurrão nas costas indicou-lhe a direção. Sentiu um pontaço na bunda e correu para a frente sempre golpeado por todos os lados. Passaram-lhe o pé e caiu de cara no chão, pois os braços continuavam presos pelas algemas. Agora lhe chutavam as costelas e as pernas. "Levanta, porra". Não conseguiu erguer-se sem o apoio dos braços e os golpes continuaram até que alguém o agarrou pela gola da blusa e o puxou para cima. Os olhos arregalados, cheios de terror, viam apenas uma parca claridade, aos ouvidos ofensas e o surdo barulho dos golpes e de todas as partes traziam a mente notícias de dor.

Finalmente, os golpes pararam e todo o corpo, estranhamente vivo, doía, ardia e latejava.

"Você chegou ao inferno, seu filho da puta. E eu sou o chefe dos demônios; meu nome é Stalin, entendeu? Você gostou do meu nome?".

Como o prisioneiro não respondesse, Stalin deu-lhe um murro na base do ouvido.

"Responda: sim, senhor, para o seu comandante".

"Sim, senhor".

Nunca na jovem vida dele, Almir Guimarães dos Santos se sentira tão mal, o corpo totalmente dominado pela dor, o golpe de Stalin ecoando surdamente na cabeça e zumbindo, zumbindo sem parar.

"Sim, senhor, comandante".

"Pois é, seu filho da puta, você vai gostar da nossa hospitalidade, nosso hotel é especializado, cinco estrelas. Você vai adorar nossa sala de massagens. Nossa equipe é de primeira (riso)".

Dominado pelo medo, Almir não pensava. Como sair dali? Onde estava? O que fariam com ele?

Alguém o segurou pelo braço e o conduziu – para onde meu Deus – pensou o materialista subitamente convertido e a espera de um milagre: sair dali. Tiraram-lhe as algemas.

Almir ouviu outra voz que lhe dizia: "Tire a roupa, filho da puta". Sem ver, tateando botão a botão, o rapaz despiu a jaqueta e a camisa, tirou calças e cueca e finalmente meias e sapatos. Sentiu que o manietavam e o erguiam: "Agora você será feliz". E teve tempo de pensar: "Por que os torturadores são irônicos?".

Ouviu um barulho metálico, sentiu o golpe do frio d'água e encolheu-se. O choque elétrico no saco, tirou-lhe o ar. Almir cagou-se todo e perdeu a consciência.

Não era a primeira vez que um prisioneiro perdia a consciência durante um interrogatório. Havia, portanto, na burocracia da tortura uma norma, um padrão de conduta, imoral, mas padrão.

O serviço parava e se chamava o médico de plantão, afinal vivíamos num país de civilização ocidental e cristã. Enquanto esperava o médico, o capitão Stalin atirou sobre o homem amarrado mais um balde de água fria. Às vezes, o sujeito recobrava a consciência e o serviço continuava.

Este preso, porém, não acordou, grunhiu como um porco e ficou como estava. Stalin tomou-lhe o pulso, muito rápido constatou: desse precisava vivo, pelo menos por enquanto.

O doutor Giacometo não se vestia de branco. Usava uma calça preta de tergal e uma camisa esporte. Levantou a pálpebra do preso, auscultou-lhe o coração e o pulso, mediu-lhe a pressão arterial: 25 por 15.

Também percebeu que o corpo estava muito frio. Hipotermia, murmurou.

"Capitão, esse não aguenta mais por hoje. Pressão alta, 140 pulsações por minuto, tem também hipotermia. Seria interessante cobri-lo com um cobertor".

"Esse filho da puta sobrevive? Preciso dele vivo pelo menos por umas horas".

"Farei uma medicação. Um bom momento pro cara abrir o bico é ao acordar. Nos primeiros momentos, o sujeito ainda não se armou na defesa".

Meio a contragosto, Stalin mandou um soldado jogar uma coberta “naquele bosta” e foi até a porta da sala de massagem conversando com o médico. Estava cansado e com fome e combinou jantar com o médico no refeitório do quartel. Ordenou a um soldado que o avisasse assim que o prisioneiro acordasse e subiu conversando com o médico até a sala de descanso.

Graças à generosidade de vários empresários, os rapazes da casa dispunham agora de confortáveis acomodações: belas poltronas de couro verde sobre um grande tapete. Sobre uma estante, um rádio com toca-discos. Os gritos dos prisioneiros não chegavam à sala de descanso dos rapazes. Stalin e o doutor serviram-se de uísque – oferta generosa dos amigos da casa – e sentaram-se de pernas abertas nas confortáveis poltronas. Comiam pistache libanês e mandaram um soldado buscar comida num restaurante próximo: Stalin pediu filé à parmegiana e o doutor, um filé de pescada.

Gastaram a espera falando de futebol. Nenhum dos dois comentava o trabalho e o futebol era um tema perfeito para esperar a comida. Stalin aguentou as gozações do palmeirense Giacometo. O Corinthians de Stalin não vencia o Palmeiras havia um bom tempo enquanto o Palmeiras brilhava com uma bela equipe onde se destacavam Djalma Santos, Julinho e a dupla Dudu, Ademir da Guia. Quando Stalin afirmava que o próximo ano seria do Coríntthians, a comida chegou, quentinha.

A mesa já estava posta e os dois homens comeram com prazer. Stalin pensou que se o preso acordasse agora apanharia muito para não encher o saco. Comunas, filhos da puta. O militar encheu de ódio a alma e a boca de bife à parmegiana.

O médico viu os olhos do colega saírem do foco e viajarem para muito longe. Calou-se, o último desejo dele seria despertar a ira do major de infantaria, afamado pelo gênio explosivo, ainda outro dia ateara fogo a um preso cobrindo-o com gasolina porque o infeliz o mandara tomar no cu. O preso tivera uma morte pavorosa e o capitão observava o martírio do infeliz com prazer evidente murmurando palavrões e no final ordenou a dois apavorados soldados: “Tirem esse porco daqui”.

Os dois enfiaram o corpo carbonizado num saco plástico como aqueles usados no Vietnã e o colocaram numa viatura. O próprio Stalin o levou para um cemitério clandestino na Zona Sul de São Paulo, onde o enterraram em uma vala comum. Ninguém, nem o general comandante, comentou o acontecimento. Durante uma semana, o local cheirou à carne humana assada, semelhante ao da carne suína. O estômago do médico reclamava.

Entre os prisioneiros, a reação foi de terror. Os gritos horríveis do infeliz que morria ali perto, queimado ainda ecoavam por todos os cantos do quartel, eram impossíveis de esquecer aqueles berros desesperados. O cheiro daquele macabro episódio converteu em vegetarianos vários prisioneiros.

Fernandez, um velho comunista com uma longa história, morrera de infarto quando o levaram arrastado à presença de Stalin. Chamado para atender o preso, o médico constatara a morte e o brilho nos olhos do capitão.

Este era o homem que diante do médico levava à boca pedaços de filé à parmegiana e bebia goles de uísque escocês, Old Parr.

"Se esse viadinho não falar logo, o doutor terá trabalho".

Distraído, o médico demorou a perceber que o capitão falava com ele.

"Acho que ele fala logo. Foi bem trabalhado".

Stalin sorriu modestamente, reconhecendo-se elogiado.

"Bom, doutor, vamos descer".

Assim voltaram ao local de trabalho deles onde o preso jazia deitado sobre uma mesa coberto com um cobertor barato e naturalmente com os olhos bem fechados.

O doutor tomou-lhe o pulso e a pressão. Comunicou os resultados a Stalin sem que o prisioneiro o ouvisse. "O cara melhorou, está consciente, e com os batimentos cardíacos alterados – medo – enfim, o cara está aos seus cuidados. Não morre, é moço e saudável".

Com um gesto brusco, o capitão tirou a coberta do prisioneiro. O corpo contraiu-se. Levantou-lhe a cabeça puxando pelo cabelo:

"Escute bem, seu filho da puta, embora você seja um comuna de merda, vou te dar uma chance. Jantei bem e estou de bom humor. Se você responder minhas perguntas tudo bem, se não começamos novamente".

O prisioneiro ainda de capuz moveu a cabeça.

"Você está me ouvindo? Responda: sim, senhor".

Um fio de voz rouca disse, "sim, senhor, comandante".

"Nome verdadeiro?".

"Almir Guimarães dos Santos".

"RG?".

"4.114.142".

"Onde você estuda?".

"Na Filosofia da USP".

Num lampejo apareceu um comentário na mente do capitão: "Por que você não ficou em Aristóteles". Calou-se.

"Quem recrutou você?".

Embaixo do capuz, o prisioneiro hesitou um instante.

"Miguel Delfiore, o testa larga, um colega de curso, mais velho. Era do quarto ano, eu do segundo".

"Onde ele está?".

"Não sei, não senhor. Está desaparecido, foi preso no Rio de Janeiro".

"Tudo bem, depois voltamos a esse cara".

"Qual foi a sua primeira ação armada?".

"Foi uma expropriação numa agência do Banco Auxiliar de São Paulo, na avenida Celso Garcia".

"Onde morreu um soldado. É matando um pobre pai de família que vocês construirão um mundo melhor? Bando de covardes imbecis! Qual foi sua participação no crime? Você matou o cabo, seu filho da puta. Assassino".

"Pelo amor de Deus, comandante, não sei atirar. Minha tarefa era ver quanto a polícia demorava a aparecer".

"E quem matou o cabo?".

“Foi Segóvia, deu de cara com o cabo e atirou”.

“Assassino, covarde, filho da puta, tá morto, esse tá morto”.

Deitado num catre imundo, algemado dentro de um quartel, vigiado por homens armados depois de uma sessão de tortura interrompida, o prisioneiro não argumentou.

Do alto do poder, o militar continuou... ”Vocês se dizem humanistas e libertários, mas não passam de um bando de assassinos sanguinários. Não useis da espada porque este pela espada perecerá”.

A quem este canalha quer convencer – pensou o prisioneiro – o filho da puta quase me mata a porrada e choque elétrico e cita o evangelho e o bandido aqui sou eu. Afinal parei de apanhar e não entreguei nenhum companheiro ainda.

“Quero o endereço dos aparelhos onde você esteve”.

“Morei num prédio na Nove de Julho, não lembro o número e, no Belém, na rua Júlio de Castilhos, 60”.

“Como vocês escolhiam os imóveis?”.

“Na Nove de Julho, quando cheguei já estava lá, não sei quem instalou. No Belém, fui numa imobiliária perto do largo São José”.

“Com quais documentos?”.

“Com os meus mesmo. Assinei contrato. Eu ainda não me queimara”.

“E o fiador?”.

“Fiz depósito de alguns meses de aluguel”.

“Com quem você ficou lá?”.

“Com a Vera”.

Você fodeu com essa puta? Pegou gonorreia? Comeu o rabo dela?”.

O prisioneiro estremeceu. A Verinha, grande quadro, estava morta e aquele filho da puta falava baixarias dela e ele calava.

“Nunca tive nada com ela”.

“Você está mentindo, seu filho da puta, vai pro pau já. Pegou gonorreia dela?”.

“Nunca tive nada com ela. Aliás, ela já faleceu”.

“Sei disso, seu filho da puta, sei disso melhor que você. Fui eu que a matei”.

“Se eu sair vivo daqui, você não me escapa – pensou Almir. Ainda bem que estou de capuz, se esse bosta visse minha cara, meu ódio”.

“Você é um comuna inteligente. Só falou o que eu já sabia. Um espertalhão!”.

“Respondi o que o senhor perguntou”.

“Onde você mora atualmente?”.

“Na rua Júlio de Castilhos, 60”.

O prisioneiro sabia que o aparelho estava identificado e estava sob observação policial. Quando deixara o local pela última vez, percebera os sinais da polícia. Um sujeito subido no poste, um Fusca branco com um casal, fingindo namorar e que se beijou bem quando ele passou, o sujeito começou a segui-lo perto do largo São José do Belém sem que ele pudesse despistá-lo e que sem dúvida não era o único. Logo podia entregar o aparelho da Júlio de Castilhos.

“Com que objetivo você deixou o aparelho?”.

“Eu tinha um ponto no largo São José”.

“Com quem?”.

“Não sei, o sujeito traria um livro debaixo do braço, *Incidente em Antares* do Érico Veríssimo”.

“Quando você viu Segóvia pela última vez?”.

O prisioneiro se encolheu mais ainda. Só uma vaga claridade passava pelo capuz. O filho da puta chegara ao ponto principal do interrogatório.

Segóvia, o velho comunista, uma figura lendária, o organizador... A dor o dominou inteiramente, o estrondo da pancada ressoando alto nos ossos do crânio.

“Fala logo, porra, fala logo, não pensa, filho da puta”.

A dor vinha já de diversos pontos.

“Eu falo, eu falo”.

“Eu sei que você fala, comigo todos falam, sou o capitão Stalin”.

“Estive com Segóvia apenas uma vez”.

“Mentira, seu filho da puta, você é amigo dele”.

“Seu Segóvia é um dirigente, um quadro importante do partido. Eu sou um militante, um simples pé de chinelo. Por isso só o vi uma vez logo que entrei e faz muito tempo, logo que entrei na clandestinidade".

"E como foi esse encontro. Você deu a bunda pra ele?"

"Não".

"Não acredito, você não deu a bunda pro Segóvia!"

"Pelo amor de Deus".

"Então ele deu pra você. O velho virou o fio".

Dor, dor, muita dor, a dor explodia nos músculos e chegava à mente em ondas ferventes, a voz do torturador.

"É gostoso sofrer por amor, mocinha?".

Dentro do capuz com os olhos fechados, o preso sofria por dentro e por fora, a dor o ocupava por completo.

"Quando você viu Segóvia, seu viadinho? Fala se não você vai apanhar até morrer seu filho da puta, sou o capitão Stalin". Por que esse filho da puta não fala – pensou o militar cheio de raiva, ao mesmo tempo em que com um cassetete de borracha golpeava a cabeça do preso repetidas vezes até que o infeliz gritasse: "Eu falo, eu vou falar".

Triunfante, orgulhoso, o militar suspendeu no ar o golpe violento.

"Fala logo, seu filho da puta".

Esta frase foi dita com outra voz, uma voz rouca, cheia de puro ódio, uma voz primitiva, de caverna, anterior à civilização. Fala, seu filho da puta.

"Eu não vi seu Segóvia. É verdade, juro pela minha mãe".

"Fala, seu filho da puta, tô perdendo a paciência".

"Tenho informações sobre seu Segóvia. O grupo dele assaltou uma agência do Banco Comércio e Indústria e com o dinheiro estabeleceram um aparelho na zona leste, no Tatuapé, não entrei nessa ação. Juro que não sei o endereço. Eu não era do grupo do seu Segóvia, mas é no Tatuapé, juro. Cheguei ao meu limite, pelo amor de Deus. Não aguento mais".

Mesmo sem ver o rosto do prisioneiro, o militar sentiu que ele dizia a verdade e chegara ao limite da resistência. Dentro da lógica do terrorismo, cada membro do grupo sabia o estritamente necessário para o desempenho da sua tarefa. Almir era covarde e irresponsável, não aguentara duas horas de interrogatório, entregara logo o assassino do cabo.

"Tudo bem, embora você não mereça, vou aceitar sua informação. Ai de você se mentir pro capitão Stalin".

"Seu viadinho, só mais uma pergunta. Vou até ligar o choquinho. Quando você responder, eu desligo. Conta teu próximo ponto".

O choque dissolveu os ossos, o cérebro, a vontade. Contou tudo e cheio de nojo desejou a morte.

O major de infantaria tomara um gosto especial pelo capitão Stalin. Tudo começara com uma piada. Seria engraçado um militar com nome de comunista. Alguém dissera major Guevara, general Fidel Castro.

Um pouco alto, ele acrescentara o capitão Stalin.

Todos riram e assim surgiu o personagem capitão Stalin, o mais temido torturador de São Paulo que agora entregava o preso à atenção de dois policiais militares. E a informação a outra equipe. "Aos costumes, na solitária" e se preparava para deixar o trabalho.

A noite é uma criança, repetiu-se, enquanto tomava um longo banho, e sou um homem livre. No vestiário, substituiu a calça jeans e a camisa de trabalho por uma calça social preta e uma camisa branca e os tênis por um mocassim. Cansado, mas com vontade de sair, penteou os cabelos pretos e levemente ondulados, um dos orgulhos dele. Aos 34 anos, conservava todos os cabelos, achava-se mais baixo do que merecia, um metro e setenta de altura que ele compensava um pouco nos sapatos, erguendo a cabeça e na dureza da voz e das atitudes.

Prendeu o coldre da Beretta 765 à cinta e colocou outra arma na perna. No trabalho dele, precisava cuidado com a saúde. No bolso do paletó, enfiou várias cargas de munição. Tinha pavor de ficar sem munição no meio de um tiroteio e ser executado. Um pesadelo.

No pátio, ligou o Chevrolet, emprestado de um empresário simpatizante, e deixou o quartel de olho no espelho retrovisor, percorreu duas quadras e deu uma volta no quarteirão, sempre de olho no retrovisor. De vez em quando tocava uma terceira arma do mesmo tipo colocada na bolsa da porta. Sim, tinha medo de um atentado, principalmente que os comunistas disparassem contra ele usando uma metralhadora. A carreira militar lhe ensinara que a metralhadora dispensava a fina pontaria dos fuzis e das pistolas e vira muitas vezes em stands de tiro e em corpos humanos o estrago feito pelas enormes balas de metal brilhante.

Adorava guiar. O carro era novo, de motor possante e chegando à avenida nova – mais uma grande obra do governo da Revolução como informavam os cartazes – acelerou fundo e o carro disparou e o militar verificou que ninguém o seguia.

Mesmo assim, mudava constantemente de pista costurando os outros carros em alta velocidade porque tal atitude lhe dava prazer.

Guiando dessa maneira, em poucos minutos, chegava ao centro da cidade onde ficavam as casas e as mulheres da noite, uma recente descoberta pessoal. Estacionou o carro bem no fundo do terreno para trancá-lo e levar a chave, recolheu o recibo e sorriu quando o porteiro o chamou de "doutor". Sou um pouco mais que doutor, pensou entrando na boate.

"Sou militar e estou armado. Tudo bem".

O leão de chácara hesitou um segundo, mas o vigor da voz, o olhar estranho do sujeito o convenceram a responder "Fique à vontade. A casa é sua".

Nesta luz todos os gatos são pardos, pensou, observando o salão cheio de mesas e mulheres. Uma música italiana romântica dominava o ambiente, "Roberta". Sentou-se de frente para a porta e de costas para a parede. Só havia três homens no local para umas vinte fêmeas. A noite prometia muito. Ordenou uma cerveja, ali o uísque não prestava... e correu os olhos pelo lugar. As mulheres o tentavam sorrindo, cruzando as pernas, passando a língua lentamente pelos lábios. Era o sultão daquele harém. Por uma regra da casa, as mulheres não abordavam os fregueses e o homem saboreou longamente aquele momento mágico: escolher a dedo a mulher com quem dormiria, como se em um restaurante fino consultasse a lista de pratos.

Sob a luz enganosa do salão todas lhe pareciam belas. Havia damas para todos os gostos e mais de uma vez percorreu o local até finalmente decidir-se por uma loira alta e carnuda, elegantemente vestida de preto e que exibia coxas alvas e grossas pela minissaia de couro. Sentindo-se observada, a mulher lançou-lhe um olhar cheio de promessas.

O homem chamou-a com um gesto e ela veio num andar fascinante até a mesinha dele onde ela descobriria quem era aquele homem que assustava o leão de chácara.

Falsos nomes, conversas, bebidas. Falsas desculpas para não sair naquele momento. Legítimo, o amendoim e a cerveja. Fátima Alves Silva, codinome Cláudia, era uma mulher bonita, de 28 anos, alta, loira, carnuda, com coxas grossas e lisas que, naquele preciso momento, as mãos do capitão inspecionavam, provocando certa excitação e falsos protestos da mulher: "Mas aqui não, fica chato", frase que lembrava ao militar inúmeros embates amorosos em Resende e adjacências quando cadete na escuridão das ruas, sob uma árvore, as mãos dele ansiosas desbravavam o corpo da mocinha que se recusava a adiantamentos em troca de ganhos futuros como esposa de oficial do Exército.

Desde que o vira, entrando na "casa", Marcos lhe chamara a atenção pelo modo como não se deixara revistar pelo leão de chácara. Não era alto, nem parecia forte, mas impunha certo respeito e tinha um olhar poderoso, mas acima de tudo era jovem, brilhava ainda no rosto dele a juventude, não tinha barriga. Cláudia explicou-lhe mais uma vez que não podia sair antes da meia-noite porque precisava fazer um strip-tease, mas ele chamou o garçom, pagou a conta dizendo: "Diga ao gerente que sou do Exército" e foi puxando-a pela mão. Ninguém interveio e logo o frio da noite a tocou. "Esqueci a blusa", mas o homem respondeu: "Eu te esquento" e então abraçados caminharam até o estacionamento onde o manobrista trouxe um belo automóvel branco.

Os coquetéis da casa não passavam de uma mistura colorida de água e refrigerante e, sóbria, logo notou que o homem guiava de um modo muito próprio – rápido, mas preocupado com os espelhos retrovisores e mudando constantemente de pista. Esperta, Cláudia colocou a mão na coxa do homem, que surpreendentemente disse: "Tira a mão, agora não é hora".

Cláudia preocupou-se ao ver a arma pelo paletó entreaberto. Bandido não era, mas nunca se sabe. Seria um militar talvez... e se não pagasse... ela precisava de dinheiro, ia longe o tempo em que dava de graça... hoje cobrava mesmo quando gozava de verdade, o que raramente acontecia. Os clientes não se preocupavam com o prazer dela, afinal estavam pagando e com esse cara não falara em dinheiro... Dinheiro, sempre dinheiro, o aniversário do Robertinho estava chegando... A festinha..., o presente, sempre despesa, mais despesa, ela...

Amauri pensava na loira nua deitada na cama esperando por ele com as pernas abertas e os pelos escuros. Preferia as louras carnudas. Quando a esposa o abandonara ele já descobrira as mulheres da noite. Era formidável: chegava à boate, escolhia uma mulher como quem escolhe um prato num restaurante, passava a noite com ela e adeus. Diferentemente de outros colegas, pagava e achava barato. Melhor assim sem palavras, sentimentos, ilusões, promessas, convivência... Sexo e pronto, sem enchimento de saco.

No motel, no início da via Anchieta, o major mostrou na portaria a identidade de Edson Aparecido Moura e Fátima Alves Silva, apareceu – "Cláudia é nome de guerra". O porteiro anotou os nomes para o controle policial. Sempre havia a possibilidade dos terroristas se hospedarem ali.

Ela achou o quarto muito bonito, um luxo aquele espelho no teto, a banheira. Pousou a bolsa na cadeira e esperou pela decisão do homem que observou o quarto e também o banheiro e voltou para verificar a porta. “Cara muito estranho, desconfiado”. Depois tirou o paletó e ela viu uma pistola preta presa no sovaco. Ele ignorou o espanto dela e enfiou-se no banheiro e logo Fátima ouviu o chuveiro.

Fátima sentiu que se excitava. Seria uma noite de festa juntando dinheiro e prazer. O homem reapareceu com uma toalha amarrada na cintura: “Posso tomar um Martini?”. “Claro, e tome um banho”. Constrangida, Fátima serviu-se no frigobar e foi ao banheiro.

Na saída, ouviu uma ordem rápida: “Deita aqui”.

O homem cobriu-a, penetrou-a e ignorando os pedidos dela: “Mais devagar, bem, mais devagar”.

Aproveitar aqueles momentos frenéticos era impossível. O homem arfava com os olhos fechados. Pensa em outra mulher, imaginou Fátima e desistiu, deixando-se possuir sem se movimentar. Logo o homem gozou e retirou-se ofegante e Fátima sentiu-se muito sozinha e puta, porque aquele sujeito não a olhava.

O sujeito ficou um bom tempo deitado de barriga para cima e Fátima sentiu uma vontade enorme de sair dali e na falta de melhor opção voltou ao banheiro e encheu a banheira de água quente e enfiou-se nela e relaxou pensando como seria bom o dia em que ela não precisasse mais abrir as pernas para ganhar a vida e nesse doce pensamento adormeceu.

O homem acordou e mandou que se enxugasse e voltasse para a cama, onde a posse anterior se repetiu no mesmo ritmo e depois o homem levantou-se e puxou uma carteira preta e depois de contar deu-lhe várias notas – puxa vida, quanto dinheiro – e disse com voz mandona: “Agora você vai embora”. A portaria chama um táxi para você.

Aliviada, Fátima apanhou o dinheiro e o enfiou na bolsa. Vestiu-se rapidamente e se foi com um gesto de mão.

Satisfeito, o major vestiu o roupão e pistola em punho desceu as escadas até o carro do qual tirou uma garrafa de uísque Dewar's. Trancou o veículo e subiu levando a garrafa. No quarto trancou a porta e encostou-se a ela uma poltrona. Pelo telefone pediu uma porção de calabresa e outra de queijo e pão. Então, colocou gelo no copo e o encheu de Dewar's. Ligou a televisão num filme pornográfico e deitou-se na cama, deixando a pistola ao alcance da mão.

Só bebeu o primeiro gole de uísque depois de comer pão e queijo. Na terceira dose, adormeceu. "Como é gostoso adormecer de fogo".

...

Capítulo 10

■ ■ ■

O drama de Célia

Desde as primeiras letras nunca um livro produzira impacto sobre Célia como o *Incidente em Antares* de Érico Veríssimo. Sempre soubera vagamente que a polícia brasileira espancava presos e jamais se preocupara com esse fato tão distante do mundo dela, formado pela família, pelo trabalho, pela igreja. Célia excluía-se do país da tortura, não fazia parte dele. Não via violência em Taubaté. A cidade era calma. Viviam de portas abertas. Não castigava nem os piores alunos. Via-se habitante de um país cheio de pessoas alegres, religiosas, amantes do carnaval e do futebol, malandros, sim, vagabundos, talvez, mas de bom coração, o país da esperança, o país do futuro. Quem fora mesmo o autor da expressão?

Um dos personagens de *Incidente em Antares*, delegado de polícia municipal chamado Inocêncio Piguarço, casado com dona Beata. Piguarço mata um preso durante um interrogatório e só não tortura a jovem esposa da vítima, grávida, porque esta inventa dez suspeitos para o prosseguimento das investigações dele, sobre um grupo subversivo. Ora, se antes de chegar ao poder, a polícia já torturava presos políticos, agora então que o governo enfrentava o terrorismo... Não era preciso ser nem um gênio para entender que o marido dela deixara de treinar recrutas para trabalhar nos órgãos de repressão do governo militar. A leitura iluminara um cenário pronto.

Em plena ditadura em luta com o terrorismo de esquerda, todos comentavam que a tortura corria solta nos porões dos quartéis e delegacias, mas até ler o livro não relacionava a tortura com o Amauri, sujeito educado, um pouco fechado sim, mas, um ser humano, nível universitário, um homem culto, marido dela.

Por que ele nunca fala do trabalho dele? Antigamente, contava umas histórias do quartel, aquelas longas marchas de um dia inteiro sob o sol, que segundo o marido, "forjavam o caráter do soldado e transformavam o menino num homem". Agora ele chegava tenso: Tudo bem! Tudo bem! Então tudo bem. Aliás, a expressão servia para toda a comunicação. Tudo bem, tudo bem, tudo bem.

Na verdade, tudo mal. Viam-se muito pouco. Amauri não parava em casa. Recebera uma missão especial e atravessaria um período difícil e esperava a compreensão dela que afinal se casara com um militar.

Na hora em que ele falara com ela, ainda na velha casa do Tatuapé, achara lindo e sentira-se a heroína de um filme sobre a Segunda Guerra Mundial, a mulher de John Wayne ou Glenn Ford. A mulher cuidando de tudo na ausência do herói.

Quando voltava, trazia presentes caros. Primeiro um aparelho de televisão em cores, depois trocara o carro dele e lhe arrumara um emprego no qual não havia trabalho, só salário, depois lhe dera um carro e uma casa nova. Tudo bem, tudo bom, e ela se deslumbrara, mas que mulher não se deslumbraria com tanto luxo e riqueza?

Érico Veríssimo informara o preço de todas aquelas coisas, pois eram apenas coisas, objetos que não tocavam o fundo da vida: pagava-se em solidão física, o companheiro sempre ausente e também em solidão moral, ausência na presença, no espesso paredão de concreto que Amauri construía para proteger a vida secreta dele.

E ela imaginava cenas obsessivamente. Amauri dando cacetadas em um homem amarrado. As mãos dele a incomodavam, pareciam sujas, cheirar mal, suadas. Fingiu meia dúzia de orgasmos, prolongou cólicas e menstruações. A vida se modificou.

Os outros se afastaram deles. Os amigos da escola, da secretaria, da Faculdade. Deus meu, na Faculdade, ela era praticamente uma doente contagiosa e mesmo os antigos colegas de farda haviam sumido todos. Há quanto tempo não viam o casal Cardoso? O Hélio fora colega de academia de Amauri.

Percebia agora que o marido já não saía com ela. Recém-casados iam frequentemente ao cinema e principalmente no Tatuapé dançavam como namorados. Há quanto tempo Amauri não a procurava como mulher... como amante? É o trabalho, justificava ela. Era sim. Amauri depois de espancar até a morte um estudante não conseguiria amar com doçura e carinho. Bateria também em mulher, estupraria ou deixaria que os soldados estuprassem as presas?

Célia levantou-se do sofá de couro e pisando no tapete macio da sala foi à cozinha em busca de água fresca. A cabeça fervia. Não se casara para ficar sozinha num apartamento. Sufocada, na sala, abriu a porta do terraço. Alguns prédios tapavam o horizonte, o telhado das casas baixas parecia sujo de fuligem, veículos passavam lá embaixo na avenida. No céu, nuvens escuras anunciavam chuva. Um avião passava distante. Voltou à sala e circulou pelo apartamento sem encontrar um lugar para ficar. Sentia-se vazia, sem objetivo, não tinha marido, filhos, amigos, alunos. Casara-se com um rapaz alegre, brincalhão que virara uma máquina: Tudo Bem!

"Vou para Taubaté ao encontro da minha família. Vou sim". Enfiou algumas roupas na mala, alguns objetos de toucador, trocou os chinelos por um sapatinho baixo. "Se ele pode dormir fora uma semana inteira". Num caderno de escola escreveu: "Amauri, fui a Taubaté visitar minha família... meu pai não está bem. Volto amanhã, quarta-feira. Célia".

No primeiro posto da avenida, encheu o tanque.

Naquela hora da tarde, o trânsito estava razoável e a moça ligou o rádio numa estação musical e na via Dutra sentiu medo dos gigantescos caminhões que ocupavam a pista da direita. Entrou para a esquerda e logo um ônibus imenso, de tenebrosos faróis acesos, um monstro, a acossava pedindo passagem que ela não conseguia porque uma fila de caminhões ocupava a pista da direita e o ônibus, colado à traseira do minúsculo Karman Ghia, insistia, imprudente. Se ela freasse mesmo levemente, o pesado veículo a esmagaria. Com o pé no assoalho, o ponteiro do velocímetro batendo no pino, cento e quarenta quilômetros e o cachorro atrás pedindo passagem. Que vontade de matar, se meu marido estivesse aqui! Quando finalmente Célia entrou à direita, numa brecha do tráfego, o ônibus passou por ela fazendo estremecer o pequeno carro: "filho da puta, corno, filho da puta. Se meu marido estivesse aqui, ele te dava um tiro".

Logo voltou à pista da esquerda. "Foi Amauri que me ensinou a guiar e a amar, duas ações tão diferentes, mas importantes, amar e guiar. Vivemos momentos tão bons nos primeiros tempos". Ele era muito legal e Célia assustou-se ao perceber que pensava no marido com o verbo no passado como se ele estivesse morto.

Assustada com um carro colado ao dela, deu passagem. Uma placa a avisou que entrava no município de Caçapava e pensou outra vez no marido, na participação dele na Revolução, ele ocupara a cidade de Caçapava, viera de São Paulo com a tropa pronta para o choque, porém, o comandante de Caçapava aderira ao movimento e a luta fora evitada. "Com a graça de Deus!", exclamou ela, abraçada ao marido de volta ao lar três dias depois da aventura revolucionária. E aquela noite de abril fizeram um amor muito especial como se a possibilidade da morte avivasse o desejo dos dois. No meio da madrugada, Amauri abraçado a ela dissera: "Você vai ver Célia, tudo vai melhorar, o país, a nossa vida, tomamos o poder e passaremos o Brasil a limpo. Sempre foram os civis que ferraram o país com a corrupção e a politicagem. Conosco é diferente. Nós amamos o Brasil".

O ruído do rádio, que já não sintonizava a distante emissora, a trouxe de volta ao Vale do Paraíba. Dirigira muitos quilômetros no automático, só com uma parte da atenção voltada para a estrada, a outra para os problemas que a afligiam. Lembrou-se de um trecho de Machado de Assis sobre as pernas, qualquer coisa como as pernas têm vida própria. Prometeu-se encontrar o tal trecho quando voltasse para casa.

Depois de uma hora e meia de viagem, Célia chegou a Taubaté e minutos depois buzinava para que lhe abrissem o portão. Que chegada!

Pai, mãe, avô, irmão, empregada, cachorros e gatos acorreram. Você! Aconteceu alguma coisa? Como vai? Veio sozinha? E o Amauri? Está bem?

Explicou que o marido viajara para Brasília e que ela aproveitara para matar a saudade.

Sossegados os corações, Célia perguntou pela Tuca.

Voltaria para o jantar. Dava aulas. Ótimo. No íntimo a moça viajara para falar com a irmã mais velha. Sabia que para os pais o casamento era indissolúvel e ser esposa de um oficial, uma glória. A felicidade era quase obrigatória.

O irmão, o Neco, era desses homens que depois de entender com esforço o discurso do interlocutor concordava sempre: "É verdade, é isso mesmo, eu também penso assim", eram suas expressões favoritas. Assim restava Tuca com sua força e inteligência.

Célia galgou os velhos degraus com passos de menina.

A sala guardava o mesmo cheiro: couro, pó e cera. Da cozinha chegava um perfume de fritura. A cachorrinha pediu carinho oferecendo a barriga. A mãe se dirigia à cozinha para reforçar o jantar. Imagine, reforçar o jantar. Naquela casa, sobrava comida sempre, mas era inútil explicar que comia pouco. Dona Cida imaginava a "menina" em pleno crescimento e enquanto a filha abraçava a empregada de sempre, a Rosa, oferecia um pedaço de bolo de fubá: "Teu quarto está limpinho, filha. Deite um pouquinho antes da janta".

Não só limpinho, o lugar estava como ela o deixara e a palavra santuário apareceu na cabeça de Célia: a cama de solteira coberta por uma colcha rosa, a velha escrivaninha de tampa onde tantas vezes "morrera de tanto estudar", o assoalho encerado coberto por um tapete de crochê de fabricação materna, o escuro guarda-roupa. A luz vencia por pouco a escuridão e a moça afastou a cortina e abriu a janela. "Parece que não saí daqui", pensou um pouco assustada. Esta ainda é minha casa, meu ninho, minha família.

A moça passou o braço esquerdo pelos ombros da mãe e deu-lhe um beijo na face: "Deite um pouco, o jantar ainda demora". Comovida, Célia deitou-se após descalçar-se.

Do teto claro, pendia um delgado fio com uma solitária lâmpada. Quando o corpo parou sobre o colchão, Célia percebeu que os músculos estavam contraídos, duros, tensos, cheios de angústia. Soltou-se aos poucos recordando cenas do passado. "Ah, primeira comunhão: vestido branco, rodado, véu na cabeça, uma vela na mão". Pela janela, a brisa da tarde refrescava o quarto.

"Acorda, dorminhoca, o jantar está na mesa".

"Tuca!!! Minha irmãzinha querida!".

"Irmãzona, estou mais gorda".

Abraçaram-se emocionadas.

"Eu sabia da tua vinda".

"Como?".

"Sei lá, um pressentimento. Tinha certeza de encontrar você em casa. Vamos jantar, depois a gente se fala".

No banheiro, no fim do corredor, Célia lavou o rosto, penteou os cabelos, escovou os dentes.

Nas duas pontas da mesa os homens, nas laterais, as mulheres: comida excelente. Célia comeu mais do que habitualmente, porém menos do que a mãe desejava. "Você está magra, filha". Na verdade, vontade não declarada de ter um neto. Sem trocarem palavras, as irmãs agiram para que nenhum assunto importante fosse abordado. Seu Benedito ainda tentou: "E o major como vai?". "Vai bem, pai, falei com ele hoje, antes de sair, lá em Brasília". A irmã emendou no mesmo ritmo. "Vida de militar é assim mesmo. Promoção só com muito estudo". Resolvido que Amauri – o que estará fazendo – estudava como um louco em Brasília, partiram para a sobremesa: doce de banana. "Ai, mãe, que saudade do seu doce. Eu faço, mas não fica igual". "Farei um tacho pra você levar. O seu marido também adora meus doces".

Diante da casa dos pais, havia um vasto jardim onde dona Aparecida cultivava rosas belíssimas e que uma dupla de jasmineiros perfumava.

Sentadas num banco quase centenário, as irmãs iniciaram uma longa conversa. Tuca fumava, mas não na frente do pai. Este sabia que a filha fumava no jardim e por isso não aparecia lá.

"Então, irmãzinha, que bons ventos a trazem à casa paterna?".

"Acho que não são bons ventos, mana. Está mais pra tempestade".

"Amauri tem outra?".

"Se fosse isso seria leve, nunca botei minha mão no fogo por homem, ainda mais por militar que dorme fora de casa".

Enquanto ouvia Célia, Tuca batia lentamente um cigarro na borda do banco, acendeu, tragou a fumaça e lançou-a num longo jato. Estava tensa.

"Na verdade, seu marido não está em Brasília...".

"Sei lá onde ele está, mana, sei lá, o homem some, passa três, quatro dias, uma semana sem aparecer e quando volta diz tudo bem?".

"E você acredita?".

"O pior é que acredito, o mais grave é que acreditei até agora. Ele não trabalha mais no quartel, num expediente regular como antigamente".

"E você desconfia de quê?".

"Da mesma coisa que você, mana, da mesma coisa".

Com os olhos cheios de lágrimas, Célia calou-se e Tuca passou-lhe o braço em torno dos ombros. Longos minutos em silêncio.

"Pelo que entendi, você imagina que teu marido participa da repressão ao terrorismo de esquerda?".

"Não imagino, tenho certeza, mana, certeza. Por exemplo: o Amauri nada em dinheiro".

"Já percebera: carros, casa, viagens. O casal ficou rico".

"Mana, por favor".

"Entenda bem, Célia, você também se beneficiou da boa fase do Amauri".

"E sofro por isso. No princípio nem pensava no assunto, ele chegava com as coisas, eu ficava feliz. Qual mulher não quer uma casa nova, uma televisão, joias, muitas joias? Treinam a gente desde menininha. De onde vem tanto dinheiro, perguntei-me um dia".

"Mas você não perguntou a ele?".

"Não tenho essa coragem toda. Existe alguma coisa no Amauri que me assusta, um brilho no fundo dos olhos, a maneira de apertar os lábios. Sabe quando a gente olha um poço e não vê o fundo?".

"Mas sabe que a cobra mora no fundo do poço".

"Isso, mana, puro medo".

"E de onde você acha que vem o dinheiro dele?".

"Mana, não tenho nenhuma certeza. Imagino que se aposse do dinheiro dos terroristas presos. Por exemplo: os terroristas assaltaram um banco, ele prende os sujeitos e se apossa do dinheiro".

"E por que você os chama de terroristas? Você esquece de que o governo militar aterroriza muita gente, inclusive a esta sua irmã?".

"É modo de falar, todo mundo fala assim, a gente repete sem pensar".

"E esse dinheiro tirado dos guerrilheiros te incomoda, mana?".

"Até que não. Ladrão que rouba ladrão... Mas acho também que ele recebe presentes de simpatizantes, empresários, políticos, essa corja toda. Emprestam automóvel novo pra ele, fica meses com o carro e aí troca. Passamos uma semana em Buenos Aires. Vinha um carro buscá-lo no hotel e eu ficava sozinha. Ele visitava colegas argentinos...".

"E isso te incomoda? Mana, são presentes de amigos".

"Incomoda-me demais, mana, demais da conta. Ninguém dá nada de graça. O que faz para merecer tantos presentes? Como o trabalho de Amauri desperta tanta generosidade de pessoas habitualmente egoístas?".

As duas irmãs sentiram que a conversa chegara a um clímax perigoso. Tuca levantou-se.

"Vou buscar um licorzinho de jabuticaba".

Passou antes pelo banheiro. Na sala, a mãe assistia à novela, enquanto o pai dormitava. Tuca sentiu mais uma vez que era responsável por sua família, uma segunda mãe.

Célia bebeu devagar o licor de produção doméstica.

"Continuando a conversa, mana, creio que meu marido se envolveu nos piores atos do governo militar. Amauri interroga, espanca, tortura e mata. Meu marido Amauri, meu doce marido Amauri, o único homem da minha vida".

Chorou baixinho e fundo como uma menina que perde o primeiro namorado. Tuca fazia-lhe um cafuné na nuca sem saber o que dizer. Quando o pranto se esgotou, Célia ficou um instante calada.

"Eu não quero conviver com um assassino, um torturador, um homem que ganha a vida aplicando choques elétricos. Você não sabe o que passei nestes últimos tempos. Ah, devolvo o convite. Se você mudar para São Paulo, mora comigo e lhe arranjo umas aulas. Minha cabeça anda sozinha, pensando. O que estará fazendo? Quanta gente ele matou? Traz as mãos sujas de sangue".

"Mas você tem certeza? Você viu? Alguém te contou alguma história?".

Mana, as pessoas têm medo de mim. Na Faculdade, padeço de doença grave, certamente contagiosa. É horrível, você não sabe como dói, as pessoas me evitam, se afastam. Ninguém confia em mim, pensam que sou dedo duro. Você me conhece, eu jamais entregaria ninguém. É puro preconceito, mas dói muito. Tenho vontade de gritar: Sou inocente, não matei ninguém".

"É, mas as pessoas sentem medo da esposa do militar".

Célia ergueu os olhos. Por trás do murinho, na rua iluminada, um casal já idoso, cruzava lentamente a rua: "Boa noite".

"Não estou nervosa, mas sim, desesperada".

"Calma, mana, calma. Você tem alguma prova assim concreta da atividade dele?".

"Tuca, o Amauri nunca andou armado. Hoje anda com três revólveres e caixas de balas no bolso".

"Desculpe, mana, desculpe, isso não prova nada. Vários militares foram assassinados pelos...pelos... terroristas, pronto. Amauri se cuida".

"Ele me disse a mesma coisa, quase com as mesmas palavras".

"Então...".

"Tuca, você continua extremamente inteligente. Não é só isso: o Amauri mudou da água para o vinho, tornou-se um sujeito antissocial, evita as pessoas, as festas, não convida ninguém e não fala comigo, não fala".

"Não me consta que essa mudança de comportamento indique a prática de tortura. Talvez como você na Faculdade, ele também se sinta rejeitado".

"Pensei que você estivesse do meu lado".

"Irmãzinha do meu coração, é claro que estou do seu lado. Apenas a ajudo na busca da verdade. Amigo não é só quem concorda automaticamente. Faço o papel de advogado do Diabo".

"Desculpe, mana, estou fora de mim".

"Então, Célia, entenda que eu não defenderia um estranho, e ainda mais sendo militar, contra minha irmã, entretanto penso que você precisa de provas. Afinal, não se acusa um homem de tornar-se um monstro sem prova".

Mas como se explicaria o silêncio dele, as longas ausências, a prosperidade?".

"Veja, mana, Amauri reprime, mas não tortura. É possível. Nem todo militar tortura, conheço vários oficiais da guarnição aqui de Taubaté que não são torturadores, muito pelo contrário são gente da melhor qualidade, inclusive o capitão Orlando que dá aula comigo, um senhor professor de Física".

"E estão ricos? Entendo seu papel de advogado do Diabo, aliás, gostei muito do livro[7] também. Conheço militares, amigos do Amauri, gente muito boa. O problema é que Amauri mudou muito, parece outro, ficou estranho".

"Mana Célia, sou tua irmã mais velha e quase uma mãe. Existe outro homem na sua vida?".

Célia ergueu-se num passo furioso, caminhou até o Karman Ghia, debruçou-se no interior e voltou com um pano na mão".

"Maninha querida, veja o que achei no carro do seu querido cunhado".

Tuca pensou que fosse uma calcinha de mulher, porém, ao manusear o objeto viu um capuz preto.

"Uma prova objetiva, mana, bem objetiva".

Grandes lágrimas brotaram dos olhos de Tuca enquanto a moça murmurava repetidas vezes: "Que horror!". Encheu um copinho de licor de jabuticaba e o esvaziou de um só gole. Abraçou a irmã que permanecia de pé com um indisfarçado sorriso nos lábios.

Célia sentou no banco e serviu-se de licor:

"Estou bem, mana, o desabafo me fez bem. Sentia uma bola no estômago que desapareceu. Há séculos não conversava com ninguém. Você não imagina o que é viver naquela cidade imensa, sem uma pessoa para manter uma conversa séria sobre um tema importante. Para desabafar...".

"Mas você não fez nenhuma amizade em São Paulo nesse tempo todo?".

"Mana, São Paulo é difícil, muita gente. Quando vivíamos em Taubaté, ainda era diferente, parecia cidade pequena. Na escola, fiz amizades com um rapaz, a Diney e a Isaura, depois, fui para secretaria e lá o pessoal tem medo de mim".

"Medo! Por quê?".

---

7 *O Advogado do Diabo* – autor Morris West.

"Todo mundo sabe que meu marido é militar e que fui posta lá a pedido de um general ou coronel, sei lá".

"Célia, a espiã nua que abalou São Paulo".[8]

"Você brinca porque não sabe o que é chegar numa sala e o pessoal todo mudar de assunto, e de repente, a sala ficar vazia e você lá com cara de tacho, sentindo-se leprosa".

"Desculpe, Célia, brinquei na hora errada. Voltemos ao sério. O que você pretende agora? O que você fará?".

Célia não respondeu logo. A atitude da irmã a surpreendera um pouco. Esperava que Tuca aceitasse sem debate as afirmações dela, afinal, para ela eram verdades absolutas. Agora não desejava discutir a separação com a irmã.

"Não sei, estou pensando".

"Em todas as hipóteses, conte com sua irmã. Você volta a morar aqui. Eu te arranjo umas aulas pra você se distrair. Seu José e dona Cida não gostam de separações e desquites, vão espernear um pouco, mas aceitarão e ficarão do seu lado porque te amam muito. Neco não conta. Claro que a cidade não falará de outro assunto durante um ano e todo homem que você cumprimentar será seu amante, mas mexerico não mata".

"Em primeiro lugar, mana, não pretendo ser sepultada em Taubaté. Separada ou não, fico em São Paulo. Passarei férias aqui. Quanto aos mexericos, tive uma ideia. Comente com dona Sônia que seu cunhado foi assassinado pelos terroristas. Um crime terrível, uma explosão no quartel. Peça sigilo absoluto. assunto de segurança nacional. A velha Sônia vai adorar. No dia seguinte, toda a cidade saberá. Assim serei nesta comarca a viúva alegre. Será divertido".

"Puxa vida, mana, na Globo você faria um sucesso imenso. Sua vida parece uma novela. Célia descobre a verdade sobre o marido. Janet Clair que se cuide. Meu Deus, o tempo voou. São dez e vinte, preciso dar os remédios da mamãe. Vamos entrar".

---

[8] Outra referência literária: *Brigitte Monfort, a espiã nua que abalou Paris* – David Nasser

Na torneira do jardim, as irmãs refrescaram os olhos. Dona Aparecida dormia com o crochê no colo. Seu José assistia ao futebol pela televisão. Nenhum dos dois percebera o drama vivido pela filha.

Célia esperou que os pais usassem o banheiro, arrumou o pijama e tomou um longo banho como se a água lavasse todas as angústias. Na saída, Tuca a esperava com leite morno e bolo de fubá. Despediram-se: "Amanhã será outro dia".

O quarto estava quente, as paredes emanavam ainda o calor do Sol. Às vezes, uma leve brisa tocava a pele da moça.

Sentia-se cansada, o corpo doía como se tivesse caminhado o dia inteiro. Logo que deitou, reviu a conversa com a irmã. Agora percebia que o questionamento inteligente da outra a ajudara. Tudo ficou claro, inclusive que Amauri se apresentara como voluntário e continuara na repressão por vontade própria uma vez que muitos oficiais da guarnição local levavam vida normal. Não estarei julgando com severidade a meu marido? Acho que não. Amauri sempre sonhou ser general. Sempre teve fama de caxias, ele explora a oportunidade.

Subitamente, estava num imenso dormitório coletivo com camas muito alvas nas quais dormiam meninas e ela via a cena: iluminada pela luz da Lua que penetrava pelas largas janelas e entre as camas caminhavam dois homens fardados espionando as meninas, verificando se elas dormiam. Célia sentiu medo, apertou os olhos, aconteceria algo tenebroso se os homens desconfiassem estar ela desperta, consciente. Um dos homens abriu a alta janela e vários pássaros pretos entraram voando no quarto e um deles roçou o rosto da moça que despertou.

Ficou um tempo na cama, criando coragem para ir ao banheiro. Na semiescuridão do quarto, Célia via o mesmo cenário da vida anterior dela. O velho guarda-roupa, o espelho da porta brilhava na escuridão, a escrivaninha de estudos e lições, a penteadeira. Nada mudara ali, o quarto era o mesmo do tempo de solteira como se esperasse a volta dela, entretanto, certamente, não voltaria.

Libertara-se daquele mundo pequeno. Não queria ser o tema do ano da cidade: “Você já sabe? A Célia, filha da dona Cida e seu José é, a da casa grande, largou o marido. Parece...”.

E então surgirão as versões. Amauri tinha amantes. Ela tinha amantes. Toda a maldade oculta da cidade pequena se lançaria sobre ela. E os machos da região se lançariam alucinados em busca de sexo grátis, mas para ela a maledicência da cidade não importava.

Amauri mostrara-lhe uma nova dimensão da vida. Andar livremente, ter seu carro, ir ao teatro, ao cinema, às livrarias, ser sujeito dos seus predicados, o anonimato, dentro da multidão, eram as razões para não voltar. Em São Paulo, viciara-se no ritmo agitado da vida na cidade onde havia todas as possibilidades.

Foi ao banheiro e não dormiu mais. Nos sonhos, afastara o marido de forma mágica. Mas era assim que o mundo funcionava? Qual seria a reação dele a um pedido de afastamento?

Insone, a moça consultou o relógio: três horas e 45 minutos. Lembrou-se de que o relógio era um presente recente do marido pelo quarto aniversário de casamento. Era um Omega de ouro, automático, uma joia cara. Como Amauri se tornara generoso em sua nova fase pós-revolucionária! Presentes pela ausência. Se Deus me ajudar, o Amauri será generoso na separação. Tenho medo. Como vou falar com ele; dizer que não o amo mais. Não, não e não. Não se pode dizer a um homem como ele: Não te amo mais. Vá embora, não te quero mais. Mas isso é samba-canção: “Junta tudo que é seu, seu amor seus trapinhos; junte tudo que é seu e saia do meu caminho”[9].

Célia riu sozinha na semiescuridão do quarto. O que meu marido fará? Não sei, sei tão pouco desse cara. Ele nunca falou dele. Geralmente quem puxava assunto era eu, falava da escola, das amigas, da casa. Ele fazia um comentário: “A vida é assim mesmo; você tem razão meu bem; sim, é isso

[9] Mario Lago e Custódio Mesquita.

mesmo". Meu Deus, não conheço o pensamento dele sobre nenhum assunto. Vivi com um estranho.

Se tudo correr bem, se tudo correr bem... Amauri nada fizer contra mim pela separação, amarei outro homem? Mas é claro, sou moça, ainda faço uma bela figura, não estamos mais na Idade Média e tenho 27 anos.

Mas é por isso sua sirigaita que você não quer ficar aqui, soprou-lhe uma voz íntima. Mas é claro, aqui só as virgens puras têm vez e depois a cidade está cheia de tranqueiras, homem que só pensa em fazer churrascos, beber cerveja na beira do rio e depois dormir na rede. Deus me livre e guarde. Eles andam de palito entre os dentes e os dedos cheirando à merda.

Deitada de barriga para cima na velha cama "patente" de solteira, absolutamente sozinha. Célia sentiu uma paz, uma tranquilidade não experimentada desde os tempos de menina. Emitiu um longo suspiro sem medo de incomodar ninguém, soltara-se das amarras, decolara.

E lá no fundo, bem escondido, havia o outro rapaz. Era tão diferente o outro rapaz: fino, educado, inteligente. Na escola, diziam as professoras maldosas, "o cara é viado". Mas o outro rapaz olhava-a como se estivesse pensando besteira. Já o surpreendera voltando-se para olhá-la por trás e tímido ficara absolutamente sem graça, uma gracinha. Era alto, magro, olhos grandes, nariz fino, um belo tipo de homem; e fino, educado, intelectual. Havia uma pequena diferença de idade, mas em compensação tantas afinidades...

Havia, lógico, o perigo de Amauri pensar que ela o traíra com o outro rapaz, afinal conheciam-se desde que mudaram para São Paulo. E na atual situação a vingança de Amauri seria terrível, tenebrosa, mortal e facílima... Bastava envolver o rapaz com a subversão e Deus meu, ele seria capaz disso, de matar?

A resposta é óbvia demais. Amauri era capaz de tudo.

Quando amanhecia, dormiu. Lá pelas seis e meia a mãe abriu a porta com cuidado. A menina dormia e a mãe desejou ficar ali simplesmente olhando a cria, mas fechou docemente a porta – como é bom ter os filhos perto e recomendou a todos: "Silêncio, a Celinha dorme".

Às dez horas de uma quente e luminosa manhã, Célia finalmente despertou.

A mãe tinha um bolo pronto e insistiu para que a moça passasse manteiga. "É da fazenda". Esquentou o leite e fez café fresco em coador de pano. Enquanto a filha comia, a boa senhora, de pé, encantada, a observava com os olhos açucarados.

Todo esses cuidados excessivos faziam Célia sentir-se culpada por abandonar a mãe, mas consolou-se. A vida é mesmo assim. Chegou a hora de viver.

Com uma xícara de café na mão, convidou a mãe a visitá-la em São Paulo. "A culpa é do seu pai que não larga a fazenda dele de jeito nenhum". "Vá sozinha". "Deus me livre". São Paulo é logo ali, são apenas noventa quilômetros. Mas para a mãe, São Paulo era em outro continente, uma terra cheia de pecados e perigos.

Inútil, inútil, a mãe não abandonaria o marido e o Neco. O Neco, meu Deus, e a casa! Se ela saísse dali, o marido e o filho passariam fome.

Célia tentou escapar do almoço. Inútil. "Aquele lombinho que você gosta já está no forno". Então a moça vestiu-se com simplicidade e saiu à rua. Vizinhas logo a cercaram. "E seu marido?". "Vai bem, obrigada, está em Brasília fazendo um curso".

Para Célia, falavam do jovem tenente, nunca do major. Livrou-se educadamente das vizinhas, sabendo que seria o tema do dia na rua 7 de setembro: "A Célia está na casa dos pais. Veio sozinha de São Paulo". "Sozinha, dona Maria, sozinha". E caminhou um pouco pela calçada estreita, um pouco incomodada pelo Sol.

Crianças jogavam futebol, uma roda de velhinhos enganava o tempo, tudo isso entre sombra e luz.

Célia olhou em torno e não viu ninguém infeliz, nenhuma desgraça e pensou se alguém escrevesse uma cena dessas num romance ou pintasse um quadro, a crítica o trucidaria: Ingênuo, alienado, romântico, enganador, no entanto cenas assim existiam na realidade do mundo desde que não se escavassem as almas.

"Mas é a Celinha! Eu sempre pergunto de você pra Tuca. Tudo bem?".

"É a Celinha, como vai Ana Raquel?".

(Meu Deus! Como a Ana engordou).

Abraçaram-se e beijaram-se. Orgulhosamente, a amiga apresentou as duas filhas. "Mas são a sua cara". Tímidas, as meninas olhavam para o chão.

Foram, no tempo de colégio, muito amigas. Agora, quase dez anos depois eram quase duas estranhas e fingiam uma amizade quase falsa.

Trocaram perguntas inevitáveis e respostas óbvias. De importante nada foi falado. Ana Raquel vivia insatisfeita no casamento, mas não tinha força para mudar a situação. Célia enfrentaria uma batalha nas próximas horas. Despediram-se com promessas de convivência que jamais cumpririam.

Decididamente, ela queria um pouco mais da vida do que Ana Raquel. A amiga deixara os estudos para namorar e depois se casar. Já voltara grávida da lua de mel, igualzinho à mãe dela.

Sentada no banco sombreado, Célia permaneceu um bom tempo curvada segurando o queixo numa versão feminina do pensador de Rodin. O que faria o marido quando ela pedisse a separação?

Tinha medo, muito medo. Amauri nunca fora violento com ela ou na frente dela, mas Célia tinha medo do fundo dos olhos dele.

Havia neles um brilho estranho, animal, primitivo, assustador, como uma luz de advertência de um sistema. Fechando os olhos a moça via, na tela da mente, os olhos do marido com aquela centelha no fundo.

Em casa, o cheiro do cigarro de palha a avisou da presença do pai. Nunca tivera com ele a menor intimidade, jamais o velho a abraçara ou beijara, mas sabia que aquele homem sem palavras e gestos de carinho a amava muito: "Teu pai trouxe jabuticabas da fazenda". Aproveitou a ocasião para um abraço. O pai constrangido se encolheu incomodado nos braços da filha. "Ele tem vergonha do sentimento", pensou. "Você sabe como teu pai é", disse a mãe em defesa do marido.

Depois veio o almoço. Parecia a última refeição de um condenado, não cabia mais comida na mesa: salada de tomate e alface, feijão, arroz, batata frita, lombo de porco com farofa, ovos fritos, torresmos, couve à mineira.

Célia comeu pouco para desespero da mãe que atribuía a falta de neto à magreza da filha.

A moça sabia que aquela fartura era uma demonstração de afeto que os pais, formados dentro de antigas tradições, não comunicavam por palavras ou gestos. Restava então o Romeu e Julieta com goiabada de tacho e queijo da fazenda.

O pai comia calado. A mãe recebeu grandes elogios pela comida e encantou-se com eles. Preocupada, Tuca comeu mais do que queria.

Depois do café, Célia anunciou a partida imediata sob os protestos da mãe. "Você nunca vem e, quando vem, vai logo embora". Tuca ajudou-a na arrumação. A bagagem aumentara muito: ovos, queijos, manteiga, dois frangos assados, um cacho de banana, doce de leite, de bananas e pimenta. "Teu marido gosta".

Tuca encaixou no banco de traz, dez quilos de feijão e abraçou a irmã. "Conte comigo", sussurrou-lhe num longo abraço. Pais abraçados e beijados embarcou, no Karman Ghia branco e partiu.

Fazia calor e logo que se afastou da casa, encostou o carro e chorou. Aliviada, percorreu os noventa quilômetros até São Paulo sem parar. Às quatro e meia, estacionava na garagem do edifício.

O coração acelerado perguntava. Ele chegou? Não viu o Opala do marido na garagem e pediu ao porteiro que levasse a bagagem. Deu-lhe um doce de leite para as crianças.

O apartamento estava intacto. Amauri não estivera em casa. Passei um dia fora de casa sem que meu marido percebesse. Acho que ele nem telefonou. Um vazio se formou, ele não se importava com ela. Que vida mais besta! O som do telefone a assustou. É ele. "Alô, você chegou bem? Eu estava preocupada, a estrada é perigosa. Ele está em casa?". "Nem deu sinal de vida". "E você como está?". "Bem, Tuquinha, bem. Já escolhi meu caminho. Vou ter uma conversa séria e acabar com isso". "Bom, mana, faça o melhor para você, tchau, dê notícias". "Tá bom".

Entardecia e do terraço, Célia via o sol mergulhar pouco a pouco no horizonte. Resolveu enfiar-se na banheira cheia de água morna e relaxar. E se Amauri telefonar? Azar dele.

Encheu a banheira, tirou a roupa e não evitou o espelho. Gostou do que viu. Era uma morena jambo, herança ancestral dos índios, de coxas carnudas, nem gorda nem magra. Virou para ver-se de costas. A bunda continuava linda com duas covinhas na cintura.

Na água, o calor era gostoso, amolecia o corpo e a mente, dava sono, as pálpebras pesadas. Com o corpo coberto pela água, cochilou docemente alguns instantes. Como seria o outro rapaz na cama? Carinhoso, delicado, sentiu uma curiosidade enorme em conhecer o amor dele. Afinal, ela só conhecera o do marido.

Sobressaltou-se com o pensamento, porém, ele insistiu em ocupar-lhe a mente e a moça levou a mão ao sexo. Quando terminou, sentiu-se horrivelmente só. A água esfriara e saiu.

Vestiu uma calça jeans e uma camiseta. Amauri, se chegasse, não a encontraria em trajes íntimos. Decidiu que não falaria com ele à noite. Seria pavoroso, depois, passaria a noite sob o mesmo teto. Medo, sim, medo. Pensou em escrever uma carta – sempre se explicara bem por escrito, era sua a melhor redação na escola – mas ficaria muito chato. Chato para quem, sua boba? Para mim, não se dispensa um marido por carta ou por telefone, vis a vis, cara a cara. E depois aonde eu vou? Volto para Taubaté? E nisso uma chave penetrou na fechadura e a porta se abriu. Amauri Ramos apareceu diante de Célia que, apavorada, gritou. "Calma, calma, sou eu, meu bem, sou eu". "Desculpe, eu estava pensando, profundamente distraída e não esperava você".

Amauri se aproximou para um burocrático beijinho, mas então Célia começou. "Eu não aguento mais esta vida, nunca sei onde você está, só imagino. Você passa dias e dias fora de casa e volta e quer me beijar. Eu não aguento mais, chega. Não quero mais viver com você. Pronto! Eu não quero mais viver com você, pronto!".

Amauri recebeu a explosão da mulher com a calma de um homem que enfrenta cotidianamente a morte. Não a interrompeu, deixou-a chorar.

Célia chorava desesperadamente de pé, parada no meio da sala. O militar pousou a sacola de alças no chão e assistiu ao choro da mulher diminuir até desaparecer minutos depois, quando ela o olhou com raiva e foi se lançar sobre a cama, como nos melodramas.

O militar foi até o lavabo e lavou o rosto e as mãos. Da porta do quarto: "Célia, você está muito nervosa". Sem resposta, foi à cozinha e trouxe um copo d'água com açúcar que a mulher bebeu em goles curtos.

No comando da situação, Amauri sentou-se na banqueta de costas para o espelho da penteadeira: "Veja bem, Célia, no estado de nervos em que você está, qualquer conversa seria inútil. Estou exausto e com sono. Vou dormir no quartel. Amanhã a gente conversa com mais calma. Se você quiser mesmo a separação, não vejo problema nenhum. Você sabe da sua vida.

Diante do silêncio da mulher, Amauri se retirou.

Em um instante, Célia ouviu a porta da sala se fechar. Ergueu-se de um salto e correu para a sala encostando o ouvido na porta. Escutou o elevador que subia, o barulho da porta e viu pelo olho mágico o Amauri embarcar: "Eu não acredito, não acredito que tudo terminou assim".

Telefonou para Taubaté e relatou com detalhes e repetições toda a cena para a irmã. Depois de 22 minutos de conversa, Tuca perguntou: "O que você vai fazer agora?". "Comer, estou morrendo de fome".

Esquentou no forno o frango que trouxera.

Bebeu uma cerveja bem gelada, hábito adquirido com o marido. Uma espantosa sensação de liberdade a dominava dos pés à cabeça. Fora tão fácil, inacreditavelmente fácil, parecia um sonho.

O frango comido com a mão, logo engordurada, estava divino. A farofa amarela, maravilhosa, a cerveja descia como o néctar dos deuses. Logo sentiu os efeitos da bebida, uma alegre sonolência a dominou e como vivia em grande dia abriu mais uma garrafa.

Dormiu no sofá como os maridos das comédias americanas.

...

Capítulo 11

■ ■ ■

A libertação de Célia

Precisava pensar, muito e bem. Sentada no sofá de couro do apartamento sentiu-se como uma heroína de romance ou uma mocinha de filmes. A vida dela encerrara um capítulo, ou mesmo um primeiro volume.

Era desde aquela tarde uma mulher desquitada.

Como tivera coragem de dispensar Amauri! Na verdade, exonerara o cara de um cargo vitalício, marido dela. Casara-se para sempre – como dissera o padre Inácio – "até que a morte os separe" e em poucos minutos acabara com tudo.

Talvez a morte os tivesse separado, tantas mortes, tantos crimes, tanto sangue. Talvez não, com certeza as mãos do marido a levaram à separação. As mãos que a acariciavam eram as mesmas que aplicavam choques, afogavam, batiam e voltavam a bater, penduravam estudantes e padres.

"A vida continua", frase de bolero, "tu passas pela rua e a vida continua". E a vida continuava até a morte, coisa ruim, mas ela estava viva, tinha o século pela frente.

Enfrentaria preconceitos. Mulher desquitada significava naquelas cabeças pequenas burguesas uma puta, mesmo que não cobrasse, que desse de graça. Engraçada essa linguagem. A mulher dava, era passiva, não participava do ato. Nos romances, as mulheres se entregavam aos homens. Na linguagem vulgar: as mulheres dão, os homens comem. Somos comidas, passivas, doces, obedientes. Para nós a experiência do sexo macula. Maria é imaculada. Quando um homem come muitas mulheres, ganha fama, é um galã, um machão, um conquistador, um grande comedor. Já a mulher que dá muito, é vaca, puta, chuchu na serra, chuchu na serra...

As amigas, muitas, se afastariam dela temendo o roubo dos maridos. A mulher do Xavier ficaria apavorada imaginando coisas. "Meu Deus, tem uma mulher desquitada na escola do meu marido". "Des-qui-ta-da, dona Maria, des-qui-ta-da". Dizem que o marido pegou ela na cama com o amante". "Na casa dela?". "Na casa dela!". "Na cama, os dois peladinhos".

Só rindo, o Xavier era um baixinho, dentuço, fechado como um cupim de pasto e mal olhava para as colegas, as alunas, tinha fama de viado, passava os intervalos fumando calado, num canto, nem que se fosse o único homem no mundo.

Podia mudar de escola, de bairro. Era catedrática, efetiva, no próximo concurso de remoção escolheria outra escola e depois compraria um apartamento ali perto. Ninguém saberia que fora casada, estava desquitada, se apresentaria como solteira. Grande vantagem viver em São Paulo, no meio de tanta gente ela se perdia, ficava anônima, tocava a vida do jeito dela. Ninguém te vê. Sem aquela vigilância constante dos outros, dos olhos dos outros. A santa dona Sônia ficava escondida atrás da cortina, de luz apagada, olhando o namoro dela com o Amauri no banco, sob a árvore... Tão bom aquilo. Por que a velha ficava ali, parada, olhando... Talvez desejo de estar ali, no lugar dela, nos braços de um homem jovem, vivendo um momento de amor. Velha tarada.

Amauri lhe abrira a porta da gaiola.

Taubaté não dava pé, já dizia Lobato, Cidades Mortas. Desquitada naquela cidade era o inferno. Os homens rurais se atirariam sobre ela, os exibidos, "tenho 120 cabeças de vaca na fazenda". "Tem churrasco no domingo, apareça, dona Célia". "A irmã do Neco desquitou lá em São Paulo". A cabeça deles se encheria de ideias, os sem-vergonhas. Não tinha porque pensar em Taubaté. Outro capítulo encerrado. Voaria mais alto e com as próprias asas, no céu infinito.

Resolveu beber alguma coisa. Fazia calor, uma cerveja.

Na volta da cozinha, correu os olhos pela ampla sala: sofá de couro, tapete grosso, mesa de centro. O apartamento estava à venda e com a metade dela compraria outro e levaria todas as coisas com ela. Amauri não se importaria.

Estranho Amauri. A princípio, ele não lhe despertava atenção. Gostara de outro cadete, o Felipe, um tipão, moreno, alto, forte com uns olhos verdes...

Amauri, entretanto, se interessara por ela, olhava pra ela, tirava pra dançar, queria colar o rosto. Ela dançara de longe, só no fim da festa colara o rosto no dele, o corpo não.

A festa era o aniversário da Lúcia, dançavam no quintal, o irmão da amiga convidara colegas da Academia Militar para a festa. Tudo dentro da Operação Caça Marido comandada pela mãe da Lúcia, dona Terezinha, a santa casamenteira da cidade.

Célia deixou a festa com a irmã sem se despedir do cadete, nos olhos dele notou um brilho assustador, não era feio nem bonito, um homem comum, só as mãos macias, finas a agradaram. "O cadete mais baixo gostou de você, ficou te olhando". "Gostei do alto, os olhos verdes". "Da fruta que você gosta eu como até o talo". Riram muito. Irmãs de braços dados, voltando para casa.

No quarto, ouvindo os roncos do pai, Célia custou a dormir. Em Taubaté só ficavam trastes, os bons rapazes fugiam para São Paulo, Rio de Janeiro, Brasília ou mesmo Rezende como o irmão da Lúcia. Ficavam os acomodados como o irmão dela, o Neco, ajudando o pai no sítio, criando gado, plantando roça, bebendo pinga, fumando cigarro de palha. O cheiro lhe virava o estômago.

Levantou-se e foi até o banheiro pisando leve para não acordar a família. Como a mãe dormia, apesar dos roncos do pai. "Já acostumei, não ouço nada. A gente se acostuma a tudo".

De novo na cama, pensou no cadete. Não era nem um Paul Newman, nem mesmo o Elvis Presley, nem feio nem bonito, era um rapaz novo com um belo futuro pela frente. Logo sairia da academia e iria para bem longe e ela poderia ir junto, casada com ele para um lugar mais animado. Em Taubaté, não aconteceria nada, nada mesmo. Quando depois do almoço, debaixo da sombrinha, naquele calorão do inferno, ia estudar piano e cruzava com o pessoal. "Tarde", "Tarde". Dava um desespero, uma angústia. E vinha outro velho de chapéu de palha. "Tarde", "Tarde". Sairia dali antes que fosse "tarde".

No dia seguinte, depois do almoço, penteou-se com cuida-do, passou pó de arroz, um perfume Madeiras de Mirurgia, um batom claro, vestiu uma saia creme plissada, presa por um cinto largo sobre meia dúzia de saiotes e uma blusa de banlon cor-de-rosa. O espelho a aprovou com louvor. Ao vê-la, a irmã brincou: "Célia vai à caça". Riram muito, cúmplices.

Com o ar mais inocente desse mundo, a moça sentou-se de pernas cruzadas no banco do jardim, à sombra da árvore, folheando uma revista. Em alguns instantes, o rapaz saiu da casa da Lúcia e veio conversar com ela do murinho da casa. "Entre, sente aqui comigo".

Célia já esquecera a conversa deles. Lembrava que no final ele perguntara: "Célia, você quer namorar comigo?". Em 1955, em Taubaté, uma moça de boa família não respondia a essa pergunta instantaneamente. "Preciso de um tempo para pensar". Nos olhos dele, apareceu uma luz estranha, uma raiva. "Eu volto no próximo sábado".

Durante aquela semana, Célia mudou várias vezes de opinião. Ora, a aceitação lhe parecia uma maravilha. Bem casada com um oficial do Exército, morando em Copacabana, no Rio de Janeiro, a vida dela se transformaria em uma festa. Ora, pensava, não conheço esse rapaz, só estive com ele uma vez, sei lá não.

Num desses momentos, afirmou à irmã: "Não conheço esse rapaz, não, não namorarei com ele, sei lá quem é esse sujeito". "Maninha, ele não pediu você em casamento. Por enquanto é só namoro. Você prova, se gostar, come tudo. O namoro é um período de teste". Célia lembrava até hoje as palavras da irmã. "O namoro é um período de teste".

No sábado, nenhum cadete apareceu. Ficaram todos presos na Academia por uma falta qualquer. "Vai acostumando, maninha, a vida militar é assim".

Só no outro sábado, na boca da noite, o cadete reapareceu só com o irmão da Lúcia. O dos olhos verdes não viera.

A murta perfumava o jardim e sentados no velho banco Amauri e Célia conversavam. Ele contava a vida na Academia: aulas, marchas, ginástica, exercícios de tiro, serviços, faxinas, sentinelas, punições.

Ela falava das amigas, da escola, de casos que lhe pareciam engraçados. Na verdade, a nascente alegria de estarem juntos os libertava do confinamento em que viviam; ele na Academia Militar, ela na pequena cidade. Eram dois prisioneiros, o dia inteiro cumprindo obrigações não escolhidas, tanta necessidade aborrecida.

Partiu rumo à geladeira com a palavra escolha na cabeça. O que escolhera de verdade na vida dela?

Talvez a cor de algumas roupas, nunca o comprimento das saias. Aos sete anos, colégio de freiras; "elas são ótimas para educar menina".

Principalmente obedecia, aprendera a ler, escrever, contar, isso era bom, mas obedecia, não dava trabalho às freiras, por isso gostavam dela. Célia representava a menina padrão do Colégio Imaculada Conceição Aparecida. Bonita, estudiosa, obediente.

"Deus nos deu sexo para a procriação". "Ceder às tentações é entregar-se ao Demônio". Via a irmã Clara dizendo estas frases. Nos corredores, nas salas de aula, nos banheiros, havia sempre uma placa: "Deus te vê". A santa irmã de caridade transformara o Criador em uma câmera de cinema portátil, permanentemente, vigilante, registrando tudo para cobrar depois. Ao chegar às portas do céu, Deus sacaria uma ficha. "Dona Célia, no dia doze de junho, no cinema, ao ver Tony Curtis sem camisa, a senhora desejou beijá-lo. Já para o purgatório. Pecadora!". Nem a clássica foto do galã de cinema no fichário era permitida no colégio. Por isso, quando ela no escuro do quarto, ouvindo os roncos do pai, se esfregava no travesseiro, se sentia tão mal, ficava sem forças, remorso e culpa, medo de ficar doente. Não possuía o próprio corpo. "Deus te vê". Jurava nunca mais fazer aquilo, mas era tão gostoso. Culpa, muita culpa. E quando confessava, não contava nada ao padre; embora o padre Inácio sempre lhe desse perdão.

Encheu novamente o copo e viu a garrafa de cerveja vazia. Resolveu então comer alguma coisa. Bateu dois ovos, jogou dentro da tigela queijo e presunto e fritou a mistura. Colocou a fritada dentro de um pão, apanhou a terceira cerveja e voltou ao sofá, sentindo-se meio "alegre".

Não era dona nem do corpo dela. Nunca tivera coragem de tomar a iniciativa de fazer amor com o Amauri. Sempre era ele que começava, às vezes, sem vontade cedia.

Só uma vez sentira a coragem de ir por cima e ele sempre pedia assim. É, "Deus te vê".

E só tivera um homem na vida inteira.

Mocinha pensara em ser médica. Imaginava-se vestida de branco a atender criancinhas. Medicina só em São Paulo e com que dinheiro? O pasto andava ruim, as vacas escondiam o leite, o prefeito conseguiu uma Faculdade de Filosofia, acabou estudando Letras, lá mesmo em Taubaté.

O Amauri a tirara da terrinha, a fizera conhecer o mundo, permitira que ela completasse os estudos, trabalhasse fora, aprendesse a guiar, não fora mau o Amauri e gostara dela do jeito dele, seco, durão, com poucas palavras, carinho só ligado ao sexo. Como bom militar, preparava a ocupação do terreno conquistado.

Estava bêbada. A cerveja exigia mais uma visita ao banheiro. No térreo, na hora de escolher o andar, uma metáfora. Até agora deixara que os outros apertassem o botão, ela subia e descia onde a porta se abria. Agora... Havia o outro rapaz... O outro rapaz. Ainda no tempo do Amauri se surpreendia com o outro rapaz na cabeça. Precisava cuidar. As alunas eram caídas por ele, a sonsa da Magali, aquela descarada dava em cima dele, embora fosse noiva lá em Piraju, a putinha, e a orientadora, já entrada em anos, enxergava nele a última esperança de consolo. Só rindo. E o danado ainda tinha fama de viado.

Chega de cerveja, o rapaz não era viado. Para os alunos todo professor é viado, ainda mais ele que mexe com poesia e romance. Vou tirar isso a limpo. Se for bicha, eu o recupero. A mãe dele me adora, vou visitar a velha.

A cerveja a levou novamente ao banheiro.

Cambaleava, não acionou a descarga, mas escovou os dentes. De volta à sala, atirou-se no sofá.

"Rapaz, tu não me escapas".

Na manhã seguinte, a campainha a despertou às nove horas. Era a empregada chegando.

A boca amarga, o enjoo, a dor de cabeça, além de visitas urgentes ao banheiro a incomodaram. Pediu um chá à Severina e meteu-se na cama.

Veio-lhe à cabeça a canção de Roberto Carlos "Daqui pra frente tudo vai ser diferente. Você vai aprender a ser gente". Bobagem, ela era gente, sempre fora gente e boa, mas deixara tantas vezes outras gentes se meterem na vida dela. Mesmo a irmã, a Tuca, a melhor amiga interferia.

Agora queria a volta dela pra terrinha, antes a convencera a aceitar o Amauri: "Você experimente, se gostar come tudo". "O namoro é um período de teste". Sutil, a Tuca, sutilíssima, um empurrãozinho para encaixá-la no lugar certo. Sutilíssima. E, naquela época, ela não percebera nada. Envolvera-se com o Amauri e, quando percebera, as mãos dele devassavam, invadiam, percorriam o corpo dela despertando o desejo de uma bela lua de mel em Serra Negra. "Deus te vê".

E com o outro rapaz? Desta vez seria diferente. Ela controlaria a situação. Como dizia a Tuca – o namoro é um período de testes. Concordava desde que o piloto fosse ela.

Tinha as outras rivais, as alunas eram mais jovens e mais burras. Óbvias partiam para cima do outro rapaz e ele se esquivara por ética. A Magali era uma mulher vistosa, sensual, porém fumava e ele detestava o cheiro de cigarro, mais um motivo para que os alunos o julgassem mal, para aqueles idiotas: homem fuma. O danado era inteligente.

Riu, levantou-se, despiu a camisola. Era ainda uma bela mulher, seios pequeninos, coxas grossas, quadris largos, cintura fina. Depois do banho conferiu as medidas, continuavam as mesmas.

Vestiu-se e no escritório, a estante chamou-lhe atenção a estante dos livros didáticos, exemplares do professor, oferecidos pelas editoras. Folheou um, ao acaso. Pareceu-lhe tão fraco, um texto, a biografia do escritor, algumas notas de História da Literatura, umas informações gramaticais descosidas dos textos. "Melhor que isso eu faço". Encantada com a ideia, sentou-se. Era isso mesmo, começaria um livro didático e por que não com o outro rapaz. Inteligência não lhe faltava, escreveriam os dois na mesma mesa, um perto do outro. O namoro é um período de testes. Finalmente, dava a razão à Tuca. Basta a gente ser piloto e escolher o avião.

Assim como quem nada quer, plantaria a ideia do livro, ele era metido a intelectual, toparia logo.

O trabalho os aproximaria, podiam escrever aqui, em casa. Pegaria mal, "havia muito preconceito". Pegava mal, talvez, no novo apartamento dela... Enfim, sentiu-se bem e foi almoçar.

"Severina, ponha mais um prato na mesa. Você almoça comigo, detesto comer sozinha".

Foi um custo convencer a empregada – morria de vergonha e nervosa quase não almoçou.

Como seria o outro rapaz na cama? Experimentaria por cima. Deus me vê, mas quer minha felicidade.

Capítulo 12

■ ■ ■

Eu era apaixonado pela Denise e meu amor fazia aniversário em 13 de abril, isto mesmo, 13 de abril de 1970. Resolvi aparecer, saudade, "torrente de paixão, emoção diferente que aniquila a vida da gente...[10].

Não consultei ninguém do grupo pra evitar bronca. Era uma cambada de paranoicos e me diriam que os homens estariam à minha espera, me chamariam de louco, um risco para a segurança geral, não me deixariam ir.

A amada morava nas Perdizes e resolvi aparecer por lá às oito da noite. Perdoem-me o romantismo próprio dos vinte anos, carregando todos os sonhos do mundo.

Comprei um par de brincos e depois das sete tomei o ônibus Perdizes na Praça das Bandeiras. Tranquilo, tranquilo. Homens de terno e gravata, senhoras gordas voltando pra casa. O velho ônibus se arrastava para me irritar. Queria Denise.

Desci no ponto final. Ninguém me seguia e caminhei depressa até o prédio, onde no 13º andar habitava minha amada.

Para me enganar, dei uma volta no quarteirão sem perceber nada estranho; carros parados com homens dentro, carros de polícia, gente andando devagar. Nada. Tudo limpo. O porteiro me deixou subir.

"Mas você é louco mesmo, louco varrido".

"Tava morrendo de saudade".

"Eu também".

---

10 Carlos Drummond de Andrade – *Os ombros suportam o mundo.*

Beijos, muitos beijos, um abraço, longo, profundo, dois corpos com desejo de ser um só. Tudo muito breve. Eu não podia estar ali, gente estava para chegar. Um último beijo e voltei ao elevador. No térreo, abri a porta e... "Mãos pra cabeça, filho da puta". Levei um empurrão e percebi que alguém me algemava pra trás, eu me fodera. Um homem alto, gordo gritou. "Vão buscar a vaca lá no 13". "Não, ela não tem nada a ver". Levei uma porrada no ouvido e então entendi a bosta feita. Eu não só me ferrara como ferrara a Denise também.

Mãos percorreram meu corpo sem nada encontrar. Um senhor idoso entrou no saguão, olhou espantado para a cena. O alto e gordo apontou o sofá: "Senta aí, vovô". Denise desceu do elevador gritando. "Eu sou inocente" e levou a mesma porrada na orelha que eu. O gordo não discriminava mulher. De repente, a escuridão e me empurraram para frente, meio arrastado pelo braço. Até hoje não sei como subi no chiqueirinho da C14 algemado e de capuz. Pra azar meu, subi.

"Vai descansando um pouco. Lá você tem muito trabalho te esperando".

Burro, burro, burro, burro. Como consegui ser tão burro. Quanta gente sabia que eu arrastava um bonde pela Dê. E apareço no dia do aniversário dela às oito da noite. Os tiras iam alegres, brincavam. "O dia tá ganho, pescamos esse bagrinho". "O viado está apaixonado". "Os burros também amam". Chorei de ódio embaixo do capuz. Denise não viajava comigo.

As algemas me cortavam os pulsos e os solavancos me torturavam, doíam os músculos por causa da posição, mas não sabia que ainda estava no paraíso, vivia o bom momento da noite.

Ouvi o clique da porta da C14. "Desce, filho da puta" e veio pancada forte de todo lado, um chute no saco me paralisou, outro na bunda me jogou pra frente, as porradas soavam na cabeça. "Vocês me matam". "É verdade, mas não agora".

Durante esse tempo, movido a porrada, eu seguira em frente e alguém me puxara para dentro de uma sala. Meus ouvidos zumbiam, a boca sangrara, eu cagara e mijara nas calças e acima de tudo, sentia dores profundas no corpo todo e as porradas continuavam por toda a eternidade e pensei "vão me matar, não aguento mais". Então me tiraram o capuz e vi Denise nua, completamente nua como nunca vira e o homem alto e gordo com uma garrafa de Coca-Cola na mão. "Você só tem uma chance, uma só, não vacile, garoto. Fala onde está o Segóvia ou enfio esta garrafa na buceta desta vaca. Ela vai gostar, é mais gostoso que teu pau, viado".

Denise estava algemada, por trás, a um poste de metal, nem tapar o sexo com as mãos podia. E eu contei tudo o que sabia. Segóvia montara um aparelho na zona leste. Não sabia onde a organização preparava a retirada dele via Paraguai, não sabia quem levaria o dinheiro e finalmente, eu tinha um ponto no dia seguinte, às nove horas da manhã em frente à igreja do largo do Paissandu.

"Escuta bem, seu filho da puta, escuta bem, você só falou coisa velha. Segóvia tá no inferno faz tempo. Se esse ponto for falso, tu tá morto, a vaca também, depois de divertir a tropa, ninguém é de ferro. Aproveite essa noite, pois, pode ser a última".

Só então ouvi outros berros de dor. Próximo um companheiro passava pelo martírio. O homem se afastou e um sujeito forte me soltou do poste.

"Neném precisa de um banhinho, borrou-se todo, neném".

Outro tira levava a Dê para outro lado, nua ainda para o desfrute de meia dúzia de filhas da puta.

Uma porta se abriu, vi um corredor com muitas portas e o tira, e eu sentava em cima da minha merda fedida como ela só. Olhei o pulso, um deles me roubara o relógio. Imaginei três ou quatro horas desde o ônibus Perdizes e tive uma crise de choro, eu cagara tudo, literalmente tudo: Denise, minha vida, os companheiros e a merda que estava no intestino. Amanhã um companheiro passaria pelos mesmos tormentos que eu. Merda por fora e por dentro. Cuspi três dentes e me entreguei à dor. Eu não era mais gente, deixara de ser uma pessoa e me tornara um objeto nas garras dos bandidos da repressão.

Não vivi e não viverei noite mais longa.

Na cela só podia ficar em pé ou sentado com as pernas dobradas, as mãos nos joelhos, da minha roupa subia para o machucado nariz um cheiro azedo de merda em processo de podridão. Uma luz forte me ardia nos olhos e iluminava as paredes descascadas de um verde doentio e minha cabeça estourava de pensamentos e dor.

O que será de mim? O que vão fazer comigo? Eles podem me matar, me levar para o tal sítio 31 de março, me matar e me enterrar lá mesmo, meus pais nem saberão onde me enterraram. O que será de mim? O que vão fazer comigo?

Vi meus pais sentados na mesa da cozinha tomando café, eu seria o responsável pela maior tristeza da vida deles. Vi-me morto, o corpo estendido no chão, de calça "Lee" e camisa pra fora da calça, morto.

Tudo doía, o corpo inteiro, as pancadas e uma dor nova, as costas e as pernas adormecidas pela posição. Levantei e bati com a cabeça no teto. Tem que ser muito filha da puta pra construir uma cela daquelas, uma tortura permanente sem torturador presente. Basta botar o prisioneiro lá e o sofrimento começa, ou melhor, continua.

Apalpei-me. Não senti nada quebrado. Por dentro, sei lá. Estômago, rins, intestinos, sei lá. Olhos inchados, sangue no ouvido, manchas roxas nos braços, nas pernas, apalpei o saco, estava inchado, voltaria a funcionar?

E a Denise, coitada, em poder daqueles animais? Como eu fora burro, idiota, ridículo, abjeto. Visitar a namorada estando na clandestinidade – porra de palavra – clan-des-ti-ni-da-de e foi nela que me estrepei todo. Agora a coitada, nua no meio daquelas bestas humanas, estuprada, violentada, currada. A crueldade daquela gente não tinha limite.

Com muito esforço, levantei as pernas e apoiei na parede para o sangue descer. Senti certo alívio e se o companheiro faltasse ao ponto? O gordo me mataria ou pior me torturaria de novo, e eu teria pouco que contar e eles me matariam. Desci as pernas e o choro me dominou, morrer, caralho, aos vinte anos. Lembrei um pensamento ouvido no rádio: "É sempre nos porões da opressão que se fazem as novas verdades". O caralho. Nos porões da opressão se fazem os novos cadáveres. Chorei até o fim das lágrimas.

Depois me contaram da minha sorte. A aparelhagem de som estava quebrada. Os bandidos transmitiam gritos de dor, uivos, barulho de tiros para dentro das celas fortes. Disso me livrei.

Mais uma dor se somou às minhas. A fome.

Eu almoçara lá pela uma hora da tarde e não comera mais nada. O sofrido estômago reclamava seus direitos, eles me matariam de fome? A bexiga estava cheia e urinei no chão, ó lugar infernal.

Pensei em me matar, seria o alívio dos meus tormentos. Só batendo com a cabeça na parede. O cheiro de merda me tonteava, se o cara não aparecer estou morto. Ele aparece e vão saber que dedurei. Fodido por todo lado.

Não sei o que foi pior, a tortura ou à noite naquela cela forte, sujo, dolorido, sem posição, a cabeça cheia de pensamentos terríveis. Não sei.

A porta se abriu de repente e uma voz forte ordenou. Levanta recruta, seu filho da puta. Mais um humorista. Levou-me pelo corredor até um banheiro onde numa velha pia encontrei um sabão e me lavei como pude, tirando as crostas de sangue e merda seca do corpo, principalmente das pernas. Lavei as cuecas, as calças e as meias e vesti tudo molhado e principalmente bebi muita água, usei o banheiro.

Meu guardião apenas me observava. Eu não o olhava, embora ansiasse para saber as horas.

Era, pela postura e corte de cabelo, um militar com cara de carrasco. Permaneceu em pé com as mãos nas costas enquanto me lavava. Depois, com um gesto me indicou o caminho de volta, antes de fechar a porta da cela me disse: "Prepara-se, ainda não terminamos com você", destruindo o bem-estar provocado pela limpeza.

Algum tempo depois, para meu pavor, a porta se abriu e um coitado como eu, vigiado pelo meu guardião, me entregou uma caneca de alumínio e um pão amanhecido. Minha boca ardia e doía e mastiguei do lado esquerdo o pão molhado no café com leite. Pensei então ser o início do dia, depois vi ser sempre a mesma refeição.

Torturador de qualidade, bom mesmo, só acredita em informação obtida na porrada, no pau de arara. Se o preso, para evitar a surra, conta tudo, o torturador não acredita ou talvez ele pegue gosto pela coisa.

E a Denise, meu Deus, minha adorada Denise. Eu pensava nela de doer, doía. Ela ocupava uma parte da minha cabeça, mesmo se eu pensasse em outra coisa. E a Denise?

Então vieram me buscar. Atravessei o corredor, abriram uma porta grossa e voltei ao salão de tortura. Vi logo o Carlinhos pendurado pelos braços, pelado e o tal homem gordo batendo nele com um cassetete de borracha. Ao meu lado um poeta me sussurrou: "Veja o que você fez. Foi você quem trouxe o Carlos pra cá. Se fechar os olhos, eu te corto a pálpebra".

Seria inútil fechar os olhos. Carlinhos urrava de dor. Acho que tem hora que o sofrimento é tanto que a gente apaga. Desmaiei e acordei com o choque elétrico dissolvendo meu ânus em dor. "Eu tô morrendo". "Qual é o problema. Morre sossegado".

Não sei quantos séculos durou o choque elétrico. O cara virava a manivela e olhava para o chão, parecia envergonhado. Ele também sofria tortura, prisioneiro como eu. Quando parou, pensei, vão me matar, por isso eles não usam capuz, ninguém fica vivo para reconhecimento.

Bobagem minha, a tiragem da civil não se preocupava com o anonimato. Alguns oficiais do Exército ocultavam o rosto, outros pareciam orgulhosos do trabalho deles.

Não me lembro bem do momento depois do choque. Parece que os gritos de Carlinhos continuaram, mas no meu ouvido ficaram por meses.

De volta ao cubículo, recebi tempos depois uma caneca de café com leite e um pão amanhecido que engoli com dificuldade. Meu corpo tremia todo, sobressaltado, tremiam os olhos, gengivas, braços e pernas inchadas. Haverá algo mais humilhante do que cagar nas calças e conviver com a própria merda? Sujo e cheirando a bosta, dormi. Me acordaram, imagino de madrugada e me levaram ao banheiro. Desta vez usei um chuveiro frio. Um horror. A água ardia nos ferimentos. "Capricha que você vai falar com o homem". Mais uma vez vesti a calça molhada, tremia, a calça guardava o cheiro de bosta. "Conta tudo pro homem, assim você não apanha mais".

Forte voz aquela. O cara soprou no meu ouvido: "Conta tudo que você não apanha mais, não apanha mais, não apanha mais".

O bonzinho me levou a uma sala onde atrás de uma mesa um homem branco, de cabelos castanhos, usando uma camisa azul me olhou com raiva.

"Escuta aqui, seu merda, já sabemos de tudo, Carlinhos contou como um canário belga (risos). Você só serve para checar o caso. Na primeira vacilada, volta pro pau e desta vez será comigo. Esse pessoal dá moleza pra comunista, tem bom coração".

Eu estava diante do famoso capitão Stalin, soube depois, o pior de todos, o sujeito que queimara vivo um rapaz de 22 anos, que torturara um senhor de idade por bater no carro dele.

Ele perguntava e eu respondia. Contei o recrutamento, na Faculdade, o Carlinhos, o serviço que fazia, basicamente abastecia os aparelhos, enquanto estava limpo, servia também de motorista, nunca dera um tiro, Segóvia me ensinara a atirar, mas eu nunca, juro mesmo, atirara em ninguém.

"Um terrorista pacifista" (risos). "Escuta aqui Che Guevara, você vai entrar na Lei de Segurança Nacional, no mínimo cinco anos se a justiça Militar estiver de bom humor. Outra coisa, você recebeu nosso tratamento leve contra o comunismo. Espero que esteja curado, em caso de recaída o remédio será outro, entendeu, seu merda. Uma dose fatal".

Queixo no peito, eu tremia, não ousava fitar o deus da vida e da morte, murmurei um sim, senhor, inaudível, mas reforçado pela minha lamentável postura, espinha curvada, joelhos dobrados, ombros caídos e uma vontade desesperadora de voar para longe dali.

Meu guardião reapareceu, me pegou pelo braço e me levou por corredores e corredores. Pensei em mais uma piada sinistra do capitão Stalin. Deu esperança e agora me executa.

Na clandestinidade falava-se muito em execuções e enterros, tiros na nuca, falsos fuzilamentos, enforcamentos, coisas assim.

Desculpem a repetição, eu tremi por dentro e por fora. O guardião me tirou o capuz e me pôs dentro de uma cela de 2x2. Respirei aliviado, fora restituído à espécie humana. Havia uma tábua presa na parede por duas correntes e uma lata para servir de penico. Pareceu-me o paraíso, lá em cima uma pequena claraboia deixava entrar o Sol "em raios fulgidos". Diante da minha cela, outra exatamente igual a onde eu estava. O rapaz colocou o dedo sobre os lábios e depois apontou o ouvido e finalmente fez um sinal de positivo.

Deitei na tábua com o agradecimento de todos os músculos do corpo e dormi imediatamente apesar do medo, da fome e do frio.

Qual o saldo da tortura? O que descobri lá na sala do capitão? Com a tortura não tem macho, mais cedo ou mais tarde você entrega a mãe, se não morrer antes, entrega a mãe, o pai, a amada, como diria o poeta.

O torturador? Ele gosta, ele ama o que faz, sente prazer. Todos colegas. Contam as piadas que eles fazem, o entusiasmo diante do sofrimento, o verdadeiro prazer em destruir a vítima e fazer sofrer.

Criatividade não lhes falta, sobra. Colocam um preso para rodar a manivela do choque, simulam fuzilamentos, afogam o infeliz numa poça de mijo com requinte, enfim revelam um repertório muito variado de tortura.

O pior, não sei, não sei mesmo. Como diria o Chacrinha: "A tortura não acaba quando termina"[11].

Depois vem o remorso, o arrependimento, a culpa, uma ratazana faminta te roendo a alma dia e noite. Eu entreguei a Denise, meu grande amor, traí o Carlinhos, a organização, meus amigos, minhas ideias, desci ao nível mais abjeto da condição humana. Sou um bosta, um merda, um traidor.

Esses pensamentos e outros já esquecidos se repetiam recorrentes na minha cabeça e os canalhas te deixam sozinho exatamente pra isso, dão todo o tempo pra você pensar e se torturar.

---

[11] A frase do Chacrinha era: "Este programa acaba quando termina".

Os canalhas têm tecnologia, eles te arrebentam e você se enche de raiva de si mesmo.

Seis meses depois no julgamento pela justiça militar por crime contra a segurança nacional eu ainda tremia mesmo com as mãos cruzadas.

Peguei três anos no presídio Tiradentes.

Depois do que passara na Tutoia, eram férias. A turma era boa, havia cursos, palestras, jogos de futebol no pátio, chuveiro quente, livros, visitas semanais – Denise não faltava, nem mamãe, meu pai morrera quando eu estava preso. Até análise fiz com um psicólogo argentino, o doutor Antônio, cara legal, ajudou muito, mas acima de tudo não havia tortura. Tínhamos um acordo com os presos comuns e eles não mexiam com a gente. Bandidos mesmo, poucos. A maioria era vítima da paixão. Matou a mulher por ciúme. Imagino que os milicos não misturavam bandidos com presos políticos com medo da doutrinação, seria o bandido ideológico.

Saí com a mania de perseguição. Achava que os homens me seguiam para me pegar de novo.

Ninguém da organização me procurou, mortos ou presos. Virei espírita, frequentava o Paz e Amor, desenvolvi mediunidade, recebia um espírito chamado Hans, fazia caridade dando chocolate e pão aos moradores de rua.

Grande Denise, me esperou sair da cadeia, três anos, três longos anos pra ela também, nos casamos e moramos com minha mãe, já viúva. Família é para sempre.

Solto, enfrentei muito preconceito, o pessoal tinha medo de empregar um subversivo como professor. Eram todos democratas, contra o regime militar, a opressão, o capitalismo, o escambau, mas o medo... Passei meses sem emprego. Meu pai deixara um dinheiro, comprei um táxi e voltei à Faculdade.

Sensível diferença. Havia mais mulheres e menos política. As pessoas pareciam-me egoístas, preocupadas com elas mesmas, vazias. Também não organizei nada. Estacionava o táxi, assistia à aula e dava no pé. Nunca entrei no centro acadêmico nem para jogar bilhar ou pingue-pongue. Não falava com os colegas, não perguntava aos professores. Criei fama de louco.

Formado, comprei outro carro. Hoje tenho uma frota e a Denise há muito largou a escola e me ajuda na administração. Virei burguês. Não enfrentei a tortura para instaurar "isso que está aí"[12]. A violência, a corrupção, a embromação. Sinto-me derrotado. Lutei por um mundo melhor e perdi. Ofereci minha vida em defesa das minhas ideias. Solidariedade, justiça, fraternidade.

Esses meninos de hoje... Drogas, sexo e rock. E os adultos. Ambição, consumo, egoísmo, o ideal da vida mansa. Eu também, eu também.

Se vencêssemos? Sei lá, como saber o mundo que nasceria da nossa vitória, depois, francamente, nunca tivemos nenhuma possibilidade de vitória.

...

---

12 Luís Inácio Lula da Silva quando era oposição.

Capítulo 13

■ ■ ■

“O proprietário, por favor”.

Assustada, dona Marlene viu os dois homens cobrirem o espaço diante dela. Um era baixo, troncudo, meio mulato, o outro, o falante, branco, cabelo preto, estatura mediana. Pareciam agressivos. Um assalto? Terroristas, talvez?

“O que os senhores desejam?”.

“Falar com o proprietário, já disse”.

“Sobre?”.

“Alugar uma casa”.

“A quem devo anunciar?”.

“Dois clientes e rápido”, num tom definitivo.

“Doutor César, tem aqui dois senhores”.

Antes que a secretária terminasse, os dois homens invadiram a sala do diretor proprietário da Imobiliária César.

“Nós somos do Dops...”.

César dos Santos sentiu que um abismo se abria aos pés dele e caía nele de cabeça para baixo.

“... e precisamos de uma informação”.

“Estou às suas ordens. Sentem-se, por favor. Fiquem à vontade”.

O da esquerda era baixo e muito forte. Mãos enormes, braços grossos, ombros largos, pescoço de touro e um carão sério. Vestia calça e paletó sobre uma camisa azul. O outro era um pouco mais alto, nem gordo, nem magro e usava óculos escuros. Vestia uma calça rancheira e um blusão de couro preto, óculos escuros. Falou com voz fina:

"Queremos saber se o senhor alugou alguma casa nas últimas semanas sem fiador, mediante depósito em dinheiro, uma caução. É assim que se chama".

Aliviado (não é comigo), César dos Santos engoliu um profundo suspiro de alívio. "É isso, é só isso, legal".

"Preciso consultar meus arquivos. Tive problemas de saúde e me afastei alguns dias. Um momento. Os senhores aceitam café ou água?".

O homem baixo olhou para o outro esperando uma decisão da chefia.

"Obrigado, aceitamos café".

"Dona Marlene, três cafés...".

Enquanto bebiam, o corretor percorria as fichas retiradas de um arquivo de aço pintado de verde.

"Aqui está, meus senhores, há dois meses alugamos um sobrado na rua Serra de Botucatu, 1171, mediante pagamento adiantado de três meses de aluguel".

Com um gesto autoritário, o mais alto tomou-lhe a ficha.

"Muito bem, levaremos isto. Outra coisa: este é um assunto de segurança nacional, portanto secreto. O senhor está proibido de comentar nossa presença aqui. Os locadores não devem ser avisados, caso contrário o senhor será cúmplice dos terroristas e o trataremos como tal. Se eles devolverem o imóvel, o senhor nos avisará. O senhor entendeu bem?".

César dos Santos não ouvia um tom de voz tão autoritário desde a morte do pai dele, um transmontano de boa cepa e mão pesada.

"Sim, senhor, claro, certamente".

Apatetado, curvou-se três vezes, como os chineses.

Os homens viraram as costas e desapareceram pela porta de vai e vem.

"Marlene, venha cá e me traga um copo d'água com açúcar".

O velho César viu que Marlene também passara um mau momento. A mão que segurava o cigarro tremia. O corretor tirou-lhe o cigarro e tragou profundamente.

"Marlene, aqueles homens eram da Polícia ou do Exército, do Dops, sei lá".

"E eu não sei, ouvi tudo".

"Então, silêncio total. Não sabemos de nada".

"Claro, chefe". Eu, hein!

Nenhum dos dois cumpriu a promessa.

O capitão Stalin e o sargento Teodoro, vulgo Ceará, saíram da imobiliária César e entraram num Opala onde dois homens os esperavam:

"Toca pra Serra de Botucatu, 1171".

"Capitão, não conheço o pedaço".

"Contorne a praça e siga reto. Eu te explico".

No trânsito leve da tarde, o Opala chegou rapidamente ao objetivo e os quatro homens distinguiram das outras casas um sobrado branco, com entrada lateral para carro e um recuo na frente, com plantas abandonadas e duas janelas que permitiam uma boa observação da rua.

"Dobre à direita", comandou Stalin.

O Opala logo estacionou na porta da padaria Lisboa e os quatro homens desceram e pediram água e café.

Enquanto três simulavam uma conversa sobre futebol, Stalin subiu a rua Vilela de olhos bem abertos. Naquela hora da tarde, o tráfico era mínimo na Serra de Botucatu e ele andava lentamente pela calçada oposta. Apenas olhou rapidamente e percebeu um vulto na janela superior, os vermelhos vigiavam a rua, na lateral notou um Fusca estacionado com a frente voltada para a saída. Anotou a placa na memória. O militar observou a larga janela da sala, ideal para lançar bombas de gás ou granada, e riu calado: aqueles filhos da puta estavam fritos, fodidos mesmo.

Ultrapassando o sobrado, o militar teve uma surpresa. A imobiliária César oferecia para aluguel uma casinha baixa. Melhor impossível... estamos com sorte.

Stalin virou à esquerda para voltar à padaria. Encontrara o ponto de observação ideal, melhor que encomenda.

Na porta da padaria entrou direto no Opala, os outros o seguiram:

“Estamos com sorte. Tem uma casa para alugar do outro lado da rua. Não tem conversa, se foderam”.

No dia seguinte, logo cedo, um jovem casal apareceu perguntando por uma casa para alugar. Seu César ofereceu uma casa térrea na Serra de Botucatu, uma pechincha, pronta para morar.

“Podemos ver?”.

Claro que podiam e embarcaram no velho Chevrolet 56 do corretor. Estela a-do-rou a casinha e na volta do escritório Edgar deixou um sinal para garantir o imóvel e saiu risonho com a lista de documentos para providenciar.

Causaram no velho corretor uma ótima impressão: casal jovem, recém-casado, dois funcionários públicos...

Marlene sentiu inveja daquela jovem mulher. Ela já fora assim, vivera uma bela lua de mel. Ai que saudade, meu Deus, que saudade!

Pelo fim da tarde, Edgar voltou sozinho à imobiliária César trazendo quase todos os papéis preenchidos, explicou que tinha pressa porque morava com a sogra e não se dava bem com o cunhado, brigavam todos os dias.

O corretor respondeu que precisava consultar o proprietário e daria a resposta no dia seguinte. Quando o rapaz saiu, examinou os documentos. Impressionou-o a condição do fiador e o valor da propriedade apresentada como garantia. Consultado por telefone, o proprietário Manuel da Conceição – Mão Cheia – concordou com o negócio.

No dia seguinte, Edgar recebia as chaves. Só restava providenciar a mudança. Como as coisas funcionavam bem sob o comando do capitão Stalin. Bons tempos aqueles.

Com o copo de conhaque na mão, Segóvia olhava distraído a rua. O sabor da bebida o levou à Espanha.

Lá aprendera a atirar e a beber e se fizera um homem. Peleava-se movido a conhaque naquela guerra. O governo da República enchia os cantis de conhaque da brigada internacional, nas pequenas aldeias sempre havia a bebida, mesmo quando não havia pão.

Na batalha de Brunete, o pelotão dele encontrou várias caixas de conhaque Carlos I. Foram confiscadas e levadas à retaguarda. Naquela noite, a brigada dormiu profundamente feliz.

Bons tempos em que havia el frente, e la retaguardia, os inimigos usavam uniformes diferentes dos amigos e ocupavam trincheiras opostas.

Aqui, no Brasil, no tempo presente, nesta guerra de agora, os inimigos não usam uniformes, os milicos ficavam cabeludos, usavam roupas esportivas, liam a literatura marxista para aprender o vocabulário e o raciocínio dialético. Infiltravam-se nas fileiras da esquerda e derrubavam todos os esquemas de segurança. Um inferno. Como os fascistas espanhóis, não faziam prisioneiros.

Encheu mais uma vez o copo. Sentia já o álcool latejar nas veias e os olhos irritados. Não podia adormecer. Na Espanha um companheiro fora fuzilado porque adormecera bêbado quando estava de sentinela. Ele era responsável pelos companheiros que dormiam. E seu velho coração se encheu de ternura pelo casal. Eles vieram oferecer suas jovens vidas pela revolução.

Por que lembrava tanto da Espanha? Fora menino para lutar pela liberdade. Que delírio, quando desfilavam com banda de música e tudo, aplaudidos pelo povo de Madri, bêbado de esperança. Fantástico! Moças atiravam flores, davam água e vinho, beijos. Quando a festa acabou, entrou numa trincheira que cheirava a urina e merda e na qual circulavam tranquilas enormes ratazanas e uma voz tenebrosa lhe disse: "Abaixe a cabeça, camarada", e ele sentiu um medo paralisante e o empurraram para perto de uma metralhadora e o mandaram encher uma fita de cartuchos. "Deprissa, camarada, deprissa". E de repente o espaço se encheu de gritos, tiros, explosões e ele descobriu que o mundo estava cheio de sujeitos que queriam encher o corpo dele de chumbo e que vinham disparando para cima.

Correu para o parapeito e vultos se aproximavam, atirou e o coice da arma o ergueu, e sentiu o calor de uma bala. O camarada da metralhadora atirava nos vultos e fumava um cigarro. Alguém o mandou atirar e ele obedeceu e um vulto caiu quase dentro da trincheira e ele não viu mais ninguém e ouviu apenas os pedaços de chumbo que queriam enfiar nele, assobiando sobre a cabeça e as explosões que o deixavam surdo.

Os "moros" corriam para cima, escondiam-se nos buracos do chão, lançavam granadas. Atrapalhado, o jovem Segóvia percebeu que o fuzil travara e desesperado apanhou uma granada, retirou o pino e a atirou bem longe. A bomba não explodiu e ele apanhou o fuzil do morto ao lado dele, armou o ferrolho e atirou num "moro" que se jogou no buraco. Rapidamente, apanhou uma granada na bolsa do morto e a lançou no buraco. A explosão produziu um zumbido no ouvido, mas mesmo assim ouviu uma voz de comando: "El machete, ele machete, contao". O oficial desistiu e um "moro" pulou dentro da trincheira e Segóvia bateu nele várias vezes com a coronha do fuzil até perceber a morte do inimigo: "Se bam, se retiram, tirem". O brasileiro finalmente entendeu que os inimigos fugiam sem que os republicanos os perseguissem e logo veio a ordem de não atirar para poupar munição. Miséria de guerra. Faltavam balas.

No estranho silêncio que se seguiu à batalha, com os ouvidos cheios daqueles zumbidos contínuos, Segóvia olhava o chão esburacado com manchas de marrom, os mouros mortos, muitos mouros mortos. Malditos. Um soldado gritou: "Baya la cabeça".

O oficial o mandou carregar o morto para fora da trincheira. Ele levantou os braços do morto e da cabeça ensanguentada do mouro pingava uma geleia avermelhada. Enojado, viu o outro brigadista virar a roupa do morto e encontrar um anel de ouro e enfiá-lo no bolso.

Acordou sobressaltado, mas a rua Serra de Botucatu permanecia quieta, parcamente iluminada. Avermelhada e amarela.

Pensou na casa recentemente alugada, todas as luzes apagadas, indicando que os ocupantes dormiam. Se fosse ainda aquele garoto da Espanha, faria um reconhecimento do terreno e apuraria quem ocupava a casa ao lado, mas com este corpo velho e estropiado, tantas vezes ferido e espancado, seria suicídio...

Sentia medo da morte, a certeza da morte o apavorava, imaginava morrer violentamente num tiroteio, o pavor era a captura, seguida da dolorosa humilhação da tortura e depois o assassinato no porão e um inferno anônimo, morrer sozinho entre os inimigos, nos porões da repressão. Tinha a certeza: Não havia nada depois da morte nem julgamento nem perdão. O momento da morte o apavorava.

Quando a causa do povo triunfasse, ele seria reconhecido como herói e seu nome dado às ruas e escolas e sua cara estampada nos selos como a de Olga Benário, heroica figura da Alemanha Oriental.

O medo de Segóvia findava nesse ponto.

A vida terminava na morte, final absoluto. Ninguém poderia mais torturá-lo.

Vira muita gente morrer, principalmente na Espanha, ele mesmo matara alguns, não se arrependia, talvez do mouro morto a pancadas com a culatra do fuzil... coisas passadas, águas passadas movem apenas o moinho da saudade. Estava velho e sentimental como um pequeno burguês e ainda havia o conhaque a latejar nas veias.

Fuja do passado, ordenou ao cérebro. O presente, os homens presentes, a vida presente, a luta presente.

Segóvia sabia a razão da fuga para o passado. O presente estava insuportável. Tão longe os tempos das expropriações facílimas, os gerentes abrindo os cofres, apavorados, a polícia perdida procurando em favelas e zonas de meretrício, os assaltantes de bancos. Ele mesmo fizera um assalto a uma fábrica de biscoito e saíra rindo. A polícia demorara nove minutos a aparecer e nos comemoramos num bom restaurante o êxito da expropriação. Dos participantes daquela ceia, ele era o sobrevivente, o único.

Os bons tempos pouco duraram. Os canalhas reagiram rápido. Pusera logo gente preparada atrás, oficiais do Exército, da Marinha, da Aeronáutica, como não confiavam nos recrutas, convocaram os tiras da pesada, os esquadrões da morte, da polícia civil e a soldadesca da força pública, os profissionais.

O jogo virara. A prisão de um militante arrastava sempre mais dois ou três. O pau comia solto em quartéis e delegacias. Além disso, os milicos tinham lugares secretos onde torturavam sossegadamente e matavam sem nenhum problema, claro, com o apoio das lideranças civis e militares do Golpe.

Na verdade, contávamos com pouca gente. Quantos seríamos? Sem saber direito o método, Segóvia calculava que os esquerdistas somariam no país inteiro quatro mil homens.

Só a Força Pública de São Paulo contava com cinquenta mil soldados treinados, armados, oficiais treinados na academia militar e os gringos assessorando. As Forças Armadas somariam uns duzentos mil homens.

Não se podia jamais descuidar dos americanos. Como deuses, eles estavam por trás dos fatos, das coisas, do mundo, sempre os malditos gringos.

Eram eles que treinavam os cães, ensinavam táticas e estratégias, enfim dominavam o mundo em proveito próprio. Eles derrubaram Jacobo Albens, mataram Sandino, apoiavam o general Franco. Estavam sempre do lado dos ricos. Se fosse necessário, trariam os fuzileiros, helicópteros, jogariam a bomba atômica.

Era preciso reconhecer, pensou Segóvia, que muitos militantes eram ingênuos, não seguiam as regras mínimas de segurança como o caso de um cara da USP que já clandestino apareceu na casa da namorada, no aniversário dela. "Surpresa, meu bem. Vim te dar um beijo". A polícia o esperava. Um caso para a justiça revolucionária.

Com as pálpebras pesadas, Segóvia observou mais uma vez a rua. Sabia que era inútil, mas continuava atento. Que chances teriam contra o DOI-Codi se fossem descobertos? Eram quatro e amanhã seriam três. Os inimigos, quantos eram? Vinte ou trinta e para eles bastava pedir reforço. Esse pensamento enervou o velho militante de sentinela. Nós, que afinal lutávamos pelo bem comum da maioria do povo brasileiro, éramos poucos e diminuíamos dia a dia. Os velhos quadros desapareciam e não havia reposição. Afinal, o que ofereciam aos novos militantes?

Segóvia assustou-se com o pensamento. O que ofereciam aos novos militantes? Repetiu-se a questão.

Uma oportunidade para construir um mundo melhor, mais justo, mais solidário e humano. Reformar o mundo.

Uma voz dentro dele o interrompeu: mas você ainda acredita na vitória?

Segóvia bebeu mais um gole daquele infame conhaque. Começara com a bebida espanhola de qualidade e terminara bebendo aquela zurrapa. Ainda acreditas na vitória?

Claro que não nesta batalha. A derrota era inevitável, desde o começo a esquerda não tivera nunca a menor chance. Os militares competentes e cruéis dispunham da força e da vontade para esmagar os adversários e principalmente comunistas como ele, velho profissional do partido com mais trinta anos de lutas proletárias e uma participação na luta da Espanha. A ele, os milicos da linha dura reservariam as piores torturas, antes de naturalmente matá-lo com um tiro na nuca exatamente como acusavam os comunistas de executarem as pessoas. Ele seria um mártir da Revolução, um herói do povo.

Naquele instante, Segóvia decidiu que não o apanhariam vivo. Brindou a decisão com mais um gole de conhaque.

Pouco a pouco no céu, a luz substituía a escuridão.

O dia que virá, pensou, o dia que virá, como seria o dia da vitória, da vitória final, total, em que o povo liderado pela organização, dominasse o Brasil. Ajudado pelo conhaque, imaginou uma grande multidão alegre, dançando nas ruas a vanguarda nas praças, enlouquecida, destruindo os símbolos do capitalismo: as lojas, os bancos, os jornais reacionários. Um carnaval. Imaginou-se num bar derramando no solo milhares de garrafas de Coca-Cola, a água negra do imperialismo, enquanto jovens casais se beijavam e ele comandaria pessoalmente a execução dos malditos verdugos. Para aqueles canalhas bestas-feras, a morte era pouco. Olho por olho, dente por dente. Nada de tiros na nuca, rápidos e piedosos tiros na nuca. Ele enfiaria um gancho no pescoço do tal capitão e o enforcaria. O tal delegado seria devorado por ratos famintos. Ele cuidaria deles. Os membros das equipes de tortura seriam todos fuzilados. E fuzilados nus.

A imagem o assustou. O socialismo era uma doutrina séria, científica e ele a transformava num carnaval. Tudo bem, passada a festa da vitória, chegaria o tempo das grandes transformações sociais, o Estado Socialista confiscaria todos os meios de produção: fábricas, oficinas, padarias, restaurantes, a terra seria dos camponeses e começaria, então, a construção do novo mundo, habitado por um novo homem.

Se vivo estivesse, qual seria o papel dele nessa gigantesca tarefa? Pela experiência na luta, certamente trabalharia no aparato de segurança, do Estado Socialista, no Ministério do Interior.

Depois de certa hesitação – aos diabos a segurança, estamos fudidos mesmo – foi ao banheiro onde, sentado no vaso urinou demoradamente. Depois lavou o rosto com água fria. O espelho revela-lhe um homem de barba crescida e branca, cabelos pintados, nariz abatatado e grandes olhos inchados e vermelhos.

Aliviou o intestino de alguns gases e voltou ao seu posto de observação, na janela.

Agora, estava claro e um ônibus lotado de passageiros passou pela rua, cuspindo uma fumaça pestilenta.

Parecia uma alegoria: o povo humilde passando de ônibus e o velho revolucionário escondido, acuado, sem acesso aos oprimidos. Se ele pudesse explicar tanta coisa...

Vencido pelo cansaço e pelo álcool, Segóvia adormeceu.

Sonhou que estava nas trincheiras da Espanha disparando desesperadamente com um fuzil cuja munição não terminava nunca. Os fascistas avançavam e Segóvia os derrubava com tiros certeiros até que os inimigos apareceram com uma bandeira branca, mas ele continuou atirando.

Depois, na frente dele, apareceu uma tina de água tépida onde ele entrou e então surgiu uma bela mulher morena, com uma esponja e o soldado sentiu que o cansaço e o medo da batalha deixavam o corpo e se dissolviam naquela água limpa e quente que nunca sujava.

A mulher apareceu com uma toalha e começou a secá-lo com movimentos carinhosos e exatamente quando lhe secava o sexo, uma bomba de gás de fabricação americana quebrou o vidro da janela e bateu no peito do velho revolucionário.

A repressão chegava com o dia.

Relatório de Observação do Aparelho da Serra de Botucatu, Tatuapé, São Paulo, Capital.

A atenção do capitão Stalin.

O aparelho está ocupado por três, quatro ou cinco pessoas (sic) conforme indicam as luzes acesas e o consumo de alimentos. A residência não tem telefone.

Saem à rua um rapaz e uma moça ainda não identificados, mas já fotografados, para fazer compras. A moça se ocupa mais dessa tarefa, comprando bebida e cigarros em pacotes.

Há uma constante vigilância sobre a rua por um elemento postado na janela, inclusive com o uso do espelho.

O veículo fica sempre estacionado com a frente voltada para a rua. A moça e o rapaz dirigem o carro, os outros não deixam o aparelho.

A moça compra na padaria Lisboa e no supermercado Vilela, ambos próximos do aparelho. Gêneros alimentícios e bebidas, conhaque, cerveja e cigarros de duas marcas, Hollywood e Continental sem filtros.

No dia 23 próximo passado, o rapaz e a moça se dirigiram à praça Silvio Romero onde, na loja Rodolfo, adquiriu roupas para o rapaz e um conjunto masculino calça 44 e paletó 52, meias e cuecas alegando um presente para o pai.

O rapaz comprou duas calças número 40 e duas camisas número 3. Pagaram a conta em dinheiro. 3.575,00 cruzeiros. Em seguida entraram na loja Tamy de artigos femininos onde a moça escolheu duas saias e duas blusas e também roupas íntimas, três calcinhas e um sutiã, aparentemente para uso próprio. Também pagaram em dinheiro, 2.700,00 cruzeiros.

Dirigiam-se para o carro, mas voltaram para comprar na Farmácia Silvio Romero um xarope, um frasco de Vick Vaporub, três tubos de vitamina C e um pacote com 10 lâminas de barbear e uma loção após barba, rímel, batom, pó de arroz, absorvente, remédios para pressão alta, analgésicos e tintura para cabelos (preta).

Em seguida, voltaram para o aparelho da Serra de Botucatu.

Durante a ausência do casal, avistamos um vulto na (sic) janela do sobrado. Não receberam visitas. Assinatura ilegível.

O major Amauri pousou o relatório dos investigadores. Eram do ramo. Providenciaria um elogio na ficha funcional. O militar satisfeito esfregou as mãos. Favas contadas. Cheirou as pontas dos dedos. Sentiu o cheiro adocicado da própria merda. Voltou ao banheiro, relavou as mãos, o cheiro persistia, repetiu a lavagem inutilmente. Chamou o ordenança e mandou comprar uma escovinha na farmácia.

O quadro era claro. Segóvia estava no sobrado com dois ou três quadros novos, limpos, ainda não identificados e talvez sem comunicação com o grupo dirigente. Como tinham ainda dinheiro do assalto ao banco, viviam na esperança talvez de fuga, mas para onde? Uruguai, Argentina, Chile, Paraguai? Tudo gente nossa. Os comunas tinham ainda algumas rotas de fuga, via Paraguai, mas as operava com grande dificuldade. O cerco se fechava em toda a América Latina. Fodidos, estavam fodidos. Jamais chegariam a Cuba.

Para Segóvia e associados, a linha chegara ao fim, as roupas novas serviriam de mortalha.

Quem seriam os novatos? Era preciso ser muito louco para entrar para a luta terrorista. Não fossem inimigos, ele admiraria a coragem daquela gente. Todos agonizavam, bastava a localização do Madureira e pronto, os três ou quatro iam pro saco. Estavam no bico do corvo.

Lembra-se de que na infância o pai apanhava as ratazanas em gaiolas e as colocava no forno porque cria que os guinchos dos animais afugentavam os outros animais presentes na padaria. Às vezes, Amauri levantava a gaiola na ponta de um pau e colocava a bicha no forno. O pai ria.

Os três terroristas estavam agora na ponta do pau e o forno crepitava. Recordou o cheiro nauseabundo dos ratos assados. O fedor se espalhava e o pai tirava os cadáveres do forno esperava um pouco e assava o pão.

"Com sua permissão, meu capitão. Estouramos um aparelho nas Perdizes, rua Monte Alegre. Sobrou um, conforme ordens, estão trazendo pra cá".

"Muito bem".

"Capitão Stalin, notícias desse tal Segóvia? Desde o assalto ao Banco Auxiliar quero botar as mãos no cara".

"Sargento, ainda não temos certeza. Esperamos ordens. A garota comprou um pacote de cigarro Continental sem filtro, que é para o Segóvia, ele pode estar lá, não o vimos não".

"E o sargento Madureira? Quero aquele traidor".

"É isto, capitão Stalin, se o Segóvia estiver no aparelho do Tatuapé, o Madureira o procurará se é que já não está lá. Os dois são da chefia da Organização".

"Tantas vezes presos e ninguém providenciou. Há tantos anos os dois enchem o saco e ninguém deu um jeito neles (Uma puxadinha de saco no chefe sempre ajuda)".

"Agora será diferente, nós somos competentes. Segóvia e Madureira para interrogatório, esses dois conhecem o organograma da Organização, sabem tudo. Com os meninos, doses de chumbo".

O sargento saiu. A sala do major dava para um corredor de onde se avistava o pátio. O procedimento padrão, uma criação do capitão Stalin, era reunir um grupo de soldados e formar um corredor polonês que recebia o prisioneiro com socos e pontapés, golpes de cassetete. O pessoal competia pela melhor porrada como em um jogo, um momento de descontração e alegria.

Segundo o capitão, o efeito da experiência sobre o preso era notável, quebrava a resistência do terrorista na hora. Realmente seria uma experiência profunda descer de uma viatura e ser recebido por um grupo de homens fortes batendo, xingando, cuspindo, enquanto cego corria para onde meu Deus, para onde?

Era o que estava acontecendo com um recém-chegado das Perdizes e o capitão Stalin riu vendo um soldado altão acertar a bunda do preso com uma pontapé lançando-o para frente onde outro soldado o golpeou com um cassetete na cabeça. Stalin sentiu falta da cara do infeliz, a expressão fisionômica do bandido coberta pelo capuz. Outro soldado empurrou o preso que caiu e foi chutado sem piedade enquanto os soldados gritavam: Levanta, corno filho da puta, filho da puta. O preso rolou mesmo movido pelos golpes e levantou-se num salto. Esse vou interrogar pessoalmente e desceu para a sala de massagens.

A ponta dos dedos da mão esquerda ainda cheirava a merda, apesar das lavagens com a escova.

Três pessoas e um cachorro, como disfarce, viviam no sobradinho da Serra de Botucatu. De todos os personagens desta sórdida história incapaz de retratar a sordidez do período aqui representado, estes quatro são os mais respeitados pelo autor. Ofereceram as vidas deles para modificar uma situação política da qual discordavam. Dispunham-se a morrer pelas ideias. Enquanto enfrentavam os tigres da repressão, o autor lecionava Português em um colégio de freiras e juntava dinheiro para comprar um automóvel usado.

Segóvia, José Alves Silva, conhecido também como "O Surdo", perdera a audição do ouvido esquerdo em um interrogatório policial. Sofria de hipertensão, fumava e bebia. A vida o maltratara. Nascera de pais operários em novembro de 1917 e ingressara no Partido Comunista em 1935 quando era operário gráfico bem em tempo para ser preso pela repressão, a Intentona Comunista, comandada por Filinto Müller, sob a presidência de Getúlio Dornelles Vargas.

Meses depois, já em liberdade, recebeu ordens para ingressar nas brigadas internacionais e lutar na Espanha onde havia uma guerra civil. Chegou em 19 de janeiro de 1937, via França. Depois de um rápido treinamento em Albacete, combateu em Madri, participou da ofensiva sobre Segóvia, cidade ao norte da capital espanhola, na qual foi ferido com gravidade e quase morreu em um hospital de Madri, salvo pela habilidade operatória do cirurgião canadense Arnald Ganc, também um voluntário da liberdade.

Depois de quase um ano em recuperação, voltou à luta na batalha do rio Ebro. As brigadas internacionais eram as mais combativas tropas do bando republicano. O comando as usava como tropas de choque. As baixas eram por volta de 40%. Segóvia passou a milímetros da morte. Mais uma vez, os republicanos perderam e Segóvia e seus companheiros retiraram-se para a França onde foi internado no campo de concentração de *Angeles sur la mer* – para os prisioneiros, *sur la merde*.

Angeles sur la merde. Os combatentes das brigadas tinham fama de comunistas e os franceses os tratavam como tipos perigosos. Nada havia além da areia da praia e o vento do mar cortava a carne.

Os homens cavavam buracos na areia e dormiam colados para não morrer de frio. Liberdade, Igualdade e Fraternidade.

Aos 22 anos, Segóvia revelara-se um quadro de grande valor e experiência para o Partido Comunista Brasileiro (PCB) e o Partido Comunista Francês a pedido do brasileiro organizou-lhe a fuga e repatriou-o a bordo do vapor Calais, sob falsa identidade de Eduardo Fernandes.

De volta à pátria viveu na clandestinidade em São Paulo até 1943 quando foi preso e muito judiado pela polícia do Estado Novo, os famosos cabeças de tomate, a Polícia Especial que o deixara surdo com a tortura chamada telefone, uma porrada seca no ouvido aplicada por um policial famoso na época, o Coice de Mula.

Segóvia foi deputado estadual em 1946 durante o período legal do Partido Comunista. Com a cassação dos mandatos dos deputados comunistas, voltou à clandestinidade, desta vez numa casinha, na distante Vila Carrão onde editava o Jornal *Voz Operária*.

Viajara para a União Soviética em 1951. Há uma fotografia famosa dele entre Carlos Marighella, Jorge Amado e Luís Carlos Prestes. Os quatro muito burgueses de terno e bigode. Chegara finalmente ao paraíso onde se acham os homens justos, a terra prometida, os anjos da terra. Era melhor do que ele esperava; o metrô de Moscou tão luxuoso, com os pisos de mármore, as estátuas, as pinturas, o encantou. Que obra grandiosa! Homens e mulheres trabalhavam juntos nos reparos dos danos da guerra patriótica. O brasileiro espantou-se um pouco ao ver as mulheres soviéticas limpando e carregando pedras e tijolos, mas entendeu que trabalhavam pesado, mas pela mais nobre das causas: o socialismo, depois somos todos iguais.

Um dia, Segóvia foi levado ao Kremlin, o supremo santuário do comunismo, para encontrar com o camarada Stalin. No hotel Internacional da rua Artov, o brasileiro passou uma noite de noiva virgem, esperando, esperando.

Um ônibus, que vibrava como um avião de hélice, levou o grupo até à imensa Praça Vermelha e um pouco envergonhado em pisar aquelas pedras sagradas, Segóvia, rodeado de outros comunistas de todo o mundo, entrou por uma porta lateral, atravessou um espaço ajardinado a céu aberto, percorreu corredores acarpetados e desembocou num salão de pé direito muito alto. Segóvia comentou com o guia o luxo do Palácio construído pelos nobres com o trabalho dos pobres camponeses russos. Agora isto pertence ao povo! Foram cuidadosamente revistados por imensos soldados e sentaram-se para esperar o Grande Líder.

Ali, permaneceram alguns minutos, tensos, o sangue alegre nas veias, esperando pelo grande momento, a presença do timoneiro que conduzia o socialismo pelos procelosos mares da História.

Discretamente, o olhar do brasileiro percorria as paredes decoradas, os objetos de arte, a imensa bandeira vermelha, o prodigioso lustre de cristal, o assoalho tão limpo que se podia comer nele e ao fundo um gigantesco retrato de Lenin. Então uma voz forte anunciou o camarada Joseph Stalin e todos, de pé, aplaudiram loucamente e entrou um senhor de idade, um pouco curvado, num uniforme militar calçando botas pretas e Segóvia procurou atrás dele, o pai dos povos, e então, pelo bigode reconheceu o camarada Stalin, tudo isso sem parar de aplaudir como todos os presentes. Aliás, os aplausos não cessavam e Segóvia percebeu que ninguém queria ser o primeiro a deixar de aplaudir ao camarada Stalin. Este, depois de alguns minutos, ergueu a mão direita gerando um silêncio absoluto.

Do alto de um pódium, o líder genial dos povos, falou em russo e Segóvia colocou no ouvido um par de fones onde uma voz espanhola saudava os comunistas de todos os países, ali presentes, e afirmando a amizade da União Soviética que os recebia de braços abertos porque trabalhavam pela mais nobre das causas, o comunismo.

Então os aplausos recomeçaram porque o camarada Stalin se retirava pela mesma porta de entrada seguido, reverentemente, por vários civis e militares e logo os guias arrebanhavam seus grupos e antes que o mágico efeito das palavras do líder desaparecesse, Segóvia viu-se na porta do ônibus, subindo abobado, vira Stalin, vira Stalin, os degraus de metal.

Comentou com Paco, o guia espanhol “achava que o ‘homem’ fosse mais alto”. O guia respondeu assustado (pero si és um gigante) e se afastou dele como de um infectado por doença contagiosa.

Foram almoçar no restaurante de uma fábrica de tratores e Segóvia vendo os operários saudáveis e felizes rejubilou-se. Aquele era o mundo do futuro. Primeiro brindaram com vodka e depois serviram uma sopa vermelha, pão e batatas com carne e uma espécie de coalhada de sobremesa.

O brasileiro achou a comida meio sem sabor, mas os russos devoraram até a última gota de molho, banquete, seria talvez o prato preferido deles...

Agora, ali, na rua Serra de Botucatu, ao 53 anos de idade, o velho comunista recordava os distantes dias passados na União Soviética enquanto vigiava a rua.

Recordava com carinho Irina, uma loira de olhos azuis um pouco gorda, ótima na cama e que usava grandes cuecas de algodão e se encantara com um frasco de loção pós-barba, que tomara dele para usar como perfume. Olharam-se no opaco saguão do hotel e ela o seguira até a cama sem a segurança lhe impedir a passagem.

Segóvia sabia duas palavras russas: “Tovarich e Espassiba”. Entendeu quando diante de uma camisinha a mulher exclamou: “Niet”.

Depois de um amor barulhento e de quebrar o velho leito do hotel, por gestos marcaram um encontro no dia seguinte à mesma hora.

Na despedida, Irina mostrou uma garrafa vazia de vodka e Segóvia entendeu a mensagem.

Foi amor sem palavras. Depois de muito sexo, bebiam e fumavam. Às vezes, ela o fazia vestir-se e saíam num passeio mudo por Moscou.

Nas estações do Metrô, orgulhosa, ela apontava o chão de granito, as paredes de mármore, as estátuas, as pinturas, os lustres de cristal, os tetos pintados como os das Igrejas.

Segóvia gesticulava sua admiração, erguia o punho na saudação comunista. A mulher repetia o gesto dele. Riam.

Na Praça Vermelha, entraram na longa fila para verem Lênin embalsamado. Era um belo dia de verão, o céu muito azul com nuvens brancas. Pela praça circulavam casais de noivos, elas de vestido branco, eles de terno escuro. Faziam pares com padrinhos e convidados para fotografias. Garrafas circulavam, as pessoas brindavam.

Emocionado por estar num lugar histórico sagrado, Segóvia abraçou Irina, murmurando: "É por isto aqui que eu luto". A mulher também disse algo, para ele incompreensível.

A fila mal se movia. Depois de mais de uma hora, Irina puxou-o pelo braço. "Niet". Dali não arredaria. Em Roma e não ver o papa. A mulher fez cara feia e por sinais comunicou que iria para casa dormir. Pelo mesmo código, combinaram o encontro para o jantar no hotel. Segóvia desconhecia o endereço da amada.

Quando muitas horas depois, viu-se diante da múmia de Wladimir Ilych, os olhos do brasileiro encheram-se de lágrimas, soluçou. Lançou um olhar de despedida ao rosto amarelento e seguiu em frente ainda comovido.

Caminhou até o hotel cheio de raiva. Irina o abandonara no meio da Praça Vermelha. Aquilo não se fazia. A bronca o apressava.

Identificou-se na portaria e na entrada dos elevadores.

Atentos, os seguranças conferiam os papéis. Tinham razão, os espiões capitalistas estavam por toda parte, se infiltravam para sabotar o avanço do comunismo.

No quarto, Segóvia resolveu tomar banho. Juntou toalha, sabonete, a muda de roupa e tamancos e foi ao banheiro lá na lateral do prédio. Tomou uma ducha fria, ainda muito puto com Irina. Se ela o deixava sozinho na Praça Vermelha, ele a mandaria tomar banho.

Quando a mulher entrou no quarto, Segóvia deu-lhe uma toalha e o sabonete brasileiro, apontou para a porta e gesticulou esfregando-se. A mulher riu e saiu. O homem sentiu medo de que ela não voltasse, todavia, pouco depois, Irina reapareceu fresca como uma rosa sob a chuva e ele com a raiva transformada em paixão a abraçou e ficaram no quarto até que a fome venceu o desejo e foram jantar.

"Espassiva, meu amor". E ele percebeu a vantagem de não falar russo e não brigar com a mulher.

Já me falaram que nas vascas da morte a gente lembra da vida inteira, deve ser isso, caralho, vou morrer nessa merda de sobradinho. Depois de velho, abandonei a linha do partido e me meti nisso. Devia ficar em Moscou com Irina, trabalharia numa fábrica e assim também construiria o comunismo e aprenderia o russo. Já estaria aposentado.

O velho combatente está cansado e sem esperança. Está queimado. Não sai à rua. Pela cidade toda há fotografias nas paredes: José Alves da Silva, vulgo Segóvia ou Surdo, terrorista – matou pais de família, elemento perigoso, assaltante e assassino.

Sabe o que o espera se o apanharem vivo... E reservou-se a última bala. Matará o máximo possível daqueles animais. Atira bem, aprendeu na Espanha, em Albacete quando formava nas brigadas internacionais e depois atirara muito nas inúmeras batalhas da guerra espanhola. Recentemente, ensinara vários camaradas a atirar, num sítio em Minas Gerais. Ah, quanto não daria por um AK. 47 tcheco ou ucraniano ou aquela Tokarev. 7.62 ganha em Moscou e perdida numa fuga. A melhor arma que empunhara na vida.

A rua está deserta sob o sol. Segóvia dispôs dois espelhos que lhe permitiam observar sem ser visto.

Um velho caminhão Chevrolet encosta em frente à casa desalugada e dois homens descarregam móveis e utilidades domésticas. Um jovem casal entra na casa.

Alarmado, Segóvia chama a garota e pede que ela veja de perto. Dulce está limpa, a repressão ainda não a identificou e por isso move-se livremente.

Num gesto pequeno burguês, que irrita o velho comunista, a garota penteia os cabelos e passa batom nos lábios e depois sai à rua.

Segóvia observa os carregadores, apenas olha com entusiasmo a Dulce que rebolando discretamente cruza a rua. O revolucionário crava o binóculo no carregador. Barba de três dias, cabelos longos entrando pelo colarinho, camiseta furada e uma imunda calça rancheira. Não parece milico, povo de banho e barba diários, conclui.

O outro usa o mesmo figurino e tem uma fisionomia pesada, pálpebras caídas. Por um instante, uma jovem mulher aparece na porta. Bonita moça, que aponta um fogão para o carregador e desaparece.

É o diabo, pensa Segóvia, pode ser um jovem casal mudando para a casa nova, pode ser um comando da Operação Bandeirante.

É uma bosta não conhecer os inimigos.

Depois que me resta assim, queimadão, a cara em todas as padarias. Não era dos que fugiam, morreria de arma na mão, levando muitos, muitos mesmo, enquanto tivesse vida e munição.

Às vezes, uma forte depressão o dominava. Passara a vida lutando batalhas perdidas e vendo os amigos políticos perderem a vida em combates próximos e distantes.

No Brasil, quantos operários assassinados, na Espanha quantos camaradas, vítimas dos fascistas morreram na frente dele. Agora essa nova batalha. Já perdera a causa, quadros valiosos. Carlos Marighella cruelmente assassinado pelas feras da repressão, aqueles animais não faziam prisioneiros e se faziam era para massacrá-los e tantos outros. Quadros valiosos, formados a duras penas, desapareciam todos os dias. O grupo sumia, tragado pelos militares, enterrados na vala comum dos cemitérios. Até o grande Che caíra na Bolívia, vítima dos ranger bolivianos, treinados pelos americanos, sempre os gringos.

A carroceria se esvaziou e logo dois homens receberam um dinheiro no portão e subiram no caminhão que custou a pegar e partiu.

Segóvia aproveitou para ir ao banheiro, precisava urinar sentado – sequela das muitas surras que levara da polícia política.

Ainda no banheiro, Segóvia viu a porta se abrir.

"Desculpe", disse Joaquim.

"Não demoro, garoto, saio já".

Bom militante esse menino, pensou o velho, enquanto punha as calças. Joaquim largara o curso de Biologia e viera com a Dulce lutar contra a ditadura militar.

"Boa tarde, seu Segóvia, vou tomar banho".

"Não demore, há novidades, precisamos conversar".

O militante voltou aos espelhos da janela. Passou um velho ônibus meio vazio rumo a um bairro distante.

Por que aquele povo das favelas da periferia não aderia à luta? Era por eles que lutava desde a juventude, tantas vezes arriscar a vida, levara tiros, apanhara da polícia, não levara uma vida confortável nem formara uma família. Minha família é o partido, dizia sempre aos camaradas.

O povo não se revoltava contra a opressão capitalista, parecia adormecido pela Igreja, pelos tais evangélicos, uma praga nova, os tais evangélicos e o futebol, o povo ficara alucinado com a copa do mundo, uma loucura coletiva.

Se a situação piorasse o governo traria o papa, o Corinthians seria campeão, Frank Sinatra cantaria no Pacaembu, Nossa Senhora Aparecida apareceria de novo, subiriam salários, o de sempre.

Dulce reapareceu na esquina carregando alguns pacotes para o "rancho". Nem Joaquim nem Dulce cozinhavam, então cabia ao velho militante o preparo das refeições.

Joaquim vigiaria a rua e Dulce daria um jeito nas roupas.

E se fossem descobertos? Essa pergunta estava na cabeça dos três guerrilheiros urbanos todo o tempo que ficavam despertos e habitava a insônia e os pesadelos deles. E se fossem descobertos?

Segóvia sabia das poucas possibilidades de fuga, principalmente ele, velho, lento, cansado. Dispunha-se a resistir para dar escape aos outros dois. Mas talvez nem esse sacrifício fosse possível. A repressão chegava forte atirando bombas de gás e muito chumbo. Derrubavam as portas com tiros de carabina calibre 12. Superioridade numérica absoluta.

Os canalhas só faziam prisioneiros para obter informação por meio das mais bárbaras torturas: choques elétricos, paus de arara, submarino, espancamento puro e simples, batiam, batiam, batiam e voltavam a bater. Muitas vezes, depois da confissão do camarada, a morte.

Onde a classe dominante encontrava aquelas bestas, aquelas feras? De onde extraíam tantos carrascos?

Ele, Segóvia, como um capítulo vivo da História das lutas proletárias, talvez sobrevivesse para a exibição pública como um troféu. Não daria àqueles filhos da puta esse gosto.

E pensar que estava ali por vontade própria. Mais uma vez, como na Espanha, era um voluntário da liberdade e oferecera a vida pela causa do povo, a vida dele já valia pouco, se tivesse seguido a linha do partido, bastava obedecer a voz do partido como fizera a vida toda e não estaria ali, na Serra de Botucatu, como estivera na Espanha, na Serra de Pandols, cercado de cabrones loucos para enfiar pedaços de metal no velho e dolorido corpo dele.

Quando, na reunião, o Marcolino citara Trotsky, a cabeça dele pulara do terceiro andar. Como era possível citar as palavras de um inimigo do povo, do canalha que tentara dividir o partido de Lênin, fim dos tempos e no entanto ao discutirem a hipótese dialética de pegar em armas contra a ditadura militar, Marcolino, com o dedo em riste, com o bigode, homenagem ao camarada Stalin, dissera: "Nisto o velho judeu tinha razão". "O terrorismo individual apenas serve para assustar a burguesia que fornece meios para a repressão".

Quem é esse velho judeu covarde? Leon Trotsky, camarada, Leon Trostski.

Espantado até à mudez, Segóvia ouviu o camarada Espartaco: "Então não teremos o apoio da União Soviética em nossa luta. Como venceremos sem as armas... Camarada, não haverá luta... Não vivermos o momento histórico adequado para a vitória da Revolução Socialista, entendeu? Faltam as condições objetivas para a Revolução". "Mas a União Soviética...".

"Camarada, este é o pensamento da União Soviética. O momento histórico não propicia a vitória da Revolução". "Mas, então, camarada Marcolino, vamos à China, o camarada Mao nos ajudará". "Não diga besteira, entendeu, isso é uma hérnia degenerada, um acinte histórico. Nosso partido desde a sua gloriosa fundação, em 1922, segue a linha de Moscou, não diga heresias, camarada".

"É hora de formar quadros, trabalhar a consciência das massas, formar as bases e infiltrar-se nas Universidades, na Imprensa, nos Sindicatos, tudo discretamente para evitar a repressão assassina dos militares e esperar que as contradições dialéticas do Sistema dividam as forças reacionárias da Direita. Então, agiremos com energia. Será a nossa hora, a hora da gloriosa Revolução Socialista".

Erguera o corpo e a voz. Se o Partido não comandasse a luta popular contra a ditadura imposta pelas forças reacionárias e o imperialismo norte-americano, outras facções da esquerda ocupariam a vanguarda revolucionária e a História deixaria o partido para trás, o partido não seria revolucionário, perderia o bonde, o trem da História.

Naquele tom professoral de quem explica pela décima vez o sujeito simples a uma criança, Marcolino: não vivíamos o momento histórico apropriado para a Revolução Socialista, era preciso esperar pa-ci-en-te-men-te a hora certa. Quem se lançasse agora em uma aventura guerrilheira seria destroçado, teria os quadros presos ou mortos e a vitória final do proletariado seria retardada por aquela atitude de primarismo político, de cegueira ideológica.

O primeiro impulso do velho combatente foi agarrar o secretário-geral pela gola do paletó e dar-lhe duas generosas bofetadas na cara.

Segóvia sentiu vontade de vomitar. Marcolino parecia um camundongo acuado pelo gato. Por trás daquele palavreado todo, só tinha medo. "Vamos ficar quietinhos até a repressão passar". Não, não e não, aqueles não eram os comunistas da revolução russa de 1917, nem os comunistas alemães massacrados por Hitler, nem os espanhóis, os chineses da Longa Marcha. Esses eram a Vanguarda. Marcolino e seus comparsas eram uns merdas, uns sociais-democratas. Ele era um velho combatente revolucionário, a Vanguarda do Proletariado.

Espartaco o acalmou com um gesto.

A decisão imposta desde cima era imutável, pétrea, descia do alto como a força das cachoeiras e naquele instante através de um olhar, Segóvia e Espartaco combinaram abandonar aquela reunião teatral onde se fingia o centralismo democrático e tomar um lugar na vanguarda militar e deixar Marcolino falando sozinho,

Lá fora, tomando uma cerveja se entenderam.

Acordaram ser o primeiro passo a obtenção de algumas armas que permitissem assaltos a bancos, as expropriações. Bem dentro da ortodoxia revolucionária, Segóvia propôs roubar armas dos policiais de ronda como fazia a Resistência Francesa contra os alemães.

Espartaco, mais por dentro da conjuntura brasileira, explicou que um policial civil conhecido dele, um tal Jorjão, da Mooca, vendia revólveres e pistolas apreendidas por ele dos bandidos. Assim não alertariam as autoridades constituídas (risos), depois com essas armas, roubariam carros e assaltariam bancos. Uma ironia, os bancos financiando a revolução. A repressão demoraria a reagir, a identificar as expropriações, pensaria em criminosos, assim ganhariam tempo para organizar.

Para esse primeiro movimento tático, dispunham de quadros: ex-militares, dissidentes do partido, universitários, professores. Com sacrifício, compraram meia dúzia de revólveres velhos, um de cada vez. No sítio de um dos quadros, treinaram pontaria sob orientação do velho, enfim a vanguarda iniciou a gloriosa marcha para a vitória da causa, vitória da causa, vitória da causa.

Como uma dona de casa voltando das compras, Dulce entrou cantarolando, largou as compras na cozinha e subiu. Joaquim se juntou a ela no quarto:

"Não vi nada de extraordinário, entendeu? É um casal jovem, recém-casado, vi até o vestido de noiva. Tudo bem, mas pode ser jogo de cena".

"Esse pessoal é altamente profissional".

"Se for assim, estamos perdidos. Como sairemos daqui?".

"E nas imediações alguma coisa diferente?".

"Não notei nada. No açougue, na padaria e na quitanda há cartazes. Ninguém me seguiu. Ah, comprei um pacote de Continental sem filtro, o legítimo estoura peito.

"Bom, camarada. Vejam comigo a situação. Dentro do nosso perímetro uma casa foi ocupada. Serão os "homens"?".

"Acho que se eles nos descobrissem, atacariam".

"Não necessariamente. É possível que eles observem o aparelho durante algum tempo para levantar informações, seguir as visitas ou a nós. Joaquim, nunca esqueça que eles são profissionais, são filhos da puta, mas burros, não. O que faremos?".

"Tenho uma ideia".

"Diga, Dulce".

"Hoje à noite Joaquim e eu vamos ao cinema como qualquer jovem casal e veremos o que acontece. Se for a cana, alguma coisa acontecerá, a gente será seguida, algo assim".

"Um teste, é isso, um teste".

"Que seja. O que vocês acham?".

Num lampejo, o velho entendeu tudo. O casal desertava, fugia, abandonava a luta. O aparelho era pior que a prisão, sem liberdade e com muito medo. Morrer a qualquer momento. Tinham vida pela frente, ele não.

Na casa suspeita, nenhum movimento. Estava ficando paranoico, os filhos da puta não eram assim tão espertos.

Na rua, um caminhão velho botava uma fumaça preta. Amanhã seria outro dia. O sargento Monarde os tiraria dali e a luta continuaria. Tomou um gole daquela droga de conhaque.

"Eu ficarei na casa com as luzes apagadas, casa vazia, observando a posição deles".

"Isto".

"Excelente ideia, camarada. Aproveite para telefonar para os nossos amigos. Lembra do número, da senha?".

"Como esqueceria...".

"Ah, não se esqueçam da comida do Valente".

"Tá".

Resolvida a tática, Dulce foi passar roupa – o melhor disfarce é uma aparência burguesa – Joaquim assumiu a observação na janela e Segóvia foi para a cozinha preparar o almoço, com sobras para o jantar. Guerrilheiros urbanos comem três vezes ao dia como todos nós se temos comida. Aliás, são como nós, apenas diferentes no desejo ardente de destruir uma ordem social para construir outra. Os adversários os transformam em demônios, abstraem deles a condição humana para, talvez, torturá-los e matá-los, queimá-los vivos como hereges, mas Segóvia descasca batatas, Dulce desajeitada passa uma camisa esporte e Joaquim observa entediado a rua Serra de Botucatu, quase esquina com a rua Vilela por onde passa lentamente uma velha Kombi vendendo produtos de limpeza: "Água de lavadeira, desinfetante, vassouras".

Não almoçaram juntos por medida de segurança.

Dulce e Segóvia na cozinha, Joaquim no posto de observação. O velho exigia disciplina da tropa, só a disciplina resolve na guerra, aprendera isso na Espanha. Mesmo que na Serra de Botucatu a tropa fosse mínima, ele seguiria as regras do bom combate: sentinelas, observação do inimigo, arma a mão.

Armas: poucas e parcas. Seis revólveres com 120 balas, uma espingarda calibre 12 e uma metralhadora INA com o mau hábito de engasgar. As armas do inimigo serão conhecidas a seu tempo.

A tarde trouxe monotonia. Segóvia deitou-se para poupar forças para a vigilância noturna. La siesta como na Espanha. Dulce e Joaquim se revezaram na limpeza da casa e na vigilância.

No fim da tarde, saíram no Fusca branco enquanto Segóvia os observava da janela. O carro era legal, comprado com o dinheiro de um assalto a banco registrado no nome de um morto. Joaquim, muito nervoso, dirigia com um olho na pista e outro no retrovisor.

Na janela, sem visão desde a rua, Segóvia com a arma na mão desejou que o meganha saísse da casa atirando. Ele o deteria enquanto o casal escapava. Nada aconteceu e o velho sentou. Aquele passeio era uma estupidez. Se o casal não voltasse, na manhã ele deixaria o aparelho e cairia no mundo com o sargento Monarde.

Apavorada, Dulce olhava para todos os lados. Sentia uma vontade doida de pegar a estrada e parar no Uruguai. Trouxera muito dinheiro na bolsa, olhou para Joaquim... Qual seria a resposta dele...

"Jô, e se a gente se mandasse?".

O rapaz trocou de marcha antes de responder.

"Já pensei nisso, Dulce, aliás, só tenho pensado nisso. É complicado mesmo. Com os homens não temos chance.

Tortura na certa para levantar informações, talvez a morte. Se nos afastássemos da organização, se abandonássemos o velho, a perseguição a nós continuaria. Essa gente não esquece nem perdoa".

"Mas e se a gente ganhasse o mundo?".

"Sem o apoio do nosso pessoal não iríamos longe".

"Temos dinheiro".

"Não se esqueça, Dulce, o dinheiro não é nosso, mas do partido, da luta, da causa. Se o apanhássemos, seríamos perseguidos pelos companheiros e pela repressão. E para pegar o dinheiro todo teríamos de, de matar Segóvia. Ladrões e assassinos. Além disso, cruzar a fronteira não é fácil, não é não. Meu amor, não se esqueça, estamos cercados de milicos por toda América Latina. Cuba, só nadando".

"Então não há salvação, estamos fritos".

"Quando a gente entrou nessa, sabia que seria assim".

"Sei lá, achei que nunca me pegariam".

"A Organização tirará a gente do país, junto com o Velho. Não é trabalho para amadores. A América do Sul se encheu de ditaduras e elas atuam juntas. Argentina, Uruguai, Paraguai, Chile. O elo mais fraco é o Paraguai onde a coisa está mal organizada e corrupta". Amanhã virá um cara com tudo preparado. Roteiro, passagens, dinheiro, documentos. Você vai ver só. México e depois Cuba".

Enquanto falava, Joaquim observava o retrovisor sem perceber nada de suspeito, porém continuou nervoso, "os homens" eram do ramo e o seguiriam sem serem apercebidos. Saíram desarmados, não haveria resistência possível. Agora a saída lhe parecia uma loucura.

No centro da cidade, o casal deixou o Fusca no estacionamento grudando um pedaço de fita adesiva em cada porta.

De um telefone público discaram para o primeiro número. Ninguém atendeu. No número seguinte, uma voz grossa não usou a senha "batata". Eles já esperavam isso. O ponto caíra, então caminharam de mãos dadas até o Cine Ipiranga.

A paisagem urbana depois de meses de confinamento parecia fantástica. Pessoas caminhando, automóveis circulando, gente parada na calçada, cadeiras de engraxates.

Para eles, a vida normal da cidade espantava. Gente andando pela calçada, ônibus e carros na pista, luzes, prédios, restaurantes davam, sobretudo, a amável sensação de liberdade.

"Bom, se fossem nos prender já estaríamos no Dops".

"Vira essa boca pra lá".

Assistiram a uma comédia italiana, *O supermacho*, com Lando Buzanca. Deram boas gargalhadas, acumuladas há tanto tempo no fundo da alma, com as trapalhadas do cômico, com a espantosa coleção de símbolos fálicos reunidos no filme, nabos, berinjelas, abobrinhas, pepinos. Riram como crianças.

Ambos tinham a certeza de enfrentar dias duros pela frente. Precisavam gozar aquele instante breve, de festa, de sursis, de liberdade condicional. E atravessaram a rua no rumo do Bar Brahma onde tomaram vários chopes e comeram bolinhos de bacalhau. "Sabe-se lá quando comeremos outra vez bolinhos de bacalhau". No primeiro chope brindaram a vitória da causa, mas baixinho para que ninguém ouvisse.

"Hoje, meu amor, mandamos todas as regras de segurança à puta que o pariu".

"E não aconteceu absolutamente nada. Como diz o velho, não são assim tão bravos".

No estacionamento, as fitas adesivas estavam intactas, pagaram e partiram. Contornando o centro velho pela rua São Luís, cruzaram a praça João Mendes e desceram a Tabatinguera. O casal sentia medo do percurso, a "cana" cercava ruas e avenidas, exigia documentos, revistava pessoas, carros. No deles, não havia nada de comprometedor, mas portavam documentos falsos. Foi um alívio quando avistaram o viaduto Piratininga vazio, era geralmente ali o comando da cana, no alto do viaduto.

Joaquim dirigia a sessenta por hora, sem mudar de faixa, sabia os chopes tomados, evitando despertar atenção.

Depois da rua Álvaro Ramos muitas moças ofereciam seus serviços nas calçadas. "Pobres infelizes, vítimas da burguesia". "É Dulce, quando vencermos, não haverá prostituição. Ninguém precisará vender o próprio corpo para sobreviver. O Estado Socialista abrigará a todos. Na União Soviética, no leste europeu, em Cuba, não mais prostituição. A mulher se libertou. Por isso lutamos, pelo fim da exploração do homem pelo homem".

Dulce, porém, nem via as prostitutas nem ouvia o batido discurso do namorado. Fixara os olhos no espelho retrovisor do Fusca e os desviava para observar o caminho à frente. Pesava-lhe na alma um pressentimento de sangue e dor, e uma voz na cabeça lhe repetia: Como você entrou nessa, sua idiota?

Pela certeza de que não os seguiam, tomou uma rua bem vazia e aliviado não viu nenhum carro aparecer no retrovisor. No aparelho da Serra de Botucatu a luz lateral acesa ndicava: tudo limpo. Dulce abriu o portão rapidamente. No sobradinho suspeito, nenhuma luz.

Segóvia exigiu um relato minucioso da saída. Joaquim transformou o banquete no Bar Brahma num lanche rápido num bar anônimo. Estabelecido o turno da guarda, Dulce e Joaquim foram deitar. O casal amou daquela vez como se fosse a última.

Segóvia sabia do amor dos camaradas, ouvia gemidos, o barulho da velha cama. Certa inveja do amor, da juventude, cruzou a mente do velho revolucionário. Era bom que aproveitassem a noite, podia ser a última. Lembrou-se de Irina, sempre dela. Nunca conhecera uma mulher que amasse mais o amor. Foram com ela as melhores fodas da vida. Irina.

A casinha da esquina havia muito apagara as luzes. A rua deserta nada revelava. De vez em quando um carro cruzava a rua, não o apanhariam dormindo. Quantos companheiros mortos, matara sim, mas por uma causa nobre. Ele morreria sim, mas outros tomariam o lugar dele na trincheira até a vitória final do socialismo.

Joaquim o acordou às três da manhã. Roncava ajudado pelo conhaque.

Enquanto Segóvia adormecia na cama, Joaquim pensava na conversa com Dulce. Que situação. Estavam entre a cruz e a espada. Puta que o pariu. Se fugissem à perseguição, seria dupla da turma e da repressão. Se ficassem, tortura e/ou morte. Beco sem saída. Talvez abandonar o velho ali, pegar algum dinheiro, encontrar alguma cidadezinha, uma daquelas cidadezinhas perdidas no interior do Paraná ou Santa Catarina. Minas também era um bom lugar. Abrir um pequeno negócio, uma loja de roupas. Se Monarde não aparecesse até amanhã ele e Dulce cairiam no mundo. O velho estava no fim, eles tinham muita vida pela frente. Segóvia se viraria, um revolucionário experiente encontraria uma solução, o cara sobreviveria, refaria os contatos com o grupo, encontraria Monarde, sei lá. Um sujeito que dorme e ronca nessa situação como a nossa, se vira. Amanhã será um dia decisivo.

Dulce apareceu na porta do quarto: "Não consigo dormir".

O rapaz contou-lhe em voz baixa, os últimos pensamentos. A moça encantou-se, deu toda a razão ao namorado. "Amanhã se Monarde não nos tirar daqui, sairemos por nossa conta, amanhã não mais que amanhã". "A gente engana o velho e cai no mundo".

Na ampla sala do quartel, com as duas janelas abertas – uma brisa refrescante – o capitão Stalin, codinome do major Amauri, fala a um grupo formado por policiais civis e militares e graduados do Exército.

"Chegou a hora de estourar o aparelho. Parece certo a presença de três ou quatro terroristas na casa. Um vigia a rua, os outros ficam por lá. Vão encarar, são do pau, entenderam?".

Atacaremos por todos os lados ao mesmo tempo. Ceará, Miguel, Chico e Soares entram pela outra rua, saltam o muro. Dois na porta da cozinha, Elias e Secreta, dois na lateral, Chico e Soares.

Salim e Toscano arrebentam a janela da sala na porrada. Comigo fica o Romeu, damos cobertura. Vamos usar gás só no quarto de cima. Romeu foi goleiro, tem pontaria na mão. Não se esqueçam: terrorista bom é o morto. Entenderam? Vamos acertar os relógios. O mais perigoso é o velho, é do pau, fez a Guerra da Espanha e a Resistência Francesa, matou um soldado da Força Pública na rua Piratininga. Por isso, fogo nele. O casal é vaselina, dois estudantes comunistas, marxistas, maoístas. Lixo!

Mas a ação de vocês por trás só começa depois que nós atacarmos pela frente, certo. Chico e Ceará jogarão bombas de efeito moral, barulho, chumbos. Apanhados de surpresa, os comunas cairão fácil. Estão em cinco: Possivelmente dois ou três dormindo, um vigiando a rua e outro incerto. Atenção: Elias e Secreta, ele pode estar na cozinha fazendo café ou dormindo no sofá da sala.

Na frente, nós dispararemos por 45 segundos, depois vocês entram atirando, não precisamos de prisioneiros para encher o saco.

Dos velhos, o perigoso é o Segóvia, fez a guerra na Espanha e lutou contra os alemães na Resistência Francesa. Difícil pegá-lo vivo. O outro é ex-militar, traidor. Esse eu quero vivo.

O capitão passou um retrato do velho combatente e continuou:

"Esse tem resposta pronta. Nem se apavora, nem afina. Está velho, mas é durão. Não vacilem com ele. O ex-sargento é do ramo, aprendeu conosco. Quero vivo, se possível. O resto não é do ramo. Um casal de estudantes universitários cursava veterinária, os animais. Em todo caso, atirem primeiro. O bom terrorista é o morto. O ex-sargento é duro na queda".

O capitão Stalin passou um retrato de Segóvia de terno e gravata e dos dois estudantes em 3x4. A fotografia do ex-sargento de farda parecia apagada.

"Pode haver mais gente na casa, inclusive vigiando a janela de trás. Se houver, fogo neles. Saltem o muro com cobertura.

Nessa hora, a rua estará deserta. Romeu mete a bomba na janela enquanto eu atiro. Atacaremos às seis horas e trinta minutos. Boa sorte, a todos".

Há na nossa língua um lugar comum para tarefa fácil: tirar doce da boca de criança.

Atrás da casa ocupada, havia um terreno baldio.

Ceará, Secreta, Chico e Soares (nomes de guerra) desceram na rua vazia e saltaram o muro, enfrentando apenas as ratazanas que habitavam o capinzal. Logo viram que a janela da casa inimiga estava fechada.

Saltaram o segundo muro. O quintal era pequeno. Um telheiro cobria um tanque, a torneira pingava e o chão coberto de pó registrou os passos dos homens. Num vaso grande, uma samambaia agonizava.

Ceará se aproxima da porta e encosta o ouvido nela; nada se ouve e então desobedecendo ao capitão, ele enfia uma micha na fechadura barata e a porta se abre num clique para a cozinha vazia.

Enquanto isso, Secreta corta o vidro fosco da janela lateral com um diamante.

Nada se move na casa. O policial engatilha a metralhadora. O ruído da bomba de gás quebrando o vidro é seguido por um disparo de doze e uma rajada de metralhadora.

Elias meteu o pé na porta. Ninguém. Secreta o seguiu casa adentro. Em dois saltos, viram a escada. Ninguém.

Os tiros cessaram e Ceará sobe a escada com a Colt pronta, seguido pelo investigador com a metralhadora. Vê um quarto onde há duas pessoas. Manda bala neles até ficar sem munição. Atrás dele ouve um puta que o pariu, a metralhadora travara.

Elias se assusta por um momento até voltar-se. Miguel recuou e luta para destravar a porra da metraca. Elias troca o pente da Colt e preparado, usando o batente como cobertura, olha para dentro do quarto. Vê um homem caído e sangue muito sangue. Reconhece Segóvia e percebe que o homem agoniza. Mira na cabeça e dispara. O poderoso projétil da Colt explode dentro do crânio do velho revolucionário. Sangue, muito sangue. Miguel entra no quarto vazio e grita:

"Acabou. Cessar fogo!".

"Positivo, grita da calçada, o capitão Stalin. Vamos entrar."

Elias corre os olhos pelo quarto: Uma cadeira de madeira, uma cama de solteiro, jornais, revistas e livros. O investigador olha para trás e vê que Secreta desceu. Rápido, aproxima-se da cama e levanta o travesseiro e depois o colchão, não encontra nada.

"Bom trabalho, rapazes", disse o capitão Stalin à maneira dos heroicos mocinhos do cinema americano, "bom trabalho, rapazes", enquanto se aproximava do cadáver de Segóvia, cuja cabeça o projétil transformara numa massa sangrenta.

O chefe do grupo, num gesto de desprezo empurra com o pé o cadáver: um filho da puta a menos. O corpo mostra um ferimento no peito e outro no ombro e está rodeado de cacos de vidro. Ao lado do corpo, próximo da parede, um revólver preto, grande, um três oitão velho.

O capitão apanhou a arma e leu a inscrição: "Eibar – Espanha". Vai para a minha coleção, pensou, enquanto guardava a arma na cintura.

"Capitão, minha metraca empacou".

"Essa arma é uma bosta. Mesmo assim, você obteve êxito. Vamos revistar o aparelho".

(Este sujeito é um asno. Joga a metraca e usa a pistola, porra. Vou me livrar desta porra. Nego burro não tem futuro neste ramo).

Com dois passos, o militar entrou no segundo quarto da casa. Estava uma bagunça.

Os dois corpos jaziam no assoalho acarpetado de sangue humano. Stalin acendeu a luz e viu dois jovens e reconheceu Alcides e Cláudia, os estudantes revolucionários.

"Miguel, abre a janela".

Um projétil abrira um rombo na parede. O peito dos estudantes estava inteiramente coberto de sangue. Que beleza de pontaria. Curvou-se e percebeu que na moça um dos tiros atingira o pescoço provocando uma forte hemorragia. Acertara o rapaz quatro vezes e a moça três.

O Colt carregava oito balas. Esse era dos bons. Nenhum tiro perdido.

Passeou o olhar pelo quarto já iluminado: uma cama de casal, lençol e travesseiro sujos, na mesinha de cabeceira um remédio – Novulon – a vaca se cuidava – um maço de Continental – um copo com água.

Só então o militar viu no chão, próximo dos corpos duas armas. "Puxa vida, eles queriam enfrentar a gente com isto? Dois revólveres Rossi, calibre 38?". Stalin abaixou-se e apanhou a arma. Apontou para o corpo e puxou o gatilho. Estava vazia.

Um cheiro forte de cigarro chegou às narinas do capitão. Foi até a mesinha de cabeceira e abriu a gaveta. Dentro, uma pequena agenda e um maço de dinheiro que o militar imediatamente guardou no bolso da jaqueta. Folheando a agenda percebeu que estava em código. Guardou-a também. No quartel, "os gênios decifrariam". Levantou o colchão, nada embaixo. Apalpou-o e com uma faca abriu-o, mais um pacote de grana.

Foi então ao banheiro e urinou. Aparelhos de barbear, creme, sabonete, tintura de cabelo, escova. Vocês não precisam de mais nada, seus putos. No chão, um pacote de papel higiênico. Subiu no vaso sanitário, levantou a tampa da caixa d'água. Hum, dentro de um saco plástico havia algumas joias de ouro. Retampou a caixa e passou a mão por trás, conseguindo apenas sujá-la de pó. Desceu e repetiu a investigação na pia do banheiro sem resultado. Então lavou as mãos e voltou ao quarto, uma poltrona e um rádio transglobe Philco. Os comunas ouviam Pequim e Moscou. Talvez até recebessem instruções em código. Essa raça maldita pensa em tudo.

O rádio estava em ondas curtas e produziu um ruído irritante e sincopado. Voltou os olhos para o cadáver. Tinha ainda os olhos abertos e uma inacreditável expressão tranquila. "Morreu feliz, o filho da puta. Não serei eu a te fechar os olhos". O sangue abundantemente derramado se solidificava. Com cuidado para não se sujar, o militar enfiou a mão na calça escura do morto. Puxou um bolo de notas de cinquenta cruzeiros, alguns papéis, um canivete, imediatamente incorporado pelo militar que desde menino amava canivetes. Do outro bolso, extraiu uma caderneta.

"Abelha. E c p i c a c". Stalin leu. Como eram inocentes os revolucionários. Certamente, era o registro de nomes e números de telefones.

Em pouco tempo, estaria descodificado. Um achado. A caderneta renderia novas prisões.

Só então o militar viu o revólver embaixo da cama. Era um revólver grande, niquelado, de aparência antiga. Ergueu-o do chão e cheirou o cano – fedor de pólvora. No tambor, todas as cápsulas disparadas. Os idiotas os enfrentavam com aquela merda. Era ridículo. Sobre uma mesa lateral, havia vários revólveres enfileirados que o comuna não tivera tempo de usar. Os olhos ardiam por causa do gás e pisava sobre os cacos de vidro espalhados sobre o assoalho. Correu os olhos pelo quarto em busca de mais algum detalhe e abriu os armários, verificou todos os bolsos sem encontrar nada. Nervoso, abriu uma pequena mala. Nada! Onde estava o dinheiro dos comunas? Vasculhou meticulosamente o quarto, desencostou movéis, abriu o colchão com a faca, bateu taco por taco, arrebentou o armário em busca de um fundo falso. Finalmente, achou a grana e a enfiou dentro da jaqueta. O dia estava ganho.

Quando chutou o morto pela terceira vez, viu uma grossa corrente de ouro. Surpreendido, encontrou uma medalha de Nossa

Senhora Aparecida suja de sangue que foi embolsada pelo capitão Stalin.

Quem diria, o velho era marxista e católico!

Puta que o pariu, onde estaria o Madureira?

O ex-sargento era dirigente, fazia parte da cúpula da vanguarda, era peixe grande. O militar obtivera uma informação de que Madureira se encontraria com Segóvia em São Paulo de onde fugiriam para o exterior pelo porto de Santos onde alguns estivadores os ajudariam.

Pois é, de boa o comuna filho da puta escapara.

Chutou mais uma vez o cadáver e deixou o quarto. Secreta arranjara uma escada e espiava o forro. Furioso desceu as escadas para vasculhar a cozinha. Aberta a geladeira, o militar bebeu um copo d'água. Depois abriu os potes de margarina, revirou os pirex de arroz e feijão, escancarou o gavetão de legumes. Não encontrou nem informação nem dinheiro e externou a raiva com um sonoro puta que o pariu.

Sob a pia, havia apenas duas panelas vazias como o forno do fogão que virado sobre o chão de ladrilhos pôs em fuga um rápido camundongo cinzento. O militar seguiu até a sala onde cortou o plástico do sofá e da poltrona. Puta que o pariu. Na estante, folheou três ou quatro livros bem velhos e dedicou-se a procurar página por página no mais grosso deles, *Por quem os sinos dobram* de Ernest Heminway, que carregava uma dedicatória intrigante: "Ao Segóvia que ajudou a escrever este livro. Rosa. Porto Alegre, 6 de junho de 1948". O militar sabia que o velho fizera a Guerra Espanhola, do lado dos vermelhos. Apossou-se do volume para ler depois.

Uma bosta aquilo, achara muita grana e chegavam os outros. Amauri folheou inutilmente uma pilha de jornais e revistas em busca de uma pista.

Depois das continências, o chefe ouviu sucinto relatório sobre a ação: nós sem baixas, eles, todos mortos.

Nenhuma pista relevante encontrada. Madureira? Não. Como não? Não estava aqui, daqui não escapou ninguém. Madureira não estava. Chegamos a pensar que se escondera dentro do carro, quando os dois estudantes foram ao cinema. Não entrou nem saiu, não veio.

Calado, o chefe subiu as escadas para olhar os cadáveres.

Os estudantes pareciam mais velhos do que nas fotografias. Já Segóvia o surpreendeu pela expressão calma. Morreu em paz, o filho da puta. Ah, se te pego vivo.

A chegada do rabecão para retirar os corpos lembrou ao major outros compromissos.

No quintal, os outros ainda procuravam outros indícios. "Vocês ficam me devendo Madureira...". "Por pouco tempo, chefe". Com a faca cavou o vaso. Nada. Um cachorro vira-lata apareceu balançando o rabo.

Removidos os corpos, sentiu que era o momento de relaxar. O Rolex marcava sete horas e dez minutos.

A equipe esperava uma palavra dele. Ordenou uma revista geral na casa, o recolhimento de armas e bens e solicitou que dois soldados da Polícia Militar preservassem o local.

Ele próprio deu a última olhada no cenário e depois ordenou ao motorista: "Toca pra base. O dia tá ganho".

"Volte, Ceará, lembrei de uma coisa".

Na casa foi direto ao segundo andar. Sim, havia um alçapão. Com uma mesa e uma cadeira, improvisou uma escada e empurrou a tampa de madeira. A luz da lanterna iluminou uma caixa d'água, vigas de sustentação do telhado e muito pó: "Salim, entre aí e dê uma boa olhada". "Sim, senhor."

O homem entrou pelo buraco e o chefe voltou a subir na cadeira. "Veja dentro da caixa d'água". O sargento posou a lanterna no chão e ergueu a tampa da caixa. O facho de luz nada revelou. "Salim, embaixo da caixa". "Só tem pó, capitão". "Olhe o outro quarto".

Com esforço, o homem passou pela abertura na parede, voltando alguns minutos depois.

"Nada, meu capitão, só sujeira e umas telhas".

"Desça". Salim com agilidade, sustentando-se nos braços, pousou os pés na cadeira segura pelo capitão. "Vá se lavar no banheiro". "Capitão, posso levar o rádio dos homens"?. "É seu, Salim". "Obrigado, meu capitão".

"Ceará, Elias, vocês vão comigo para a base. O dia está ganho".

Subiram na "barca", Ceará ao volante, o major ao lado, Elias atrás com a metraca pronta.

Aos poucos, a cidade despertava. Operários subiam ou desciam a rua Vilela, ônibus cheios passavam pela pista e o sol prometia um dia quente.

"Ceará, para na padaria". O capitão foi ao banheiro urinou e lavou meticulosamente as mãos, secas no lenço. Pediu um pingado e um pão na chapa. Elias e Ceará o acompanharam.

A presença do trio com armas, amplamente visíveis, e os ecos do tiroteio de uma hora antes, calaram a padaria. Muitos fregueses sentiram calafrios e um jovem professor pensou "malditos assassinos, cães sarnentos", engoliu o café e foi trabalhar.

Reconfortados pela refeição quente, o português exclamou: "é por conta da casa", embarcaram na viatura e rumaram para a zona sul enfrentando o pesado trânsito do início da manhã. Dever cumprido, pensava o capitão Stalin, mais um grupo terrorista desbaratado e com facilidade. Como eram ingênuos aqueles idiotas. A grana do assalto era pouca. Essa era razão de eles ficarem ali parados, falta de grana. Esperavam o trem pagador, se esperasse um pouco...

Alugaram a casa adiantando o dinheiro, seria cúmplice o cara da imobiliária? Depois veria isso... Meteram-se no imóvel e ficaram esperando o quê? Talvez uma fuga para o exterior. Três palhaços com meia dúzia de revólveres velhos enfrentando tigres como nós. Idiotas. Mereciam a morte pela burrice – essa merda de Radial não anda. Estava cansado, chegando à base, banho e cama.

A Radial ficou para trás e a 23 de maio, também congestionada, irritava o militar cujo corpo pedia repouso. "Ceará, ligue a sirena".

Em poucos minutos, deixavam a larga avenida e depois de uma leve ladeira e um declive, a base, perto da igreja.

O apartamento do capitão Stalin – o codinome provocava espanto geral, era uma provocação – fora reformado por um empresário da construção civil e o militar se enfiou na tépida água da banheira e soltou com prazer todos os músculos do corpo – que coisa boa tirar do corpo o cansaço do dia. Cochilou e a água esfriada o despertou.

Saiu da banheira e tomou uma ducha.

Seco por uma toalha de algodão, vestiu um pijama de seda e avisou o ordenança: "Vou dormir" e adormeceu como uma criança.

Por volta das duas da tarde, a fome e a necessidade de urinar o despertaram. Aliviado, vestiu a calça e camisa civis e foi ao refeitório já vazio naquela hora. Em poucos minutos, lhe serviram um filé, dois ovos fritos e batatas. Bebeu um refrigerante e comeu duas bananas.

Na saída, cruzou com Elias que o convidou para um "bate--bola" depois do sol forte. De volta ao apartamento, escovou os dentes, tirou os sapatos e voltou para a cama. Dormiu até às seis e meia e despertando de ótimo humor, uma bela noite o esperava.

Fez apenas um lanche na cantina e na companhia do Ceará embarcou no Opalão, lavado e polido por um preso, vermelho com capota de napa preta, duas portas, todo equipado, empréstimo de um capitão da indústria pelos relevantes serviços prestados à luta contra o comunismo. No toca-fitas, Moacir Franco enfatizava: "É tão calma a noite, a noite é de nós dois...".

Os dois militares carregavam cada um uma pistola calibre 45 e 50 balas cada um. "Não se dá mole". Amauri cuja coleção de armas não parava de aumentar, levava também presa na perna, uma Wather PPK.

Estacionaram na boca do luxo, região do centro velho de São Paulo, onde se reúnem as casas noturnas mais requintadas – com sorte se toma um uísque legítimo – e as mais belas prostitutas de São Paulo. A prostituição é uma profissão na qual se começa por cima e se acaba lá por baixo.

O porteiro da L'Amour, Mathias, media 1,88 metro e pesava 98 quilos. "Escuta aqui, somos do Exército e estamos armados. Fique na sua". "Tudo bem, doutor, a casa é sua". (Só me faltava um tiroteio aqui).

No salão, dez ou doze mulheres esperavam seus candidatos. Amauri pediu dois uísques doze anos legítimos num tom de estremecer o garçom. Sentadas em sofás na lateral do salão, as mulheres cruzaram as pernas e lançaram o sorriso profissional trepe comigo. O olhar do homem percorreu demoradamente a mulherada, nada de precipitações. Ceará esperava o comandante escolher a dama. Hierarquia sempre.

A luz difusa enganava e Amauri à maneira do Grego Diógenes, desejou uma lanterna para escolher a mulher justa. Uma loira desfilou até o banheiro, num rebolado sensual, mas ignorada voltou ao sofá. Amauri achou-a muito puta. Finalmente, resolvido, o militar pediu ao garçom a presença de outra loura, cujas coxas brancas e abundantes o encantaram.

"Muito prazer, Cláudia". "Prazer, Carlos Alberto".

"Estava louca pra você me chamar. Você é um pão". Por um momento, o major estranhou o você, quase ordenou "senhor major, porra".

"Você toma alguma coisa"?. "Um coquetel da casa". Ceará se acertou com a loira que se exibira antes.

Seguiu-se uma conversa boba, sem sentido.

Todos sabiam os papéis naquela peça teatral. Amauri passou a mão nas coxas de Cláudia. "Meu bem, não faz isso, aqui fica chato". Mais uma vez, o militar estranhou a desobediência, mas aceitou. Meia hora depois propôs: "Vamos sair daqui". "Meu bem, só posso sair depois da meia-noite. É norma da casa".

O militar mandou o garçom chamar o gerente.

"Escuta aqui, seu... Eu vou sair daqui com essa mulher agora, entendeu? Algum problema? Meu amigo também vai!".

Mathias já o avisara da presença dos clientes militares e o gerente sabia quem mandava no país e ele era apenas um gerente de puteiro.

"Problema nenhum, doutor, estamos aqui para servi-los. Volte sempre".

Pagaram a conta (ainda bem, suspirou o gerente), o militar com a mão sobre o ombro da moça, 27 anos, separada, antiga balconista, dois filhos pra criar, um deles fazia aniversário no domingo. Mathias fez uma reverência: "Volte sempre, doutor" e mais uma vez o militar estranhou o doutor, quase respondeu, "Major, seu idiota. Senhor Major".

No estacionamento, pensou em mandar Ceará dirigir, mas assumiu o volante. "Pra onde vamos?". "Pra onde você quiser, meu bem, tem um hotel aqui perto...". O olhar do homem assustou a garota.

"É muito chinfrim. Capitão, desculpe, aquele motel da Marginal...".

"Boa ideia, Ceará".

Poucos minutos depois, o Opalão parava na portaria do motel Porto Seguro.

"Duas suítes da melhor".

Claudia, aliás, Marilda, percebera estar em companhia de um homem muito poderoso e isso a excitava. Além disso, era moço, magro, cabelo bonito, perfumado e rico. A noite prometia.

Em geral, no exercício profissional, encarava com certo nojo, velhos abonados, cuja frágil ereção exigia uma mão de obra fantástica e um estômago de ferro. Sentia medo de o cliente morrer em cima dela.

Agora, estava com um homem capaz de entrar armado na boate, sair antes da hora – nunca vira isso – com um carrão daqueles, cheio de dinheiro. Ia ser divertido, tomara que ele gostasse dela. Podiam sair outras vezes. Passou-lhe a mão pelas calças. Estava duro. Encostou a cabeça no ombro dele, mas o cara afastou.

Na suíte, a mulher pousou a bolsa e esperou a atitude do homem. Calado, tirou os sapatos e a roupa. Cláudia fez o mesmo. Ele abriu as torneiras para encher a banheira. Era magro, mas musculoso, uma corrente de ouro grossa com uma medalha. Continuava excitado.

Entraram na banheira, ele agarrou-a pela bunda, as mãos percorrendo o corpo dela. Era gostoso, a água quente, as mãos, os dedos, meteu-lhe os peitos na cara num convite óbvio. Depois de alguns minutos de brincadeira: "Vamos pra cama". Onde o homem ordenou "Atrás".

Só dói nas primeiras vezes, não era o caso dela que acabou gozando também.

"Você come alguma coisa?", pediu um beirute com um suco. Ele, uísque e depois da refeição escovaram os dentes.

Uma rápida sessão de sexo oral preparou a segunda relação, também anal.

Com o ânus ardido, "duas no rabo é foda", Cláudia adormeceu. Quando despertou, viu-se sozinha.

Algumas notas sobre a mesa de cabeceira indicavam a ausência do homem no motel "deu bem que bom", mesmo porque atrás era bandeira dois. A mulher resolveu dormir mais um pouco e, ao acordar, chamar um táxi.

O dia estava ganho.

...

Capítulo 14

■ ■ ■

O dente latejava. Ondas de dor batiam nos nervos.

Há dois dias sem cama ou banho, Joaquim Monarde viajava num ônibus velho e vazio pela rua Serra de Bragança sentindo no lado direito do rosto uma insuportável dor de dente.

Seguindo as instruções que decorara, desceu no ponto em frente ao Orfanato Sírio e apenas caminhara alguns passos, ouviu da esquerda meia dúzia de tiros. Joaquim Monarde sabia o significado trágico daqueles estampidos. A casa para onde ele se dirigia para encontrar os amigos políticos fora descoberta pelos cães da repressão e naquele momento os militares atacavam o aparelho com total superioridade de meios. Os companheiros estavam perdidos e certamente Segóvia morreria em uma batalha sem esperança. Guerrilheiro urbano descoberto era preso e morto. O dente latejava.

Várias vezes, o ouvira afirmar: A mim, não me pegam vivo. Pobres camaradas, murmurou Monarde, retomando a caminhada dominado pelo medo sempre carregando uma pasta tipo 007.

Desceu a rua Vilela aproveitando um grupo de operários, companheiro de rua. Sem deter-se viu em frente da casa da Serra de Botucatu duas viaturas sem marcas e vários homens. "Era terrorista", comentaram os operários também sem parar de caminhar.

Monarde concordou com a cabeça. Era o terrorismo de Estado, os terroristas eram os militares bem treinados, bem armados. Maldito dente, como doía.

Um comboio de viaturas desceu a rua em velocidade e o militante sentiu um ódio profundo, mas continuou andando com os operários até cruzar a via férrea.

Monarde viu então um quartel da Polícia Militar.

Nas guaritas, os soldados armados de fuzil montavam guarda. Quantos inimigos. Os operários, os miseráveis, falavam de futebol e garantiam: "Esse ano o Corinthians será campeão". O futebol é o ópio do povo.

O fugitivo precisava parar, pensar, encontrar uma alternativa para sobreviver. Entrou num bar e pediu um café com leite. O espelho do café Seleto mostrou-lhe um rosto abatido e inchado, com a barba de dois dias, olhos vermelhos por detrás dos óculos e uma cabeça grande coberta com uma peruca ridícula. Pareço um fugitivo de seriado de televisão; assim tão óbvio não vou longe, misturar-se com o povo, não chamar a atenção como disse o camarada Mao.

Direcionou o café do lado esquerdo da boca: "Tem banheiro?". "Lá no fundo à esquerda". Ao fundo de um corredor cheio de garrafas vazias de cerveja, uma porta. Forrou o acento com papel e relaxou-se. Se ao menos o dente parasse de doer. Procuraria um dentista.

Lavou o rosto e as mãos, e sentiu um alívio nos olhos. Ajeitou a peruca. Cheirava mal e tirando o paletó e a camisa lavou as axilas com sabão de coco. A camisa estava imunda e mal cheirosa. Precisava do disfarce da boa aparência. O relógio informou: sete horas e 45 minutos. Às oito, o mundo começaria a funcionar. Se ao menos o dente parasse de doer.

Na volta ao balcão, viu dois soldados conversando. Calmamente pediu outro café, um maço de Continental e uma caixa de fósforos.

Os militares não lhe deram atenção, extasiados com uma mulata que consumia uma média com pão e manteiga.

Joaquim, além da dor que lhe varava a cabeça, sentiu uma fraqueza nas pernas. Puta merda, preciso comer alguma coisa. Pediu uma vitamina de banana e com alívio viu os soldados acenderem os cigarros e partirem rumo ao quartel.

Ouvindo o zumbido do liquidificador, foi até a porta observar os arredores. Um armazém de secos e molhados, uma loja de roupas e pela graça de Deus a mais linda placa de toda a vida dele. Manuel de Aquino Resende – cirurgião-dentista. Estava no segundo andar de um sobrado. Porta fechada.

Quando o dono do bar encheu o copo, Joaquim Monarde já planejava os próximos movimentos.

Quando o comércio abrisse, compraria uma camisa na loja, pasta de dente e escova na farmácia, o hálito cheirava a podre. Com os dentes limpos, iria ao dentista. Livre daquela dor terrível tudo seria diferente como dizia a canção popular. A primeira coisa a fazer. Livre da dor encontraria uma solução, um refúgio.

Engolida e paga a vitamina, foi à farmácia: um creme dental, uma escova, um aparelho de barbear, creme e uma brocha e também uma caixa de aspirina e uma loção pós-barba.

Com um saco de papel levando as compras e a pasta preta, desceu novamente a rua Vilela. À medida que se aproximava da Avenida Celso Garcia, o movimento aumentava. Entrou em uma padaria e foi ao banheiro. Escovou os dentes e num gesto de audácia barbeou-se rapidamente, passando a loção perfumada.

O rosto, mesmo inchado, ganhou uma aparência mais normal. Estou me sentindo gente. Guerrilheiro não usa perfume, pensou.

Às oito horas, as lojas uma por uma foram se abrindo. Monarde comprou uma mala grande e colocou lá dentro o pacote da farmácia e a pasta preta com o dinheiro.

Na Oriente Modas, adquiriu uma camisa azul de mangas curtas e mandou embrulhar a velha. Pediu uma escova de roupa e escovou o paletó. "Estou pedindo emprego aqui em São Paulo", disse ao libanês que solícito lhe estendeu um pano para limpar os sapatos.

Diante do espelho, levantou os ombros e estufou o peito. Parecia um vendedor com aquela mala. Só os olhos revelavam uma infinita angústia e a memória lhe trouxe uma frase do tempo de escola: "Os olhos são o espelho da alma". Assim a alma dele estava vermelha, congestionada, sem brilho, exausta.

Subiu a rua Vilela, apressado em busca de alívio. A dor era muito forte.

Ao lado da farmácia, a porta do dentista aberta. Subiu correndo as escadas e empurrou a porta de vai e vem. Algumas cadeiras velhas e uma mesa com revistas, cheiro de desinfetante. De outra sala, chegava um gemido humano e o ruído de um motor elétrico. Estremeceu. Olhou o relógio: oito horas e 37 minutos. Daqui a pouco, ele me atende.

Esperou quinze dolorosos minutos. O paciente do dentista gemia e reclamava e o dentista afirmava: "Está terminando", a cada dois minutos. "Abra um pouco mais a boca, relaxe, estou quase acabando. Só mais um pouquinho".

Se não fosse a dor, Joaquim Monarde teria desistido. Para distrair-se folheou as revistas: parecia outro mundo: mulheres, carros, cores. Médici, o assassino, visitava a Transamazônica com o Andreazza, na outra página Pelé marcava mais um gol. Nem sangue nem miséria. Só notícias boas, um mundo de fantasia.

Finalmente, o ruído do motor cessou. "Agora é só um curativo". Instantes depois um homem imenso saía do consultório do dentista e desceu rapidamente a escada.

"Em que posso servi-lo? Ah, sim, sente na cadeira, abra um pouco mais a boca. Ah, sim já percebi, o senhor tem uma infecção nesta obturação, a dor vem das gazes que pressionam os nervos. Basta soltar a obturação e a dor passa. O problema é simples".

Uma bomba cheia de estilhaços perfurantes explodiu na boca de Monarde quando o doutor tocou o dente e forçou a obturação.

"Ai, ai, hum...". Então Monarde sentiu que a dor cessava e uma divina sensação de alívio se espalhava na face, na cabeça, no corpo inteiro que se libertava da dor soltando os músculos até então tensos. Uma sensação maravilhosa.

"Pronto, os gazes saíram, acabou a pressão. Vou lhe receitar um antibiótico e o senhor volta amanhã".

Embriagado ainda pela fantástica sensação de alívio, o paciente nada respondeu e o dentista jogou água fria no dente.

Como seria bom ficar naquela cadeira e dormir o resto do dia!

O dentista agora lavava as mãos.

"O senhor mora aqui?".

"Não, moro na Mooca. Eu sou vendedor, via a sua placa".

O dentista agora escrevia num bloco.

"O senhor tome um comprimido a cada oito horas".

"Quanto é, doutor?".

"Vinte e cinco cruzeiros. O senhor volta e a gente faz um orçamento. Seus dentes precisam de cuidados. O senhor tem tártaro, algumas cáries que logo vão lhe dar trabalho".

"Eu volto, doutor, estive desempregado, o senhor sabe...".

"Evite mastigar deste lado".

"Obrigado, doutor, até amanhã".

Desceu a escada encantado com a ausência da dor. Agora podia resolver a situação. Segóvia e os meninos estavam mortos. Portanto, a missão dele perdera totalmente o sentido. Devia retornar o contato com a base. Como estava cansado, dormira como um cachorro de rua num cinema da rua Aurora e passado o alívio da dor o corpo maltratado pedia descanso.

Pelo telefone público, chamou a base e ouviu uma voz desconhecida usando as palavras erradas. A base também caíra, estava totalmente sem ligação com a estrutura do movimento, enfim só, contando só com ele. Sobreviver para continuar a luta era a questão.

O velho Segóvia sempre lhe dizia: "Na clandestinidade não fique parado", por isso ele andava automaticamente enquanto pensava. Escapei por pouco, se chegasse um momento antes, ia para o azeite. Segóvia empacara no aparelho da Serra de Botucatu e o movimento não operara em tempo de tirá-lo de lá. Como a repressão chegara até ele?

Algum infiltrado, uma denúncia, o jeito da casa. O rádio repetia: casa aonde não chegam móveis, não há crianças, onde as pessoas encomendam comida podem abrigar terroristas, palavra mais filha da puta. Terroristas eram eles que chegavam de metralhadora atirando e se prendiam vivo, soltavam morto.

Desses pensamentos Monarde tirou uma ideia: alugaria um quarto, ali mesmo no Tatuapé, nos fundos de alguma casa velha. Compraria móveis, seria um sujeito recentemente desquitado. Procuraria uma imobiliária e como não podia apresentar documentos pagaria três meses adiantado. Puta que o pariu, puta que o pariu. Tantos gênios da dialética e ninguém pensara em coisa tão simples. Como ninguém pensara nisso antes? Bastava a cana percorrer as imobiliárias e...

Percebeu que falava sozinho e gesticulava com a mão livre. Perdia o controle. Precisava descansar, acabaria caindo na rua.

Cruzou a via férrea, um forte cheiro de sebo chegou-lhe ao nariz. Na passagem de pedestres, ardiam velas, certamente alguém morrera ali e a população o tornara objeto de culto. Quanta bobagem! Como podiam as pessoas acreditar que velas acesas tinham alguma importância. Ah, o misticismo brasileiro.

Uma grande ratazana comia a cera derretida das velas e Monarde desviou os olhos do olhar irônico do animal. Odiava aqueles bichos nojentos e sabia que eles infestavam as prisões.

Do outro lado da via férrea, o movimento era menor e quando ao final da primeira quadra Monarde virou à direita, viu-se numa rua deserta. Caminhando lentamente por causa do cansaço buscando uma salvadora. "Aluga-se quarto". O fugitivo queria um quarto nos fundos, alugado pelo próprio dono, numa rua discreta onde ele pudesse refazer as forças. Possuía dinheiro para sobreviver por um bom tempo.

Andou tanto que pensou em desmaiar. Comprou uma barra de chocolate numa venda e prosseguiu, passando por alguns anúncios de vende e aluga. Finalmente, encontrou uma placa pequena. "Aluga-se quarto".

Bateu na porta e uma cadela preta apareceu latindo e depois uma senhora gordinha e pequena ralhando com a cadela. Pelo sotaque era portuguesa.

"Alugo sim senhore, queres ver?". Mediria, se muito, quatro por quatro, porém para Monarde parecia o paraíso, tinha até um pequeno banheiro.

Foi tão fácil que sentiu pena de enganar a senhora. Pagou-lhe o aluguel de um mês e pediu-lhe que limpasse o quarto. Deixou a mala e a pasta 007 depois de retirar algum dinheiro dela. Usou o banheiro e de posse da chave voltou à rua Vilela, desta vez de ônibus.

Em uma grande loja de móveis da avenida Celso Garcia, adquiriu uma cama de solteiro, um criado-mudo, um colchão. Pagou à vista, em dinheiro, e exigiu a entrega no endereço mencionado às três horas da tarde.

Saindo da loja entrou num restaurante e comeu o prato do dia: feijoada à carioca; só não tomou cerveja pra evitar o sono.

Ali perto, nas Casas Pernambucanas, fez a alegria do vendedor. "Vou levar dois lençóis, um travesseiro, um cobertor de solteiro, duas toalhas de banho e duas de rosto. Acabou levando também uma calça e outra camisa. Voltou de táxi para o novo domicílio sem conversar com o motorista.

Os olhos lhe pesavam e a cabeça parecia de chumbo. Estendeu o cobertor no chão, com o travesseiro e deitou-se, adormecendo imediatamente.

No final da tarde, fortes latidos o acordaram. Assustado, procurou a arma que não tinha, mas entendeu logo que a mudança chegara. Deu uma gorjeta generosa aos carregadores. Ajeitou cama e colchão, e deitou-se. Dormiu direto até o amanhecer.

Foi ao banheiro, escovou os dentes, pois sentia a boca amarga, a cabeça ainda enevoava. O corpo dolorido como depois de um espancamento. Comeu duas bananas e extasiado percebeu-se são e salvo; escapara por um triz do massacre da Serra de Botucatu.

Deitado na cama, ainda com o sabor das bananas na boca, viveu deliciosamente a sensação de estar vivo como só quem escapou da morte conhece. Sentiu que o membro se endurecia. Havia quanto tempo não dava uma boa trepada? A repressão pintava verdadeiros bacanais nos aparelhos, os filhos da puta. Quem eram aqueles filhos da puta? Como mentiam os generais enquanto roubavam miseravelmente o Brasil? Esses eram os piores inimigos, os generais, mas ficam longe, protegidos pelos sentinelas nos quartéis e nos Palácios.

Eram tão cínicos que se afastavam da repressão e o povo os julgava com simpatia – o vovô torcedor de futebol, o patriota enrolado na bandeira. A cara do monstro era agradável, nem farda o ditador usava, um velhinho bonachão de terno escuro e gravata discreta, um patriota, isto, os militares apresentavam-se como os únicos que amavam a Pátria.

Fico imaginando o general de plantão, no Palácio, com o assessor de imagem, "pense nos netinhos e sorria, general". "Muito bem, isso general, sorria outra vez, isso. Agora sentado, relaxe a boca, e abra mais os olhos, o senhor tem olhos bonitos".

Era por isso que tantos diziam: "O general não sabe de nada, ah! Se ele soubesse".

E havia os animais, as feras, os sádicos atraídos para as forças "especiais" pelas vantagens, promoções, dinheiro, medalhas e que logo descobriam o prazer de matar impunemente, torturar, violentar as mulheres, apossar-se livremente dos bens encontrados nos aparelhos sem contar os ricos presentes dos empresários "democráticos".

O pior de todos era o tal capitão Stalin: "Você é comunista?", perguntava ao apavorado prisioneiro, responda, porra, tô falando com você, seu merda, seu comuna do caralho, aprendiz de Che Guevara".

Quando o trêmulo prisioneiro negava, o capitão dizia com ironia: "Tudo bem, então você não ficará magoado de apanhar do capitão Stalin. É uma surra em família, um pai corrigindo um filho".

E batia com gosto. Meses depois das "massagens" do capitão, militantes valentes ainda tremiam. Depois de condenados ficavam aliviados na prisão. Estavam longe de Stalin.

Monarde ouvira relatos de presos trocados pelos embaixadores americano e suíço. "O monstro bate com gosto, com método e, quando você não aguenta mais, diz: "Agora você vai descansar e te pendura no pau de arara. Um animal, uma besta-fera, um sádico. A gente vê o prazer na cara dele".

Por que pensava naquela besta-fera quando estava em segurança na manhã tranquila na cidade adormecida? Ninguém sabia que ele esta lá, nos fundos da casa da dona... Maria. Nem os companheiros sabiam que ele estava ali, deitado, numa cama confortável, numa casa segura longe da tortura e da morte.

Espantou-se ao perceber que o movimento não podia encontrá-lo. Recebera no largo São Francisco a missão de entregar o dinheiro ao companheiro Segóvia – "que tem ordens para você, levá-lo ao porto de Santos". Não havia mais Segóvia, nem ordens, nem um novo "ponto" marcado. Joaquim Monarde estava por conta dele e tinha dinheiro para manter-se por um bom tempo. Tocou a pasta preta.

Foi novamente ao banheiro. O corpo relaxava depois da dor, da angústia e do medo.

O gosto ruim na boca levou-o a escovar os dentes mais uma vez, mais lucro para as multinacionais.

O rosto desinchara, precisava aparar o cabelo do lado da cabeça e as sobrancelhas, ir ao médico, ao dentista, cuidar da saúde, controlar a pressão e construir uma nova identidade burguesa. Mergulhar naquele bairro e sumir.

De volta ao leito, deitou-se em posição fetal e adormeceu com a mente ocupada por um pensamento: Estou solto no mundo.

No dia seguinte, exerceu o direito de dormir até às dez e depois se aproximou da Serra de Botucatu. Queria detalhe dos companheiros. Criando coragem, Monarde passou em frente da casa, pela calçada oposta, mas nem olhou para a fachada marcada de balas.

Na esquina, dois trabalhadores carregavam uma mudança num caminhão. O guerrilheiro urbano sabia o que procurava; uma pessoa idosa e solitária, ansiosa para relatar o grande acontecimento do ano. A paisagem da rua era normal: automóveis e ônibus passavam soltando fumaça, mães levavam filhos à escola. Mulheres varriam a calçada, crianças brincavam. Ninguém imaginaria a fatal batalha pela liberdade que Segóvia e os meninos lutaram havia tão pouco tempo. Parece que o mar os tragara.

Da rua, telefonou para o número da organização. Não falou, mas ouviu outra vez a voz desconhecida não dizer as palavras certas, mais uma vez. Também a base caíra e a tiragem puxava plantão esperando pegar mais gente. Filho da puta, ou como dizia o companheiro Segóvia, o falecido companheiro Segóvia, grandes hijos de la putíssima madre. Sabia ser o orelhão seguro. Discou outra vez e quando o tira atendeu... Seu filho da puta. Tua mulher tá dando pro capitão Stalin.

Aliviado, entrou numa venda e bebeu um guaraná.

Dois homens falavam de futebol, dois velhotes jogavam damas, sobre um estrado de sacos de feijão, arroz, milho, ervilha. Garrafas e latas enchiam as prateleiras compondo o armazém de secos e molhados do seu Manoel.

Monarde comprou uma vassoura, três barras de sabão e uma lata de creolina e alguns sacos vazios de farinha para usar como panos de chão.

Pouco a pouco, um plano se formara na mente do sobrevivente, manter-se vivo. A batalha se perdera. As posições do lado dele caíam uma depois da outra como pedras de dominó. O elo roto, deixara-o sem apoio, só lhe restava sobreviver sozinho. Tivera sorte duas vezes: Escapara da morte e tinha dinheiro bastante para comprar dois Fuscas. Viveria um bom tempo na clandestinidade. Já pensara numa cobertura. Compraria alguns livros em Espanhol, em Inglês, uma máquina de escrever, faria barulho com ela para que a vizinhança ouvisse.

Na boca da noite, iria ao bar da esquina e puxaria conversa com os bebuns, jogaria umas partidas de bilhar. O documento falso resistiria a uma ocasional batida policial, mas na hora do jantar ele estaria em casa. A "lei" rodava mais tarde. Criaria nas redondezas a imagem de um tradutor, um homem que trabalhava em casa. Diria bom dia como vai a senhora às velhinha, falaria de futebol com os homens. Seria mais um peixe do cardume. Como homem livre, arranjaria uma mulher.

A ideia do ano sabático começava a encantá-lo.

Havia muito tempo não descansava e principalmente não vivia sob o domínio da vontade própria.

Começara com o Exército: "Às suas ordens, meu capitão, às suas ordens". Sempre estava às ordens, "sim senhor, meu comandante".

Na Vanguarda, sempre obedecia. Aparentemente reinava centralismo democrático, as decisões coletivas tomadas livremente pelos camaradas em reuniões plenas. Na prática, as ordens chegavam prontas lá de cima e os debaixo obedeciam: Às ordens, companheiro; sim camarada e lá ia ele oferecer a vida dele, arriscar-se a tomar um tiro ou pior de tudo – a captura, a longa noite de tortura, a humilhação total e a morte ou a prisão. Mas andando tranquilo pela ruazinha modesta de um bairro distante, Monarde sentia-se seguro e livre como nunca na vida.

Como a Oban o descobriria no obscuro Tatuapé?

Ninguém o conhecia, com a peruca e os óculos parecia outro sujeito, muito diferente dos cartazes de procura-se. Com o tempo ficaria mais diferente. Nenhum companheiro o entregaria em uma sessão de tortura, nem o descobririam numa varredura de imobiliárias, não marcaria bobeira.

Ninguém o entregaria por tortura para parar de apanhar. Nogueira caíra sem conhecer o novo endereço dele. Dificilmente "os homens" o procurariam perto do "aparelho" destruído. Ele não era louco de exibir-se em lugares perigosos. Sairia muito pouco de casa, dependia dele mesmo.

Na banca de jornal da esquina comprou *O Estado de S.Paulo*, precisava de papel para uso doméstico. Sabia que o jornal, sob censura, nada publicaria sobre a luta, porém Monarde se interessava pela guerra do Vietnã, onde ele percebia pelas entrelinhas os norte-americanos, levavam uma boa surra para largarem de ser bestas.

No portão da casa, a proprietária dona Maria, vassoura na mão, conversava com outra mulher. Certamente, falariam dele assim que entrasse. A moça lançou-lhe um sorriso e dona Maria lhe apresentou. Uma vizinha e amiga, Edinanci.

Na conversa banal que se seguiu, Monarde percebeu em Ednanci um coração solitário e uma ponte dentária. Demonstrou simpatia e divulgou sua nova identidade. Disse uma frase poderosa: Estou recomeçando a vida.

Um homem solteiro que trabalhava em casa como tradutor. Subitamente convertida em intelectual, Ednanci revelou-se "apaixonada pela leitura e professora do Grupo Escolar".

Homem havia muito afastado do amor, o fugitivo percebeu logo que a vida lhe oferecia uma bela oportunidade. Ednanci estava ali ao alcance da mão e um romance com ela seria escudo seguro para a identidade que estava forjando. O olhar da moça mostrou que estava agradando.

Ednanci mostrou-lhe com um gesto a casa, aquela com jardim e o convidou para um café. "De tarde, porque pela manhã leciono no Grupo Escolar".

Monarde despediu-se e pedindo licença foi para o quarto, leu o jornal: Os norte-americanos bombardeavam Hanói, mas no sul os vietcongues continuavam a ofensiva. O ex-sargento julgava-se capaz de ler nas entrelinhas e recriar os fatos. A vitória era certa.

Entendeu que os bombardeios da capital eram uma tentativa desesperada de vencer a guerra que os americanos perdiam nos arrozais inundados do sul. Mas, certamente, os soviéticos forneciam abundantes meios antiaéreos àqueles fantásticos foguetes SAM 3. E Monarde via a cena no quadro da mente. Os B52 voando na estratosfera despejando bombas e mais bombas sobre a cidade de Hanói, quando um foguete atraído pelo calor das turbinas se choca com o avião que explode em chamas. Os tripulantes, todos de frios olhos azuis e cabelos à escovinha, com a cara de astronautas, caem no espaço para perderem a mania de jogarem bombas nos outros, de longe sem se sujarem de sangue. Merecidamente morrem todos deixando as viúvas muito louras e gordas recebendo milhares de dólares em pensões. Que ódio!

Como era importante a existência da União Soviética.

Sem ela, a vitória dos humildes seria impossível e o capitalismo cavalgaria livre, pisando com vontade na cabeça dos povos oprimidos.

Sem a União Soviética, a guerra de libertação nacional do povo do Vietnã seria impossível. De onde vinham as armas, as munições, os equipamentos para aquela heroica luta anti-imperialista? Da URSS.

Era uma segurança que a bandeira vermelha, com a foice e o martelo, tremulasse altaneira sobre a sexta parte do globo terrestre. Certamente, depois da vitória do povo vietnamita sobre os americanos, a União Soviética voltaria a atenção para a libertação dos povos latino-americanos.

Mais consolado com essas reflexões, Monarde saiu do banheiro e fez uma limpeza no quarto.

Sentiu falta de um rádio e decidiu comprar um aparelho com ondas curtas, assim ouviria Havana, Pequim e Moscou, assim teria uma informação real do mundo. Precisaria também de uma máquina de escrever, alguns dicionários e livros para compor o personagem tradutor.

O próprio Wladimir Ilych afirmava que às vezes era preciso recuar dois passos para depois avançar. Ele faria um recuo tático, recuperaria a saúde, repousaria um pouco e depois, restauradas as forças, voltaria à luta.

Em pouco tempo, Joaquim Monarde misturou-se ao grupo social. Aprendeu o nome da senhoria – não era Maria e sim Ágda. Iniciou um romance com Ednanci e descobriu que a moça era virgem aos 43 anos. Problema rapidamente resolvido. Saíam juntos no Fusca dela e se amavam no banco traseiro com certa dificuldade. Ednanci sentia falta de apoio. Às vezes, a peruca caía e a mulher lhe dizia que gostava dele careca. "Tira isso, meu amor, tira".

Mas a grande descoberta do clandestino foi o encontro do burguês que o habitava e que usava o nome da falsa identidade Leonardo Telles com dois eles.

Como era gostoso inventar uma biografia para Leonardo Telles. No tempo do Exército, o sargento Monarde servira em Salvador. De repente, percebeu-se dizendo: "Estudei no colégio de padres, o Antônio Viera, aliás, Jorge Amado me contou: ele também estudou lá. Sim, conhecia Jorge Amado e o irmão dele, o também escritor James e o pintor baiano Caribé. Quando trabalhava de revisor na Martins Editora...". Ednanci e a mãe ouviam encantadas aquele presente de Deus: um homem, um homem bem do número dela, futuro genro de mamãe.

Comprou um exemplar de *Gabriela, Cravo e Canela* num sebo e rabiscou um autógrafo: Ao amigo Leonardo Telles com estima. Jorge Amado. 25/04/1959.

Ednanci tomou-lhe o livro para exibi-lo no Grupo Escolar. "Meu noivo conhece o Jorge Amado e a família dele". As meninas morriam de inveja – menina sortuda, essa Ednanci, arrumar um noivo depois dos quarenta!

Dona Aurora o tratava como a um filho e passava horas na cozinha preparando comidinhas para ele e, um dia, depois de uma dose de caipirinha, diante de uma banana frita, quase, mas quase lhe escapou: Em Cuba, esta banana se chama patacones. Calou-se a tempo, mas ficou pensando em Cuba, nas aulas de tiro, nas aulas de teoria revolucionária, nas longas marchas e em Lúcia com tanta intensidade que Edinanci: "O que você tem, meu bem? Ficou tão quieto". "Lembrei-me de minha mãe que adorava banana frita". "Você nunca falou da sua mãe. É viva?". "Infelizmente não. Mamãe morreu jovem em 1964, o ano da revolução". "Como era o nome dela?". "Adelaide, era uma santa, minha mãezinha".

Emocionada, Edinanci acariciou a mão do amado em silêncio, pois estava com a boca cheia.

Aliviado, Leonardo Telles, filho de Cândido e Adelaide Telles serviu-se de mais um bife à milanesa. Estavam divinos.

Engordara cinco quilos desde que conhecera Edinanci.

Saciado, foi ao banheiro. Tinha lá uma escova própria. Olhou-se no espelho. Estava mais gordo, o rosto mais cheio, a peruca mais ajeitada sobre o crânio. A pele do rosto rosada dava-lhe um ar mais saudável. Não se parecia com a face cadavérica presente nos cartazes.

Satisfeito com a aprovação no autoexame, saiu do banheiro e foi recebido com um cafezinho por uma sorridente Edinanci. Saboreado o café – "excelente, excelente café", a moça ordenou ao noivo que "tirasse um cochilo no sofá, no quarto não ficava bem". Um homem novo.

Leozinho tirou os sapatos e antes de adormecer, pensou: A vida é bela.

Ao ouvir o primeiro tiro, levantou-se de um salto, já empunhando o revólver. A tigrada chegava atirando, as balas em abundância entravam pela janela e destroçavam quadros e móveis. O ex-sargento Joaquim Monarde não se apavorou, rastejou até a janela para responder ao fogo. Logo se juntaram a ele outros companheiros: Segóvia – "pensei que você morrera, camarada". "Ainda não, cabron". "O senhor por aqui, doutor Brizola!". "É o meu lugar, Che!".

Como nos filmes de mocinho, o ex-sargento quebrou o vidro da janela com a coronha e a tigrada lá de fora atirou de novo, acertando o velho Segóvia.

"Agora somos nós", disse o engenheiro Leonel Brizola com um charuto entre dentes e uma metralhadora nas mãos: "Vamos acabar com esses malditos fascistas", mas pessimista o ex-sargento lhe respondeu: São eles, engenheiro, que vão acabar conosco. Nossa hora chegou. Venderemos caro a vida.

Duas bombas de gás lacrimogêneo estouraram nas costas dos defensores e Joaquim correu para o banheiro em busca de toalhas molhadas enquanto Brizola lançava rajadas curtas pela janela.

Joaquim atirou-lhe uma toalha molhada e correu para a cozinha. A tigrada destroçava a porta a balaços. "Edinanci". A porta caiu e apareceu com uma metralhadora na mão, Stalin, sim ele mesmo, o homem de aço[13] o guia genial de todos os povos. Contra ele, Joaquim hesitou em atirar e essa hesitação lhe custou a vida. Stalin cortou-lhe o peito com uma rajada certeira e Joaquim Monarde sentiu a morte próxima. Viu um lustre azul-turquesa e uma parede creme e levantou de golpe. A casa de Edinanci continuava silenciosa. A estante, a televisão, a mesinha de centro; tudo na ordem burguesa tradicional esperando aquela importante visita que jamais apareceria.

Na boca seca, um gosto amargo! Foi ao banheiro e urinou com o prazer de quem retorna à vida. Lavou o rosto e escovou os dentes.

---

[13] O Cruzador Aurora foi transformado em monumento porque nele começou a revolução bolchevique em novembro de 1917. Atual mente, continua ancorado em S. Petersburgo, no rio Neva.

Na sala, encontrou a mãe de Edinanci, dona... que lhe ofereceu um cafezinho. "Estou precisando mesmo".

No final da tarde, o casal iria ao cinema.

Velho conhecedor dos métodos policiais e militares, Monarde sabia que os repressores trabalhavam com determinados estereótipos na cabeça: jovens, homens, com aspecto de operários, mulheres jovens com perucas ou lenços na cabeça, barbudos, gente que demonstrava nervosismo diante da cana.

A presença da dona... que cabeça a minha! No carro, era o disfarce perfeito. O casal de meia-idade e a sogra. Nenhuma barreira policial os deteria. Os militares escolhiam um ponto sem escape como a Radial Leste, sobre o viaduto da Alpargatas e encontravam bloqueios, nos quais abordavam suspeitos habituais.

Edinanci reapareceu vaporosa, recém-saída do banho, surpreendendo ao namorado com o bom aspecto. Era uma mulher forte e clareava os cabelos, deixando-a parecida com as atrizes coadjuvantes dos filmes B, dessas que então usavam cabelos curtos e cheios, a boca bem vermelha e todos os dentes, mesmo os falsos, brancos e brilhantes. Tinha um pouco de barriga, os quadris largos e cheios e as pernas grossas. Cobria-a um vestido branco com bolinhas pretas que destacava o busto grande e os quadris largos e segurava uma pequena bolsa amarelo pálido combinando com os sapatos de salto; sinais da importância que Edinanci atribuía àquele passeio com o namorado e à mãe seria contado e recontado, em seis mais ínfimos detalhes às meninas: Nair, 47 e Bety 52, "então ele fez pra mim: eu gosto tanto de você", poderosas palavras que ecoavam fundo naquelas mulheres sem amor. Sorria esperando um elogio do namorado: "Você está linda" e ela deu-lhe um beijo que a chegada de dona Aurora atrapalhou: "Vamos ou chegaremos tarde".

Por vontade própria, o homem assistiria a "Mimi, o metalúrgico", um filme italiano sobre os problemas da classe operária, liberado com vários cortes, pela censura, entretanto dona

Aurora, que dificilmente saía de casa pedira *E o vento levou* e a filha a atendera, desconhecendo o ódio profundo que o namorado sentia pela produção cultural de origem norte-americana e pelos americanos que impunham aos outros povos o *american way of live*, os filhos da puta. Num segundo, o fugitivo resolveu-se pelo *E o vento levou*. Suportaria Rett Burton e Scarlet O'Hara para não desafiar dona Aurora e, sobretudo, para não revelar uma idiossincrasia perigosa. Era um novo homem.

Edinanci ofereceu-lhe a condução do Fusca que o noivo recusou: "Deixei a carta em casa". Era mais seguro que ela guiasse mesmo mal. Qualquer acidente exigia uma exibição de documentos e ele vivia sob precária proteção de uma identidade falsa, talvez já descoberta pelos homens, nunca se sabe.

Logo estavam na Radial Leste à velocidade de 36 quilômetros por hora com o motor do Fusca zumbindo em segunda. Edinanci dirigia perto do volante, com o pescoço esticado. "Bota a terceira, meu bem". A mulher obedeceu e o ex-sargento relaxou porque não havia nenhum bloqueio policial sobre o viaduto Alcântara Machado, ponto fatídico onde a repressão matara Pedrão e Vera Lúcia. Quantos mortos!

Entraram no Parque D. Pedro. O ex-sargento Monarde estivera muitas vezes no quartel do Exército onde conhecera o então capitão Carlos Lamarca, outra vítima da repressão. Só então, Monarde percebeu que viajara longe em pensamento e prestou atenção na conversa de dona – ah, o nome do navio – Aurora, finalmente a associação funcionara. A boa senhora contava com voz emocionada a primeira vez que assistira ao *E o vento levou*: "Eu namorava teu falecido pai e tua tia Benê foi junto porque naquele tempo moça de família não ia ao cinema sozinha com o namorado...". "Isso foi em que ano, dona Aurora?". "Acho que foi antes da guerra em 1940 ou 41... eu usava um vestido de organza. *E o vento levou* foi o filme mais bonito que vi em toda minha vida... Como era lindo o Clark Gable. Teu pai tinha ciúmes dele".

Grande filme, dona Aurora. Minha mãe também adorou... e calou porque a velha senhora adotara um tom de voz de quem quer ouvintes, não interlocutores, para contar um grande momento da vida dela em junho de 1941 quando jovem e bela, entrou no magnífico saguão do cine Metro com um rapaz de bigodinho fino como o Robert Taylor de terno e gravata e brilhantina no cabelo para assistir *E o Vento levou* e depois "teu pai muito chique me levou para tomar chá na confeitaria Vienense". "Pois então, depois do cinema tomaremos um chá na Vienense, dona Aurora". "Fechou... meu filho, fechou".

E esse fechamento entristeceu muito a velha senhora como se fosse o final de uma época de ouro em que depois do cinema a pequena burguesia tomava chá comendo biscoitos finos imaginando-se personagem de um filme americano, uma sofisticada comédia com Gary Grant.

Deixaram o carro num estacionamento da avenida Rio Branco. Na esquina, meia dúzia de prostitutas esperavam fregueses. Edinanci fez que não viu, e o homem colocou-lhe a mão nos ombros e em passos vagarosos subiram a avenida... até o Cine Metro, na São João.

Na esquina da Ipiranga com a São João, Edinanci percebeu que dois homens jovens olharam o namorado dela. Não disse nada para não interromper a conversa da mãe. Aparentemente, Leonardo não vira os dois sujeitos.

No escuro do cinema, de mãos dadas com a namorada o ex-guerrilheiro assistiu a um filme do Canal 100 sobre o Brasil e o Paraguai. Embora julgasse o futebol mais um ópio do povo, gostava de jogar e assistir. Depois na pátria do povo também se praticava o esporte. Não era russo o maior goleiro de todos os tempos? Sentiu-se seguro no cinema e soltou os músculos do corpo, pois atravessara temeroso o centro da cidade. Na tela, Pelé passava por três adversários e com um toque sutil tirava do goleiro e a bola entrava bem no canto. Encantado, Leonardo Telles concentrou-se na tela. Rivelino lançou um passe de quarenta metros para Jairzinho que cruzava. Tostão deixava passar e Pelé enchia o pé com vontade. Dava até para esquecer que Médici assistia ao jogo e não se irritar com o insuportável leão da Metro.

Que latifundiária fútil Scarlet O'Hara, a morgada, a herdeira da plantação. Ela só pensava em festas e namoros, roupas e joias. Quanta enganação sobre a escravidão. Ninguém apanhava ou morria ou sofria abuso sexual. Senhores e escravos formavam uma grande família. Que horror! Quanta mentira! Vendo a festa na mansão O'Hara, o ex-guerrilheiro teve vontade de sair do cinema. Aguentou como pôde os aristocratas sulistas tão plenos de empáfia vazia, com o consolo de saber que seriam varridos pelo vento da história e pelos canhões dos nortistas. Estudara as táticas da Guerra de Secessão na Escola de Sargentos.

O incêndio de Atlanta o encantou. "Bonito demais", sussurrou para Edinanci que não entendeu o verdadeiro sentido das palavras do namorado, cujo desejo era queimar o cine Metro também e a cidade de Nova York com napalm.

Na saída, dona Aurora exibia olhos vermelhos. A professora adorara "pra mim, o melhor filme que já vi", afirmou entusiasmada, o que levou dúvidas ao coração do guerrilheiro sobre a continuação do romance com a filha de uma dama de tão mau gosto cinematográfico.

Profundamente treinado pela vida militar em ocultar sentimentos, o ex-sargento, sorridente, levou a namorada e a mãe até a confeitaria na avenida São João, próxima ao Correio para comerem torta de maçã.

Era perto do comando Geral do II Exército, o QG, mas no domingo o trânsito de militares era mínimo. Também o Hotel do Exército na mesma avenida São João representava certo perigo, embora em sete anos a aparência dele mudasse muito. Agora andava de cabeça baixa, ombros caídos e usava óculos e peruca. Movia-se mais devagar que outrora e uma pequena prótese no nariz alterava-lhe a fisionomia. Enfim, o novo homem urbano e gentil recomendando à dona... Aurora que pedisse "um estrudel, a senhora vai gostar...".

Disfarçadamente, observou o salão da confeitaria por onde circulavam garçons de paletó branco: casais de meia-idade bebiam café com leite comendo bolos e tortas. Burgueses malditos, câncer do mundo, pensou o revolucionário que ainda o habitava.

Um garçom, visivelmente homossexual, sugeria um estrudel com voz afetada. O homem da mesa pediu três porções. O que vamos beber? Pediram chá como os ingleses.

Muitos anos depois aposentada e solitária, Edinanci guardaria uma lembrança "maravilhosa" daquele "domingo de amor": O almoço, a ida ao cinema "vimos *E o vento levou*" e o amor dos dois no sofá quando dona Aurora cansada tomou o remédio e foi dormir e os dois se amaram como se fosse a última vez no sonoro sofazinho da sala sem tirarem as roupas, uma loucura.

Naquela noite, como uma agradecida namorada, Edinanci o levou até a porta de saída e dele se despediu com um beijo molhado: "Obrigado, meu amor, foi maravilhoso". Joaquim Monarde sentiu um medo imenso e pediu: "Fique no portão até eu chegar em casa". E a amante, encantada, pensou que o homem, tão romântico, desejava apenas prolongar aquele maravilhoso momento, todavia Monarde queria a proteção dela como se o olhar de uma professora quarentona salvasse alguém naqueles tormentosos dias.

Do portão da casa dele, acenou para a amante e apavorado penetrou pelo corredor lateral até o quartinho dos fundos e só se acalmou quando a luz do quarto se acendeu.

Trocou as roupas pelo pijama e chinelos. Pela primeira vez em muitos anos vivia com sossego. Batalhara muito, arriscara a existência tantas vezes como se ela não valesse nada, mas agora a vida o prendera bem preso. Vivia tão bem e por isso temia a morte. Gostava muito da mulher. Enfrentava uma situação muito difícil. Se as feras o apanhassem, era um homem morto. Seria torturado até a morte porque não sabia nada, os animais não acreditariam nele e o espancariam até o fim. Para os companheiros era um traidor, um desertor, um ladrão dos fundos do partido. Depois de um julgamento sumário, uma execução rápida.

Ainda havia poucos dias, o *Estadão* publicara a notícia do suicídio de um operário metalúrgico, um tal Manuel Fiel Filho. O pobre homem fora preso por distribuir o jornal *A voz operária*. Monarde imaginava que o pobre homem não sabia muita coisa, talvez o nome falso do cara que lhe trazia o jornal e os infelizes a quem passara. Manuel era fim de linha, não levava a outra conexão e apanhara até morrer. O interrogador se irritara com o silêncio dele. Monarde estava na mesma situação de Manuel: Não tinha informações para fornecer e assim apanharia até morrer. Só a informação detinha a tortura.

O fugitivo sentou-se no banheiro. Tinha o hábito de ler sentado sobre a bacia, às vezes até puxava a descarga e voltava ao assento, até terminar a leitura. Monarde leu três vezes: O presidente Geisel destituiu o general Ednardo D'Ávila Melo, comandante do II Exército. Tão certo como dois mais dois são quatro a causa da destituição tinha nome e sobrenome: Manuel Fiel Filho. O alemão não concordara com a continuação da repressão e punira o general desobediente. Um grande alívio invadiu Monarde, havia uma divisão no meio militar e isto enfraquecia os milicos no poder.

O espelho mostrou-lhe uma face alegre, um brilho antigo de volta aos olhos. Escovou os dentes e tomou um banho.

Já não era um combatente clandestino, dormia de pijama como os pequenos burgueses. Tirou óculos e peruca, e deitou-se.

O sono não vinha. Saboreava um estado de espírito de quem volta à vida, dominado em um imenso alívio, uma notícia de vida e felicidade.

Repetia: eles estão se dividindo, brigando, como no meu tempo de sargento. Pombos e falcões, ou melhor, tigres e leões. Viveu essa grande euforia durante algum tempo até consumir aquela energia boa.

Pensou em Edinanci, reviu os acontecimentos do dia. A mulher o conquistara. Surgiu-lhe uma ideia nova. Pensava que as ações da guerrilha urbana estavam censuradas, mas agora percebia que o aparato repressivo não apanhava mais ninguém, por isso um pobre coitado como Manuel recebera uma atenção tão especial. A repressão procurava serviço para continuar existindo. A luta armada findara com a derrota da esquerda. Tinha uma certeza absoluta. Claro que depois os historiadores do partido contariam outra história, embora sem sucesso, a luta heroica dos militantes contra a ditadura militar gerara notáveis avanços na consciência da classe trabalhadora e uma nova geração de combatentes com o imperialismo.

Balela, mentira, falsidade. Toda uma geração de comunistas nascida da vitória da União Soviética na Segunda Guerra Mundial pereceram. Os meninos da esquerda, nos anos de ilusão do governo Goulart, arderam também.

Aqueles meninos, aquelas jovens belíssimas que tantas vezes ele desejara sem esperança, estavam mortos, torturados e mortos. Desaparecidos. Joaquim Monarde chorou. Sozinho na escuridão pela primeira vez, em tantos anos o maduro revolucionário chorou como um menino a morte de tantos companheiros de esperança, gente da maior qualidade, irmãos no ideal revolucionário.

Definitivamente sem sono a uma hora e 35 minutos da madrugada, encheu um copo de conhaque Dreher e deu um largo trago. Sobrevivera. Certamente em outros pontos do país, outros militantes estavam vivos. O governo Militar não seria eterno, o ideal revolucionário, sim.

Tal pensamento assustou Joaquim Monarde. Os companheiros o julgariam um desertor. Talvez até lhe atribuíssem a queda do aparelho de Segóvia. Pensariam que ele denunciara o aparelho para ficar com o dinheiro. Muitos amigos adoravam teorias conspirativas. O general Perón escondeu Adolf Hitler nos Andes: histórias desse tipo circulavam entre eles.

Sabia que os companheiros da organização eram severos, cortavam a própria carne, doce eufemismo para matar um sujeito que se conhecia havia vinte anos, em quem se confiaria a própria vida, com quem se dividira tantas vezes o último cigarro e a divina e alentadora esperança de uma vida digna para todos.

Entenderiam os companheiros a peculiar situação enfrentada por ele no dia da queda de Segóvia? Aquele momento histórico da vida dele em que se vira só no meio da rua, doente, com a Organização em frangalhos.

Sozinho, com uma dor de dente atroz, desarmado, perdido num bairro estranho, estranho ele próprio naquele mundo, nada mais lhe restara do que a busca pela sobrevivência. Não telefonara perguntando pelo Tomás sem ouvir a contrassenha. Desculpe, o Tomás viajou para Campinas. Enquanto do outro lado, o filho da puta respondia: "O Tomás não está. Quer deixar recado?".

E o dinheiro Joaquim, perguntariam dialéticos, o dinheiro não te pertencia, camarada Joaquim Monarde, o dinheiro era da Vanguarda, militantes dedicados arriscaram a vida para expropriar o dinheiro de um supermercado. Tinha um belo destino: retirar Segóvia da frente de combate e leva-lo à República de Angola. Você o acompanharia e lá os dois continuariam a luta revolucionária. Você não apareceu no porto.

Mas argumentaria com Segóvia dentro do saco mortuário da repressão e o contato ocupado pelos militares, não vi outro caminho que sobreviver sozinho e no futuro contatar os companheiros naturalmente.

O cérebro de Monarde tropeçou no advérbio naturalmente.

Sentia vontade assim, de maneira natural de contatar os velhos companheiros e de mergulhar novamente na clandestinidade, vivendo escondido e caçado como um rato para fazer a tal revolução?

Reabastecido de conhaque, pensou na tal revolução.

Objetivo difícil a revolução. Era preciso vencer os militares e seus poderosos aliados, os americanos. Fazer a revolução seria como escalar o céu. Monarde olhou para cima, no claro escuro do quarto: Se nem no teto eu chego!

A vontade de urinar o levou ao banheiro em passos tropeços, tomara meio litro de conhaque Dreher. Na volta, adormeceu instantaneamente.

No dia seguinte, acordou com uma ressaca terrível.

...

Capítulo 15

■ ■ ■

A bola veio alta e Amauri aparou-a no peito cheio de ar, e a bola ficou aos pés dele. Logo alguém apareceu na frente do major que, com um toque pela esquerda, livrou-se do marcador e viu, à frente, o gol. Chutou com o peito do pé e a bola entrou no canto esquerdo do goleiro, depois de um toque leve na base da trave e o major de infantaria, Amauri, também conhecido como Stalin, alegre como um menino, saltou gritando: Gol! Gol!.

Era o futebol na sua função básica para a qual fora inventado pelos professores ingleses no século XIX: desenvolver o físico dos alunos das escolas da elite inglesa e agora desenvolvia os corpos dos rapazes da repressão.

Feliz, o militar voltou trotando para o centro da quadra. Sentia-se em plena forma aos 33 anos. Driblava facilmente o sargento mais moço e marcara um gol à Rivelino. Agora tentava um bote para roubar a bola de Alencar que assustado livrou-se dela tocando de lado para Ceará que chutou de longe para a defesa do goleiro.

Fazia uma linda tarde, um sol muito claro e civilizado tornava a tarde luminosa e bela. A equipe comandada pelo capitão Stalin parecia um bando de colegiais. Dois sargentos discutiam a quem pertencia o lateral. Uma equipe jogava de camiseta branca, a outra sem. Quem os visse correndo atrás da bola gritando: "Cruza, toca, tô livre, dá e corre", não imaginaria do que eram capazes de fazer com entusiasmo e até prazer com as bolas de um rapaz.

O juiz apitou o fim do jogo sob protestos gerais. O time de Amauri-Stalin vencera por nove a dois e o major marcara três gols.

Aproveitou para provocar o adversário. "Querem jogar até aprender", "Vocês tiveram mais sorte", respondeu com sotaque, Ceará. "Competência, Ceará, competência".

Os gritos alegres dos jogadores foram os únicos daquela tarde no quartel. As salas de massagem estavam vazias, as celas desertas, apenas policiais e militares circulavam pelos corredores e salas, e também pelo banheiro onde sob os chuveiros os dois times banhavam os corpos cansados.

Amauri-Stalin calçava as meias quando um soldado o avisou que o coronel o chamava: "Vou imediatamente".

O coronel o recebeu friamente e o manteve em pé, diante da mesa.

"Então, major, a produção da sua equipe está abaixo da crítica. Faz meses que vocês não prendem ninguém. O que está acontecendo?".

"Meu coronel, a guerra acabou. Não se assaltam mais bancos, não chegam subversivos de Cuba, nenhum sequestro. A garotada da Universidade dança rock, faz sexo, fuma maconha, não percebemos nenhuma contestação ao regime. A oposição está assustada e quase nem faz discurso. A situação está dominada. Vencemos, coronel".

"Amauri, você é alérgico à picada de mosquito? Porque se a guerra acabou, se não se assaltam mais bancos, seu lugar não é mais aqui usufruindo de tantos privilégios. Será apenas uma questão de tempo, o governo desmontará o nosso serviço. Vou para a reserva e você, para Tabatinga, às margens do rio Solimões, fronteira com a Colômbia. Servi lá, é uma experiência interessante para um oficial. Longas marchas pela selva. Uma beleza. Sem contar que se sairmos do poder e os comunas da oposição assumirem o governo, nossos atos serão questionados e investigados. Pais, mães e filhos cobrarão explicações. Teremos problemas, major. Seremos julgados com severidade, enfim os inimigos ocuparão o poder nacional".

"Coronel, coloquei um agente provocador na Faculdade de história, o sargento Castro. Quando ele revelou à namorada que era de esquerda e pretendia combater o governo, a garota o mandou embora. O Castro continua lá, mas não descobre nada".

"Então, major, está na hora de usarmos de criatividade. Todo grande comandante militar precisa de criatividade...".

Com a expressão impassível, Amauri-Stalin ouvia as filosofadas do chefe, incomodado com estar de pé; o coronel claramente o humilhava. Era horrível ficar plantado no meio da sala. Lembrou-se do Jorge Cândido.

"O major tem visto televisão? O outro dia vi uma coisa absurda. Na TV Educativa, a nossa emissora, um Iugoslavo, imagine major, um filme comunista na televisão estatal. Ao ponto em que chegaram os comunas neste país. Você viu o filme?".

"Não, meu coronel".

"É uma pena, major, porque além de comunista, o filme apresentava um conteúdo altamente subversivo. Camponeses iugoslavos lutavam contra o exército alemão. Era uma verdadeira aula de guerrilha rural, os camponeses escondendo armas em poços e porões, preparando emboscadas para as tropas, um líder ensinando aos campônios a atirar, enfim, major, uma aula de guerrilha rural patrocinada pelo governo deste Estado. Bem nas nossas barbas".

Amauri-Stalin não entendia bem o discurso do coronel. Desde menino gostava de filme de guerra e os bandidos eram sempre alemães ou japoneses... Subitamente, o coronel alterou o tom e o volume do discurso:

"Então, major, quero o sujeito que programou o filme, aqui. Veja bem, major Amauri, os homens lá de cima estão se descuidando da segurança nacional, falando em abertura lenta, segura, gradual e se não cuidarmos dela, a casa ruirá... Abertura só se for do rabo deles. Os comunas não descansam. O sujeito que passou a porra deste filme quis nos testar, pois bem, aceitamos o desafio. Traga esse sujeito aqui, vamos ver quem o mandou subverter a ordem no país. E outra coisa, alguém do governo do Estado botou esse sujeito na estação, ele imagina ter as costas quentes e neste país, na luta contra o comunismo, ninguém tem as costas quentes, nem nós".

"Certo, meu coronel, às suas ordens".

"Já as dei, dispensado".

Amauri bateu continência, o coronel respondeu e o capitão saiu da sala. O Rolex dele marcava seis horas e 38 minutos. Desceu rapidamente as escadas:

"Ceará, Alencar, vamos embora, temos uma missão, armamento leve".

Logo a poderosa perua C14 deixava o quartel e rumava para a Televisão Educativa. O trânsito estava intenso, mas quando os motoristas reconheciam a C14 abriam caminho, ninguém naquela época, em nosso cordial país, disputava espaço com uma perua C14.

Na entrada do estacionamento, Ceará se apresentou:

"Somos da Oban e queremos entrar".

Seu Severino desconhecia o sentido da palavra Oban.

"Os senhores vão falar com quem? O estacionamento é pra funcionário. Visitante é do outro lado".

"Nos somos da cana, caralho, da cana".

Assim entraram e estacionaram.

Na portaria, seu Luís também não sabia o significado de Oban. Amauri explicou que era do Exército e queria falar com o programador de filmes.

Naquela hora, a emissora estava praticamente vazia e depois de uma série de telefonemas, os três militares foram encaminhados à sala do jornalismo onde se preparava o noticiário noturno.

A presença dos três policiais da Oban na redação provocou visível mal-estar. Jornalistas e militares viam-se uns aos outros como inimigos e todos os profissionais de imprensa acreditaram que seriam presos e torturados por aqueles três sujeitos armados na sala de trabalho deles. Todos fingiram trabalhar.

Entretanto, as bestas não os caçavam, estavam no lugar errado e com satisfação e alívio o chefe da redação explicou-lhes que não era ali a programação de filmes, aliás, só trabalhavam de dia: "Aliás, nem sei quem faz esse trabalho".

Stalin desacostumara-se a ser contrariado. Aquele filho da puta pensava que ele era trouxa?

Sacou a pistola e apontou-a para a cabeça do jornalista:

"Você está ocultando informações de interesse da segurança nacional. Ou fala, ou vai conosco".

O jornalista, então, salvou a dignidade.

"Eu realmente não tenho informação, mas a telefonista deve ter".

"Vamos até ela".

Poucos momentos depois, a trêmula telefonista escrevia num bloco, nome, endereço e telefone do programador de filmes da emissora.

"E ninguém vai avisar esse sujeito, não é?".

Assim que os militares saíram, o chefe de jornalismo telefonou para o diretor da televisão.

"Boa noite, professor, desculpe incomodá-lo em sua casa. O assunto é grave. Aqui é o Nepomuceno. Bem, obrigado, e o senhor? Ótimo. Professor, aconteceu uma coisa horrível. Três militares da Oban estiveram aqui procurando o Walter Benjamim, o programador de filmes da emissora. Não, professor, não sei quem são, eles só falaram em Oban. Certo, professor, obrigado e desculpe o incômodo. Boa noite".

"Boa noite, por favor, o general Bastos. É o professor Antônio Molina Castro. Como vai, general Bastos. Bem obrigado. O senhor desculpe incomodá-lo no recesso da sua casa, mas ocorreu na televisão, um fato que poderá gerar consequências graves, general, um fato transcendente. Três militares da Oban procuraram um funcionário da TV, o Walter Benjamin, nosso programador de cinema. Por acaso, conheço bem, foi meu aluno no curso de

Letras. Sim, tem lá suas ideias, o senhor sabe bem como são esses rapazes de Letras, mas Walter Benjamim é um sujeito absolutamente inofensivo para o regime. A vida dele são os livros e o cinema. Benjamim tem lá suas ideias, mas é inofensivo. Certo, general, excelente ideia, fico muito agradecido. Venha almoçar comigo na tevê. Recomendações à sua senhora. Um forte abraço, general".

"Alô, Moreira, é o Antônio Molina. Como vai? Bem, obrigado. Olhe, ocorreu um fato desagradável. A Oban convocou aquele maluco do Walter Benjamim. Sei lá, certamente não gostaram de algum dos filmes dele. Então, eu gostaria que você o acompanhasse, afinal, você se relaciona bem com militares. Será, sem dúvida, um mal-entendido. Faça o seguinte: telefone para o Benjamim, oriente-o para que faça um acordo. Amanhã, ele se apresenta na Oban, junto com você. Ora, Moreira, é possível. Afinal, um oficial do nosso Exército é um homem culto, civilizado, de nível universitário, e você também é um oficial, lutou na Itália. Na verdade, sou também um funcionário público e jurei defender a República e não a creio ameaçada pelo Walter Benjamim. Não sei, algum filme, algum mal-entendido sem grande importância. Como a verba é curta, ele usa muito filme europeu que os consulados fornecem de graça. Assim evitamos problemas para todos. Obrigado, Moreira, obrigado".

"Boa noite. Walter Benjamim, por favor. Boa noite, Walter. Aqui é o coronel Moreira, o chefe da segurança da tevê. O caso é o seguinte: Apareceram uns militares procurando você. Ah, sim. Diga a eles que você se apresenta amanhã de livre e espontânea vontade para prestar esclarecimentos. Irei com você. Tá bom. Obrigado".

Amauri-Stalin estava cansado e com fome. As pernas cobravam as jogadas do futebol e o estômago, o jantar. Irritado, viu o judeu baixinho e gordinho pausar o telefone no gancho: "Os senhores hão de convir comigo que são nove e meia da noite, minha mulher está grávida e não sou nenhum criminoso, tenho emprego e domicílio fixos e desejo francamente colaborar com as autoridades. Amanhã pela manhã, me apresentarei no quartel. O nosso chefe de segurança me acompanhará, ele também é militar, lutou na Itália".

Enquanto Walter Benjamim falava, Amauri corria os olhos pelo apartamento. Duas poltronas, um sofá, uma televisão e uma estante. O que tinha a mais ali eram livros. Uma mulher grávida, de olhos bem abertos, apertava as mãos e com movimentos da cabeça aprovava as palavras do homem. Estava apavorada a mulher do judeu e isso era bom.

"Ok. Amanhã às sete horas, você se apresenta na Oban, às sete horas".

Amauri virou as costas e saiu, dispensando-se dos cumprimentos, sem fechar a porta. Lembrou-se de uma pizzaria ali perto, "a pizza é muito boa, esse judeuzinho de merda me encheu o saco".

Quando a porta se fechou atrás de Stalin como em um filme americano, o casal se abraçou. Jovem casal sob ameaça dos rapazes maus. A criança ameaçada ainda no ventre materno.

Mafalda chorava. Walter segurava as lágrimas com grande esforço, pensando: "Chegou a minha vez".

"Meu Deus, o que esses monstros querem com você? Meu bem, você fez alguma coisa errada, falou na televisão? Escreveu em algum jornal clandestino? Abrigou algum subversivo? Fala pra mim, fala...".

"Não, meu amor, eu não fiz nada disso, mas deveria fazer. Esses três filhos da puta invadiram minha casa à noite, assustaram minha mulher que espera um filho e tudo bem? O errado sou eu, não tenho direito nenhum e eles têm todos. Puta que o pariu, São Paulo e Rio. Que mundo é esse?".

Atingida pela realidade da situação, Mafalda recobrou o choro. "Não podemos fazer nada?".

"Telefone para o deputado Ulisses Guimarães. Faça qualquer coisa, Walter, qualquer coisa. Vamos pra Catedral, falar com o Arcebispo. Peça asilo político no consulado francês. Vamos nos esconder no sítio de alguém, sei lá".

"Não chore, meu bem, não chore. Afinal não irei sozinho à Oban, o Moreira irá comigo, ele também é militar, esteve na Itália, era amigo do Castelo Branco e trabalha com a gente lá na televisão. O Moreira dará um jeito na situação. Eles se entendem. Você verá. Afinal, sou inocente; se fugir viro culpado".

Mafalda agarrou-se às palavras do marido: "O Moreira dará um jeito". Não era o Brasil, a pátria do jeitinho? Na certa, o Moreira seria amigo do comandante, o Moreira explicaria que o Waltinho era um bom rapaz, um pouco distraído, afastado da realidade, o sonho dele era fazer um filme sobre Canudos. Como um filme sobre Canudos atacaria o governo atual?

"Meu amor, leve o roteiro do filme sobre Canudos" e Walter Benjamim percebeu que a mulher não conseguindo encarar a realidade se refugiara no sonho. A realidade era simples: ele, Walter Benjamim, se fodera, estava fodido. Por alguma razão desconhecida, chamara a atenção da tigrada e desta forma deixara a condição humana e virara um alvo. Não era mais gente, perdera a condição humana, se fodera.

Olhou para a mulher chorando no sofá com a barriga marcando o roupão e foi buscar um copo d'água com açúcar.

"Tome, meu amor, vai lhe fazer bem. Vamos com calma, afinal eu sou inocente e estamos fazendo uma tempestade num copo d'água. Afinal, tudo o que aconteceu foi uma convocação, nada mais. Em meia hora de diálogo, tudo se resolverá".

"Walter, você não tem algum amigo terrorista?".

"Só o José Mojica Marins, ele faz filmes de terror, o Zé do Caixão. Meu amor, a minha vida é simples e você a conhece muito bem. Saio do trabalho e volto para casa. Estou esperando um filho".

"É verdade, acho que me apavorei sem razão".

"É verdade, você verá, não acontecerá nada. Estarei de volta para o almoço".

"Eu vou passar tua camisa nova. Você vai de terno, é mais respeito".

"Será preciso?".

"É melhor".

E Mafalda ergueu-se com esforço do sofá e foi para a cozinha onde armou a mesa de passar e ligou o ferro elétrico.

Walter Benjamim sabia que era bobagem: aquelas bestas-feras não respeitavam ninguém por melhor que estivesse vestido, porém, passando a camisa, Mafalda se distraía. Era bom ocupar as mãos para não pensar. Uma sábia decisão da mulher, uma sábia decisão. Foi buscar os sapatos pretos e os escovou. "Vou à Oban, vou à Oban de terno e gravata".

Deitado na cama, ao lado de Mafalda fingindo dormir colocou-se a questão. Por que a repressão se fixara nele? Não fazia parte de nenhuma organização clandestina. Alguém o dedara, mas acusado de quê? Ele fazia parte do partido dos que falam mal, mas nada fazem. Era um servidor público, nada mais, um funcionário público mal pago. Ser judeu também não é crime, o governo não é antissemita.

Desde que Mafalda engravidara nem aos bares da esquerda frequentava. O que fiz de errado? Evidentemente, os milicos sabem que não gosto deles, mas que intelectual gosta? Prenderiam todos os jornalistas, professores, todos? Na tevê não sobraria ninguém, talvez os porteiros....

Kozara, puta que me pariu, *Kozara*, a montanha heroica. Como fora idiota exibindo um filme iugoslavo na televisão sem perceber que os milicos não gostariam... *Kozara*... Um filme feito em um país comunista.

Tinha, porém, defesa. Exibira *Kozara* dentro de um contexto, uma série de filmes sobre a Segunda Guerra Mundial. Pombas! Passara *Two Jima, Portal da Glória*, com John Wayne; John Wayne, pombas. Esse ícone americano, nada mais democrático, capitalista, liberal, John Wayne e a Coca-Cola. *Os canhões de Navarrone*, com Gregory Peck e uma porrada de filmes ingleses, *Mar cruel*, sobre a batalha do Atlântico; *O Gorila* com Lino Ventura sobre a resistência francesa. Incluíra o filme iugoslavo para ampliar a visão do espectador, para não ficar a impressão de alemães versus americanos, ingleses e franceses. Ainda bem que não conseguira *Quando voam as cegonhas*. Não se pode pensar em tudo. Fora uma mancada. Depois o filme começara às onze horas da noite e dera um por cento de Ibope.

E finalmente aliviado, Walter Benjamim descobriu o argumento definitivo para convencer os acusadores da inocência dele: na mesma série, ele próprio, entrevistara uma série de militares: pilotos, soldados e marinheiros brasileiros que participaram da Segunda Guerra Mundial. O programa seria o último da série. Enfim, era um amigo das Forças Armadas. Como afirmaria o coronel Moreira.

Mais tranquilo, olhou para a mulher. Estaria dormindo? Aparentemente sim. Cuidando de não despertá-la, foi ao banheiro e depois à modesta sala do apartamento. Engoliu meio copo de uísque como quem toma um remédio amargo e voltou para a cama.

Será que eles vão me espancar logo de cara? Chego e eles me enchem de porrada? Não é possível... eles perguntam e só se o acusado não responde eles apelam para a ignorância, não é? Eu responderei tudo, tudinho que me perguntarem, afinal sou inocente, eu não fiz nada, passei um filme iugoslavo que deu 1% de Ibope, 1% de Ibope e gravei nove depoimentos militares, logo, promovi as Forças Armadas. Exibirei o programa para eles.

Finalmente vencido pelo cansaço e pelo uísque, Walter Benjamim adormeceu.

Antes, porém, que o primeiro raio de luz penetrasse no quarto, o homem despertou e quando fez o primeiro movimento do dia, ouviu a voz de Mafalda: "Você acordou? Você dormiu?".

"Um pouquinho".

Não conseguiu comer nada. Engoliu um café preto e fumou um cigarro. Vestiu-se com cuidado. Mafalda acreditava no poder da aparência, crescera numa época feliz em que a polícia não espancava a classe média da qual ela e Walter faziam parte. Não a julguemos com severidade. Muita gente, nessa época, acreditou que o Estado só aplicasse a violência contra pretos, putas, pobres e subversivos. Éramos um povo cordial.

Ao ver o marido pronto para sair, Mafalda o elogiou: "Você está muito elegante". Vestia o termo do casamento.

Também o coronel da reserva, José Moreira o elogiou: Você é um rapaz inteligente e se sairá muito bem dessa situação. Nestes casos, seu Walter, o importante é que eles sabem que nós sabemos que o senhor está lá. Por essa razão, o professor me pediu que o acompanhasse. O perigoso é ser preso na calada da noite sem que os amigos conheçam nosso destino... "Sei como essas coisas funcionam, sou da casa, tenho ainda muitos amigos lá".

Nessa amena conversa, chegaram próximo ao quartel.

Um bloqueio defendido por soldados armados de fuzis automáticos impedia o acesso direto ao quartel. José Moreira estacionou o velho Fusca na rua deserta e identificou-se junto ao cabo: "Sou o coronel José Moreira e acompanho o jornalista Walter Benjamim convocado a comparecer a esta dependência militar".

Para os últimos passos do caminho, José Moreira reservara uma boa notícia: "Às nove horas, o professor telefonará ao senhor governador sobre o seu caso". "Obrigado...".

Como se sente um cidadão apresentando-se a uma casa de horrores como o DOI em plena ditadura?

No portão, o coronel José Moreira e um sargento trocaram continência: "Minhas ordens só permitem a entrada de Walter Benjamim".

Ao afastar-se macambúzio, o coronel José Moreira olhou o relógio: sete horas e 47 minutos.

Ao meio-dia, Walter Benjamim estava morto.

No dia seguinte, domingo o jornal *O Estado de S.Paulo* publicou a seguinte nota:

"O jornalista Walter Benjamim, 41 anos, suicidou-se ontem nas dependências do DOI-Codi do II Exército às quinze horas por enforcamento.

...

Capítulo 16

■ ■ ■

Mudaria o Natal ou mudei eu? Escreveu não lembro onde Machado de Assis.

Faz meses que não escrevo neste diário por falta de tempo e vontade.

Terminei o primeiro ano do mestrado em Literatura Brasileira e me tornei professor efetivo da Secretaria de Educação. Nunca mais mendigarei aulas como já fiz tantas vezes. Já assegurei a sobrevivência e planejo voos mais altos.

Não há livros didáticos modernos que atendam aos professores da minha geração. Possuo experiência e conhecimento para elaborá-los.

Há ainda novas notícias, novidades.

Embora a professora Célia volte da sinecura, cavada pelo marido militar na Secretaria da Educação, com um pouco de sorte continuarei no colégio, o número de alunos aumentou. Serei professor efetivo da escola onde estudei. Sinto um grande orgulho disso.

Não me preocupo mais com o governo. A crise do petróleo gerou uma pneumonia na economia, mas sou solteiro, moro com meus pais. Aguento-me. Já se vê a luz no fim do túnel. Será?

O governo militar tornou as pessoas mais materialistas.

Meus alunos sonham com calças jeans, automóveis, lanchas. Em uma redação, uma aluna escreveu; "não namoro rapaz que não tem carro" e a Beatriz, professora de Ciências comentou olhando para mim. "Casamento com professor não dá certo. Os caras ganham pouco e não recebem". O pagamento atrasou, porém nenhum jornal traz uma notícia. Meu pai me emprestou dinheiro para a gasolina do Fusca.

Não respondi, oficialmente não ouvi. Gostosa a Beatriz, mas meio burrinha. Acabara gorducha e chata como tantas por aqui. Aliás, tenho às vezes a impressão de que essas novas professoras chegam à escola tão mal preparadas. Será talvez preconceito meu, mas os novos professores estudaram nessas Faculdades particulares que brotaram na periferia das grandes cidades, liberadas pelos governos militares. O exame vestibular é simbólico e a aprovação automática, basta pagar a mensalidade.

O papo na sala dos professores anda infernal: "Gente, fritei um bife para o meu marido". "Minha empregada pediu aumento. Sei lá o que ela pensa". "Meu namorado me disse assim: Gosto tanto de você, Beth".

Sinto-me deslocado na sala dos professores.

Como posso conversar sobre o bife do marido, a empregada da Marli ou o namorado da Beth?

Ao mesmo tempo, sinto medo de ser pedante, esquisito, diferente, deteriorando minha convivência no local de trabalho.

A Magali, professora de Ciências, uma das poucas pessoas com quem converso francamente, chama a sala dos professores de Clube da Dona de Casa, mas também me adverte que sou muito machista – uma palavra nova no meu universo.

Magali me acusa de não aceitar a liberdade da mulher e de desejar controlar as pessoas à minha volta.

Faz afirmações com tal encanto que não me zango. Desconfio que ela tenha razão. Já pensei em namorar a Magali, mas ela cheira a cigarro e isso me tira o desejo. Beijar cinzeiro... Talvez venha daí a história do machismo e do controle. Magali libertou-se na imitação do que o homem faz de pior e tem bafo de fumante. Uma pena!

Mas voltando ao dinheiro, acho que a televisão convenceu a quase todos da importância do dinheiro, ou melhor, do consumo. A importância de se vestir bem, andar de carro novo, morar num apartamento bonito aumentou muito depois da revolução de março, opa! Depois do golpe militar. Não são só os anúncios que vendem. O outro dia de passagem vi e ouvi o galã perguntar à mocinha: "Na nossa lua de mel, passamos uma semana em Paris e depois vamos para as Ilhas Gregas. Tá bom pra você?". Existe aí um verdadeiro anúncio de um modo de vida hedonista e superficial, embora eu também gostasse de viajar para Paris e depois para as Ilhas Gregas, inclusive com a tal atriz.

De onde chega esse modo de vida baseado no verbo ter?

Ah, pergunta mais ingênua, dos Estados Unidos da América. Lá só se buscam valores materiais.

As alunas brincam. Querem um homem de personalidade e muito caráter, mas fazem um gesto imitando a direção de um automóvel e esfregam os dedos como se contassem dinheiro. Estão na adolescência.

A qualidade dos alunos e principalmente a vontade de estudar deles diminui de ano para ano. No primeiro colegial, apareceram uns meninos confusos escrevendo sem ponto, sem vírgula, sem acento.

Fiz uma revisão gramatical antes de iniciar o programa de literatura. Resultado zero. Pedi que lessem *A moreninha*. Muitos não leram. Apelei para o contemporâneo: *Música ao longe* de Erico Veríssimo. Houve resistência e até apareceu uma senhora reclamando: "Eu não posso comprar um livro por mês. O senhor pensa que sou rica?".

Fico possesso quando indico um livro e os alunos perguntam: É grosso? Responderia se pudesse: Grosso é o cacete. Talvez despertasse paixões.

No final do ano letivo, o diretor, o professor Hermes pressionou-me. "Hoje é o ensino de massa. A nossa clientela é de classe média bem baixa, vocês, professores, entendam isso. O aluno reprovado geralmente abandona a escola. Vejam bem, se vocês reprovarem muito no primeiro colegial não haverá segundos e o número de aulas diminuirá e vocês, professores, vocês próprios serão prejudicados. Sem aulas, não haverá salário". Desta forma, aprovamos gente semia-analfabeta.

É claro que o professor Hermes recebe ordens superiores para evitar um alto índice de reprovação. São as estatísticas.

Na sala dos professores, a jovem mestra de História, a Inês se revoltou: "Vocês se curvam ao Sistema". Ninguém a enfrentou e pensei com os botões do meu jeans, que importância teria a reprovação de cem alunos numa escola da zona leste de São Paulo para o sistema capitalista. Depois entendi ser o processo geral, nacional e me preocupei.

Inês me tirou o papel de radical da escola ocupado desde aluno. Amadureço.

Aliás, a sala dos professores seria melhor denominada sala das professoras: no período noturno somos apenas três homens: o Álvaro, de inglês, o Xavier, um ex-padre, já entrado em anos e eu, morto de vontade de abandonar a profissão. Logo eu que sempre amei ensinar.

E os papos que ouço: "Meu marido, meu filho, minha sogra, minha mãe". Haja saco! As meninas de quarenta anos ou será meu genético machismo a impedir-me de ver a doçura, a cultura e inteligência das minhas colegas e perceber que exaustas, no breve intervalo, entre duros trabalhos falam bobagens para espantar o cansaço. Tenho cá minhas razões.

Ganho pouco e trabalho muito. Capricho nas aulas, preparo meu próprio material didático, corrijo provas e redações e recebo pouco e exatamente a mesma quantia que gente pouco trabalhadora a repetir mecanicamente as lições do livro didático. É a isonomia salarial.

A convivência com os alunos já não me dá prazer. Eles resistem ao ensino: "É grosso", perguntam a cada indicação de leitura. Com minhas primeiras turmas, me relacionei bem. Fiz bons amigos, abri algumas cabeças. Pareciam-me mais educados e interessados. Lamento-me como um velho.

E finalmente o ambiente da sala das professoras. Há dias que ninguém responde ao meu boa noite, ou melhor, só as solteiras. As "meninas" trocam receitas, contam as histórias à empregada e fazem fofocas. "Você viu como ela engordou". Aliás, pobres gordas. "Você vai comer o bolo? Assim teu marido te larga". Ouvi outro dia da boca santa da professora de artes, uma educadora sem educação.

Converso com a Inês, a moça inteligente que estuda na USP, com o Xavier. Com a volta da Célia ao colégio, acho que ganharei um interlocutor.

Falta, para completar esse retrato pouco lisonjeiro dos meus colegas o nosso querido diretor, o professor Hermes. Nasceu no interior e veio para São Paulo em busca de uma vida melhor. Se não fosse o casamento com uma professora da Secretaria Municipal de São Paulo, o Hermes moraria no interior.

É um homem baixo, magro, mas com certa barriga. Como tem apenas dois ternos, um cinza e o outro azul e duas gravatas fica fácil visualizá-lo. A mulher fica com o carro e ele vem ao colégio de ônibus. Perde os cabelos.

Realmente, não é um mau sujeito, não se envolve com alunas ou professoras, cumpre o horário dele. Nossa escola tem todas as aulas todos os dias. Acomoda o horário dos professores e funcionários e não atrita com ninguém e toca a escola desde a diretoria de onde raramente sai. Nunca o vi percorrer os longos corredores do colégio, olhar um recreio no pátio, observar a entrada ou saída dos alunos ou assistir à aula de um jovem professor iniciante.

O professor Hermes é um burocrata. Quando o prontuário funcional de um mestre se completa com todos os documentos exigidos, pronto, esse docente não o interessa mais. Da mesma forma pouco lhe importa se um aluno é um gênio ou um retardado mental. Matriculou-se, entregou os documentos, foi numerado, para o professor Hermes, ele já não existe, e o pedagogo só voltará ao caso se o aluno for levado pelo bedel à diretoria. Então, sem ouvir o menino, o diretor aplica-lhe as penas da lei: advertência, suspensão ou expulsão.

Quando aluno do terceiro colegial, fui suspenso por três dias por andar no ginásio de esportes enrolado em uma toalha. Não consegui, em minha defesa, explicar que os sacanas do meu time haviam levado minha sacola para dentro da escola e a deixaram lá, enquanto o idiota aqui tomava um longo banho.

Como professor, nunca tive problema com ele, aliás, sempre foi amável comigo.

Mas o que faz do professor Hermes um belo personagem é um sentimento encontrável em muitos outros funcionários públicos e que chamarei de culto da aposentadoria. Não exagero. O professor Hermes espera a aposentadoria para começar a viver, como um condenado à longa pena esperar pela liberdade.

A direção da escola, os trinta anos de trabalho representam para o professor Hermes uma condenação, uma longa pena de trabalho forçado, após a qual será livre.

Nunca senti nele o prazer de educar ou assistir ao belo espetáculo de ver uma nova geração despertando para a vida. Vê-los na primeira série do ginásio, ainda crianças, e anos depois despedir-se deles no terceiro colegial sabendo que eles carregam na memória alguma lição nossa.

Como cheguei a tão absurda conclusão?

Pelo comportamento no cargo.

Vamos editar um jornal, professor? Não! Vamos... Não! O Hermes é um cemitério de ideias. Um dia, ouvi da boca do homem:

"Faltam quatro anos, onze meses e vinte e dois dias para a minha aposentadoria, ingressei no Estado dois de fevereiro de mil novecentos e cinquenta e seis". Fantástico!

Transformar-me-ei num Hermes? O Sistema moerá minha força, meu entusiasmo, esse desejo de imprimir minha marca e derrotado contarei os dias que faltam para o descanso modestamente remunerado? Perderei a batalha contra a ignorância.

O professor Hermes lembra-me a áurea mediocridade dos árcades. É feliz com o que conseguiu na vida: um emprego seguro com aposentadoria, uma família (dois filhos) enfim a certeza de que enquanto viver terá um prato de comida e uma cama. No outro dia descrevia entusiasmado um "churrasquinho", de capa de filé, asinha de frango e costela, uma cervejinha bem gelada. Um belo momento de vida.

Quero mais? Sim, quero mais.

Fui demasiado severo com a escola e com o velho Hermes. Entrei no ginásio e saí no terceiro colegial. Sem cursinho preparatório, venci o vestibular da PUC que cursei com a base do velho colégio onde, na primeira oportunidade, me aceitaram como professor e deixaram que desenvolvesse meu trabalho com autonomia.

Passei no primeiro concurso público prestado e caminho para a cátedra de Português da escola.

Sou em parte um produto da escola do bairro. Meus pais não custeariam meus estudos. Seria talvez um autodidata a vender ferramentas na periferia da cidade exatamente como meu pai.

Filho de um vendedor e de uma operária, cresci com horizontes bastante limitados. Como minha irmã, olhei para cima e vi a carreira de professor de Português.

Hoje enxergo mais longe.

...

Diário

Não sei em que livro Grahan Greene, (*Um Caso Liquidado*), fala do idealismo do professor ou médico que começa. Quando li, adorei.

O magistério começa a cansar. Já não sinto que construo um mundo ou modifico a realidade, quando muito, ensino acentuação ou sintaxe, não a todos. Nem leitores acredito fazer.

Mas começo pelos colegas. André, excelente professor de Química, formado pela USP largou as aulas e arranjou emprego na indústria, Magali, de Biologia fez o mesmo. Eram meus melhores papos na escola.

Eis um fato chato. Não existe conversa inteligente naquela sala dos professores. Elizabeth, a loura, professora de Inglês, levantou a hipótese de ter o órgão sexual masculino um osso para ficar duro. Sem querer, fez um tremendo elogio ao namorado.

O Álvaro e o Henrique falam de futebol, quando falam, vivem exaustos, dão quinze aulas por dia e mostram isso no rosto e no corpo. Não aspiro ser uma fábrica de aulas para manter uma esposa e dois filhos.

Álvaro e o Henrique trazem sempre na face uma expressão bovina de cansaço, movem-se devagar, devem sentir dores, estão próximos dos cinquenta anos. Os dois certamente tiveram outros sonhos, a esperança de uma vida boa. No começo, lá longe no tempo amaram a profissão, prepararam as aulas deles, estudaram desesperadamente para o concurso de ingresso, julgando obter um lugar na classe média e acabaram assim trabalhando das sete horas da manhã às onze da noite. Não é vida, não há saúde que aguente.

Logo farei trinta anos. Ainda tenho possibilidades de pular fora desta armadilha, principalmente se conseguirmos, a Célia e eu, publicar esse livro didático que escrevemos tão laboriosamente.

Não me vejo ensinando sujeito e predicado até o fim da vida.

A Neusa, professora de Matemática. Que capacidade! Ela enche a lousa de equações, faz cálculos complicados de cabeça e dá aulas de Física, mas é uma mulher baixa, gorda, com o cabelo meio crespo, usa óculos de lentes grossas sobre as pálpebras caídas. As mamas grandes, contidas com grande esforço pelo sutiã, enchem o avental. As pernas curtas não ajudam.

Dona Neusa é uma pessoa, culta, sensível. Converso muito com ela. Lê Machado, Eça de Queirós, vê filmes de arte, conhece pintura, enfim, uma pessoa de conteúdo. Solteira, vive com uma irmã e a mãe, quase centenária.

Os alunos a detestam. Chamam-na de Araci de Almeida, ex-cantora e jurada de programas de televisão. Colam abertamente nas provas e fazem brincadeiras de péssimo gosto como soltar um camundongo na aula dela.

Enquanto o professor é moço, os alunos o admiram, o respeitam, o obedecem. A capacidade intelectual de dona Neusa não conquista ninguém. Os alunos gozam dela, julgam-na uma figura ridícula quando ridículos são eles, simplesmente certos porque são a maioria.

Desconheço como se vivia antes do golpe de 1964, mas hoje as pessoas buscam objetivos puramente materiais: carro, casa, roupas, comidas, viagens, mais uma casa na praia, mais um automóvel.

Apareceu um valor novo na sociedade brasileira: o status. Seria a posição social do indivíduo, demonstrada pela posse de certos objetos? Assim, o dono de um Opala possui mais status do que o pobre dono de um Fusca como eu. Um Rolex marca horas mais felizes do que um relógio japonês.

Em uma das raras ocasiões em que não fala de futebol, Henrique proclama Júlio Iglesias, "o maior cantor do mundo". Quem mediu? "Ele é o que vende mais".

Curiosamente, o Henrique pertence à categoria C ou D. Comprou uma Brasília em 24 prestações pagas com sangue. Veste-se mal, trabalha dia e noite, porém o sistema o cooptou e ele se realiza ouvindo Júlio Iglesias. No toca-fitas da Brasília depois de dar quinze aulas em um dia.

Às vezes, converso com o professor Sérgio, como eu, professor de Português. Aposentou-se há muitos anos, mas, segundo ele dá algumas aulas para distrair-se e acredito, para complementar o orçamento.

Ele fala muito da década de 1940 quando iniciou a carreira. Havia conversa na sala, os alunos esqueciam a lição em casa, alguns cheiravam mal, a classe reclamava do tema da redação e no dia da prova escondiam as folhas de papel na esperança de que o professor esquecesse da sabatina. Os meninos trocavam tapas na saída. Naquela época, pais e professores julgavam esse comportamento terrível.

Em compensação, levantavam-se à entrada do mestre que fazia a chamada, uma chamada oral e passava a matéria sem problema. No dia do professor, ganhavam-se presentes. As meninas colhiam recordações em álbuns e colecionavam poemas em cadernos e os meninos usavam brilhantina e todos acreditavam estar o futuro no estudo, embora muitos fossem reprovados. Os alunos inteligentes, respeitados por todos eram crânios. Ganhavam medalhas.

Desconto certo exagero de um velho recordando a juventude, mesmo assim o quadro é positivo e semelhante as minhas lembranças da escola, há dez ou doze anos.

Hoje, uma menina da sétima série cheirava éter no banheiro e passou mal e foi levada ao pronto-socorro. Descobrimos que desde o ano passado ela trazia um frasco de éter para a escola e generosa oferecia o produto para as amigas catequizando novas fiéis para religião dela.

E o caso da Norma e da Sueli?

Norma é uma menina baixa, mas bem proporcionada, de vasta cabeleira lisa, olhos castanhos e nariz arrebitado. Veste sempre roupas muito curtas e me mostra a calcinha com regularidade. Usa perfume francês.

Sueli é alta, loira, gostosa, um corpo grande e forte, pleno de curvas e docemente coberto pela pele branca, branquinha. Usa sempre calças jeans que lhe caem bem. Na sala quando se levanta, os olhares dos meninos a seguem.

Da Sueli nada sei, mas a Norma é filha de um antigo colega de bar, um bom sujeito. Joguei futebol com ele.

Norma e Sueli são prostitutas e atendem aos clientes em uma casa na Radial Leste. Quando as vejo sentadinhas, bonitinhas, meninas como as outras – menores de idade – não as imagino dando pra qualquer homem que pague a tarifa e esgotando com ele todas as possibilidades da relação sexual.

A família delas saberá? Não sei. Norma tem um namorado que a enche de presentes comprados com o dinheiro dela e a conduz ao trabalho em um Fusca, pago por ela. Sueli vive rápidos romances com os bonitões da escola, além das atividades profissionais. Revela grande capacidade sexual.

Nós, professores, não sabemos a atitude certa a tomar. Uns, os moralistas, expulsariam as garotas da escola. Outros, os moderninhos, as manteriam porque o estudo é a parte positiva da vida delas, embora eu tema o recrutamento de outras meninas.

A professora Magali chamou as duas para uma conversa. Falou em futuro, em dignidade da mulher, em doença venérea, em opinião pública, em pecado e invocou o próprio Diabo.

Norma chorou, prometeu regeneração e que pararia tão logo pagasse as dívidas da doença da mãe. Sueli não abriu a boca. A conversa – "um diálogo adulto" – não mudou nada. Norma e Sueli são voluntárias, optaram livremente pela prostituição porque ganham muito dinheiro e exercem uma forte liderança entre as meninas da escola por terem conquistado liberdade.

A maioria dos meus alunos trabalha o dia inteiro, tal fato condiciona o curso todo.

Ano a ano aumenta o número de alunos a abandonar a escola. Três quintas séries minguam em uma oitava. Falta de vontade, de dinheiro, a necessidade de ganhar a vida são as causas. Nos últimos anos, o amor adolescente levou muitas meninas grávidas a deixarem a escola.

Sempre fui pela liberdade sexual das mulheres e continuo com esse pensamento, mas nele não cabem meninas de quatorze anos grávidas.

O cigarro sempre foi fumado no banheiro. A propaganda de cigarro atribui a ele o sentido de rebeldia diante da autoridade. Como resistir na adolescência a tanta astúcia! Hoje ao fumo somou-se a maconha, às vezes, o cheiro azedo dessa erva sai pela janela e chega até o pátio. Um dos notórios maconheiros do colégio estuda no segundo colegial e trabalha como bicheiro. É um rapaz forte, alto e muito educado, apelidado de João Rasteira. Temos certa amizade que cultivo para evitar rasteiras, pois ele encarou o bedel que o encontrou fumando ervas do norte. Informado pelo funcionário, o diretor afinou e me chamou: "Fale com ele, ele é seu amigo". Conversei com o Rasteira e lhe pedi discrição. "Sabe como é, João". Ele sabe como é. Às vezes, me pergunto se ele não fornece maconha aos colegas e alicia novos consumidores. Covardemente, levo a questão em banho-maria.

O rapaz ficou meu amigo e me avisou dias depois que o Macarrão iria me pegar num jogo de futebol no dia dos professores. Prevenido, dei-lhe uma traulitada na canela. Macarrão afinou diante da minha violência.

No dia seguinte, na saída, encontrei os quatro pneus do Fusca furados.

A orientadora educacional maneirou. Chamou Macarrão e conversou com ele – "uma conversa adulta". "O menino tem problemas de família, os pais são separados, o menino mora com os avós, é um problema, essa criança precisa de orientação, não tem referências, parâmetros". Nem suspenso Macarrão foi. Paguei do meu bolso o conserto dos pneus.

Houve uma briga séria na saída da escola. O motivo da briga parece que foi mulher. O importante foi que apareceram correntes de bicicletas, cabos de aço, pedaços de pau, estiletes e facas. Um dos briguentos levou uma estiletada no rosto.

Nenhum de nós, professores, sentiu coragem para separar o conflito. O próprio João Rasteira não participante da batalha me aconselhou: "Mestre, fica na tua".

Meu forte é Vinícius, Manuel Bandeira, Bilac, Machado, Bechara, Said Ali. Não me prepararam para enfrentar estiletes.

Relendo estas mal traçadas linhas, vejo um erro muito comum entre as pessoas de formação literária. Atentei para os casos escabrosos no afã de ser profundo. Escapou-me a maioria, o corpo da classe, meninos e meninas nem brilhantes nem obscuros que vão tocando os estudos, cometendo pequenas transgressões, uma cola, um cigarro, uma briga de mão limpa e que receberão o diploma e tocarão suas vidas dentro da normalidade.

Também fazem parte da realidade dois pequenos gênios: Gilberto e Mioko. Obtêm nove e dez em todas as matérias. Leio e releio as redações deles em busca de um erro. Inútil, dou dez. Gilberto fala pelos cotovelos e pelos joelhos, discute, inflama, intimida os colegas com a inteligência.

Mioko cultiva uma timidez bem oriental. Não abre a boca e quando a chamo, me fita com olhos assustados.

Prevejo um futuro radioso para esses dois. A inteligência é um bem escasso e por isso bem remunerado.

Há uma razão tão óbvia só escrita porque este é um diário íntimo e ninguém o lerá.

"Nenhum homem é uma ilha isolada; cada homem é uma partícula do Continente, uma parte da terra; se um torrão é arrastado para o Mar, a Europa fica diminuída, como se fosse Promontório, como se fosse o Solar de teus amigos ou o teu próprio, a Morte de qualquer homem me diminui, porque sou parte do

Gênero Humano. E por isso não perguntes por quem os sinos dobram; eles dobram por ti".

Este texto de John Donne, usado como prefácio por Hemingway em *Por quem os sinos dobram*, na bela tradução de Monteiro Lobato, é uma síntese poética do humanismo, crença nos valores da fraternidade, o destino de um ser humano ligar-se-ia ao de todos os outros.

É lindo, o texto comove, mas besteira. O que vejo todos os dias é o egoísmo desenfreado, a volúpia alucinada pelo poder e pelo dinheiro, homem pisando homem e mulher e criança.

O humanismo está morto e enterrado em velhos livros lidos por poucos, por muito poucos, cada vez menos.

Desta maneira, procurarei tratar da minha vida. Entrarei no sistema, correrei atrás do dinheiro, comprarei roupas de grife – outra palavra que chegou para ficar como status, condomínio, cobertura, BMW, plástica, celebridade, autoajuda. Ganharei dinheiro.

Espero apenas não virar idiota e comprar um Mercedes em suaves prestações. Já à vista...

Enfim, não gastarei minha vida dedicando-me aos outros, ensinando sujeito, predicado e complementos a quem não quer aprender para chegar ao fim da carreira como dona Neusa ridicularizado por um bando de idiotas e passar minha vida esperando a aposentadoria.

Escrevo estas páginas com tristeza. Iludi-me com o pensamento de melhorar o mundo. Amo ainda a língua portuguesa, a poesia, a literatura. Creio ainda que o convívio com a literatura refina a alma e ensina a pensar e a falar.

Ah, passar a tarde analisando *O enfermeiro* de Machado de Assis. Pra viver não dá mais. Adeus salário baixo, burocracia, trabalho noturno e monte de provas para corrigir.

Adeus às ilusões. A vida como ela é.

...

Capítulo 17

■ ■ ■

Vivo um acontecimento da maior importância em minha vida. Estou apaixonado, sinto aquele amor dos poemas do Vinícius, das canções do Chico Buarque e do Roberto Carlos. Bentinho não amou mais Capitu do que amo Célia.

Sim, Célia, ex-mulher do major Amauri, minha ex-vizinha e parceira em um livro didático.

O diabo é que desejo dizer coisas lindas, escrever-lhe poemas e só me ocorrem lugares comuns e quase digo: Eu te amo, Célia, eu te preciso, eu te desejo, eu sei lá, bobagens do tipo não posso mais viver sem você, você é a metade da laranja, você é linda como o sol, só você ilumina minha vida, você... Enfim, não começarei um grande amor com palavras de canções populares.

Não digo nada, falta-me coragem. Chego cedo ao colégio e meus olhos desesperados, digamos, ansiosos, buscam o Karman Ghia no estacionamento. Nunca está, sempre chego antes.

Na sala dos professores, sento ouvindo o papo galináceo da Elizabeth e da Nair esperando desesperado, digamos, com desejo forte, ver Célia na moldura da porta com os livros contra o busto, um sorriso nos lábios e aquele corpo cor de jambo que imagino deitado na cama à minha espera quando saio do banheiro.

A cada plec, plec nos ladrilhos frios do corredor meu coração me sobressalta. Em geral, chega em cima da hora, mal entra na sala, o maldito sinal a remete para longe de mim.

Há o nosso trabalho comum. Desde que se separou do marido, Célia não me convidou para o apartamento dela. Como nos primeiros tempos, trabalhamos na casa dos meus pais, aliás, dividimos as tarefas. Ela faz a parte de literatura e eu, a gramática, então cada qual faz a tarefa dele e depois a gente junta.

Desde que se separou do major Amauri, que Deus o mantenha em Tabatinga, em plena Amazônia, cuidando das nossas fronteiras, Célia se afastou de mim, teme o estigma de mulher desquitada, da viúva alegre, da fêmea que navega por mares nunca d'antes navegados.

E o papai aqui cada vez mais apaixonado. Às vezes, capto um olhar de Célia, simpatia, charme, amor, paixão, mas é só às vezes e por pouco tempo.

Escrevi que sinto medo e sinto mesmo. O ex-marido é major da ativa, nestes tempos Amauri dispõe da minha vida como desejar.

Basta envolver-me em uma farsa qualquer, contar que a leitura de *Vidas secas* pelos alunos do 3º Colegial faz parte de uma conspiração comunista, o escritor Graciliano Ramos esteve em Moscou, aliás, há uma fotografia dele almoçando na Fábrica de Tratores Lênin.

Sob tortura, alguém confessa ser eu elemento perigoso, comunista infiltrado, ex-presidente do Centro de Letras da Faculdade. Deus mantenha o major em Tabatinga.

Descobri agorinha as razões do afastamento dela. Medo do marido, do ex-marido.

Célia é uma pessoa formidável. Em pouco tempo, organizou o material que eu escrevera e criou um esquema para a apresentação dos capítulos.

É muito agradável trabalhar com ela porque está sempre bem-humorada e conhece profundamente a literatura brasileira e possui uma virtude rara entre as mulheres.

A parte feminina da humanidade nunca diz em dez palavras o que consegue falar em cem. Mulheres também defendem seus pontos de vista com jeitinho para não ofender ao oponente.

Célia fala com poucas palavras e nela tudo se aproveita. Faz críticas sem medo de desagradar, mas com bom senso.

Como todo apaixonado, fiquei absolutamente adolescente idiota e escrevo opiniões sem contar fatos. Na escola, Célia e eu nos comportamos como colegas de trabalho. Ninguém sabe do desquite dela. O marido está na Amazônia.

Nosso trabalho comum acontece na mesa da cozinha no sábado à tarde e às quartas.

Espalhamos livros e folhas sobre a mesa e sentamos lado a lado. Como cheira bem, os olhos, os braços morenos dela e me alucino.

Nas sessões de trabalho, não ficamos sós. Minha mãe faz café para nós ou vê televisão na sala.

Quando o serviço, acaba ela se vai. Meu Deus, ela se vai. Hoje, ela me convidou para trabalhar amanhã na casa dela. Deus existe e me ama.

...

Capítulo 18

■ ■ ■

Estou perdido. Reli incontáveis vezes o rascunho do romance e não encontrei nenhum bom título nem um final possível.

Tempos de Chumbo, *Chumbo Grosso*, *As aventuras do capitão Stalin*, *Primeiro de Abril*, *Anos de Chumbo*.

Todos me pareceram ruins.

Em cada releitura, encontrava erros, palavras sobrando ou faltando, frases idiotas, cacófatos, ambiguidades. Só não encontrava o final exato.

Da minha janela, não se avista o futuro. Os militares estão firmes e fortes, o povo descontente.

Quando escrevo, povo significa a classe média com quem convivo: professores, pequenos comerciantes e industriais, bancários, médicos de plantão. Essa gente, infelizmente, pesa pouco no destino do país.

Não conheço o pensamento dos muito ricos, os incentivadores e beneficiados do golpe, aqueles que ficaram mais ricos.

Dos pobres que passam nos ônibus repletos a caminho da periferia cada vez mais distante, não percebo preparativos revolucionários. Parece-me que eles resolvem seus problemas trabalhando mais, algumas se prostituem, outros viram bandidos e/ou traficantes. Revolucionário, nenhum.

Mas, enfim, todo romance tem um fim, embora a vida não termina nunca e seja a captura dela o objetivo do escritor. Desta forma, imaginei alguns finais para o livro. Nenhum me parece bom, mas nas próximas férias escolherei um e trabalharei nele. Quem sabe?

Amauri-Stalin instala-se no Palácio do Governo e o coronel, chefe dele, ocupa a presidência. Reina no país o silêncio suntuoso dos cemitérios. Os pensantes morreram, emigraram ou se arrumaram no sistema conciliando um belo discurso de esquerda com um passadio de direita, não desprezando as possibilidades de uma próspera adesão ao sistema seguinte e as massas narcotizadas pela televisão, pelo futebol, pela bebida, pelo cigarro e pela maconha sonham apenas com o consumo e trabalham muito e barato "para chegar lá". Embora nenhum filósofo seja suficientemente corajoso para escrever, vivemos uma nova Idade Média na qual a vaidade e a tecnologia substituem a Igreja. Os centros de cirurgia plástica, as academias de ginástica e os salões de beleza são os templos da deusa vaidade, as lojas de eletrônicos, os da tecnologia.

Na universidade, estuda-se cada vez menos história, filosofia, literatura, enfim, nenhum conteúdo que permita uma reflexão sobre a realidade. A massa crítica desapareceu. Prosperam os cursos ligados ao capitalismo; administração de empresas, economia, ciência da computação, marketing, é uma palavra nova: marketing, publicidade. Os professores recebem dinheiro do Ministério do Interior para denunciar alunos rebeldes que são recuperados em clínicas especializadas.

Os operários pertencem a sindicatos patronais e só recebem aumentos de salários aprovado pelos patrões, pelo Ministro da Fazenda, pelo FMI.

Como a economia do país gira devagar, os infelizes evitam protestos porque um exército de desempregados ocupa a porta das fábricas ávido por substituir os trabalhadores ocupados.

Os juros sempre são os mais altos do mundo. Investidores internacionais correm ao país para aproveitar a boca. São bem recebidos. Os líderes sindicais recebem por fora para defenderem o interesse dos patrões.

A imprensa promove empresários bonitões.

Além da exportação de matérias-primas, produtos agrícolas, o país assumiu a liderança mundial em turismo de todas as opções sexuais e multidões desembarcam diariamente em nossos portos e aeroportos trazendo moedas fortes e muito desejo ajudando a balança de pagamentos.

Também lideramos com apoio oficial a produção de filmes pornográficos. As atrizes desses filmes aparecem na televisão e nas revistas. Cantoras e dançarinas de pouco sucesso também fazem filmes de sexo. Para evitar a expressão "partido único", o governo mantém o congresso aberto e uma bancada de oposição, naturalmente liderada por um general de quatro estrelas.

Nesse cenário de pesadelo, o consumo de drogas cresceu e enriquece milhares de sujeitos que se matam entre si na disputa pelo mercado sem que os órgãos de segurança tão eficientes contra a oposição política consigam uma vitória contra eles. No interior do Nordeste, vastas áreas autônomas onde se cultiva regularmente maconha não são invadidas pela polícia. Nas cidades, há bairros inteiros onde só se entra com autorização do senhor do tráfico. De olho nesse mercado, oficiais deixam a tropa para trabalhar como traficantes ou bicheiros.

O governo tem o objetivo de continuar no governo.

Surge então, dentro dos quartéis, uma nova geração de militares: tenentes, capitães, majores que tendo como única bandeira libertar o país da quadrilha que o domina há tanto tempo, convencem o general Spíndola a dar o golpe militar.

Tomam a televisão e com um só discurso, tendo como fundo musical "Apesar de você", de Chico Buarque de Holanda então vivendo em Roma – anunciam o início de uma nova República.

Brasileiros, chega, basta, já deu. Vamos botar essa cambada pra fora.

Naqueles lindos dias de abril, os velhos tanques do Exército ocuparam ruas e praças, recebidos com flores pela população.

Os jovens oficiais praticamente não encontram resistência, ninguém morreria por aquele governo. Amauri-Stalin foge para o Paraguai enquanto uma grande festa de carnaval se espalha pelas ruas, praças e camas do país. No Paraguai, graças ao belo currículo, o brasileiro obtém rapidamente um ótimo emprego.

Os militares vitoriosos voltam aos quartéis e os políticos civis aos Palácios.

Pensei em modificá-lo. Os militares mais comprometidos com a repressão liderados por Amauri resistem no aeroporto, para a fuga do presidente que leva muito dinheiro no avião. Quando corre para o aparelho, Amauri é atingido na perna? Nas costas? Na bunda? E executado ainda na pista.

Este seria um final espetacular, emocional e permitiria que o leitor cheio de bronca de Amauri descarregasse a raiva. Sei lá. Talvez para a versão cinematográfica. Amauri afasta-se do Exército. Uma grande mineradora norte-americana o contrata para uma tarefa simples: remover do nosso litoral uma montanha formada por minerais estratégicos, preciosos, atômicos. Titânio? platina? ouro? Depois verei.

E entre a mineradora e o presidente se estabelecera um acordo, talvez verbal. Como a região era pouco habitada e por gente simples, todas as formalidades legais seriam deixadas de lado. Os norte-americanos moeriam a montanha e silenciosamente levariam o minério para o norte, sempre para o norte. A cada navio carregado, uma conta numerada na Suíça, na bela cidade de Genebra, às margens do lago Leman, receberia um depósito suculento.

Amauri comandaria o projeto. Administraria o pessoal e controlaria a quantidade de minério embarcado.

Esgotada a montanha, Amauri teria uma ideia genial: cavar um canal e inundar o buraco, enfim criar uma baía, um golfo, desaparecendo assim a prova do crime. Ele sempre foi muito criativo.

Não imaginei que Amauri-Stalin torturasse os pobres camponeses, transformados em mineradores. Os tempos mudaram. O negócio é muito lucrativo e o custo da mão de obra insignificante. Os navios traziam da América jeans, camisetas, discos de rock, rádios oferecidos quase de graça. A mineradora edificou casas para os trabalhadores. O refeitório oferece três refeições por dia: ovos com toucinho, bolinho de carne do Texas, batatas fritas, refrigerantes, tortas de maçã e cerveja no fim do dia. Uma equipe de excelentes médicos cuidaria da saúde da comunidade. Os operários simplesmente adoravam o doutor Amauri.

Neste final, ele embarcaria no último navio de minério e viveria no Texas o tempo que Deus lhe desse, casado com uma linda morena jambo descoberta no local e treinada para boa esposa.

Nesses finais, me preocupava a ausência de culpa em minha personagem, como é comum quando se retratam inimigos do escritor. Mas meu major é um ser humano, filho de um casal de classe média baixa, criado dentro dos princípios da cultura judaico-cristã em que estamos todos mergulhados, de onde dificilmente se escapa da culpa até pelo cometimento de atos menos graves, como acontece comigo.

Amauri sofreu realmente um forte ataque de pânico que desencadeou uma depressão clássica aguda. Um possível final para esta história seria o aprofundamento da crise até o suicídio do militar. Tiro, facada, veneno?

Mais um final que permite a catarse dos leitores liberais, público-alvo do livro.

Em 1913, os turcos do então Império Otomano mataram 1 milhão de armênios, principalmente mulheres e crianças. De 1890 a 1902, Leopoldo, rei dos belgas, reduziu a metade da população negra do Congo enquanto roubava os recursos naturais daquela pobre gente.

No século XIX, o glorioso general Rocca exterminou os índios do país, hoje conhecido pelos tangos e pela extraordinária qualidade das suas vacas. Rocca matou todos os nativos e ainda virou nome de torneio de futebol: a Copa Rocca.

Nos anos 1970, do século XX, os militares argentinos mataram 30 mil compatriotas.

Em 1936, na Espanha, o general Franco e outros generais para chegarem ao poder iniciaram uma guerra civil que matou 600 mil seres humanos. E os nazistas mataram alegremente 6 milhões de judeus sem contar ciganos, testemunhas de Jeová, padres poloneses, republicanos espanhóis, negros, comissários soviéticos. Alegremente.

Quantos desses carrascos se suicidaram arrasados pela culpa? Estatisticamente, posso aposentar meu major sem nenhum problema e duas doses de uísque ao cair da tarde, ou antes de dormir resolvem.

Resta ainda o mais apoteótico de todos os finais, aquele para ler-se ao dramático rufar dos tambores da banda do circo, senhoras e senhores, a revolução.

Semimortos de fome, os camponeses nordestinos atacam os postos policiais. A eles se juntam as vanguardas revolucionárias que articulam com Fidel Castro o envio de armas e munições. O submarino soviético Kurks desembarca 25 mil fuzis AK47 no litoral do Rio Grande do Norte. Os canaviais são incendiados na Zona da Mata. A coluna revolucionária Antônio Conselheiro, dirigida por um neto de Lampião, o jovem revolucionário Wesley Virgulino, liberta Juazeiro do Norte e instala a República Popular do Cariri, estabelece a justiça revolucionária fuzilando os latifundiários, os reacionários e os policiais e dividem as terras entre os camponeses e enviam uma delegação a Roma pedindo a beatificação do padre Cícero Romão Batista.

O governo militar reage. Juazeiro é bombardeado pelos aviões da base aérea de Fortaleza de onde parte um corpo expedicionário comandado pelo general Amauri Ramos.

Sucessivas ações guerrilheiras destroem o corpo das tropas governamentais. Ao mesmo tempo, a propaganda revolucionária corrói a soldadesca governamental. Você quer morrer pelo governo? Perguntam os panfletos redigidos em forma de cordéis, a doutora Salete Maria, conhecida como a Passionária do Crato, uma jovem advogada. Os soldados do governo, recrutados entre a população pobre da região, deserta, à primeira oportunidade, muitas vezes matando oficiais e sargentos. Amauri foi esfaqueado pelo soldado Severino quando, pistola em punho, enfrentava um grupo de desertores.

Outro final que me ocorre é o seguinte:

Quando Amauri jaz prostrado na cama do hospital militar, corroído pela depressão, seu amigo chefe, o general Lívio Matos sabe do estado do antigo e dedicado subordinado e começa a mover suas peças. Embora reformado, mantém a caderneta de endereços com toda a potência e marca um almoço com o general Jones, adido militar dos EUA. Enquanto saboreiam um linguado acompanhado de um generoso vinho californiano, o general Lívio solicita do velho amigo – conheciam-se desde a Segunda Guerra Mundial – cuidados para com o valente e dedicado Amauri Ramos, este fiel soldado do ocidente democrático.

O general Jones, muito pragmático, ouviu o pedido do velho amigo e prometeu fazer o melhor possível. Depois falaram da Itália e das italianas. Logo depois da ocupação nazista, a fome dominava o Vale do Pó. Naquela fase, a economia alemã já não sustentava o exército e cada tropa providenciava o próprio rancho com a delicadeza habitual dos nazistas: Ou cede a comida ou... Ao retirarem-se, os alemães levavam tudo, inclusive as vacas e outros animais. A fome devastava a população.

Neste cenário, Lívio e Walker ainda na casa dos trinta anos e com os vastos recursos do rancho faziam a festa: "Era fantástico; grandes mulheres".

Tantos anos depois, o general Lívio recordava as belas italianas que comera com o auxílio de algumas latas de comida, maços de cigarro e barras de chocolate. "Bons tempos aqueles, Jones, bons tempos que não voltam mais".

Calado, Jones via na mente aqueles belos rapazes italianos, verdadeiros anjos barrocos. Brancos, bons e baratos. Lívio tinha razão. Bons tempos aqueles. E não havia Aids.

De volta à embaixada, Jones encaminhou o pedido de tratamento médico para o major Amauri Ramos das forças especiais brasileiras, explicando que o militar adoecera em virtude dos grandes esforços despendidos na luta contra os comunistas.

Logo chega a ordem do Pentágono: Cuidem do homem.

Amauri embarca num Hércules C130 para o norte, sempre para o norte. Internado num hospital militar da Zona do Canal do Panamá, recebeu os melhores cuidados que a ciência norte-americana propícia aos eleitos. Em um ano, o militar voltaria recuperado ao nosso país, sendo aposentado com soldo integral no posto de general de brigada, assumindo o cargo de assessor de segurança de uma grande rede hoteleira hispano-francesa.

Hesito entre várias possibilidades. Tenho medo de errar na escolha. Essa terrível liberdade me apavora.

Um romance é sempre uma carta para o futuro e temo estar errado nessas possibilidades do major e do país.

Da minha janela só vejo a escuridão.

...

Capítulo 19

■ ■ ■

Joaquim Monarde aprendera que o primeiro problema da vida clandestina era o dinheiro. Por enquanto, possuía o suficiente para viver modestamente. Como antigo militar, cuidava de si próprio: lavava a roupa, limpava o quarto, engraxava os sapatos, comia modestamente média com pão e manteiga na padaria da esquina, um prato feito num bar da rua Vilela. Aos sábados e domingos, jantava na casa da noiva.

Tentara até parar de fumar, mas não conseguira. O cigarro o acalmava. Pouco gastava em roupas e sapatos. Só a conta do dentista o assustou.

O clandestino sabia que dependia muito da sorte e quanto menos exibisse a cara nas ruas, mais sorte teria. Cortados os laços com a Organização, ninguém, mesmo sob tortura mais cruel o denunciaria. A turma apreciaria muito o conhecimento do paradeiro dele. Onde está o dinheiro? O sacrossanto dinheiro da luta, expropriado com sangue e morte?

Mesmo isolado na Zona Leste de São Paulo, o homem percebia que a repressão dizimava a esquerda armada.

De vez em quando, com propósito desconhecido do fugitivo, os jornais publicavam manchetes: "Três terroristas mortos em confronto com a polícia". Comprava o jornal e lia em casa porque se entristecia muito: Antônio Carlos Vicelo, Jesuíno Neves dos

Santos e Gilberto Passos e Silva. A queda desses três rapazes o fez chorar. Fora ele que os treinara em uma fazenda do norte do Paraná juntamente com mais dez ou doze estudantes. Quanta esperança brilhava nos olhos daqueles jovens. Antônio Carlos era um italianão imenso, fortíssimo, mas alegre e bonachão.

Jesuíno, nordestino, magro, duro, capaz de andar um dia inteiro sob o sol. "Miséria, ocês num conhece miséria. Vão lá na minha terra". Jesuíno discutia muito com os outros. Desejava a guerrilha na caatinga, no sertão, na casa da miséria porque lá seria mais fácil recrutar guerrilheiros.

Gilberto Passos era um estudante alto e magro, um intelectual distraído e fisicamente frágil que certamente não passaria em nenhum exame médico militar, entretanto desejava ser um soldado da revolução.

Monarde o proibira de fumar nas longas marchas para evitar um rastro de bituca de cigarro. Gilberto insistia em que recolheria as bitucas e esqueceria. Agora estava morto.

Quantas ilusões sob o dourado Sol do Paraná.

Se Fidel fez, por que nós não faremos?

Seria a repressão do sargento Batista pior que a dos nossos generais? E aparecia mais um teórico. Temos todas as condições objetivas para assaltar o poder através da Revolução. O povo unido jamais será vencido.

Monarde andava pela rua tranquila do Tatuapé sob a luz dourada da tarde recordando o Paraná. Como fora possível tanto engano. Lançar-se numa luta contra um inimigo tão mais poderoso e sobretudo tão cruel. Também não consideramos o apoio externo. Contávamos com Cuba e eles com os Estados Unidos.

Quase igual. Agora era continuar a vida, estava vivo e a luta terminara com mortos e feridos e exilados.

Já não morriam presos nos porões, as batidas policiais diminuíam a olhos vistos e o Alemão falava em distensão lenta, gradual, segura.

O milagre econômico naufragara no rochedo do preço do petróleo e a classe média votava à oposição. Viva. Assim os milicos acenavam com a volta do poder civil. Se a economia trouxesse de volta a popularidade, o Alemão chamaria outro general e outro e outro. Há quantos anos o Alemão do Paraguai estava lá. Agora precisava cuidar da vida dele. Edinanci tivera uma ideia brilhante. Não havia papelaria perto do grupo escolar e estava desalugado um salãozinho, vago pela morte do barbeiro.

Parou sob uma árvore para acender um Hollywood – maldito imperialismo. A rua estava tranquila, sobradinhos de porta e janela e casas mais largas com entrada lateral. Uma longa tragada o tranquilizou. Ainda sentia a tensão da clandestinidade, viver sob risco de morte constante, estar em um lugar e subitamente começam tiros, bombas de gás e a morte chegando, pedaços de aço entrando no corpo sem lembrar da captura. Escapara por pouco.

Percebeu-se parado na rua, falando sozinho (Tô ficando louco, é neurose de guerra). Retomou o caminho e chegou ao salãozinho. Era a antiga sala de visita da dona Branca, nada mais do que três por cinco de área útil. O casal comprara de segunda mão um balcão e uma caixa registradora National. Monarde construíra umas prateleiras de pinho para abrigar a mercadoria.

A viúva vendera a cadeira de barbeiro, porém o grande espelho da parede revelava a Monarde um homem de peruca, orelhas de abano, pele rosada vestindo calça rancheira – o maldito imperialismo – e uma camiseta branca. Já não parece com as fotos do perigoso revolucionário grudadas nas paredes. Está mais velho, pareço um pequeno burguês. Bate continência para a imagem no espelho e tratou de terminar as prateleiras.

Monarde entrara com o dinheiro para a papelaria e Edinanci com o nome. “Meu amor, tenho o nome sujo. Fui sócio de uma pequena editora que faliu. É melhor assim, fica tudo no seu nome e, se eu morrer, você fica com o negócio no seu nome”. “Vira essa boca pra lá”. Enfim no dia 30 de janeiro a porta corrugada subiu e ficou aberta a papelaria Aurora, homenagem que provocou lágrimas, atendeu o primeiro freguês.

“Uma folha de papel almaço”. Monarde comprara por milheiro e vendia por unidade. Lucro de 50%.

O ex-sargento percebeu que a escola exigia em papel almaço um requerimento para matricular o aluno. Para muitos pais, o documento era uma dificuldade. Levou a velha Olivetti de Edinanci para a loja. Vendia o papel e a datilografia. Também dispôs um baleiro no balcão. A caixa se enchia de moedas.

Era o primeiro dinheiro na vida dele que não provinha de soldo ou salário. Entusiasmou-se com o comércio. Aquele gotejar de notas e moedas na caixa. Marcava cada venda em caderno e no fim do dia, ansioso, somava as parcelas. No início do ano letivo, os alunos compravam muito material escolar. A soma da caixa pintava um sorriso na mente de Joaquim Monarde.

Fechava depois da entrada do período noturno e muitas vezes Edinanci vinha buscá-lo no Fusca – “Não me custa, amor” – embora o percurso fosse curto e ela, pela manhã, o vencesse a pé. O homem interpretava o gesto como uma prova de amor. Edinanci o amava, fazia-lhe comidas, comprava-lhe roupas e perfumes – uma novidade para ele – atendia com prazer qualquer pedido dele e na cama revelava uma voltagem de 220 volts.

O homem recebia todos aqueles gestos e modesto os atribuía ao fato de salvar a mulher da solidão.

Em casa, guardado o carro no ex-jardim, o casal jantava. Dona Aurora iniciara a descida do tobogã e por isso muitas vezes jantavam a sós. Depois café e tevê, novela na televisão.

Uma noite, antes de adormecer, sob a colcha cor-de-rosa, depois de saciar Edinanci da longa abstinência, fora virgem até depois dos quarenta, Monarde pensou "que vida burguesa a minha".

Cansado, adormecia depressa, dormia bem, mas estranhos pesadelos o assaltavam. Estava no quartel, na Bahia, e o major Peçanha o acusava de roubar um fuzil. Pedia permissão para falar, mas o oficial não lhe dava. Diante da tropa formada no pátio de manobras, sob um sol muito luminoso, o oficial baixinho com o rosto furioso, cheio de ódio lhe arrancava as divisas, lhe rasgava as roupas, até deixá-lo nu. Ele tapava o sexo e Peçanha – esse grande filho da puta – ordenava: "Sentido". "Vejam soldados do Brasil, o pinto do ex-sargento é pequeno, muito pequeno, mínimo mesmo". Comunista é todo viado.

Monarde acordava, cada vez mais estremunhado, levantava com cuidado e no banheiro escovava os dentes, um gosto ruim na boca mesmo sem beber e esperava a fumaça do sonho desaparecer. Custava a adormecer e sentia medo de sonhar outra vez.

Da janela da casa ardendo, Segóvia gritava: "Socorro, cabron, covarde, socorro". Dona Aurora com uma panela na mão não o deixava passar e Segóvia gritava: "Cabron, covarde. Hay que pelar".

Depois desses sonhos, o ex-sargento atravessava a manhã com pouca energia, com dor no corpo, aquela típica do começo de gripe.

Esforçava-se para atender aos fregueses com simpatia. Só melhorava depois de caminhar sob o sol de braços dados com a esposa, da papelaria e da escola até a residência do casal.

"Meu bem, acho que estou grávida". No momento presente, o homem não mediu o alcance daquelas palavras. "Meu bem, acho que estou grávida". Reagiu como a mulher esperava: beijos, abraços, palavras doces, finalmente ocorreu-lhe uma boa frase: "Nossa vida não será mais a mesma. Agora somos três". Edinanci gostou e deu-lhe um beijo molhado. Valente menina, a Edinanci, aos 42 anos, professora primária, com a mãe doente, unida a um homem cheio de mistérios e que claramente mentia sobre o passado dele, sem pai, nem mãe, nem irmãos, resolvera pôr um filho no mundo de preferência uma filha. Decisão dela, as pílulas iam desde o início da relação para a latrina.

A paternidade nunca preocupara o ex-sargento, desde a adolescência, amara com a despreocupação de um gato dos telhados, muitas vezes frequentara a zona, onde obtivera algumas gonorreias. Vivera também rápidos romances com companheiras de militância, muitas das quais comprometidas com a luta política e neste caso sem possibilidades de união estável.

Depois desde 1963 resolvera mudar o Brasil e depois o mundo. Como carregar uma criança em comícios, passeatas, expropriações, fugas, aparelhos, tiroteios. Seriam essas as razões de não ter filhos? Sei lá, entendeu? Edinanci resolvera por ele e aos 45 anos seria pai de um bacuri e estava feliz com o fato, a vida dele ganhava um novo sentido.

Com dona Aurora descendo rapidamente o Tobogã e grávida aos 42 anos, a professora solicitou licença médica. Edinanci chorou durante todo o exame – é a última chance, doutor. Sim, tinha sangramento, os batimentos cardíacos alterados, a pressão alta, a mãe doente. Bom sujeito o doutor Marco Antônio, deu-lhe um mês de descanso com a recomendação de guardar repouso.

Monarde contratou uma jovem adolescente da periferia, Maria da Silva, como empregada doméstica. Era magra e num eco tenebroso do passado dizia: Sim, sinhô. Cheio de culpa o sinhô, afinal um ex-combatente de tantas lutas populares, levou para casa uma cartilha e depois do jantar e da lavagem da louça alfabetizava Maria da Silva. A menina era esperta, um pouco tímida diante do sinhô, mas aprendia e lia pequenas frases: O pinto do pirralho pia.

Naquelas manhãs em que acordava estremunhado, depois do sonho terrível com Segóvia assando na janela e pensamentos negativos lhe invadiam a cabeça: judiei de tanto recruta, abandonei meus pais pelo partido, a bomba no quartel, então pensava, mas alfabetizei a Maria da Silva. É uma, mas vale, finalmente ajudei o povo.

Meu, não, isso não. Minha vida virou e me sinto bem com isso. Transformei o revolucionário num dono de papelaria, criei uma família, parei de dar tiros, já não me perseguem as feras da repressão. Quem desconfiaria do marido da professora Edinanci, o genro da dona Aurora, um genro de ouro, leva-a ao médico como a levava ao cinema.

E, como nas canções, a vida continuava. Trabalhava na papelaria, agora vendia guias para recolhimento de impostos. O Estado brasileiro arrancava o dinheiro dos contribuintes. Cuidava de dona Aurora, pior a cada dia, a boa senhora esperava apenas o nascimento do neto e de Edinanci cuja gestação pendia de um delgado fio. As licenças médicas se sucediam. E Monarde levava a mulher ao hospital dirigindo como se tivesse a carta de habilitação, identidade legítima e um passado convencional.

Uma noite, deitado ao lado da esposa que lançava regularmente peidos mal cheirosos – certamente a criança pressionava o intestino – se eu chegasse dez minutos antes, hoje meus ossos jazeriam em uma vela comum e Jaques Monarde seria um registro em um arquivo policial destinado inexoravelmente a transformar-se em museu quando a tão esperada revolução triunfasse. Um pesquisador puxaria a ficha de Joaquim Monarde, nome de guerra de ex-sargento do Exército expulso em 1964 por causa da participação no cômico da Central do Brasil e por sua conhecida filiação comunista (PCB). Após a cassação, desapareceu na clandestinidade, visitando Cuba e Alemanha Oriental onde recebeu treinamento militar. De volta ao Brasil via Uruguai ou Argentina, engajou-se na luta armada sob o comando de Segóvia, veterano militante comunista, então dissidentes do PCB. Monarde participou de inúmeras ações armadas: assaltos a mercados, fábricas, carros fortes e bancos, revelando excepcional sangue frio diante do perigo. Morreu junto com Segóvia e dois companheiros no aparelho da Serra de Botucatu em 1971.

O homem levantou-se e foi ao banheiro. A iluminação pública entrava pelo vitrô e o ex-sargento pensou: "Estou vivo e isso que importa, vivo e transformado em um pequeno burguês, fui cooptado pela burguesia e acabarei no Rotary Club. Sobrevivi e serei pai".

...

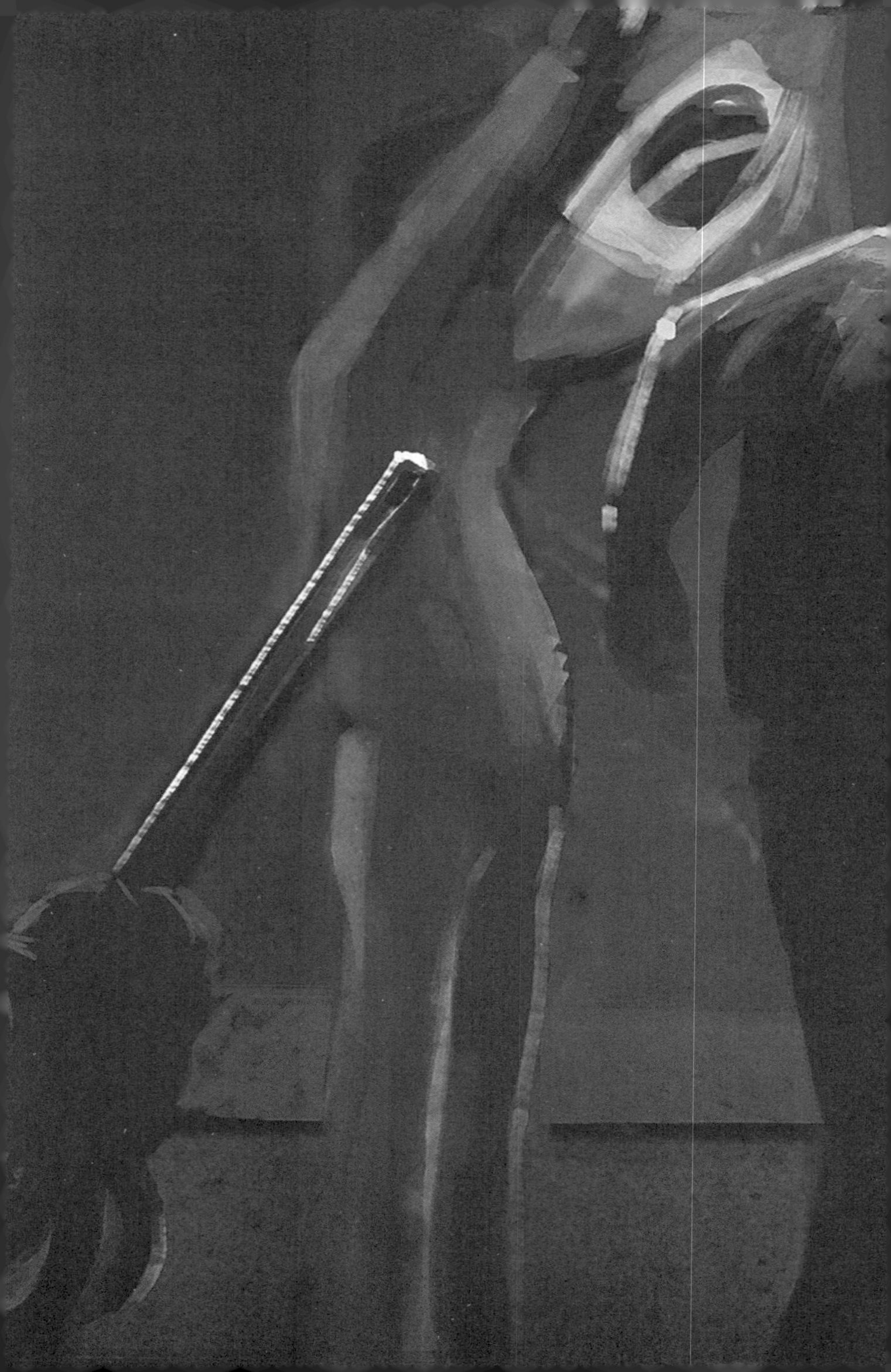

Capítulo 20

■ ■ ■

Apto 8º andar

"Aluga-se. Mobiliado. Sala, dois quartos, banheiro, área de serviço, quarto de empr. Rua da Consolação, 2627. Fone: 929002. Rodolfo Imóveis".

Insatisfeito, o militar atentou que o anúncio não representava bem a moradia dele. A ampla sala com larga janela para as luzes da avenida Paulista. "Linda", exclamavam as moças olhando dali da cidade. E confortável. Tapete grosso onde os pés delas afundavam, a mesa de centro de vidro italiano, o sofá em couro verde – presente da fábrica, a televisão Telefunken de tela grande – outro presente e o bar - uma obra de arte em Jequitibá da Bahia cheia do precioso líquido: Chivas Regal, Dewar's, Ballantines, Grant's, Jack Daniels – uma lembrança de mister Jones, na verdade, o velho general Jones, grande viado, o general Jones, grande consumidor de recrutas.

Amauri pousou o jornal sobre a mesa e no bar serviu-se de uma dose de Royal Salute, a mais rara joia da coroa e voltou ao sofá.

"Por ordem do comandante do Exército Ilmo Senhor General Gilberto de Queirós Matoso o major de Infantaria Amauri Ramos se apresentará ao comando da guarnição de Tabatinga onde está designado subcomandante do 3º Batalhão de Infantaria no dia 19 (dezenove do corrente mês)".

"Sim, meu general, às suas ordens". Era assim mesmo a vida militar, sim, meu general, às suas ordens e lá ia ele de volta à tropa e logo em Tabatinga, longinho não? Como subcomandante de um batalhão de Infantaria, legítimo pé no barro. Longas marchas o esperavam. Sob o sol e a chuva, no meio da selva.

Já tocado pelo uísque, foi até o outro quarto, abriu com chave o armário e colocou sobre a mesa uma grande bolsa. Apanhou a Colt 45, verificou se estava vazia e, estranho, sentiu vontade de dar um tiro na cabeça. Ficou um tempo com a arma na mão. Em Quitaúna, matara um cavalo ferido atacado por formigas. A cabeça do animal explodira na frente dele e o corpo caíra com um baque, plá. Não, não.

Enfiou a arma na bolsa, as outras também.

Verificava a carga e guardava. Só o velho revólver do Espanhol lhe mereceu atenção, aquele comuna filho da puta matara um soldado no Brás ou na Mooca, filho da puta. "Eibar - Espanha". Tinha ferrugem.

O comuna atirava nele, mas não acertara e ele estava vivo e o outro, morto. Por último, guardou uma caixa grande cheia de munição e trancou a sacola com um cadeado.

No outro quarto, abriu uma mala imensa sobre a cama. Tinha mais roupa de paisano. Dispôs dobradas no fundo da mala as calças de tergal, sobre elas as calças de brim, um terno azul de tecido chinês – presente de um empresário e outro cinza, também presente que usara como disfarce e antes de fechar, o uniforme de gala com o qual frequentara tantas mansões e Palácios e também tanta solenidade aborrecida.

Com aquela farda, recebera a Medalha do Pacificador.

Na sala, embora um pouco alto, embalou gentilmente garrafa por garrafa do precioso líquido. O uísque durara mais do que a amizade dos que o presentearam.

Na cozinha, Amauri Ramos apanhou um pacote de açúcar. Na garagem, despejou o conteúdo do pacote no tanque de gasolina de um Opala coupê de capota de napa e corpo marrom. "Com as recomendações do major Amauri". Dirigiu até a Tutoia onde entregaria o carro com um prazer especial. Misturado à gasolina, o açúcar queimado se depositaria nos cilindros do motor e os estragaria. Quando o legítimo dono abrisse o motor, teria uma surpresa.

O canalha cedera vários carros ao militar nos verdes tempos da luta contra a subversão e agora tinha a cara de pau de pedir o Opala de volta. O canalha aprenderia como se sabota um veículo inimigo.

Na antiga sede do comando repressivo, o ambiente era de mudança. Soldados em uniformes de faxina carregavam um caminhão verde-oliva com mesas, cadeiras, camas, fogões, geladeiras. Naquele pátio, em outros tempos, os comunas desciam da C14 e enfrentavam um corredor polonês. Socos, pontapés, cacetadas, gritos, levanta filho da puta, levanta.

Se tivesse um FAL na mão, atiraria como um louco, depois espalharia gasolina e tacaria fogo, umas granadas de mão resolveriam, mandaria o Ceará dinamitar o prédio.

Ficou parado cheio de ódio, as mãos fechadas e uma tontura forte o bambeou. A visão embaçada e a luz quase o cegaram. Fez um grande esforço – um major de infantaria do Exército Brasileiro não desmaia no pátio de um quartel – foi até a torneira e molhou o rosto, as orelhas e sentiu-se melhor. Porra, caralho, puta que o pariu. Pensou em foder dois pés de couve que carregavam um sofá por não prestarem continência, mas se viu de paisano. Limitou-se a gritar: "Cuidado com isso".

Finalmente, cruzou as portas do inferno do qual fora o Diabo rei. O salão estava quase vazio.

O pau de arara desmontado, os telefones dos choques elétricos desaparecidos, até a cuba, onde aplicara tantos submarinos, fora retirada. Os lá de cima apagavam o cenário, tiravam o rabo da seringa, o cu da reta, aliás como sempre, na História, quem se ferra é sempre o de baixo.

No fundo do salão, dois homens de macacão armavam um cavalete preparando a pintura das paredes. A pesada porta de aço aberta deu passagem para o corredor ladeado de celas, cheiravam a mijo, a merda, a esgoto e a creolina – um cheiro ainda da infância dele.

No outro conjunto de celas, dois sujeitos destruíam a marretadas a melhor ideia dele. Uma cela forte de um metro quadrado de base e um metro e meio de altura com uma entrada pelo chão. O prisioneiro se arrastava para dentro e não ficava de pé. Agachado ou sentado no escuro, sofria. Na verdade, vira a cela em um documentário sobre os campos de concentrações nazistas e achara a ideia aproveitável. Em geral, o prisioneiro passava lá algumas horas e passava para o interrogatório. O método não servia para casos urgentes, mas funcionava.

Os dois peões obedeceram à ordem do homem e pararam. Este olhou para dentro da estreita construção e pensou. Foi bom derrubar.

Andava cheio de raiva. Saiu dali para o alojamento.

Os filhos da puta levaram tudo, as salas, os quartos, o refeitório, vazios, algumas marcas pelo chão, uma barata morta, lixo, um fim de feira. Que merda faço aqui?

O Opala continuava no estacionamento.

Pensou em levar as chaves para foder de vez com Alves e Cia – Comércio de Veículos Especiais, mas não valia a pena.

Na portaria, pediu ao tira de plantão que uma viatura o levasse para casa. E foi num velho Fusca da Secretaria de Segurança que o major de Infantaria Amauri Ramos voltou para casa naquela tarde.

Estava mal, perdera uma parada, uma puta de uma parada. Lá atrás, apostara nos durões, no poder de fogo dos "tropeiros", dos que não fogem da luta. Tomara a iniciativa de enfrentar os comunistas e se destacara por isso. Por mérito, promovido a major e por mérito o incumbiram da missão de acabar com a subversão. Fizera por merecer.

Como fora ingênuo. Imaginara tornar-se um herói, um salvador da Pátria – "aquela Pátria que todos carregamos no coração". Quem foi o filho da puta que disse essa besteira?

Tempo de discursos e festas, Palácios e presentes. Senhor major queremos ajudar a sua heroica luta pela democracia e liberdade. Do que o senhor precisa? Estamos às ordens.

Amauri reencheu o copo de Royal Salute. Precisava se cuidar, andava bebendo demais. Foda-se. Os dois velhos tropeçaram ao descer do camburão, o caolho baixinho levou um tabefe na cara e os óculos caíram e o Alemão, imagine, reagiu e o capitão Stalin o derrubou com um chute na bunda. "andem, seus putos, cornudos, viados, traidores, fedorentos, velhos filhos da puta.

Acordou às dez e meia com dor de cabeça e gosto ruim na boca. Tomou um banho de recruta, fez a barba e vestiu um terno claro e uma camisa esporte.

Ia à zona. "Ceará, estou pronto. Em dez minutos". Positivo. Botou uma Bereta na bolsa capanga – era uma viadagem útil a capanga, a máquina não aparecia – e dez cargas de munição, seu pavor era ficar sem munição e ser executado exatamente como o Laranjeira, trocara tiros com os filhos da puta, as balas acabaram e os assassinos acabaram com ele num banheiro de puteiro. Um cara bacana, o Laranjeira. Se os de cima deixassem, teriam acabado com todos os comunas, mas não, entraram com o papo da maldita abertura – do rabo deles, lenta, gradual, segura. Segura pra quem, porra? para os comunas que voltavam e eram recebidos com festa no aeroporto.

Ah, se ele tivesse tropas sob o comando. De manhã bem cedo, cercaria o Palácio e se os meninos bonitos do batalhão de guardas resistissem, ele os varreria a rajadas de ponto 30.

E o Alemão, aquele Alemão nojento, metido a estadista, a estadista, caralho, sairia morto pela rampa. E depois iria buscar o Caolho para morrer devagar.

O interfone o avisou da presença de Ceará. Trancou a porta, e como nos filmes policiais, Amauri encostou um palito de fósforo.

Ceará era um mulato claro, largo, de braços fortes, pescoço como um mourão e mãos de goleiro. No carão redondo, os olhos sorriam amáveis, possuía o disfarce da simpatia bonachona dos gordos. Atirava bem com a Colt 45 cujo coice brutal não o incomodava.

Chamara a atenção do então capitão Amauri pela fina pontaria e, em pouco tempo, se tornara um motorista, guarda-costas de confiança, não só nas batalhas, mas também nas incursões noturnas na zona do prazer.

Por sugestão do superior também adotara a capanga cheia de munição e, seguindo um traço cultural regional, carregava presa à perna uma peixeira que atirava com rara precisão. Tivera aulas com um cangaceiro do bando de Lampião.

Em relação ao Major Amauri, Ceará era ouvinte passivo e concordante. Naquela noite, o sargento logo percebeu que o homem estava nervoso.

Os velhos eram umas bestas, uns gagás, entregavam o ouro pro bandido mole, mole. Depois de eles arriscarem a vida enfrentando os comunas, o Alemão e o Caolho – principalmente esse filho da puta – entregavam o país numa bandeja para os civis, aquela putada toda: Tancredo, Montoro, Aureliano Chaves, Petrôni o e o mais perigosos de todos, esse operário comunista, aquele pernambucano de São Bernardo – como era mesmo – Lula, isso, esse sindicalista Lula, Ceará, a gente precisava dar um trato nesse cara, pra ele não encher mais o nosso saco.

Por gosto dele, o calado Ceará ouviria a suave voz de Clara Nunes. Desligara o toca-fitas assim que o major apontara na porta do prédio. De tempos em tempos, o sargento murmurava, sim senhor, major, é isso mesmo, o senhor tem toda a razão, major. Afinal, o homem pagava a conta da boate, arranjava umas bocas por fora e era o senhor major. Tava bom demais.

Na boate, o porteiro já conhecia o "doutor", e entraram sem problemas de revista. Amauri pediu logo uma garrafa fechada de Grant's do legítimo porque esperava uns amigos. O sargento pensou que a noite prometia trabalho duro.

Os amigos não apareceram, o "doutor" cuidou sozinho da garrafa. Ceará poupou-se para o final da noite. "Filhos da puta, traidor, o caralho, o Caolho, maldito Caolho" e frases que o sargento nunca imaginou ouvir na voz do major de Infantaria Amauri Ramos: "Sou um bosta, sargento Ceará, um bosta, eu não valho nada. Ninguém merece, no fundo eu só conto com as putas, elas estão sempre aí, as putas de plantão, o filho da puta do gerente é o oficial de dia como eu, já fui oficial de dia. Agora sou um bosta".

A voz do bêbado ecoava por todo o salão, alguns fregueses olhavam feio, as mulheres acostumadas à cenas ridículas, sorriam complacentes. Apavorado, o gerente desapareceu, conhecia o militar, sabia da arma na capanga e da personalidade dele.

"Esse porra acabou. Mais uísque. Nessa merda não tem uísque?". "Vamos embora, major, vamos para o Love House, lá as mulheres são mais bonitas". Amauri cabeceou e deitou a cabeça na mesa e o sargento percebeu que o superior mijava nas calças. Era hora da retirada, nada honrosa. "A conta, garçom". Pela boca entreaberta de Amauri, escorria uma baba salivosa. Cento e oitenta e sete cruzeiros. "Não tenho esse dinheiro". "Sair sem pagar dá confusão, chamam a PM". O gerente recusou o pendura.

O sargento entendeu ser a solução a carteira do major. Era absurdo, mas não havia outro jeito. Enfiou a mão no bolso do paletó e sacou uma carteira preta de couro de jacaré. Tirou 190 cruzeiros e entregou ao garçom. "Vamos, major, vamos". Nem uma explosão nuclear despertaria o homem. O gerente reapareceu: "A gente carrega ele até o carro". O sargento se ofendeu. Levantou a cabeça do bêbado, afastou a cadeira da mesa e tomou o major nos braços e atravessou o salão sob os olhares indiscretos dos paisanos.

Atento, o garçom abriu a porta. "Boa noite, doutor, volte sempre".

Naquela hora da madrugada, circulavam no pedaço mulheres em busca de retardatários, vigilantes cafetões, traficantes, possíveis fregueses. Sob atenções gerais, o sargento cruzou a rua até o estacionamento onde contatou o esquecimento das armas na boate. Desesperado, voltou correndo e o gerente com um sorriso devolveu as capangas.

O primeiro pensamento do sargento foi levar o major ao Hospital Central do Exército a cujo Pronto-Socorro já conduzira tantos militares. Ocorreu-lhe que o major se sentiria humilhado diante dos companheiros e que a ocorrência mereceria registro no prontuário dele. Assim conduziu o velho Ford Corcel até o Pronto-Socorro Municipal do Vergueiro sob nome falso e depois de um diagnóstico instantâneo e de sabê-lo não diabético, uma médica recém-formada aplicou uma glicose na veia e o deixou dormir, enquanto o fiel sargento dormitava num banco duro da sala de espera com uma música do Chico Buarque na cabeça. "Quem te viu e quem te vê".

Por volta das nove horas da manhã, o major reapareceu. Pálido, curvado, borocoxô como se diz na minha terra. Arrastou-se até o carro sem me dizer uma palavra. "Pro seu apartamento?" "Sim, mas pare numa farmácia". "Como é que digo a ele que peguei a carteira dele?". "Você pagou a conta, Ceará?". "Sim, senhor major". "Ainda bem". Não falou mais nada até chegar em casa. Como despedida: "Ontem não apareceu ninguém". Dispensou o sargento na portaria do prédio e subiu para o apartamento.

Não podia dormir. Um longo banho de recruta o reanimou, engoliu os remédios, a cabeça latejava, tinha pouco tempo. Vestiu a farda de passeio: calças e dólmã verdes, camisa amarela, gravata preta, meias e sapatos também pretos. Custou a acertar o nó da gravata. Falta de hábito. Inspecionou o apartamento, verificou o acondicionamento da bagagem. A dor de cabeça lhe ocupava a consciência. Logo o interfone avisou: "Mande subir". "Cuidado, tudo é frágil!". "Sim, senhor, major". Assim sem recordar nada, Amauri Ramos embarcou no caminhão e rumou para o Campo de Marte para embarcar no Hércules C130 que o levaria à primeira escala da viagem à Amazônia.

Dor no corpo, especialmente na cabeça, estômago queixoso, intestino cheio de gases, olhos e ânus irritados.

Dentro das regras da cortesia militar, apresentou-se ao comandante capitão Calvet que lhe desejou boas-vindas. Sentou-se no duro banco lateral.

A outra vez, fui de Electra, mesma fabricação, mesmo barulho da turbina, a Célia foi junto, menstruada, será ou ela perdia o tesão por mim. O velho Lívio mandava pra caralho, me arrumou passagens até Manaus. Voltamos na maior mordomia num avião do governo do Estado, muito uísque, canapés, a maior mordomia, essa cabeça me fode...

Espantado, o militar assistia à entrada de um grupo de freiras vestidas com largas roupas cinza e com crucifixos de madeira pendentes do pescoço. "Boa tarde, senhor". "Boa tarde". Se elas soubessem... não me cumprimentariam. Cavalos... Cavalos não.

Vários soldados em uniforme de faxina transportavam com notável esforço dois engradados cada um com um cavalo e os depuseram no centro da cabine prendendo os cabos aos ganchos.

Assustados com o ambiente, os animais defecaram e um cheiro de merda fresca espalhou-se pelo ambiente, sem alterar a expressão das freiras.

Um sargento cinquentão bateu continência e com forte sotaque gaúcho dirigiu-se às religiosas.

"Irmãs, só incomodamos até Brasília. Os animais são do presidente". "É verdade, o presidente adora cavalos".

Revoltante aquela coincidência.

É verdade, o Presidente adora cavalo. Davam mole pros inimigos que vinham agora na gozação. Assim, as freiras agradeciam pelo transporte até à Amazônia.

Com um barulho sinistro, a porta traseira se fechou hidraulicamente. Um sargento da Aeronáutica passou as travas, verificou a segurança das cargas e o uso dos cintos. O Hércules se moveu lentamente até a cabeceira da pista onde depois de uma barulhenta corrida pela pista, o capitão Calvet puxou o manche e elevou o avião ao céu.

Amauri desamarrou os sapatos pretos, ajeitou-se no banco duro e adormeceu. Quando o ruído das turbinas se modificou, acordou com a boca seca e a língua pastosa. Nenhuma aeromoça à vista. As freiras tinham água e o militar hesitou. A religiosa mais velha estendeu um copo de papel. "O senhor aceita?". Engoliu dois.

Tô pedindo água pra freira. Irritado, foi ao banheiro onde urinou, lavou o rosto e as mãos, mas não se sentiu melhor.

A visão das freiras o irritava. Aquela expressão no rosto da superiora de bondade, uma bondade institucional, parecia uma bofetada. Ocupou o lugar, prendeu o cinto e fingiu dormir.

Em Brasília, os cavalos desceram, as freiras não. Presença incômoda, embora também usassem uniforme, o delas meio cinza, roupas largas, três tribufus, se o avião caísse e ficassem seis anos perdidos, perdidos na selva, nem assim.

As religiosas abriram uma sacola. Uma garrafa térmica e sanduíches embrulhados em papel alumínio lembraram ao major que não comera nada naquele dia. Aceitou um copo de chá com leite e um sanduíche de pão de forma recheado de frango com maionese. Afinal, a igreja fazia a Campanha da Fraternidade – pão para quem tem fome – e ele estava faminto.

E o padre se matara lá na França. Nunca pusera as mãos naquele sujeito, nem ele nem a turma dele, mas quem mandava os padres e as freiras também se meterem com os comunistas. Não dava pra entender. Os comunistas são ateus, Lênin dinamitava igrejas em Moscou. Os padres amam a Deus sobre todas as coisas... Se os comunistas vencessem, os religiosos perderiam o emprego... A freira velha oferecia bolo. Estava ótimo. Para onde iam? Aragarças, não, ele iria até Manaus e de lá, em outro avião até Tabatinga. Elas eram missionárias, mantinham um colégio e um orfanato, pertenciam às vicentinas da ordem de São Vicente de Paula.

Soldados de macacão azul embarcavam várias caixas, um grupo de sargentos da Aeronáutica prestou-lhe continência e sentou do outro lado.

Outra vez, a enorme porta traseira se fechou num ruído metálico e o som das turbinas encheu os ouvidos, o avião se moveu.

Aquela jostra andava bem mais devagar do que os Boings e o mesmo que o velho Electra, ficaria ali naquele banco duro, ouvindo o grunhido das turbinas, a trepidação dos motores, vendo a parede verde-escura do Hércules – esse verde tão querido dos militares – fardas, casas, armas, aviões. Espertas, as freiras liam, os sargentos dormiam. Um saco.

Depois de meia hora de voo, o comandante Calvet deixou o posto de piloto e sentou-se ao lado do major Amauri num gesto de cortesia militar. Um cabo serviu café de uma garrafa térmica. Falaram do tempo de voo, seis horas e 52 minutos, um saco, do avião construído em 1963, mas bem cuidado, acabaram a revisão das turbinas e chegaram ao tema do momento: a volta aos quartéis. Calvet confessou-se duplamente frustrado como soldado e aviador. Qualquer dia dava baixa e ia voar Varig. Muita disciplina e pouco dinheiro. Se não fossem uns acertos nas escalas de serviço que permitiam uns voos por fora para executivos, enfrentaria dificuldades financeiras. Era um aviador de aeródromo. A FAB voava o mínimo possível para poupar combustível. Equipamento, pombas, os mecânicos viravam canibais, tiravam de um para o outro voar. Que adianta um general no Alvorada, se a noite, pra nós, não dá teto. E aí mandava-se um Hércules ao Egito para levar a mobília do nosso embaixador general. Sorriu.

Por sorte, o Hércules apresentara um problema na hidráulica e as peças demoraram e passamos quinze dias no Cairo recebendo diárias. Mas então, militar no governo, era ótimo pra general, brigadeiro e almirante, principalmente para general, com todo o respeito.

O ânimo do major se apagara, concordou com o capitão Calvet, um homem muito alto, longilíneo, de cabelo louro e olhos azuis, certamente um eslavo, estava na área dele, é mesmo, soldo baixo, trabalho duro, equipamento velho, quartéis degradados, o quadro no Exército era o mesmo.

Há algum tempo o piloto não falaria aquilo pra ele e não ouvia calado, a disciplina se acabava. Precisavam de uma nova revolução militar para botar ordem na casa.

O comandante da aeronave voltou ao posto, depois de passar pelo sanitário e o major semiadormeceu. Vivia uma ressaca profunda, talvez dupla ou tripla.

Ao pisar no aeródromo Eduardo Gomes, o Amauri penetrou em um caldeirão fervente. O calor do ar o tonteou, pensou em cair, disfarçou e caminhou lentamente para o saguão, carregando a bagagem de mão, o ar quente incomodava o nariz.

"Boa noite, senhor major. Sou o sargento Gonçalves. Seja bem vindo a Manaus".

Logo o major estava sentado no banco de trás de uma perua recebendo o bafo quente do crepúsculo amazonense.

Macambúzio e sem olhar a paisagem urbana, chegou ao Hotel de Trânsito onde seguiu a rotina de todas as hospedagens.

No quarto, pendurou o uniforme e abriu o chuveiro frio, a água chegava morna, sentou-se no chão e ficou sob o jato até melhorar de ânimo. Reaparecera uma dor na boca do estômago. A comida das freiras produzira certa azia, uma vingança talvez.

No refeitório dos oficiais, jantavam três tenentes e um capitão. Prestou continência e sentou sozinho. O taifeiro ofereceu costela de Tambaqui com purê de batata e arroz.

Lembrava-se bem do ar condicionado do quartel de Tabatinga, mas pensava no pátio, no pátio, no pátio não funcionava, nem na mata, nem na mata e logo ele faria longas marchas na mata, na mata, as botas afundando no barro, os pés pesados, pesados. Caralho, tô falando sozinho. Olhou com raiva para a mesa dos tenentes onde ninguém se incomodava com a presença dele.

Mal tocou na comida, o estômago doía e ordenou ao taifeiro um copo de leite. Sentiu-se melhor.

No quarto, o estômago declarou guerra e devolveu a refeição ao vaso sanitário. Vomitara sangue.

Não iria ao pronto-socorro por uma indisposição estomacal. Engoliu um copo d'água e saiu em busca de uma farmácia onde comprou um remédio leitoso, segundo o atendente: "muito bom pro estumago". Tomou uma dose dupla e sentiu-se curado.

Veio então a sede, uma sede torturante, daquelas de quem marcha vinte quilômetros pela caatinga sob o sol. Ao lado da farmácia um bar sob luz amarelenta. "Tem uísque aí?". "Drury's". "Old Eigth?". "Só Drury's". "Bota uma dose com gelo". "Tô sem gelo". "Bota logo essa merda".

Algum tempo depois, o major de Infantaria, Amauri Ramos, sem responder a continência da sentinela, entrou no saguão do hotel de trânsito. Cambaleou o caiu.

Babava uma gosma. Os porteiros chamaram uma ambulância e o deitaram sobre um sofá. O major dizia palavras desconexas, Célia, traição e palavrões. Românticos, os porteiros concluíram que brigara com uma mulher.

No pronto-socorro do Hospital Central, o jovem médico assustou-se com o quadro do paciente. Como cheirava a álcool, pensou em glicose na veia. E se o cara fosse diabético? Matar um major da ativa é encrenca grande. A pressão arterial estava em vinte por doze e meio, o exame de toque do abdômen revelava um inchaço do fígado. O major vomitava. Chamou então o doutor Fernando de Assis, seu preceptor que diagnosticou: úlcera péptica, hipertensão arterial, gastrite aguda. Aplicou ele mesmo um Buscopan, um diurético para abaixar a pressão e uma dormideira e internou o paciente num quarto digno da patente dele.

E assim o major Amauri Ramos não se apresentou ao comando, no dia seguinte em Tabatinga.

...

Capítulo 21

■ ■ ■

Em um Boing 767 da Varig, a 10 mil metros rumo a Miami.

Minha mulher dorme, as crianças também. Passaremos 22 dias na América do Norte. Visitaremos a Disneylândia e depois conheceremos Nova York, a capital do mundo ocidental.

Há muito tempo desejávamos esta viagem internacional, todos juntos, mas a vida de dono de escola é uma batalha sem fim. No início do ano, perseguimos as matrículas, depois a manutenção do número de alunos, o funcionamento da escola, o recebimento das mensalidades – cada dia mais difícil – o índice de reprovação – aluno reprovado é transferência certa e então recomeçamos a batalha da matrícula. Sem falar em brigas, drogas, gravidezes e tudo explode na sala do diretor. Pais de classe média alta abdicaram do ônus de educar. Ufa!

Este ano conseguimos viajar com as crianças.

Quase um milagre.

Há um bom tempo abandonei o hábito de escrever um diário. Além da falta de tempo, parece-me infantil encher cadernos com letrinha miúda.

Hoje vi uma agenda na loja do aeroporto e recaí e aqui estou de caneta na mão fazendo uma espécie de inventário.

A comemoração do Natal, como nos últimos anos, foi na nossa casa. Mamãe chorou pela ausência do "teu pai". Essa fase final da existência, enfrentada sem o companheiro e com os filhos independentes é terrível. A pobre mulher sente-se inútil e desce rapidamente do tobogã.

Toda a família da minha irmã apareceu: o marido, os filhos, as noras e os netos e meu sobrinho Alberto trouxe a noiva visivelmente grávida. Sinal dos tempos.

Minha cunhada Tuca também veio com o Leonardo, que desconfio contaminado pelo tal vírus. Um menino bonito, tão inteligente, enfim, uma bela promessa de vida se acabando tão tristemente. Um horror!

Só agora percebo que na juventude amei sem cuidados – aliás não amava – trepava, sem filhos nem doenças. Bons tempos da penicilina tomada na farmácia do Jorge.

Fiquei feliz com a presença do tio R.

Discutimos a vida inteira, brigamos tantas vezes por causa de política e descobri que o estimo muito.

Pobre tio! Está em frangalhos. Bebeu e fumou durante a vida toda e agora o corpo cobra a fatura. Pressão alta, diabetes, coração, fígado.

Tio R não vai longe. Para piorar o fim da inflação o arruinou. Titio acostumou-se a ganhar dinheiro sobre o estoque. O Plano Real o apanhou com o depósito cheio de mercadoria e as fábricas vendendo mais barato do que ele.

Por isso o homem fala em matar Fernando Henrique e diz pérolas como "O que será de nós sem inflação; um país como o Brasil precisa de uma certa inflação". E também sente uma saudade doída do regime militar "Bons tempos aqueles... A gente andava na rua sossegado... Quem diria, viúvas do Golbery".

Por essa razão não puxei assunto de política com ele para evitar vexame. Tomou três doses de uísque, comeu bem, cantou a "Volta do boêmio" acompanhado ao violão pelo Leonardo e depois roncou na poltrona até o fim da festa.

Apesar de rodeados por grossas nuvens de tristeza, tivemos um Natal feliz. Aproveitei o dólar baixo e realizei um velho sonho. Comprei um BMW 325. Foi uma grande jogada o Collor abrir a importação de automóveis.

Antes da ceia, fomos com todos os convidados ver o carro na garagem do prédio.

Mamãe se emocionou, mas vi no olhar do meu cunhado uma profunda inveja. As pessoas são engraçadas. Ele arranjou um emprego público e passou nele a vida inteira seguro e tranquilo, sem correr riscos. Ora, eu abri uma escola, abandonei o ensino público onde tinha estabilidade, batalhei muito, sofri como um condenado, quantas noites sem dormir... Agora ele sente inveja da minha vitória.

Mesmo sob a luz pobre da garagem, meu carro brilhava lindo em cinza prata. Nem o Mercedes do síndico lhe chegava aos pés.

Abri o carro com um toque de botão e mostrei o câmbio Tiptronic aos sobrinhos e ao cunhado.

Expliquei-lhes que o sistema Tiptronic tem as vantagens do câmbio automático para o trânsito e a esportividade do mecânico para as estradas.

Liguei o ar condicionado. Mamãe e a irmã adoraram.

Meu filhão está encantado com o carro. Imagino o impacto de um BMW na vida amorosa do meu rapaz.

De volta ao lar, iniciamos a festa. Minha mulher contratara uma quituteira e a boa senhora fez maravilha, um croquete de carne divino; com um Dewar's doze anos então...

Pagamos nós, não aceitamos a tradicional divisão de despesas entre os membros da família. Minha irmã trouxe um pudim de leite condensado, minha mãe – coitadinha fez o tradicional cuscuz – talvez o último – e minha cunhada Tuca, um lombo de porco com a ancestral receita da família. Tuca operou-se recentemente de um câncer na laringe e minha mulher que adora a irmã está bastante preocupada, ainda mais com o aspecto doentio do sobrinho.

Apesar disso tudo, afastamos a grossa tristeza da vida. O Leonardo tocando violão foi fundamental. Cantamos velhas canções cheias de recordações que nos trouxeram de volta os anos bons da juventude.

Meu tio nos fez rir imitando, inclusive com gestos, Cauby Peixoto cantando “Conceição” e minha mulher cantou “Roda Viva” e “Apesar de você” do Chico Buarque. Eu cantei “Como é grande o meu amor por você” do Roberto Carlos e “Começaria tudo outra vez”, do Gonzaguinha. Abafei. Célia me beijou.

Senti-me um pouco responsável por aquela festa toda, afinal era o patrocinador e tal fato me alegrou, eu afastara por alguns momentos algumas desgraças que rondavam o pedaço.

Ao adormecer meio de fogo, pensei: valeu a pena.

Esta viagem aos Estados Unidos não será apenas de lazer. Busco novas tecnologias para a nossa escola. Foi o tempo em que nos bons colégios os alunos liam Guimarães Rosa, Fernando Pessoa e Machado de Assis.

Os professores objetivavam a boa formação intelectual dos alunos. Hoje, a situação está diferente. A sociedade, ou melhor, os pais, os pagantes, exigem uma educação de resultados.

E há a nossa deusa do mundo, a tecnologia. Nossos laboratórios estão cheios de aparelhos e ensinamos informática.

A escola mira no vestibular e atira com todos os cartuchos. E vestibular só conta para engenharia, medicina, tecnologia, administração de empresas e economia, aliás, uma ciência cada dia mais falada, que invadiu a nossa vida. Os jornais só falam em economia.

No nosso colégio, os professores de Ciências exatas ganham mais do que os de humanas e este ano fiz bonito para segurar o Borges quase cooptado por cursinho.

Meus fregueses não têm tempo para educar os filhos. Geralmente pai e mãe trabalham.

Em alguns casais, vejo até certa competição para ver qual dele ganha mais dinheiro. O marido abre um negócio, a esposa outro e cada um corre mais que o companheiro atrás do dinheiro.

Nesses casos, diante de um problema com o filho, de nada adianta chamar pai e mãe, nenhum dos dois vem.

Aliás, existem mães que me causam problemas. São as que não têm o que fazer e chegam cedo para buscar os filhos e buzinam para avisar às crianças da chegada delas. Então ficam fumando dentro dos carros, duas ou três foram assaltadas e contratei dois seguranças a mais. Também formam rodinhas e costuram fofocas. Minha mulher lida bem com elas, vai lá, conversa, chama para um café, marketing, um neologismo cada vez mais presente. Tudo é marketing.

Às vezes, o pai me pergunta. O que eu faço com ele ou ela? Se ele pai com um filho só não sabe, eu com 458 alunos sei? Nessas horas, faço uma expressão séria, uso palavras bonitas: diálogo, compreensão, entendimento, valores, pedagogia e encaminho o caso para a orientação. Algumas vezes, o filho melhora, outras, infelizmente, deixa a escola.

Mas afastemos o pensamento dos problemas.

Estou de férias e sobrevoo o nordeste do Brasil, rumo a Miami. Lá darei uma boa olhada em alguns bons colégios particulares em busca de novos métodos de ensino. Quero encher a escola de computadores, começar com a informática desde a alfabetização, vender a imagem de escola do futuro e ganhar muito dinheiro.

Por hoje chega. Pedirei mais um uísque à comissária e farei como os outros membros da família, dormirei até Miami.

...

Capítulo 22

■ ■ ■

"Bom dia, tenente-coronel Ramos. Nos falamos por telefone".

Amauri tinha diante dele uma mulher de meia-idade de pele rosada e cabelos curtos e aloirados. Magra e ossuda com pernas finas não inspirava o menor desejo. "Não dá pra encarar essa gringa".

"Meu nome é Martha Gelllhorn e sou professora de Antropologia da John Hoptkins University e realizo uma pesquisa sobre os militares brasileiros com uma bolsa da Ford Fondation".

A doutora Gellhorn era mais alta dez centímetros do que Amauri e vestia uma saia longa e rodada, uma camiseta amarela sem mangas. Nem maquiagem ou joias, apenas um relógio digital de plástico. Carregava uma bolsa grande de pano e uma valise negra. Falava num tom monótono de secretária eletrônica quase sem sotaque.

Explicou que a pesquisa englobava os oficiais com a patente de capitão em abril de 1964, "os capitães de abril". O general Eurico Melo indicara o nome dele. O depoimento seria gravado e transcrito em Português e posteriormente vertido para o Inglês e usado no trabalho dela na Universidade e possivelmente publicado a paper. Ele a ajudaria?

Várias luzes de alerta se acenderam na mente do tenente coronel. A gringa enganara o general? Seria uma jornalista disfarçada do *New York Times*? Essa raça era capaz de tudo por boa história e lhe enchia o saco. Não queria publicidade. Militar não fala, informação é poder. A gringa fazia parte do público externo. O que ele mais queria na vida era esquecer e ser esquecido, apagar seus tempos especiais.

A antropóloga sentara diante dele de pernas cruzadas e sacara da bolsa vários documentos. Realmente, trabalhava na tal universidade e a tal Fondation a apoiava. Já conhecia a relação dela com o Eurico Melo que não era nenhum idiota, mas...

"O nosso objetivo é estabelecer um perfil antropológico do oficial médio brasileiro que o senhor tão bem representa. Suas origens sociais, a formação intelectual, os motivos da escolha da carreira, a visão de mundo. De certo modo, os militares sul-americanos são injustiçados. Acadêmicos, escritores, jornalistas pertencem ao pensamento de esquerda e fazem um perfil, digamos ideológico e parcial, desses profissionais. Produzem falsos retratos".

Bom, se o tema não passava por tortura, direitos humanos e outras merdas. Se ela viesse com esse papo...

"O nosso objetivo é estudar cientificamente o oficialato que apoiou a Revolução Democrática Brasileira, salvando o país do comunismo".

Gostei disso, a gringa é das nossas. Com certo cuidado, posso sair bem na foto.

"Então, tenente coronel Ramos, conto com a sua colaboração? Naturalmente seu nome não aparecerá em nosso estudo. Pelo texto será impossível identificá-lo. O senhor sugere um nome?".

"José". Será José".

"Como seria essa colaboração?".

"Tudo muito simples. Tenho um questionário, farei as questões e suas respostas serão gravadas. Acredito que em duas sessões esgotaremos o tema. Só voltarei à Baltimore no final deste mês. Gostaria muito de levar informações sobre a formação do militar profissional brasileiro. Os intelectuais esquerdistas criaram uma imagem distorcida do militar latino-americano, o senhor sabe. É o gorila, o sujeito truculento, pouco culto, nada democrático. Os militares profissionais são seres especiais, submetidos a duríssimas provas físicas e intelectuais. Quantos desses intelectuais seriam aprovados no exame de admissão ao Colégio Militar?".

"Tudo bem, doutora, se é pelo bem da ciência...".

A americana extraiu da valise um gravador de rolo, encaixou nele um microfone e "Martha Gellhorn entrevistando um oficial do Exército Brasileiro".

"Onde e quando o senhor nasceu?".

"Nasci em São Paulo no bairro da Lapa em 1937, tenho 41 anos".

"Qual era a atividade dos seus pais?".

"Meu pai tinha um comércio de alimentos, uma venda e minha mãe era dona de casa".

"Quais os eletrodomésticos presentes na casa dos seus pais?".

"Tínhamos um rádio e uma geladeira a gelo para o uso da venda".

"Onde sua mãe preparava as refeições?".

"Havia um fogão à lenha feito de tijolos".

Amauri percebeu logo que as perguntas seriam indiretas e algumas estariam interligadas e permitiriam deduções interessantes para os pesquisadores. "Cuidado, rapaz".

"Onde o senhor fez seus primeiros estudos?".

"Em um grupo escolar do meu bairro. Diga-se de passagem, sempre fui o primeiro da classe. A senhora sabe, o grupo escolar é escola pública".

"Práticas esportivas?".

"Joguei futebol em terrenos vazios na minha rua, andava de bicicleta, corria, nadava em uma lagoa próxima. Cresci forte e sadio".

"Trabalhos na infância?".

"Ocasionalmente, ajudava meus pais na venda, levava uma encomenda, lavava garrafas, algo assim. Meus pais me poupavam para a escola, tudo pela escola. Minha mãe dizia sempre "fora da escola não há salvação".

"Os seus pais tiveram outros filhos?".

"Sim, dois irmãos meus morreram ainda bebês".

"Como o senhor descreveria o ambiente da sua casa?".

Pela hesitação do entrevistado, Martha Gailhorn esperou mentiras.

"Normal, tranquilo, sem problemas".

"Os seus pais lhe aplicavam castigos, punições?".

Nova hesitação. Os olhos do homem se fecharam por um momento.

"Poucos, muito poucos e merecidos. Meu pai estabeleceu limites até rígidos e isso me fortaleceu o caráter e me ajudou muito na vida. Um homem com fortaleza de ânimo tem lá as vantagens na luta pela vida".

"E depois do grupo escolar, o senhor estudou onde?"

"Em um ginásio do Estado, em outro bairro, onde meu pai comprou uma padaria. Prestei exame de admissão e fui o terceiro colocado. Era difícil, exames escritos e orais. Saí-me muito bem. Fui o terceiro colocado no exame de admissão".

"E depois?".

"Quando concluí o ginásio, prestei exame para a Escola Preparatória de Cadetes em Campinas. Nunca estudei tanto em toda minha vida. Também treinei muito para as provas físicas. Venci, terminei o curso entre os dez primeiros e fui para a Academia Militar de Agulhas Negras".

"O senhor recorda algum episódio dessa época?".

A resposta tardou. O militar escolhia com cuidado.

"Numa noite de inverno, a corneta nos acordou. Corremos todos para o pátio pensando em incêndio, revolução, guerra, o diabo. Chovia, o comandante mandou formar, nós de pijamas. Ele se retirou e nós ali ficamos, formados, em posição de sentido por uns quarenta minutos sob a chuva. Depois a corneta tocou debandar e voltamos para o alojamento e dormimos molhados. No dia seguinte, os oficiais perguntavam: Dormiu bem, cadete? Sim, senhor capitão".

"E qual é sua opinião a respeito dessa atitude?".

"É desta maneira que se forja um caráter, ensinando o sujeito a manter a calma diante das situações mais absurdas. Militares não são pessoas delicadas, sensíveis, frescas. Assim se prepara um soldado para a luta, o homem para a luta pela vida. Nós, militares, temos equilíbrio".

"Concordo com o senhor, tenente coronel. Sensibilidade é coisa para poetas. Por isso os mariners são o que são. O senhor me citaria outro caso do seu tempo de cadete?".

"Um colega foi apanhado colando. A senhora sabe o significado de cola? Ele consultava um papel para fazer a prova. Foi degradado. Diante do corpo de cadetes teve a farda rasgada, saiu de cuecas e foi expulso da Academia. O corpo de oficiais do Exército é um grupo de elite, é uma honra fazer parte dele. Temos espírito de corpo".

"E isso os torna superiores?".

"Em muitos aspectos sim. Coragem, civismo, amor à Pátria, condição física. Poucos homens da minha idade são capazes de andar vinte quilômetros carregando uma mochila."

"Quais foram as razões que o levaram ao ingresso na carreira militar?".

Breve hesitação.

"Desde menino gostei do militarismo, fardas, armas, brincava de guerra com meus amigos. Cresci vendo filmes sobre a Segunda Guerra Mundial. Tive soldadinhos de chumbo. Me adaptei facilmente ao sistema militar. Sou disciplinado e disciplinador".

"Obrigado, tenente coronel, sou muito grata pela sua colaboração. Por hoje não tomarei mais seu tempo. Continuaremos, se o senhor permitir, na próxima quinta-feira às vinte horas. Se a transcrição estiver pronta, trarei para o senhor".

Despediram-se com um aperto de mão.

Amauri observando aquela mulher alta, ossuda, sem rebolado, pisando duro concluiu: "Daria um bom sargento dos Fuzileiros Navais. Será sapatão?".

Na quinta-feira, a gringa chegou antes das oito da noite. Trouxe um livro dela como presente. Um perfil do Batalhão Colombiano na Guerra da Coreia com dedicatória. O brasileiro prometeu leitura e ofereceu "um cafezinho". A doutora Martha mostrou parte da transcrição feita por um perito e o militar desconfiou ser ela mesma.

Pela lembrança dele era aquilo mesmo. A gringa era séria.

"Senhor, tenente-coronel, ao decidir pela carreira militar, o senhor considerou os riscos da profissão?".

"Para ser franco não. Como todo adolescente eu me julgava imortal. Só pensei nos riscos mais tarde, quando um colega morreu afogado num exercício".

"E como foi isso?".

"Não vi, eu não estava lá. Foi um outro pelotão. Foi enterrado com honras militares".

Cenho contraído, mãos idem.

"Como o senhor se relaciona com a religião?".

"Bem, meus pais eram católicos e me transmitiram a crença na religião católica. Só não sou praticante".

"O senhor me desculpe o tom pessoal dessa pergunta. O senhor estabeleceu um namoro durante os estudos na Academia?".

"Sim, no terceiro ano namorei uma moça de Taubaté. Nos casamos depois da formatura".

"Desculpe mais uma vez. Qual era a extração social dessa moça? E a profissão?".

"Era de classe média. O pai tinha uma propriedade rural. Professora de Português".

"Ela se adaptou às mudanças da vida militar?".

"Sim".

"Agora meu questionário aborda aspectos políticos mais polêmicos. São interessantes para o senhor marcar suas posições, dar sua visão histórica. Como o senhor vê o mundo?".

"O mundo atual está dividido em dois polos bem opostos. O mundo livre e a União Soviética. Confrontam-se o tempo todo em todos os lugares. A União Soviética invadiu o Afeganistão. Os Estados Unidos enviam armas aos afegãos islâmicos. É assim desde o final da Segunda Guerra Mundial. A intervenção comunista provoca a reação democrática. Creio que os Estados Unidos e os soviéticos dividiram o mundo em fatias. Algo como o Tratado de Tordesilhas".

"E a América Latina?".

"Naturalmente faz parte do mundo livre, democrático. Através de Cuba, um satélite soviético, os comunistas lutam para estabelecer seu poder na região. Dinheiro, armas, treinamento, ideologia, tudo vem de lá".

"O que o senhor pensa da guerra?".

"Não haverá um confronto direto entre os Estados Unidos e a Rússia. O mundo seria destruído. Eles se enfrentam em conflitos localizados pelas armas atômicas, sem a presença física de soldados de um dos lados como no Vietnã e na Hungria, em 1956. Na Colômbia, as Farc usam o AK47 comunista. Um não invade a área de influência do outro. Um bom exemplo disso é o Afeganistão. Tropas Soviéticas enfrentam armas americanas, israelenses, sauditas, não tropas americanas".

"Confesso-me, senhor tenente coronel, impressionada com a sua cultura política. É exatamente essa visão do militar brasileiro que meu trabalho busca".

Víbora, elogios para abrir a guarda.

"E da guerra como coisa em si?".

"É inevitável, corresponde à natureza humana e também à animal. Tigres, leões, onças e até os cães lutam pela sobrevivência. Com as nações, ocorre o mesmo. Se um país revela fraqueza, os vizinhos tomam conta. Veja bem, o caso do Líbano, no Orienta Médio. O país estava fraco e os palestinos tomaram conta".

"Mesmo na América do Sul?".

"Falo em tese, mas nossos vizinhos não são santos, a cobiça faz parte do homem. Nos anos 1940, existia uma rivalidade, hoje superada com a Argentina. Naquela época, nós comprávamos um cruzador americano, eles também. No atual momento, temos interesses comuns".

"O que o senhor pensa sobre direitos humanos?".

(Finalmente).

"Que devem ser respeitados nos termos da Declaração de 10 de dezembro de 1948. O Exército Brasileiro cultiva o respeito às convenções internacionais. Veja, por exemplo, o tratamento dado aos prisioneiros alemães e italianos pela FEB na Segunda Guerra Mundial. Agimos como cavalheiros".

"E a tortura?".

"Tortura, sou contra. No trabalho policial, a tortura produz confissões falsas e enche as prisões de inocentes. Geralmente, a polícia só tortura os pobres, os negros, as putas".

"E na luta contra o terrorismo, o senhor considera a tortura válida?".

"Os paraquedistas do general Massu usaram e abusaram da tortura na Guerra da Argélia e perderam. Quando um combatente sabe que será maltratado depois da captura, luta até a morte. Li um estudo a respeito. Os russos lutavam desesperadamente porque sabiam o que os esperava nas mãos dos alemães, isto aumentava as baixas nazistas. Já os italianos rendiam-se facilmente porque sabiam que passariam férias no Canadá. Os prisioneiros italianos engordavam no cativeiro. Os ingleses agiam com esperteza. Não creio mesmo que a tortura produza informação de qualidade, o preso mentirá para não sofrer".

"Realmente sua cultura militar é notável".

(Essa vaca pensa que me conquista).

"Farei algumas perguntas sobre sua participação na Revolução de 31 de março de 1964".

"Tudo bem".

"Onde o senhor servia?".

"Em um quartel de São Paulo, na tropa. Era capitão".

"Como o senhor decidiu sua participação no movimento?".

"Vivíamos uma época de grande agitação política, eu diria uma época pré-revolucionária. Nós, militares, percebíamos que a esquerda preparava-se para o assalto ao poder".

"Quais os sinais de assalto ao poder que o senhor percebia?"

"Ora, o líder comunista Luís Carlos Prestes disse estar próximo do poder, no Nordeste as Ligas Camponesa de um tal Francisco Julião invadiam propriedades, o governador Arraes era um comunista notório, greves explodiam todos os dias, mas a nossa preocupação maior era a destruição da disciplina militar. Cabos e sargentos se revoltavam, desafiavam as autoridades superiores e o supremo mandatário da nação apoiava a insurreição enquanto o cunhado dele, o engenheiro Leonel de Moura Brizola, preparava guerrilheiros para o grupo dos onze. Por isso, nós, oficiais, ficamos atentos".

"O senhor e seus colegas se questionaram sobre a legalidade da intervenção militar?".

"Isso não me passou pela cabeça. A Pátria estava ameaçada, a hierarquia militar em frangalhos. O próprio presidente da nação preparava o golpe comunista. A hora era de ação rápida".

"Como o senhor se decidiu a participar da Revolução?".

"A doutora já fez essa pergunta. Na verdade, não me de decidi. O nosso general Lívio Mattos decidiu, deu ordem para colocar a tropa em marcha. Como estava de acordo com as minhas convicções...".

"E se não estivesse?".

"Essa hipótese, nunca me passou pela cabeça, divergir do comando, dos meus colegas do Exército. Impensável".

"E a sua atuação no 31 de março?".

"Minha tropa marchou pelo Vale do Paraíba até Caçapava. Liderei um reconhecimento. Como não havia resistência em todo o percurso até o Rio de Janeiro onde o nosso movimento já vencera, voltamos a São Paulo".

"Houve ocorrências?".

"Não, apenas alguns problemas mecânicos. O nosso equipamento datava da Segunda Guerra Mundial".

"Depois da vitória da Revolução sua vida se modificou?".

"Muito pouco, doutora Gellhorn. O soldo continuou baixo, a rotina do quartel, dura. Durante o governo do general Costa e Silva, os coronéis e generais se movimentaram, eu, quieto, era apenas um major. Logo fui transferido para a Amazônia onde enfrentei guerrilheiros, traficantes, selvas e mosquitos, tive malária. Adoeci, tudo pela Pátria".

"Sua esposa o acompanhou?".

"Claro, ela me acompanha há trinta anos".

"O senhor enfrentou os terroristas?".

"Não".

"Mas o senhor recebeu entre outras condecorações a Medalha do Pacificador dada aos militares que combateram o terrorismo".

"Não necessariamente. Tenho muito orgulho desta minha condecoração. Merecida por apreender vários carregamentos de armas, destinadas às Farc, na fronteira do Brasil, na guarnição de Tabatinga onde servi no período de 1969 a 1978. Sem falsa modéstia, fui realmente um pacificador. Acho que alguém no departamento de pessoal não gostava deste oficial. Fiquei muito tempo na selva amazônica".

(Mais que gringa filha da puta!)

"Ao longo da sua carreira militar, o senhor nunca viu um ato de tortura?".

"Muitos, vi muitos, no primeiro ano de academia fizemos uma marcha, minhas botas me torturaram por quarenta quilômetros, doutora Gellhorn. No alojamento, não me deixaram trocar as botas, uma tortura, doutora. Meus pés ficaram em carne viva".

"Senhor, tenente-coronel, eu me refiro à tortura com o objetivo de obter informações, a tortura dos inimigos".

"Entendi, miss Gellhorn, foi uma piada, a joke. Nunca vi, não presenciei atos de tortura. Ouvi falar que em circunstâncias muito especiais quando existia risco de morte para muitas pessoas, usavam o submarino para convencer o terrorista a falar".

"O que é submarino?".

"Ora, doutora Gellhorn, a senhora não sabe o que é um submarino? O interrogador coloca a cabeça do terrorista sob a água. Ele sente a sensação de afogamento. Com dois ou três mergulhos, a questão se resolve. Não há sangue, ferimentos, apenas um susto que não deixa sequelas. No Paraguai, usava-se urina, aqui água: somos mais higiênicos".

"Senhor tenente-coronel, o que o senhor quer dizer com circunstâncias muito especiais?".

"Por exemplo, o terrorista plantou uma bomba em um avião de passageiros".

"Sei, sei".

"Ou preparou um ataque contra um quartel. É a guerra, ou seja, matar ou morrer. A senhora não vai perguntar qual livro estou lendo?".

"Vou".

"*Os sertões*, de Euclides da Cunha. A doutora por acaso leu?".

"Li, trata-se de um livro fundamental para o entendimento da cultura brasileira. Lerei *Guerra do fim do mundo*, do Mario Vargas Llosa. Também trata da guerra de Canudos. Minha especialidade é a cultura brasileira".

"E onde a senhora aprendeu tão bem a nossa língua?".

"No Brasil, em São Paulo, meu pai foi cônsul dos Estados Unidos em São Paulo".

(Filhinha de papai, vagabunda, só encontrou caminhos planos, portas abertas, vida mansa. Assim é fácil virar doutora, arrumar uma bolsa e vir encher o saco dos outros).

"Doutora Martha, o seu nome não me é estranho. Martha Gellhorn, já o ouvi antes".

"Uma tia minha, irmã do meu pai, foi casada com Ernest Hemingway. Foi jornalista e escritora famosa. Cobriu a Guerra Civil Espanhola e a Segunda Guerra. Minha tia foi uma lenda. Tenho orgulho dela".

"Hemingway, grande escritor, *Por quem os sinos dobram?* Tenho esse livro, gostei muito. Da sua tia nunca li nada".

(Se você soubesse metade dessa missa!).

"Tenente-coronel, me desculpe o abuso do seu tempo. Uma última pergunta".

(É agora, ela vem com tudo).

"Qual sua visão atual da Revolução de Março?".

"Foi uma coisa necessária. A intervenção militar salvou o país de uma ditadura comunista. A situação se encaminhava para a vitória dos vermelhos. O governo instaurado pela revolução combateu a corrupção com sucesso, basta ver os jornais da época, eu próprio comandei um Inquérito Policial Militar, que obteve êxito, e a subversão. Não se pode esquecer da esquerda armada lutando pelo poder. Eu próprio os enfrentei de arma na mão, ou melhor, os enfrentaria se tivesse oportunidade. Mas, como dizia, o governo da revolução modernizou o país, acabou com a garantia por tempo de serviço, criou o Banco Central, a Embratel e a Embraer – fazemos aviões, doutora, aumentamos as áreas de cultivo, distribuímos melhor a renda nacional, enfim, a doutora sabe o que foi o milagre brasileiro? Nunca na história deste país houve um período de tanta prosperidade e progresso".

"Como o senhor avalia hoje a sua escolha profissional?".

"Ainda a julgo válida, como já disse, aprecio o estilo de vida militar, a disciplina, o preparo físico. Infelizmente, os soldos são baixos e os nossos equipamentos deixam a desejar".

A batalha terminara com a vitória do brasileiro. Como pessoas educadas conversaram um pouco sobre a cidade de São Paulo nos anos 1950. A doutora lembrava da grama entre os paralelepípedos e do modo como os cobradores dos ônibus dobravam as notas. Martha aceitou um guaraná – muito "superior à Coca-Cola, sempre levo para casa".

Despediram-se com um aperto de mão.

Quem essa gringa pensa que é. Vem à minha terra e pensa que vou me abrir como um paraquedas só porque ela ganhou uma bolsa da Ford. Esses scholar americanos são terríveis, se apossam inclusive das nossas memórias, das coisas nossas.

Eles achavam que somos idiotas. Amanhã se der dinheiro, eles filmam a nossa luta com roteiro de Martha Gellhorn e a filha da puta ganha uma nota nas minhas costas sem arriscar a vida como eu. Ela que se foda.

"Bom dia, Amauri. À vontade. Sente-se. E então".

"Missão cumprida, general Eurico. Praticamente, só informei nome, número e posto. E também disse que meu pai tinha uma mercearia. Só meu general".

"Muito bem, Amauri, essa gente a pretexto de trabalhos acadêmicos remexe nossos porões, querem desvirar páginas da história. É um passado superado. Não se julga o passado com a ótica do presente. São engenheiros de obras prontas, quando o edifício está de pé, encontram mil defeitos. Queria só ver esses pós de arroz enfrentando Lamarca. Depois que eles obtêm as informações, sabe-se lá o que fazem com elas. Já nos bastam esses padrecos radicais, os historiadores comunistas, as memórias dos sobreviventes, os jornalistas em busca de assunto".

"Sim, general Eurico. De mim não arrancaram nada. A gringa veio com sigilo, estudos acadêmicos, posturas científicas, elogiou meu notável saber histórico, minha carreira militar. Fiquei na minha, general".

"Ela perguntou sobre tortura?".

"De forma indireta, general, se eu vira, ouvira. Sim, eu ouvira falar do submarino, em tese, em casos extremos, bomba em avião cheio de crianças. Em tese, sempre em tese, general, na terceira pessoa, sujeito indeterminado, dizem tanta coisa por aí".

"Muito bem, Amauri. Sabemos que a doutora Martha Gellhorn só voltará para Baltimore no dia 29. É possível que ela volte a procurá-lo. Onde vocês se encontraram?".

"Uma amiga me cedeu o apartamento".

"Você é realmente um profissional. Tudo bem, missão cumprida".

"Obrigado, meu general. Sempre às ordens".

...

Capítulo 23

■ ■ ■

"Não, não se assuste, não tema, sou um homem de paz, mas fica clara a sua covardia".

Um lindo dia de maio. A luz do Sol iluminava docemente a vasta sala em formato de ele do meu apartamento. E como num pesadelo, diante de mim, um homem de bela cabeleira branca, bronzeado, de estatura mediana, vestindo uma calça jeans bem azul, uma camisa branca e sapatos de couro bem limpos, daqueles de cordões. O tempo apagara a energia de outrora, pareceu-me que encolhera um pouco, estava mais baixo e estreito. Só o olhar determinado e frio se conservara.

"Você treme por quê? Não lhe farei mal, palavra de coronel do Exército. Esta cena não pertence a um filme americano, o confronto final entre o Bem e o Mal, não, vim apenas desmentir as aleivosias que você assacou contra mim e meus companheiros de armas, homens honrados e corajosos que arriscaram a vida por uma sociedade que os abandonou depois de usá-los. Homem, você está pálido, já disse, não lhe farei mal, ando até desarmado, o tempo dos tiros acabou. Vá buscar dois uísques, esquerdistas da sua laia só bebem uísque doze anos. Vá, nossa conversa será longa. Se tiver Dewar's prefiro".

Apavorado com aquela inexplicável aparição, o sujeito passara pelo porteiro e pela grossa porta em madeira de lei, fui até o bar e apanhei um litro fechado de Dewar's doze anos.

"Essa turma da igualdade se trata. Veja uma água com gás e gelo. Se tiver amendoim...".

Obedeci, o medo me transformara num garçom e para ganhar tempo piquei queijo e salame e uns pedaços de pão. A Nina chorou por um bocado e me seguiu até a sala ignorando a presença do militar.

"Como todo intelectual de esquerda, você aprecia as boas coisas da vida. Nada mais simpático ao ouvinte do que um belo discurso sobre a distribuição de renda, a miséria, a injustiça social, a desigualdade, enquanto em um belíssimo apartamento de cobertura se desfruta de um passadio de alta qualidade como dizia meu professor de Português, o coronel Manuel Cavalcanti Proença, comuna, mas, inteligente, citando Carlos Drummond de Andrade, a respeito de Oswald de Andrade... 'queria dinamitar o edifício da burguesia enquanto morava na cobertura', aliás, como você".

Senti o golpe. O Amauri me desafiava no campo das ideias, no qual eu me sentia superior.

O militar sorriu. Sentado, bem relaxado, de pernas cruzadas me esnobava no meu terreno, cultura, literatura e sorvia meu uísque em largos goles.

"Major".

"Calado, não lhe dei permissão pra falar e não sou major, coronel, senhor coronel, tenho patente, fiz por merecer".

(Fez sim, torturando estudantes, batendo em mulheres, fuzilando homens mal armados).

"Mas, senhor coronel, como o senhor chegou aqui?"

"Não lhe interessa, seu mequetrefe, não lhe interessa. Na escrita daquele panfleto infame, tentativa frustrada de tornar-se um escritor, você foi profundamente desonesto. Antes de escrever a primeira linha, você já julgara e condenara a Revolução de 31 de março".

O senhor coronel bebeu meu uísque, apanhou queijo e pão.

"Senhor coronel".

"Calado, assim culpados por tudo desde o início, você ajeitou os fatos da narrativa para que nós, militares, fôssemos os vilões da história e os terroristas, seus amigos, uns anjos, porra. Afinal, foram esses filhos da puta que começaram em 1966 no atentado do aeroporto de Guararapes contra o marechal Costa e Silva. Houve mortes, nossos mortos. Essa cena não apareceu no seu livreco".

"Não fui o autor, foi meu pai...".

"Não me faça rir, seu cagão. Você enganará, talvez, seus leitores, mas ao coronel Amauri Ramos, jamais, jamais, não sou bobo. O livro encontrado na casa paterna, o filho a montar e editar a obra póstuma, o Max Brody[14] brasileiro, não me faça rir. Você escreveu seu panfleto sozinho".

"E por que eu faria isso?".

"Você sabe. Medo, medo. Sabe como é o Brasil. Vai que um dia os rapazes de verde voltem. Não fui eu, foi meu pai. Conheço essa história, o lobo e o cordeiro. *Esopo*. Traduzi em latim, no Colégio Militar de Campinas".

Não respondi a essa provocação e mudei de assunto.

"Em primeiro lugar, foram vocês que começaram em 1964 tomando o poder pela força, prendendo, exilando, matando, à revelia da maioria dos brasileiros. Calado você que está na minha casa comendo meu pão e bebendo meu uísque. Afinal, você não passa de um personagem de uma história da infâmia".

---

14 Max Brody foi amigo do escritor Franz Kafka que salvou a obra do autor e a publicou depois da morte. *O processo*, *O castelo* e *A metamorfose* revolucionaram a literatura do século XX.

"Escrita por você com malícia e covardia. No diário de um adolescente periférico, não caberia um panorama objetivo do confronto do comunismo com a democracia. Os comunistas do mundo inteiro trabalhavam para a expansão dessa nefasta doutrina, principalmente na América Latina pelo exemplo corrosivo de Cuba de Fidel e Guevara. Aliás, os comunas todos estão por aí: ecologistas, progressistas, defensores dos direitos humanos, padrecos da tal Teologia da Libertação, viados, alternativos, maconheiros, feministas, sem terras, ah, no meu tempo, mudaram de nome, reciclados continuam combatendo a liberdade. Acho que ainda precisarão de nós".

(Meu Deus do Céu, esse sujeito mistura tudo).

"Você não sabe História. Desde 1960, Fidel Castro e Che Guevara tentaram exportar a revolução comunista para toda a América Latina e criaram guerrilhas urbanas e rurais, por exemplo: na Bolívia, Peru, Uruguai, Argentina, não é verdade? Nós os enfrentamos sim, de arma nas mãos e vencemos. Em todos os lugares, a democracia e a liberdade venceram. Nós fomos muito machos. Contra a guerra revolucionária não se usam frescuras".

"Mas cometeram excessos, aumentaram a dívida externa, prejudicaram a indústria nacional, fecharam a economia brasileira e o pior de todos os crimes, implantaram a sociedade de consumo, a falta de ética nas relações, o salve-se quem puder, a filosofia do egoísmo absoluto. Tornaram as pessoas absolutamente dominadas pelos valores materiais, ser é ter. Sem falar na distribuição de renda. Aliás, sua renda melhorou bem naquela época".

"E você me diz tudo isso tomando uísque, sentado em um apartamento de cobertura no bairro mais nobre da zona Leste. Você esqueceu no seu panfleto as realizações da Revolução Democrática de 31 de março".

"Quais?".

"Ora, seu mequetrefe, segure-se bem que você ouvirá verdades. A revolução aumentou o número de crianças na escola em 180%, ouviu, seu banana, 180%. Os universitários passaram de 124 mil em 1964 para 1 milhão e 300 mil em 1983. Você como empresário do ensino devia saber disso. E o Mobral, seu panaca, o Mobral alfabetizou milhões de adultos brasileiros. Eu mesmo recebi os estudantes do Projeto Rondon em Tabatinga. Nunca houve ação social mais bonita no Brasil do que o Projeto Rondon. Os estudantes conheciam o fundão do Brasil, prestavam serviço, ganhavam experiência e se afastavam das farras, das drogas e das ideologias exóticas. Você devia vê-los na selva cuidando dos caboclos enquanto você dava aulas no colégio das freiras".

Fiquei sem ação. O coronel Amauri Ramos se preparara para o nosso encontro, eu fora pego de surpresa, ataquei.

"Mas a repressão...".

"Toca a mesma, Sousa, que o povo gosta. A repressão... Desapareceram quinhentos vermelhos. Perceba o custo benefício. Apenas meia centena de desaparecidos. Um pouco ínfimo por tanto progresso. E não se esqueça de que os terroristas eram voluntários. Nenhum deles foi obrigado a pegar em armas. Voluntários. Certamente o trânsito matou muito mais nesse período e você não escreveu nada contra as fábricas de automóveis. A revolução beneficiou o povo pobre. Em 1970, a renda per capta era de 65 dólares, em 1980 de 206 e não havia desemprego. Era um verdadeiro milagre, feito por nós. Mas voltemos ao seu livreco...".

Para me recuperar da surpresa, parti em busca de pão, queijo e gelo. Amauri comera tudo. Não é todo dia que um personagem abandona as páginas de um livro e se apresenta diante do autor questionando o pai como um adolescente rebelde.

“Seu panfleto revela uma visão mesquinha da nossa magnífica Revolução Democrática. Você é um ingrato. Ao salvar o sagrado direito de propriedade, seu falecido pai manteve a casinha, sua mãezinha a fé religiosa e você, seu mequetrefe ingrato, acumulou um vasto patrimônio, não é? Lembre-se de que, para eles, toda acumulação de capital é criminosa e todo rico, um bandido. “Remember Kulaks”. Você seria exportado para a Sibéria. Leia Alexander Soljenítsin, *O arquipélago Gulag*. Quer que soletre?”.

O tema me incomodou. Sou uma pessoa reservada, não gosto de conversar sobre minha intimidade, principalmente com Amauri Ramos. Como assunto prefiro sempre a vida alheia.

“Coronel, como o senhor leu meu livro?”.

“Não li, faço parte dele. Voltemos a esse monte de inverdades, distorções e estrume. Se o general Lívio vivesse, você apanharia na cara. A metralhadora alemã MG42 disparava seiscentos tiros por minuto. A rajada dela cortava um homem ao meio. E o general Lívio escalou o Monte Castelo exposto às balas delas para defender sua amada democracia liberal. Onde estava você em fevereiro de 1945?”.

“Nasci em 1946, senhor coronel”.

“E no dia 1º de abril não saiu de casa. E você transformou o glorioso general Lívio Mattos em um personagem de comédia e fez insinuações de corrupção. Você já comandou milhares de homens? Já participou de um tiroteio? As balas passando perto, o barulho, as explosões... O rabo fechadinho, fechadinho”.

Mastiguei um pedaço de gelo, o uísque latejava agora nas veias, porém, sentia-me lúcido, já sem medo de Amauri Ramos preparei meu revide.

"Se Jango e seus acólitos (ele exibia o vocabulário) tomassem o poder se nós não atuássemos, onde estaria o narrador desta história imunda?".

"Que você ajudou a escrever".

"Calado, você estaria num conjunto habitacional de modelo soviético, em um apartamento de vinte metros quadrados, com um banheiro coletivo bem cheiroso e uma cozinha idem, tudo para combater o individualismo. Sem uísque no barzinho, comprando vodka no mercado negro. Muito bom, este queijo".

"Jango nunca foi comunista. Vocês o derrubaram... Cassaram mandatos legítimos de representantes do povo, impuseram um governo e uma filosofia de vida pela força das armas, prenderam, torturaram, mataram e venderam por preço vil as riquezas nacionais. Deixaram os ricos mais ricos".

"Calado, mequetrefe, ainda não terminei. Vejo uma contradição em você. Viu? Contradição, palavra tão marxista. Um ego imenso, um problema de autoafirmação do tamanho da Catedral da Sé, uma vaidade amazônica, você se julga capaz de sobreviver ao esquecimento *post-mortem*, deixar o nome na história da literatura, como Machado de Assis, imagina seu livro transformado em filme. E você sonha com o coletivo?".

Ignorei a pergunta, tinha ao meu alcance uma escultura em madeira de lei e vi-me batendo na cabeça do visitante com ela até matá-lo.

"Escuta aqui, Amauri, isso mesmo, Amauri, o tempo em que você batia e arrebentava acabou. Você não está no DOI-Codi e não estou amarrado em suas mãos, me respeite ouça, agora é a minha vez".

Há muitos anos o militar não ouvia meu tom de voz, retesou os músculos, crispou as mãos, pensei em recorrer à escultura, mas ele sussurrou entre dentes: Tudo Bem!

"Amauri, meu querido personagem, você me explicaria a compra do seu belíssimo apartamento na Mooca?".

"Você continua rápido no gatilho, mas sem problemas".

"Como você comprou aquele magnífico apartamento, o Opala, o Karman Ghia, ah e a decoração do apartamento, louças e cristais? Não foi com o soldo de major de infantaria lotado em Tabatinga".

"Do mesmo modo que você, meu querido narrador, comprou este. Através de um financiamento bancário. Os carros não eram meus, alguns empresários amigos me emprestavam os veículos por causa da luta antiterrorista".

"Entre esses amigos, você naturalmente inclui Jorge Cândido, o Nogueira, o doutor Antonio Carlos Barros e o bicheiro Abdala. Sem falar nos achados e perdidos nos aparelhos...".

O golpe foi no queixo, o militar abaixou a cabeça, descruzou as pernas, curvou o corpo e – surpresa absoluta – me lançou um olhar muito triste.

As circunstâncias, foram as circunstâncias.

"O homem, como disse José Ortega Y Gasset, sempre será o homem e suas circunstâncias. Eu não estava preparado para aquelas circunstâncias, eu era muito jovem, algumas pessoas me envolveram, sabe como é. Depois se foram, uns morreram, outros se afastaram. Gastei muito dinheiro naquela época, hoje vivo modestamente do meu soldo. Sou coronel de pijama. Seria bom comer alguma coisa, tenho fome. Peça duas pizzas, vocês paulistas fazem a melhor pizza do mundo".

Na hora não percebi que o militar fizera apenas um recuo tático, entregando um terreno que não podia defender. Tratei de aproveitar a oportunidade. Pedi duas pizzas pelo telefone e avancei.

"E a tortura, coronel, tortura é crime hediondo".

O tigre reapareceu.

"O caso da tortura, sempre o caso da tortura! Toca a mesma, Sousa, o povo gosta. Os terroristas mataram primeiro, um menino, conscrito, sentinela do quartel, depois aquele soldado no assalto que você narrou. A partir daí, para nós, era legítima defesa. Eles formavam pequenos grupos com autonomia – aliás, você mostrou isso no seu livro e se ligavam por pontos previamente marcados. Quando a gente apanhava um terrorista, tinha que fazê-lo falar antes que o ponto queimasse. Na conversa, ninguém entrega os companheiros. Em vinte e quatro horas, eles mudavam os pontos, os aparelhos, tudo".

Seguindo as normas do condomínio, desci para apanhar as duas pizzas. Estava bêbado e cansado.

"Imagine a cena. Eu diante de um terrorista fanático, treinado em Cuba, assaltante de banco, ex-sargento do Exército Brasileiro a dizer: Meu caro antagonista, queira-me fornecer sem mais delongas a informação do seu próximo encontro com seus colegas para que possamos detê-los impedindo-os de continuar a luta".

Amauri gargalhou. Eu não, recordando o rapaz queimado vivo no quartel, o hábito de obrigar o prisioneiro a dormir sujo de merda, as piadinhas, o espancamento das esposas diante dos maridos.

"Você é um sádico, um animal selvagem, uma fera humana. Explique por que você quebrou a perna do juvenil do Corinthians, explique? O garoto era terrorista, guardava informações importantes ou simplesmente jogava mais e jogou uma bola no meio das suas pernas?".

"Futebol é pra homem. Alguém levou o garoto pra reforçar o time deles. Foi coisa de jogo, uma bola dividida. Foi sem querer".

"E você acabou com a carreira do rapaz. Bacana, não? E o que você fez com meu amigo Gerson? Quebrou o braço dele e depois o obrigou a marcar presença todos os dias no quartel. Você gostava de quebrar osso?".

"Vocês não entendem o pensamento militar. Para nós a obediência é tudo. Se o seu amigo não subisse no poste, o Exército Brasileiro estaria destruído, acabado, nenhum recruta obedeceria à voz de comando. Nós, oficiais, forjamos homens de têmperas, não maricas sensíveis como você que esperou a nossa volta aos quartéis para escrever seu livreco e não teve coragem de publicar? Garanto que seu amigo saiu melhor do que entrou no quartel, mais limpo, mais forte, mais esperto... Olha, seu mequetrefe, esta conversa já me encheu o saco, só vou dizer uma coisa mais. Daqui a cem anos nada restará do seu livro, isto se você chegar a editá-lo, mas daqui a cem anos as crianças aprenderão na escola que após uma crise política em 1964, os militares assumiram o poder, o congresso elegeu o Marechal Castelo Branco, grande chefe militar que pacificou o país. O regime realizou grandes avanços no campo das comunicações, construiu a usina hidroelétrica de Itaipu, abriu escolas e universidades, aumentou as safras agrícolas e a renda nacional, enfim, realizou o milagre econômico brasileiro. As crianças responderão às provas e passarão de ano e em nenhum ponto do curso aprenderão sobre Você, sobre suas ideias. Que ideias! Pergunte aos seus alunos quem sabe da tortura, da Revolução, o Comunismo, da Oban. Nenhum deles, nem você ensina isso".

Minha cabeça pesava cento e noventa e dois quilos, entreguei o corpo no sofá e adormeci.

Quando despertei com a boca amarga, os olhos vermelhos, o estômago azedo e a alma desarrumada só encontrei um copo, um prato e uma embalagem de pizza. O porteiro da noite não se lembrava de nenhuma visita para o meu apartamento.

No escritório, apanhei a pasta onde guardava o original do romance.

A pasta meio rota e as folhas amareladas me lembravam do fogo. Hesitei um pouco com a pasta nas mãos. Depois coloquei-a na parte de trás da estante junto com uns antigos diários da juventude. No futuro, tomaria uma decisão, no futuro, depois de uma boa revisão.

...

Posfácio

...

Melhor que o prefácio é o posfácio dos leitores, os que dão vida a um livro. O conjunto de seus olhares que joga luz sobre a obra. Minha pequena colaboração para com o posfácio de *1º de Abril* traz as particularidades de ter convivido na adolescência com o autor e a de conhecer a palmo os espaços em que ocorrem os fatos – alguns autobiográficos, outros históricos e mais outros ficcionais – desta tragicômica narrativa, que Cloder montou com talento.

Lembrei-me dos personagens e das ruas do velho Tatuapé, bairro que, ao lado da Mooca, foi centro dos acontecimentos na antiga periferia leste de São Paulo, habitada por famílias de imigrantes europeus fugidas da guerra e da fome. Ruas em que pequenos artesãos, vendedores, comerciantes, peões de obra, funcionários públicos, policiais e contraventores conviviam, todos, em busca de uma saída, que poderia muito bem estar numa vaga para os filhos na única escola pública da região. Cloder é da primeira geração tatuapeense dos que chegaram à escola e à literatura.

1º de Abril é também um convite aos jovens para que coloquem a História na balança, se quiserem apurar como funciona no alto, no meio e embaixo o verdadeiro obelisco social em que vivemos. Perceberão que o poder pertence a grandes interesses privados e que estes, quando podem, levam a ditaduras. Perceberão que ditadores não passam de ficção, pois seu poder se dissemina em subditadores anônimos, irresponsáveis, tiranos e corruptos. E perceberão, ainda, que os heroísmos são embalagens para consumo fácil da massa.

A trama ficcional de Cloder olha, densamente, com estilo e fina ironia, o país e sua triste história recente, a partir dos espaços e personagens de sua antiga periferia.

Os leitores saberão, certamente, enriquecer esse prefacioso posfácio.

Gregório Basic

Impresso em São Paulo, SP, em novembro de 2013,
em papel chambril avena 70 g/m², nas oficinas da Arvato Bertelsmann.
Composto em Helvetia, corpo 10 pt.

Não encontrando esta obra nas livrarias,
solicite-a diretamente à editora.

Escrituras Editora e Distribuidora de Livros Ltda.
Rua Maestro Callia, 123
Vila Mariana – São Paulo, SP – 04012-100
Tel.: (11) 5904.4499 / Fax: (11) 5904.4495
escrituras@escrituras.com.br
vendas@escrituras.com.br
imprensa@escrituras.com.br
www.escrituras.com.br